KB188177

1984

1일 1독 013

1984

2016년 9월 15일 초판 1쇄 인쇄
2016년 9월 20일 초판 1쇄 발행

지은이 조지 오웰
옮긴이 더페이지
발행인 손건
편집기획 김상배, 홍미경
마케팅 이언영
디자인 김선옥
제작 최승용
인쇄 선경프린테크

발행처 LanCom 랭컴
주소 서울시 영등포구 영신로 38길 17
등록번호 제 312-2006-00060호
전화 02) 2634-0178 02) 2636-0895
팩스 02) 2636-0896
홈페이지 www.lancom.co.kr

ISBN 979-11-87168-25-6 04840
979-11-87168-05-8 04080 (세트)

1984

Nineteen Eighty-Four

조지 오웰 지음 | 더페이지 옮김

● 차례 ●

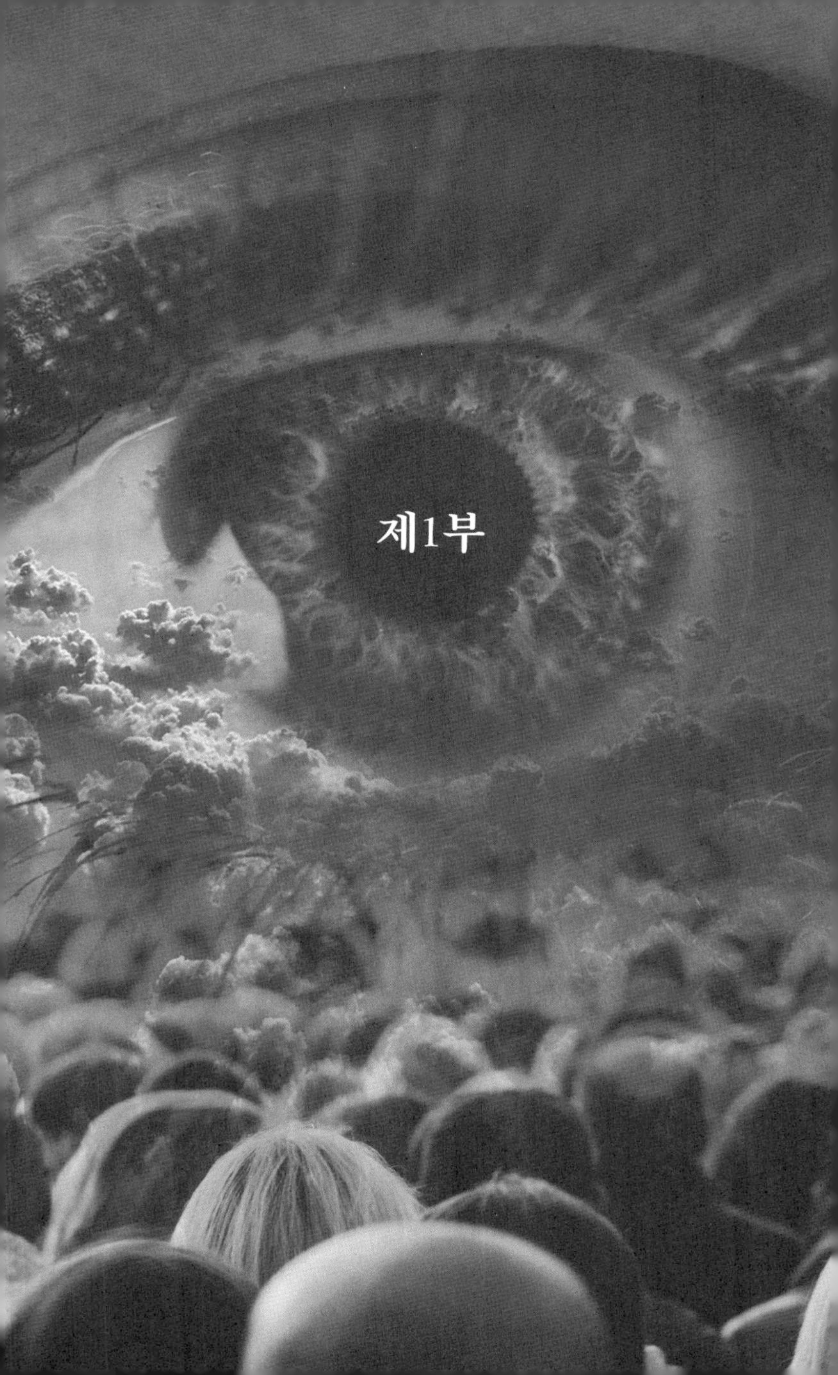

제1부

1

4월의 차갑고 맑은 날이었다. 벽시계가 13시를 알렸다. 윈스턴 스미스는 매서운 바람을 피해 턱을 한껏 숙이고 재빨리 빅토리 맨션의 유리문 안으로 들어갔다. 모래 바람이 뒤쫓아 들이닥쳤다. 복도에서 양배추 삶는 냄새와 낡아빠진 매트 냄새가 풍겼다. 복도 한쪽 벽에는 검은 턱수염을 기른 45세 가량의 강인하고 잘 생긴 남자의 얼굴을 그린 커다란 컬러 포스터가 붙어 있었다. 실내용으로는 사실 지나치게 큰 것이었다.

윈스턴은 계단을 올라갔다. 엘리베이터는 있으나마나였다. 경기가 좋을 때도 가동될까말까 한데, 요즘에는 증오주간을 대비한 절약 운동이라는 명목으로 낮 동안에는 아예 전기를 끊어버렸던 것이다. 그의 방은 7층에 있었다. 39세였지만 오른쪽 발목에 정맥류성 궤양을 앓고 있었기 때문에 윈스턴은 올라가는 동안 몇 번이나 쉬어야 했다. 층계참마다 엘리베이터 맞은편 벽에서 포스터 속 거대한 얼굴이 그를 노려보았다. 사람이 움직이는 대로 눈동자가 따라 움직이는 것처럼 교묘하게 고안된 그 얼굴 밑에는 이렇게 적혀 있었다.

'빅 브라더가 당신을 주시하고 있다.'

방 안에서 낭랑한 목소리가 선철 생산 관련 숫자 목록을 읽고 있었다. 오른쪽 벽에 붙어 있는 흐릿한 거울처럼 생긴 직사각형 금속판에서 나오는 소리였다. 윈스턴이 스위치를 돌리자 소리는 약간 작아졌지만 여전히 분명하게 들렸다. 텔레스크린이라 불리는 그 기구는 소리를 줄일 수는 있어도 완전히 꺼버릴 수는 없었다. 그는 창 쪽으로 갔다. 작고 마른 얼굴과 빈약한 몸집이 당의 푸른 제복 때문에 더욱 초라해 보였다. 머릿결은 윤기가 흘렀지만 원래 발그레한 얼굴은 조잡한 비누와 무딘 면도날, 이제 막 물러간 겨울 추위 때문에 거칠어져 있었다.

유리창 너머 냉혹한 세계의 거리 저편에서 조그만 회오리바람이 소용돌이치며 먼지와 종잇조각들을 흩날리고 있었다. 눈부신 하늘은 더없이 맑고 푸르렀지만, 여기저기 붙어 있는 포스터 말고는 온통 무채색이었다. 어디에서나 검은 수염의 얼굴이 내려다보고 있었다. 바로 맞은편 집에서도 검은 눈이 윈스턴을 매섭게 노려보며 을렀다. '빅 브라더가 당신을 주시하고 있다.'

아래쪽 길 모퉁이에서 모서리가 찢어진 또 하나의 포스터가 바람이 불 때마다 영사(INGSOC, 영국사회주의)라는 낱말을 가렸다 보였다 했다. 멀리서 헬리콥터가 건물의 지붕들 사이에서 쉬파리처럼 잠시 빙빙 돌더니 날아갔다. 창문마다 기웃거리면서 염탐하는 순찰기였다. 하지만 순찰 따위는 사상경찰에 비하면 정말 아무것도 아니었다.

윈스턴의 등 뒤에서는 여전히 낭랑한 목소리가 선철과 제9차 3개년 계획의 초과 달성에 대해 지껄이고 있었다. 텔레스크린은 수신과 송신을 겸한 것이었다. 게다가 이 기계는 소리뿐만 아니라 모습까지 포착했다. 아무리 작은 소리도, 아무리 사소한 행동도 낱낱이 포착했다. 물론 사상경찰이 얼마나 자주, 그리고 어떤 식으로 개인을 감시하는지는 알 수 없었지만 아무튼 그들이 언제든 누구라도 감시할 수 있다는 것만은 분명한 일이었다. 그래서 사람들은 늘 도청당하고, 캄캄할 때 말고는 움직임 하나하나까지 감시당하고 있다는 가정 하에 살아야 했다. 하지만 오래 되다 보니 인간은 그런 삶에도 적응했다.

윈스턴은 텔레스크린을 등지고 서 있었다. 그 편이 안전했다. 1킬로미터쯤 떨어진 곳에 새하얀 진리부 건물이 우뚝 솟아 있었다. 바로 그의 일터였다. 이것이 제1공대의 중심 도시이자 오세아니아 주에서 세 번째로 인구가 많은 런던이라니…… 윈스턴은 막연한 불쾌감을 느꼈다. 런던이 원래 이랬던가? 그는 어린 시절의 기억을 더듬었다. 그때도 지금처럼 낡은 19세기 가옥들이 늘어서 있었던가? 벽면을 통나무 서까래로 떠받치고, 창문마다 마분지로 덕지덕지 덧붙였던가? 지붕의 함석판은 쭈그러지고 담장이 들쭉날쭉 허물어져 있었던가? 폭격 당한 자리마다 석회 가루가 날리고, 버드나무 이파리들이 부서진 자갈더미 위에 여기저기 흩어져 있었던가? 그리고 폭격이 휩쓸고 간 자리에 닭장 같은 지저분한 판잣집들이 들어서 있었던가? 하지만 소용없는 일이었다. 그는 기억해낼 수 없었다. 밝은 그림 같은 일련의 정경들이 온통 빛에 가려서 도무지 형체를 분간할 수 없었기 때문이다.

신어(오세아니아의 공용어)로 진부라고 불리는 진리부는 다른 건물들과는 완전히 달랐다. 하얗게 번쩍이는 피라미드 모양의 그 웅장한 건물은 층마다 테라스와 테라스로 연결되어 3백미터 높이로 하늘 높이 치솟아 있었다. 새하얀 벽면에 우아한 글씨체로 새겨진 당의 세 가지 슬로건은 윈스턴이 서 있는 곳에서도 훤히 보였다.

전쟁은 평화다
자유는 예속이다
무지는 힘이다

진리부에는 지상에 3천 개의 방이 있는데 지하에도 그 정도의 방이 있다고 한다. 런던에 세 채나 더 있는 그런 건물들 때문에 주위의 건물들은 더 형편없이 보였고, 빅토리 맨션 지붕에서는 이 네 건물을 다 볼 수 있다. 이 건물들은 모두 정부청사다. 뉴스 · 연예 · 교육 · 예술을 관장하는 진리부, 전쟁을 관장하는 평화부, 법과 질서를 유지하는 애정부, 그리고 경제 문제를 책임지는 풍요부가 있다. 신어로는 각각 진부, 평부, 애부, 풍부라고 한다.

애정부는 창문이 하나도 없는 무시무시한 곳이다. 공무가 있다 해도 거미줄처럼 얽혀있는 가시 철망과 철문, 감춰져 있는 기관총 사이를 뚫고 지나가야만 한다. 건물 외곽의 검문소가 있는 거리에도 고릴라처럼 생긴 경비병들이 검은 제복에 곤봉을 들고 어슬렁거린다.

윈스턴은 즐거운 표정을 지으며 돌아섰다. 텔레스크린을 대할 때는 그러는 게 좋았다. 그는 방을 가로질러 좁은 부엌으로 들어갔다. 구내식당에서 점심을 먹지 못했던 것이다. 하지만 다음 날 아침에 먹을 검은 빵 한 덩어리밖에 없다는 것을 알고 있었기 때문에 그는 선반에서 '빅토리 진'이라는 흰색 상표가 붙은 맑은 술병을 꺼냈다. 수수로 빚은 중국 소주처럼 독한데다 역겹고 메스꺼운 냄새가 나는 술이었다. 윈스턴은 찻잔 가득 술을 따라 쓴 약을 먹을 때처럼 진저리를 치며 단숨에 마셔버렸다.

초산을 삼킨 것처럼, 몽둥이로 뒤통수를 호되게 얻어맞은 것처럼 얼굴이 빨개지고 눈물이 핑 돌았다. 하지만 이내 뱃속에서 활활 타는 불길이 가시면서 기분이 좋아졌다. 그는 '빅토리 담배'라고 인쇄된 구겨진 담뱃갑에서 담배 한 개비를 꺼내들다가 담배 알갱이를 마룻바닥에 쏟고 말았다. 그는 다시 한 개비를 꺼내 입에 물고 거실로 돌아가서 텔레스크린 왼쪽에 놓인 조그만 책상 앞에 앉았다. 그리고 책상 서랍에서 펜대와 잉크병, 뒷표지는 붉고 앞표지는 대리석 색깔인 두툼한 4절 노트를 꺼냈다.

대개 텔레스크린은 방 안 전체를 다 볼 수 있도록 벽 끝에 설치되는데, 이곳 윈스턴의 거실에는 창문 맞은편의 기다란 벽에 설치되어 있고, 지금 윈스턴은 그 벽의 움푹 들어간 한쪽 끝에 앉아 있다. 아마도 책장 자리였을 이 구석에서는 텔레스크린의 감시망을 벗어날 수 있다. 소리야 들리겠지만 모습은 보이지 않는다. 이 독특한 구조는 그가 지금부터 하려 하는 일의 부분적인 동기가 되었다. 하지만 가장 중요한 동기는 방금 서랍에서 꺼낸 근사한 노트였다. 색이 약간 바래기는 했지만 부드러운 크림색 종이로 된 이런 노트는 적어도 지난 40년 동안에는 만들어지지 않은 것이었다.

어느 빈민가(어디였는지 기억나지 않지만)의 퀴퀴하고 조그만 고물상 진열장에서 이 노트를 발견하자마자 그는 갖고 싶은 충동을 느꼈다. 당원들은 일반 상점(자유 시장 거래라고 한다)에 들어갈 수 없지만, 그 규칙은 제대로 지켜지지 않았다. 다른 곳에서는 도저히 구할 수 없는 구두끈이나 면도날 같은 갖가지 물건들이 그곳에는 있었기 때문이다. 그는 거리를 위아래로 재빨리 훑어보고 얼른 고물상 안으로 뛰어 들어가서 2달러 50센트를 주고 노트를 샀다. 무슨 특별한 목적이 있었던 것은 아니었지만 그는 죄 지은 사람처럼 조심스럽게 노트를 가방에 넣고 집으로 돌아왔다. 아무것도 적혀 있지 않다고 해도 노트는 소유하는 것만으로도 의심을 살 일이었기 때문이다.

그가 시작하려는 일은 일기를 쓰는 것이었다. 불법은 아니지만(법률이 없으니 불법도 있을 리 없다) 발각되면 사형을 당하거나 적어도 25년의 강제 노동을 선고받을 일이었다.

윈스턴은 펜대에 펜촉을 꽂고 기름기를 닦아냈다. 이렇게 근사한 크림색 종이에는 볼펜보다는 펜이 제격이라 싶어서 어렵사리 펜을 구했던 것이다. 하지만 손으로 쓰는 일에 그는 익숙하지 않았다. 아주 짧은 메모 아니면 다 구술 기록기로 받아쓰게 했기 때문이다. 펜에 잉크를 찍었다. 짜릿한 전율이 창자를 훑었다. 종이에 글을 쓴다는 것은 상상 이상으로 결단력이 필요한 행위였다.

1984년 4월 4일

그는 몸을 뒤로 젖혔다. 써놓고 보니 올해가 1984년인지 분명치 않았다. 무력감이 그를 덮쳤다. 나이가 서른아홉인 것은 거의 확실했고 1944년이나 1945년에 태어난 것으로 알고 있으니 아마 대충 맞을 것이었다. 하지만 요즘은 1, 2년 내의 어떤 날짜도 정확하게 말할 수 없었다.

누구를 위해서? 문득 의아한 생각이 들었다. 미래를 위해서? 아직 태어나지도 않은 다음 세대를 위해서? 그는 일기장에 적힌 날짜를 의심스럽게 바라보았다. '이중사고'라는 신어가 퍼뜩 떠올랐다. 지금 하려고 하는 일이 얼마나 엄청난 일인지 처음으로 절감하는 순간이었다.

미래와 소통한다고? 그런 일은 근본적으로 불가능해. 미래가 현재와 비슷하다면 사람들은 내 말에 귀를 기울이지 않을 테고, 다르다면 이 수난의 기록은 이미 의미가 없을 테니까.

한동안 그는 멍하니 앉아 있었다. 텔레스크린에서 군가가 흘러나오고 있었다. 자신을 표현하는 능력이 싹 사라져버린 느낌이었다. 애당초 무엇을 쓰려고 했는지 생각나지 않았다. 그는 당혹감을 느꼈다. 이 순간을 위해 지난 몇 주 동안 준비했고, 용기만 있으면 무슨 일이든 다 할 수 있다고 굳게 믿었다. 글 쓰는 일만 해도 지난 몇 년 동안 그의 머릿속을 스쳐간 끝없는 독백을 종이에 옮기기만 하면 될 일이었다. 그런데 문제는 그 독백들이 지금 완전히 고갈되어 버렸다는 것이다. 게다가 정맥류성 궤양 부위가 참기 힘들 정도로 가렵기 시작했다. 긁기만 하면 영락없이 염증을 일으키는데 말이다. 똑딱똑딱 시간이 흘러가고 있었다. 지금 그가 의식하는 것이라고는 고작 앞에 놓인 텅 빈 종이, 가려운 발목, 귀에 거슬리는 음악 소리, 그리고 술로 인한 가벼운 취기뿐이었다.

갑작스런 공포에 휩싸여 그는 자신이 무슨 짓을 하고 있는지 분명히 의식하지 못한 채 글을 쓰기 시작했다. 어린아이가 쓴 것처럼 작고 비뚤비뚤한 글씨는 첫 글자를 대문자로 쓰는 것도 문장 끝에 마침표를 찍는 것도 잊고 있었다.

1984년 4월 4일

어젯밤, 극장에 갔다. 물론 전쟁 영화였다.

피난민을 가득 태운 배가 지중해에서 폭격당했다. 크고 뚱뚱한 남자가 헬리콥터를 피해 헤엄쳐 달아나고 있었다. 물속에서 돌고래처럼 버둥거리는 남자의 모습이 사격 조준 장치의 사각형 안에 나타났다. 남자의 몸에 무수한 구멍이 뚫렸다. 바닷물이 온통 핏빛으로 물들었다. 구멍마다 물이 스며든 것처럼 남자의 몸이 물속으로 가라앉았다. 관객들은 환호성을 지르며 웃어댔다.

아이들을 가득 태운 구명보트 위에서 헬리콥터가 빙빙 돌고 있었다. 유태인처럼 보이는 중년 부인이 창백한 얼굴로 놀라 악을 쓰는 세 살쯤 된 아이를 꼭 끌어안고 있었다. 두 팔로 총탄 속에서 아이를 구할 수 있을 것처럼.

헬리콥터가 20킬로그램짜리 폭탄을 떨어뜨렸다. 무서운 섬광과 함께 보트는 산산조각 났다. 어린아이의 팔이 허공으로 치솟았다. 헬리콥터가 팔을 따라 올라가면서 찍은 것이 분명했다. 당원석에서 요란한 박수갈채가 터져 나왔다. 그때 갑자기 앞자리 노동자석에 앉아 있던 여자가 벌떡 일어나 소리를 질렀다.

"아이들한테 이런 걸 보여주면 안 돼요! 안 된다구요!"

경찰이 그녀를 끌어냈다. 아마 그녀에게는 별일 없었을 것이다. 최하층계급인 노동자가 아무리 떠들어봤자 아무도 신경쓰지 않으니까. 절대로!

팔에 쥐가 났다. 갑자기 오전에 일어났던 일이 떠올랐다. 그러고 보니 오늘부터 일기를 쓰겠다고 마음먹은 것도 바로 그 사건 때문이었다. 그처럼 사소하고 막연한 일도 사건이라고 할 수 있다면 말이지만.

11시쯤, 윈스턴이 근무하는 기록국에서 직원들이 '2분 증오'를 위해 거대한 텔레스크린 앞에 모여 앉았을 때 느닷없이 두 사람이 사무실로 들어왔다.

한 사람은 복도에서 자주 마주치는 여자였다. 이름은 모르지만 창작국에서 일한다는 것은 알고 있었다. 가끔 기름 묻은 손에 스패너를 들고 다니는 것으로 보아 소설 기록기를 다룰 것 같았다. 스물일곱 살 가량의 대담해 보이는 그 여자는 숱 많은 검은 머리에 주근깨투성이 얼굴, 운동을 한 듯 날렵한 몸매였다. 청년반성동맹이라고 쓴 좁은 주홍색 휘장을 작업복 허리에 여러 겹으로 감아 두르고 있어서 엉덩이가 한층 맵시 있게 돋보였다.

윈스턴은 그녀를 처음 본 순간부터 혐오감을 느꼈다. 물론 이유가 있었다. 그녀는 하키 운동장이나 냉수욕, 단체 행군을 연상시켰다. 게다가 일부러 꾸민 것 같은 결벽증도 싫었다. 사실 그는 거의 모든 여자들, 특히 젊고 예쁜 여자들을 싫어했다. 열렬하게 당을 지지하는 사람들, 슬로건을 무조건 신봉하는 사람들, 아마추어 스파이들, 이단의 냄새를 기막히게 찾아내는 사람들은 대개 여자들, 특히 젊은 여자들이었기 때문이다.

특히 그 여자는 훨씬 더 위험해 보였다. 언젠가 복도에서 그녀가 힐끗 쳐다본 순간 마음속을 훤히 꿰뚫린 것 같던 그 섬뜩한 공포! 사상경찰의 끄나풀일 리는 없다고 생각하면서도 그는 그녀를 볼 때마다 적의와 공포가 뒤섞인 야릇한 불안감을 느꼈다.

또 한 사람은 오브라이언이라는 내부당원이었다. 건장한 체격에 목이 굵고 우락부락 험상궂어서 야비한 인상이었지만 그 태도는 18세기의 귀족이 손님에게 담배를 권하는 모습을 연상시키는 묘한 매력이 있었다. 콧잔등에 내려온 안경을 추어올리는 버릇만 해도 묘하게 세련된 느낌으로 상대방의 긴장을 풀어주었다.

지난 수년 동안, 윈스턴은 오브라이언을 아마 열두 번쯤 보았을 것이다. 그가 오브라이언에게 마음 깊이 끌리는 것은 단순히 오브라이언의 도시적인 세련된 태도와 권투선수 같은 체격의 대비가 풍기는 묘한 매력 때문만은 아니었다. 그보다는 오브라이언의 정치적 신념이 완전하지 못할 것이라는 은밀한 확신, 아니 어쩌면 그렇기를 바라는 희망 때문이었다. 그의 얼굴에는 왠지 그런 느낌이 있었다. 어쩌면 그것은 이단이 아니라 단순한 지성일지도 모른다. 아무튼 텔레스크린이 없는 곳에서 단둘이 만난다면 이야기를 나눠보고 싶은 사람이었다. 물론 윈스턴이 그런 생각을 행동으로 옮길 리는 전혀 없었고, 그럴 방법도 전혀 없었다.

오브라이언이 손목시계를 힐끗 들여다보았다. 표정으로 보아 '2분 증오'가 끝날 때까지 기록국에 있기로 결정한 게 분명했다. 그는 윈스턴과 같은 줄 한 자리 건너 의자에 앉았다. 그들 사이에는 윈스턴의 옆 책상에서 일하는 자그마한 갈색 머리 여자가 앉아 있었고, 검은 머리 여자는 바로 그의 뒷자리에 앉아 있었다.

다음 순간, 기름을 치지 않은 거대한 기계가 억지로 돌아가는 것 같은 무시무시하고 날카로운 굉음이 텔레스크린에서 터져 나왔다. 저절로 이가 악물리고 목 뒤의 머리카락이 곤두섰다. '증오'가 시작된 것이다.

여느 때처럼 인민의 적, 임마누엘 골드스타인의 얼굴이 화면에 나타나자 분노의 함성이 터져 나왔다. 갈색 머리 여자도 공포와 혐오가 뒤섞인 날카로운 비명 소리를 질러대고 있었다. 골드스타인은 빅 브라더와 맞먹는 당의 지도급 인물로, 반혁명운동에 참가했다가 사형 선고를 받고 감쪽같이 사라져버린 제1급 반역자이며 당의 순수성을 처음으로 모독한 사람이었다. '2분 증오' 프로그램은 날마다 바뀌었지만 중심인물은 언제나 골드스타인이었다. 그 후에 일어난 온갖 반역과 파업, 이단과 탈선은 모두 그의 짓이었다. 그는 지금도 지구상 어느 곳에선가 음모를 꾸미고 있다. 어쩌면 바다 건너 어딘가에서 외국인 후원자의 비호를 받고 있거나 어쩌면 이 오세아니아의 깊은 은신처에 숨어 있다는 소문도 있었다.

윈스턴은 골드스타인의 야윈 얼굴을 볼 때마다 고통스러운 혼란을 느꼈다. 후광 같은 하얀 머리카락과 가느다란 염소수염 때문에 무척 지혜롭게 보이면서도 어딘지 선천적으로 비열할 것 같은 느낌도 있었다. 길쭉한 코끝에 안경을 걸치고 있는 모습에는 노인 특유의 어리석음이 서려 있었고, 얼굴도 목소리도 꼭 염소 같았다.

골드스타인은 언제나 당의 강령에 악랄한 독설을 퍼부었다. 아이들도 꿰뚫어볼 정도로 터무니없이 과장된 내용이었지만 한편으로는 아주 그럴듯하기도 해서 정신 수준이 낮은 사람들은 설복당할 수도 있었다.

그는 빅 브라더와 당의 독재를 비난하고, 언론, 출판, 집회, 사상의 자유를 주장했으며, 유라시아와의 즉각적인 평화 협정을 요구하면서 혁명이 배신당했다고 신경질적으로 외쳐댔다. 그는 빠른 다음절로 이 모든 것을 역설했는데, 그것은 당의 웅변가들이 사용하는 수법을 모방한 것이었으며 심지어 당원들이 일상적으로 사용하는 것보다 더 많은 신어를 사용하고 있었다.

골드스타인의 선동적인 연설이 한 가닥 영향도 미치지 못하도록 유라시아 군대가 행진하는 모습이 배경화면으로 사용되었다. 딱딱하고 무표정한 군인들의 모습이 차례로 열을 지어 화면의 표면에 떠올랐다가 사라지고, 둔탁하고 리드미컬한 군화 소리가 골드스타인의 염소 목소리의 배경음을 이루었다.

'증오'가 시작된 지 30초도 안 되어 분노의 함성이 쏟아졌다. 골드스타인에 대한 공포와 분노는 거의 자동이었고 유라시아나 동아시아보다 더 끔찍한 증오의 대상이었다. 오세아니아가 이들 두 나라 중 하나와 전쟁을 하게 되면 다른 한 나라와는 평화를 유지할 수 있을지 몰라도 그는 언제 어떤 경우에도 변함없는 증오의 대상이었다.

그런데 참 이상한 것은, 이렇게 하루에도 수천 번씩 연단에서, 텔레스크린에서, 신문에서, 책에서 반박당하고, 두들겨 맞고, 조롱당하고, 쓰레기라고 지탄을 받는데도 그의 영향력이 전혀 줄어들지 않는다는 사실이었다.

그는 대규모 비밀 군대뿐만 아니라 국가 전복을 꾀하는 지하 조직 '형제단'을 이끄는 사령관이었다. 그리고 골드스타인이 집필한 무시무시한 이단론이 비밀리에 읽힌다는 소문도 널리 퍼져 있었다. 그 책은 제목도 없이 그저 '그 책'이라고만 불렸다.

2분이 다 되어가자 '증오'는 거의 광란으로 변했다. 사람들은 펄쩍펄쩍 뛰며 고래고래 고함을 질렀다. 갈색 머리 여자는 빨갛게 상기된 얼굴로 뭍으로 끌려나온 물고기처럼 계속 입을 뻐끔거렸다. 오브라이언의 침울한 얼굴마저 벌겋게 달아올라 거세게 밀려오는 파도에 저항하듯 우람한 가슴을 들먹거리고 있었다. 윈스턴의 뒤에 앉은 검은 머리 여자는 "돼지! 돼지! 돼지!"라고 소리치더니 묵직한 《신어사전》을 화면을 향해 던졌다.

퍼뜩 정신이 든 윈스턴은 자기도 다른 사람들처럼 고함을 지르며 의자의 가로대를 미친 듯이 발뒤꿈치로 차고 있다는 것을 깨달았다. '2분 증오'가 무서운 것은 의무적으로 참가해야 한다는 것이 아니라 저절로 휘말려든다는 것에 있었다. 일단 휘말려들면 일부러 꾸미려고 애쓸 필요도 없었다. 공포와 복수심에 사로잡힌 끔찍한 도취, 사람을 죽이고 고문하고 싶은 충동, 커다란 쇠망치로 얼굴을 깨버리고 싶은 욕망이 전류처럼 군중들 속으로 흘러들어 미친 듯 비명을 질러대게 되는 것이었다.

하지만 이런 분노는 램프의 불꽃처럼 이쪽에서 저쪽으로 얼마든지 옮겨갈 수 있는 추상적이고 방향 없는 것이었다. 그런 이유로, 어느 한 순간 윈스턴의 증오가 빅 브라더와 당, 사상경찰 쪽으로 향할 때면, 화면 속에 나타난 외롭고도 저주받은 이단자는 위선으로 가득 찬 세상에서 오직 진실을 말하고 건전한 정신을 지키는 유일한 사람이 되는 것이었다. 그러나 바로 다음 순간, 다시 주위 사람들과 한 덩어리가 되어 골드스타인에 대한 모든 비난을 진심으로 받아들이게 되면 다시 빅 브라더에 대한 혐오는 찬양으로 바뀌고, 아시아의 야만인들 앞에 바위처럼 떡 버티고 선 대담무쌍한 수호자처럼 든든하게 여겨졌으며, 골드스타인은 고립되어 무력하고 생존조차 의심스러운 존재, 목소리만으로도 문명 세계를 파괴할 수 있는 위험한 마법사로 보였다.

인간은 증오의 대상을 의식적으로 바꿀 수 있다. 무서운 악몽에서 깨어나려고 애쓰는 사람처럼 윈스턴은 순간의 격렬한 몸부림으로 증오의 대상을 뒷자리의 검은 머리 여자로 바꿨다. 생생한 환영이 번득이는 섬광처럼 그의 뇌리를 스쳐 지나갔다. 나무 몽둥이로 그녀를 죽도록 패준다. 그녀를 벌거벗겨 말뚝에 잡아매고 성 세바스찬(고대로마의 군인이자 선교사, 발가벗겨진 채 나무에 묶여 화살을 맞고 죽었는데 다시 살아나서 몽둥이에 맞아 죽었다)처럼 화살로 쏘아 죽인다. 그녀를 강간하고 절정에 오른 순간에 목을 자른다. 비로소 그는 자기가 왜 그녀를 그토록 증오하는지 깨달았다. 그렇게 젊고 아름다운데도 섹스에는 관심이 없기 때문이었다. 그녀와 자고 싶지만 절대로 그럴 수 없기 때문이었다. 매혹적인 가는 허리에 순결의 상징인 진홍색 띠가 역겹게 감겨 있기 때문이었다.

증오는 절정에 달했다. 골드스타인의 목소리는 진짜 염소 울음소리로 바뀌고, 아주 잠깐 얼굴마저 염소의 모습으로 변했다가 다시 무시무시한 유라시아 군인으로 바뀌어 기관총을 마구 쏘아대면서 달려들었다. 사람들이 흠칫 놀라 뒤로 물러났다. 하지만 이내 사람들은 깊은 안도의 한숨을 쉬었다. 검은 머리에 검은 수염을 기른 강력하고 신비스러운 빅 브라더의 얼굴이 화면을 가득 메웠기 때문이다. 몇 마디 격려가 이어지고 당의 세 가지 슬로건이 화면을 가득 채웠다.

전쟁은 평화다
자유는 예속이다
무지는 힘이다

빅 브라더의 얼굴은 사라지고 난 뒤에도 몇 초 동안 화면에 그대로 남아 있었다. 아마도 눈에 와 닿은 충격이 너무나 생생해서 금방 지워지지 않는 모양이었다. 사람들이 낮고 느린 가락으로 찬가를 부르기 시작했다.

"빅—브라더! …… 빅—브라더! …… 빅—브라더!"

빅과 브라더 사이를 길게 늘어뜨리면서 무겁게 중얼거리듯 부르는 장중한 합창은 마치 야만인들이 맨발로 발을 구르며 북을 울려대는 소리처럼 들렸다. 거의 30초쯤 사람들은 계속 되풀이했다. 그것은 벅찬 감정을 주체하기 힘든 순간에 흔히 부르는 후렴이었고, 빅 브라더의 지혜와 숭고함을 기리는 찬가였지만, 어쩌면 이런 리드미컬한 소리로 의식을 말살시키는 일종의 자기 최면이었다.

윈스턴은 창자가 얼어붙는 것 같았다. 2분 증오 동안에는 그 역시 광란에 휘말려들지 않을 수 없었지만, 이 비인간적인 찬가 앞에서는 늘 소름이 끼쳤다. 물론 그도 다른 사람들처럼 찬가를 불렀다. 하지만 자신의 감정을 속이고 태연하게 위장하는 것이 눈에 나타난 표정으로 얼결에 폭로될 때가 있다. 바로 그런 순간이, 사건이라면 사건일 수 있는 그런 의미심장한 일이 바로 그때 일어났다.

순간적으로 그는 오브라이언과 눈이 마주쳤다. 오브라이언이 자리에서 일어나 안경을 벗어 들었다가 그만의 독특한 몸짓으로 다시 끼는 그 짧은 순간이었다. 윈스턴은 오브라이언이 자기와 똑같은 생각을 하고 있다는 걸 알아차렸다. 그들 사이에 명확한 메시지가 오갔다.

'나도 그래요. 당신이 무슨 생각을 하는지, 뭘 경멸하고 미워하고 혐오하는지 다 알아요. 하지만 걱정 말아요, 난 당신 편이니까!'

오브라이언은 이렇게 말하는 것 같았다. 하지만 그 지성의 번뜩임은 곧 사라지고, 오브라이언의 얼굴은 다른 사람들처럼 모호한 표정이 되었다.

그것이 전부였다. 이제 그는 그런 일이 진짜로 있었는지조차 의심스러웠다. 자신 말고도 어쩌면 당을 적대하는 사람들이 또 있다는 신념과 희망을 갖게 한 것밖에는 달리 아무 일도 없었으니까. 대규모 지하 조직이 있다는 소문은 사실일지도 모른다! 그들이 끊임없이 체포되고 자백당하고 처형되는데도 형제단을 단순한 유언비어로 치부할 수는 없는 일이었다. 결국 그는 때로는 믿고, 때로는 믿지 않았다. 확실한 증거는 어디에도 없고, 그저 귓전으로 들은 이야기, 화장실 벽에 끄적여 놓은 희미한 낙서, 낯선 두 사람이 지나치면서 뭔가 알고 있다는 표정으로 슬쩍 손짓하는 것을 보고 무슨 의미가 있지 않을까 혼자 추측하고 상상할 뿐이었다.

그는 자기 자리로 돌아왔다. 그 우연한 접촉에 대해 더 깊이 생각하는 것은 위험한 일이었다. 단 1, 2초 동안 수상한 눈짓을 주고받은 것으로 끝! 하지만 폐쇄된 고독 속에 갇혀 사는 사람에게는 참으로 인상적인 사건이었다.

윈스턴은 등을 쭉 폈다. 트림이 났다. 속이 메슥거렸다. 그는 다시 노트를 보았다. 무기력하게 생각에 잠겨 있는 동안에도 손은 글씨를 쓰고 있었다. 게다가 전처럼 알아보기 힘든 악필도 아니었다. 그는 매끄러운 종이 위에 큼직하고 단정하게 똑같은 글씨를 반 페이지나 썼다.

빅 브라더를 타도하라
빅 브라더를 타도하라
빅 브라더를 타도하라

후회와 공포가 그를 짓눌렀다. 하지만 이런 특별한 말보다 일기를 쓰기 시작한 것 자체가 더 위험한 일이었다. 페이지를 찢어내고 일기 쓰는 일을 포기할까? 하지만 빅 브라더를 타도하라고 썼든 안 썼든, 일기를 계속 쓰든 그만 두든 달라질 것은 아무 것도 없었다. 어차피 사상경찰은 그를 똑같이 취급할 것이다. 그는 저지른 짓은 사상죄라는 본질적인 범죄였기 때문이다. 사상죄는 절대로 감출 수 없다. 얼마 동안, 어쩌면 몇 년 동안 숨길 수 있을지도 모르지만 끝내는 발각되고 말 것이다.

사상범은 늘 한밤중에 체포된다. 갑자기 나타나 어깨를 흔들어 잠을 깨우는 우악스러운 손, 눈에 들이댄 불빛, 침대를 둘러싼 험악한 얼굴들은 있어도 재판이나 영장, 보고서 같은 것은 없다. 사람들은 언제나 밤중에 감쪽같이 사라졌다. 이름은 기록부에서 제거되고, 그에 대한 모든 기록도 완전히 지워지고, 한때 존재했다는 사실마저 부정되고 이내 잊힌다. 완전한 무無가 되는 것이다. 사람들은 이것을 '증발되었다'고 말했다.

그들이 나를 총살하겠지만 난 상관없어. 그들이 뒤에서 내 목을 쏘겠지만 난 상관없어. 빅 브라더를 타도하라. 그들은 언제나 뒤에서 쏘니까. 하지만 난 상관없어. 빅 브라더를 타도하라……

그는 가벼운 수치심을 느끼며 펜을 놓고 의자에 등을 기대다가 소스라치게 놀랐다. 방문을 노크하는 소리가 들린 것이다. 벌써? 그는 생쥐처럼 조용히 앉아 있었다. 누구든 그냥 돌아갔으면 좋겠다는 헛된 희망을 걸어보았지만 노크 소리는 계속되었다. 시간을 끌수록 불리한 법이다. 그의 가슴은 북처럼 쿵쿵 울렸지만, 얼굴은 오랜 습관 덕분에 무표정했다. 그는 일어나서 무거운 발걸음으로 문을 향해 걸어갔다.

2

문의 손잡이를 잡으면서 윈스턴은 일기장을 책상 위에 그대로 펼쳐놓았다는 사실을 깨달았다. '빅 브라더를 타도하라'는 큼직한 글씨가 이쪽에서도 훤히 보였다. 어떻게 하지? 잉크가 마르지 않은 노트를 덮어 크림색 종이를 얼룩지게 하고 싶지 않다는 생각이 얼핏 들었다.

그는 숨을 크게 들이마시고 문을 열었다. 안도감이 나른하게 온몸을 타고 흘렀다. 주름투성이에 창백하고 꾀죄죄한 여자가 문 밖에 서 있었다.

"동무. 저, 싱크대 좀…… 수채 구멍이……"

옆집에 사는 파슨스 부인(당에서는 동무라고 부르라고 하지만 어떤 여자들에게는 본능적으로 부인이란 말을 쓰게 된다)이었다. 그녀는 서른 살밖에 안 됐는데도 굉장히 늙어 보였고, 주름살 사이마다 먼지가 끼어 있는 것처럼 지저분했다. 윈스턴은 그녀를 따라 복도로 나왔다. 1930년 경에 지어진 낡은 건물의 천장과 벽에서는 횟가루가 떨어지고, 수도관은 늘 얼어 터지고, 지붕은 새고, 난방 장치는 아예 잠가두거나 사용하더라도 스팀은 반밖에 들어오지 않았다. 모든 수리는 당 위원회의 허가를 받아야 했는데, 창문 하나 수리하는데도 2년은 걸렸기 때문에 어지간하면 직접 고쳤다.

"이런 때 하필 톰이 집에 없어서……"

윈스턴의 집보다 크고 우중충한 파슨스의 집은 커다란 맹수가 방금 지나간 것처럼 어질러져 있었다. 하키 스틱, 권투 글러브, 찢어진 축구공 같은 운동기구들과 뒤집힌 채 내팽개친 스포츠용 반바지가 바닥에 널려 있었고, 더러운 접시들과 너덜너덜한 운동 관련 책들이 탁자 위에 흩어져 있었으며 벽에는 청년동맹과 스파이단의 주홍색 깃발, 빅 브라더의 대형 포스터가 붙어 있었다.

건물 전체에서 풍기는 양배추 삶는 냄새와 지독한 땀 냄새가 코를 찔렀다. 옆방에서 누군가 빗과 화장지를 들고 텔레스크린의 군악에 장단을 맞추고 있었다.

"아이들이에요. 오늘은 집에 있어요. 물론……"

그녀는 말을 하다가 도중에 끊는 버릇이 있었다. 가장자리까지 끈적끈적한 물이 찬 수채 구멍에서 악취가 났다. 윈스턴은 쪼그리고 앉아 파이프의 모서리 연결점을 조사했다. 그는 이런 일이 정말 싫었다. 으레 기침이 터져 나왔기 때문이다. 파슨스 부인은 멍청히 보고만 있었다.

"톰이 있었으면 금방 고쳤을 거예요. 그이는 이런 일을 좋아하거든요. 손재주도 아주 좋구요."

파슨스는 몸집이 비대하고 멍청하고 앞뒤 없이 열성적인 진리부 동료였다. 사실 당의 안정성은 사상 경찰보다는 당에 대해 손톱만큼의 의혹도 품지 않은 채 열심히 일만 하는 이런 사람들에게 달려 있었다.

지식이 별로 요구되지 않는 하급 직원이었지만, 스포츠, 등산, 시위 행진, 물가 절약 운동, 자발적인 단체 활동 따위의 위원회에서는 지도적인 인물이었다. 파이프 담배를 빼끔빼끔 피워대면서 지난 4년 동안 하루 저녁도 거르지 않고 공화당에 출석했다고 자랑하는 사람이었고, 그런 끈질긴 생활력을 증명하듯 떠난 후에도 가시지 않는 물씬한 땀 냄새를 풍기는 사람이었다.

"혹시 스패너 있습니까?"

"스패너요! 잘 모르겠는데요, 아이들이……"

파슨스 부인은 맥 빠진 목소리로 대답하며 나갔다. 발자국 소리가 들리고 빗을 부딪는 소리가 한바탕 시끄럽게 들리더니 아이들이 거실로 몰려들어 왔다. 파슨스 부인이 스패너를 가져왔다. 윈스턴은 파이프 속에서 머리털 뭉치를 진저리를 치면서 빼내고 찬물로 손가락을 정성들여서 깨끗이 씻은 다음 옆방으로 돌아왔다.

"손들엇!" 갑자기 야만적인 고함 소리가 들려왔다.

아홉 살 가량의 통통한 소년이 책상 뒤에서 불쑥 튀어나오면서 장난감 자동 권총으로 그를 위협했다. 두 살 정도 어린 여자아이도 나뭇조각을 들고 똑같이 했다. 두 아이는 스파이단 제복인 푸른색 반바지에 회색 셔츠, 빨간 네커치프를 두르고 있었다. 윈스턴은 꺼림칙한 기분으로 두 손을 머리 위로 쳐들었다. 소년의 태도가 어찌나 악의에 차 있던지 단순한 장난으로 느껴지지 않았던 것이다.

"넌 반역자야! 사상범이야! 유라시아의 스파이야! 널 쏘겠어. 아주 없애버리겠어. 소금 광산으로 보내버리고 말 테야!" 소년이 고함쳤다.

아이들은 그의 주위를 뛰어 돌아다녔다. 소년의 눈에서 잔인성이 엿보였다. 그것은 윈스턴을 때려눕히고 걷어차고 싶은 욕망임이 틀림없었고, 어느 정도 자라면 충분히 그럴 수 있으리라는 생각이 들었다. 파슨스 부인의 시선이 신경질적으로 윈스턴에게서 아이들한테로, 그리고 다시 윈스턴에게로 잽싸게 옮겨졌다. 거실의 환한 전등 불빛에서 보니 재미있게도 파슨스 부인의 얼굴 주름살 사이에는 정말로 먼지가 끼어 있었다.

"애들이 정말… 교수형 구경 못 간다고 저 난리예요. 난 바빠서 애들을 데리고 나갈 수 없고, 톰은 시간 안에 일을 마치고 돌아올 수 없을 거구요."

"왜 못 가는데?" 소년이 큰 소리로 외쳤다.

"교수형 구경 가고 싶어! 교수형!" 꼬마 계집애도 여전히 방 안을 뛰어 돌아다니면서 종알거렸다.

아참, 오늘 저녁에 공원에서 유라시아 포로들의 교수형이 있지. 한 달에 한 번 정도 있는 흔한 구경거리였지만 아이들은 늘 구경 못해 안달이었다. 복도를 대여섯 걸음 걸었을까, 호되게 목덜미를 후려치는 통증에 그는 홱 몸을 돌렸다. 파슨스 부인이 아들놈을 낚아채듯 문 안쪽으로 끌어당겼고, 소년은 고무총을 주머니에 넣고 있었다.

"골드스타인!"

문이 닫히는 순간에 소년이 외쳤다. 파슨스 부인의 잿빛 얼굴에 새파랗게 공포가 떠올랐다.

집으로 돌아오자 그는 재빨리 텔레스크린 앞을 지나, 아픈 목을 문지르면서 다시 책상 앞에 앉았다. 텔레스크린에서 냉혹한 군대식 목소리가 아이슬란드와 페로 제도 사이에 방금 닻을 내린 유동 요새의 군비에 대한 설명을 약간 거칠게 낭독하고 있었다.

저 애새끼들 때문에 불쌍한 여자는 평생을 공포 속에서 지내게 될 거야. 1, 2년만 지나도 저 애들은 반동의 낌새를 알아채고 자기 어머니를 밤낮으로 감시하게 될 테니. 오늘날 거의 모든 애들이 이렇듯 무서운 존재가 되어버렸다. 악독하게도 스파이단 같은 조직력을 이용하여 어린아이들을 어떻게도 할 수 없는 작은 야만인으로 바꿔놓은 것이다. 아이들은 당의 규율에 전혀 반발하지 않았고 오히려 당을 찬양하면서 모든 것을 당과 관련지어서 생각했다. 서른이 넘은 사람들이 자기 자식들을 두려워하는 것은 거의 일반화된 사실이었다. 거기에는 그럴만한 이유가 있었다. 《타임스》지에 엿듣기 잘하는 꼬마 고자질쟁이에 관한 기사가 실리지 않은 주라곤 거의 없었다. 자기 부모들이 하는 이야기를 엿듣고 위험한 말이라고 사상 경찰에 고발하는 이 꼬마들에게는 대개 '꼬마 영웅'이라는 호칭이 사용되었다.

7년 전쯤에 그는, 어둠침침한 방 안을 걷고 있는 그에게 어떤 사람이 "우리는 어둠이 없는 곳에서 만나게 될 것입니다." 하고 말하는 꿈을 꾸었다. 그 음성은 너무나 조용하고 뜻밖이어서 그는 멈추지 않고 걸었다. 그런데 기묘한 것은 그땐 별 감흥 없던 그 꿈이 날이 갈수록 의미를 갖기 시작했다는 것이다. 오브라이언을 처음 만난 것이 그 꿈을 꾸기 전이었는지 후였는지, 그리고 그것이 오브라이언의 목소리라는 것을 맨 처음 깨달은 것이 언제였는지는 기억나지 않았지만 아무튼 어둠 속에서 그에게 말을 건 사람이 오브라이언이었던 것만은 확실하다.

오전에 시선이 잠깐 마주친 것만으로는 오브라이언이 친구인지 적인지 확신할 수 없지만 두 사람 사이에는 우정이나 동지애보다 더욱 소중한 이해가 있는 것 같았다.

"우리는 어둠이 없는 곳에서 만나게 될 것입니다."

윈스턴은 그 말이 무슨 의미인지는 몰랐지만, 어떤 방식으로든 그것이 실현되리라는 것만은 알고 있었다.

텔레스크린에서 흘러나오던 음성이 그쳤다. 맑고 아름다운 트럼펫 소리가 침체된 실내의 공기 속에서 떠돌았다. 다시 그 음성이 거칠게 뒤를 이었다.

"알려드립니다! 방금 말라바 전선에서 우리의 군대가 영광스러운 승리를 거두었다는 소식이 들어 왔습니다. 이제 머지않아 전쟁이 종식되리라는 것을 자신 있게 말씀드립니다. 지금 말씀드린 긴급 뉴스는……"

유라시아 군대를 전멸시켰다는 피비린내나는 소식과 엄청난 수의 사망자와 포로 보고, 그리고 다음 주부터 초콜릿 배급량을 30그램에서 20그램으로 줄인다는 발표가 이어졌다. 승리를 축하하기 위해서인지, 아니면 줄어든 초콜릿의 기억을 지워버리기 위해서인지, 텔레스크린에서 《오세아니아여, 그대를 위해서》라는 노래가 시끄럽게 울려퍼졌다. 이어서 경음악이 흘러나왔다.

윈스턴은 창 쪽으로 걸어가서 텔레스크린에 등을 돌리고 섰다. 날씨는 여전히 쌀쌀맞고 맑았다. 멀리서 로켓탄이 둔중하게 반복되는 굉음을 울리며 터졌다. 요즘 들어 1주일에 2, 30개씩 폭탄이 런던에 투하되고 있었다.

바람이 불 때마다 거리 아래쪽의 찢어진 포스터가 앞뒤로 펄럭이며 영사라는 글자를 보였다 가렸다 했다. 영사. 영사의 신성한 강령. 신어, 이중사고, 과거의 부정. 괴물만 사는 세계에서 방향 감각을 잃고 바다 밑 숲 속을 헤메며 점점 괴물이 되어가는 느낌이었다. 그는 혼자였다. 과거는 사멸하고, 미래는 예측할 수 없었다. 도대체 단 한 명의 인간이라도 살아 남아서 그의 편에 서줄 것인가? 그리고 당의 지배가 영원히 계속되지 않으리라는 것을 어떤 방법으로 알 수가 있단 말인가? 그 물음에 대한 해답이라도 되는 듯이 진리부의 새하얀 벽에 씌어 있는 세 개의 슬로건이 그의 시야로 다가섰다.

전쟁은 평화다
자유는 예속이다
무지는 힘이다

그는 주머니에서 25센트짜리 동전을 꺼내 들었다. 그 동전에도 역시 조그맣고 또렷한 글씨로 똑같은 슬로건이 새겨져 있었고, 동전 뒷면에는 빅 브라더의 두상이 새겨져 있었다. 동전에서조차 빅 브라더의 눈은 끈덕지게 사람을 쏘아보고 있었다. 그 눈은 동전, 우표, 책 표지, 깃발, 포스터, 담뱃갑, 어느 곳에나 다 있었다. 언제나 그 눈이 감시를 하고 그 목소리가 귓전을 맴돌았다. 잠을 자거나 깨어 있거나, 일을 하거나 음식을 먹거나, 집 안에 있거나 밖에 있거나, 목욕탕에 있거나 침대에 있거나 그것을 피할 수 없었다. 머리뼈 속에 들어 있는 몇 입방 센티미터의 내용물 말고는 자기 거라곤 하나도 없었다.

태양의 위치가 바뀌자 진리부 건물의 무수한 창틀은 요새의 총안들처럼 음산해 보였다. 폭풍우가 몰아쳐도, 천 개의 로켓탄을 퍼부어도 끄떡없을 것 같았다.

누구를 위해서 일기를 쓰는 거지? 미래? 과거? 상상 속의 시대? 내 앞에는 죽음보다 무서운 파멸이 가로놓여 있는데? 오직 사상 경찰만이 내용을 확인하기 위해 일기를 읽어보겠지. 일기장은 재가 되고 난 증발해버릴 텐데 어떻게 미래를 향해 호소한단 말인가?

텔레스크린이 14시를 쳤다. 10분 안에 떠나야 14시 30분까지 직장에 돌아가 있을 수 있다. 이상하게도 시간을 알리는 종소리가 기분을 새롭게 했다.

나는 어느 누구도 들어주지 않는 진실을 중얼거리는 고독한 유령이다. 그렇지만 약간 애매모호하게 중얼거리기만 하면 이런 상태가 중단되지 않고 지속될 것이다. 진실을 들려주는 것만으로는 충분하지 않다. 무엇보다 건전한 정신으로 살아가는 것이 중요하다. 그는 다시 책상으로 돌아가 펜에 잉크를 찍었다.

미래 혹은 과거에게! 사상이 자유롭고 인간이 제각기 다른 생각을 지닐 수 있으며, 혼자 고립되어 살지 않는 시대에게! 그리고 진실이 존재하며, 이루어질 수 없는 일을 할 수 있게 될 시대에게!

획일적인 시대로부터, 고립의 시대로부터, 빅 브라더의 시대로부터, 이중사고의 시대로부터.

안녕히!

자신의 사상을 체계화하기 위해 결정적인 발걸음을 내딛은 바로 지금부터 나는 이미 죽은 목숨이라고 윈스턴은 생각했다. 모든 행동의 결과는 행위 그 자체 속에 포함되어 있는 법이다. 그는 또 이렇게 썼다.

사상죄는 죽음을 수반하지 않는다. 사상죄는 그 자체가 죽음이다.

죽은 목숨이라고 인정하자, 오래 살아남는 것이 중요한 문제가 되었다. 오른쪽 손가락 두 개에 잉크가 묻어 있었다. 파멸은 이런 사소한 일들에서 오는 법이다. 냄새를 잘 맡는 열성분자들(갈색 머리 여자나, 창작국에서 일하는 검은 머리의 여자 같은 사람들)이 그가 왜 점심시간에 글을 쓰는지, '무슨 내용'의 글을 쓰는지 의심하게 될 것이고, 당국에 넌지시 암시를 줄 것이다. 그는 목욕탕으로 들어가서 모래투성이 흑갈색 비누로 조심스럽게 잉크자국을 문질러 씻었다. 저질 비누가 처음으로 마음에 쏙 들었다.

그는 서랍 속에 일기장을 집어넣었다. 숨겨 봐야 큰 의미 없는 짓이었지만, 적어도 남의 눈에 발각되었는지 아닌지는 확인할 수 있을 것이었다. 책갈피 끝에 머리카락 하나를 끼워둔다면 더욱 분명히 알 수 있을 것이다. 그는 손가락 끝으로 자세히 들여다봐야 식별할 수 있는 하얀 먼지 같은 모래알 하나를 집어서 책 표지 구석에 놓아두었다. 만약 누군가가 일기장을 건드리기만 해도 그 모래는 책에서 떨어져 나갈 것이다.

3

윈스턴은 어머니의 꿈을 꾸었다.

어머니가 감쪽같이 사라진 것은 그가 열 살인가 열한 살 때였다. 어머니는 조각처럼 늘씬하게 키가 크고, 유별나게 아름다운 머리칼을 가진 조용하고 동작이 느린 여자였다. 그의 기억에 희미하게 남아 있는 아버지는 살결이 검고 깡마른 몸집에 항상 검은 양복을 단정하게 차려입었으며(아버지의 얇은 구두창이 특히 기억났다), 안경을 끼고 있었다. 아마 50년대의 제1차 숙청 때 희생당했을 것이다.

꿈속에서 어머니는 어린 누이동생을 안고 윈스턴의 아래쪽에 앉아 있었다. 누이동생은 겁먹은 커다란 눈을 가진 작고 연약하고 조용한 아기였다. 우물 바닥이나 지하 묘지 같은 깊숙한 곳에서 두 사람은 말끄러미 그를 올려다보면서 점점 밑으로 가라앉고 있었다. 어느새 그들은 침몰하는 배의 선실에 앉아서 어두컴컴한 물을 통해 그를 쳐다보고 있었다. 그가 빛과 공기로 가득 찬 바깥 세상에 있는 동안에 그들은 자꾸만 죽음 속으로 빨려 들어가고 있었다. 그가 위에 있기 때문에 그들은 밑으로 가라앉고 있는 것이었다. 그도 그 사실을 알고 있었고, 그들 역시 알고 있다는 것을 얼굴 표정에서 읽을 수 있었다.

그들의 얼굴에서는 어떤 후회의 빛도 찾아볼 수 없었다. 그를 살리기 위해서 그들 자신이 죽어야 한다는 사실을 그들은 피할 수 없는 섭리로 받아들이고 있었다.

그는 어떻게 된 일인지 도무지 알 수 없었지만, 어머니와 누이동생이 그를 대신해서 희생되었다는 것은 어렴풋이나마 알 수 있었다. 이러한 꿈은 깨어난 다음에도 그 인상적인 장면이 계속해서 꿈꾼 사람의 정신생활에 영향을 끼침으로써 그 사람은 항상 새로운 사실과 이상을 깨닫게 되는 것이다.

거의 30년 전에 있었던 어머니의 죽음이 엄청난 비극이며 슬픔이었다는 깨달음이 윈스턴을 엄습했다. 그 비극은 아주 오랜 옛날, 아직 개인적인 비밀과 사랑과 우정이 살아 숨쉬던 시절, 그리고 가족들이 서로 의지하며 살아가던 시절에 속한 일이었다. 어머니는 하늘같은 사랑으로 자신을 희생했는데 그는 너무 어려서 어머니의 사랑을 이기적으로 받아들였다는 사실이 그의 가슴을 갈기갈기 찢어놓았다.

그런 일은 아무래도 오늘날엔 있을 것 같지 않았다. 오늘날엔 공포와 증오와 고통만이 있을 뿐, 감정의 존엄성이라든가 깊고 복합적인 슬픔 따위는 존재하지 않았다. 이 모든 것을 그는 여전히 수백 길 밑으로 가라앉으면서 그 푸른 바닷물을 통해 그를 쳐다보는 어머니와 누이동생의 커다란 눈망울 속에서 찾아보는 것이었다.

갑자기 그는 햇살이 비스듬히 미끄러지듯 지면을 비추는 여름 저녁 무렵, 짧게 깎은 싱싱한 잔디밭 위에 서 있었다. 꿈속에서 하도 자주 봐서 그런 풍경이 실제로 있다 싶을 정도였다. 그는 그곳을 '황금 나라'라고 불렀다. 토끼가 뜯어먹은 해묵은 풀밭을 가로질러 길게 오솔길이 나 있고 여기저기 두더지 구멍이 뚫려 있었다. 들판 건너편의 허술한 울타리 안쪽에서는 느릅나무 잎사귀들이 미풍에 가볍게 흔들리며 숱 많은 여인의 머릿결처럼 하늘거렸다. 눈에 보이지는 않지만 천천히 흐르는 맑은 시냇물이 가까이 있었고, 버드나무 밑 깊은 물웅덩이에서는 황어 떼가 헤엄치고 있었다.

검은 머리 여자가 들판을 가로질러 그에게로 다가왔다. 어떻게 된 노릇인지 그녀는 단 한 번의 동작으로 옷을 벗어 경멸하듯 한쪽으로 내팽개쳤다. 그녀의 몸은 하얗고 부드러웠다. 하지만 그는 그녀를 거들떠 보지도 않았다. 다만 옷을 벗어 팽개치는 그녀의 단호한 몸짓에 그는 놀라고 감탄했다. 그 우아하면서도 거침없고 자유분방한 동작이 모든 문화와 모든 사고 체계를 깔끔하게 다 잘라 없애버릴 것만 같았다. 단 한 번의 그 눈부신 팔 동작이 빅 브라더와 당과 사상 경찰들을 깡그리 휩쓸어 없애버릴 것만 같았다. 그리고 그것 역시 옛 시절에 속하는 몸짓이었다. 윈스턴은 '셰익스피어'라고 중얼거리면서 잠에서 깨어났다.

고막을 찢는 호각 소리가 30초 동안 텔레스크린에서 쏟아졌다. 7시 15분, 관리들이 일어나는 시각이다. 윈스턴은 몸을 비틀며 벌거벗은 채로(외부당원에게 1년에 의복비로 3천 쿠폰이 지급되는데, 파자마 한 벌에 6백 쿠폰이다) 일어나 의자에 걸쳐둔 바지와 더러운 내의를 움켜쥐었다. 3분 뒤에 체조가 시작된다. 격렬한 기침이 엄습했다. 아침마다 늘 그랬다. 그는 누워서 헐떡거리다가 다시 일어났다. 혈관이 부풀어오르고, 정맥류성 궤양이 근질거리기 시작했다.

"30대, 40대! 자세를 바로잡으세요. 30대, 40대!"

날카로운 여자의 목소리가 시끄럽게 울렸다.

윈스턴은 튕기듯 텔레스크린 앞으로 달려가 차렷 자세를 취했다. 깡마른 근육질의 젊은 여자가 튜닉 차림에 운동화를 신고 화면에서 구령을 붙였다.

"두 팔 구부렸다 펴기! 하낫 둘 셋 넷! 하낫 둘 셋 넷! 동무들, 힘을 주어서 따라 해요! 하낫, 둘, 셋, 넷! ……"

그는 두 팔을 기계적으로 뻗었다 오므렸다 하면서 체조 시간에 어울리는 유쾌한 표정을 지었다. 그리고 마음 속으로는 희미한 어린 시절의 옛 추억을 떠올렸다. 그것은 사실 보통 어려운 일이 아니었다.

50년대 이전의 기억은 거의 희미했다. 큰 사건이 있었던 것까진 알겠는데 자세한 내용이 생각나지 않고, 어떤 사건의 사소한 부분이 떠오르긴 하는데 전체적인 사건이 잡히지 않는 식으로 무수한 공백이 있었다.

아무튼 그때는 모든 것이 지금과 달랐다. 나라 이름, 지도 모양도 달랐다. 런던만큼은 그때나 지금이나 런던이지만 제1공대도 그땐 잉글랜드나 브리튼이었다.

윈스턴은 전쟁을 하지 않던 때가 있었는지 생각해 보았다. 콜체스터에 원자탄이 떨어졌을 때의 일이 생각났다. 아버지가 그의 손을 꽉 움켜잡고 디딜 때마다 삐걱거리는 나선형 계단을 빙빙 돌아 지하로 자꾸만 내려갔다. 엄마는 꿈속을 헤매듯 멀리 뒤처져서 따라왔다. 그 때 엄마는 어린 누이동생, 아니면 이불 짐(그 때 누이동생이 있었는지 확실치 않다)을 들고 있었다. 이윽고 그들은 사람들이 뒤엉켜 아우성치는 지하철 정거장이라고 생각되는 곳에 도착했다. 사람들은 돌을 깐 맨바닥에 앉아 있었고, 어떤 사람들은 철제 좌석 위에 포개듯 앉아 있었다. 윈스턴 가족은 어떤 할아버지와 할머니가 나란히 앉아 있는 간이 의자 옆에 간신히 자리를 찾아 앉았다.

검정 양복에 검은 모자를 하얀 머리에 눌러 쓴 할아버지의 얼굴은 붉었고, 푸른 눈 가득 눈물이 고여 있었다. 술 냄새가 났다. 노인은 어떤 순수하고 견딜 수 없는 슬픔으로 괴로워하고 있었다. 윈스턴은 어린 마음에도 어떤 무서운 사건이, 용서할 수도 없고 치유될 수도 없는 사건이 이제 방금 발생했다는 것을 알았다. 노인이 사랑했던 누군가가, 어쩌면 어린 손녀가 살해되었는지도 모른다. 몇 분마다 노인은 같은 넋두리를 되풀이했다.

"그놈들을 믿지 말았어야 했어, 할멈, 그 미치광이들을 믿으면 안된다고 내가 그렇게 말했건만!"

그 시절 이후로, 엄격히 말해서 똑같은 전쟁은 아니지만 어쨌든 전쟁이 그치지 않았다. 그의 어린 시절에도 몇 달 동안이나 런던에서 걷잡을 수 없는 시가전이 벌어졌었다. 하지만 언제 누가 누구를 상대로 싸웠는지를 알아낸다는 것은 불가능한 일이었다. 왜냐하면 현존하는 것 이외에 별다른 기록문이나 전해지는 말이 없을뿐더러 일정한 순서대로 배열된 해설 같은 것도 없었기 때문이다.

이를테면 1984년 현재 오세아니아는 유라시아와 전쟁 중이고 동아시아와는 동맹 관계에 있다. 공적인 발언이건 사적인 발언이건 세 강대국의 관계가 달라질 가능성은 절대로 있을 수 없다. 하지만 실제로는 4년 전만 해도 오세아니아는 동아시아와 전쟁을 하고, 유라시아와는 동맹 관계에 있었다. 하지만 그것도 따지고 보면 윈스턴의 기억이 당의 통제에 완벽하게 굴복하고 있지 않았기 때문에 우연히 남몰래 입수한 하찮은 지식에 지나지 않았고, 공식적으로는 동맹자가 바뀌는 일은 절대로 없었다. 오세아니아가 현재 유라시아와 전쟁을 하고 있으면 오세아니아는 처음부터 지금까지 계속 유라시아와 전쟁을 하고 있는 것이었다. 현재의 적은 언제나 절대적인 악을 대표하는 것이며, 과거나 미래에 적과 화해를 한다는 것은 불가능한 일이었다.

그는 통증을 느낄 정도로 어깨를 뒤로 젖혔다. (두 손을 엉덩이에 대고 허리에서 몸통을 회전시키는 운동은 등의 근육을 발달시킨다) 그는 이런 일을 만 번도 넘게 생각했다. 소름 끼치는 일은 이 모든 것이 사실일지도 모른다는 점이었다. 만약 당이 과거에까지 손을 뻗쳐 이런저런 사건을 들추어내서 '그런 일은 결코 없었다'고 말한다면 그것은 분명히 고문이나 죽음보다도 더 무서운 일일 수밖에 없었다.

당은 오세아니아가 유라시아와 동맹을 맺는 일은 절대로 없다고 말했다. 그는 4년 전만 해도 오세아니아가 유라시아와 동맹을 맺고 있었다는 사실을 알고 있다. 하지만 그것은 자신의 의식 속에서 지워지면 그만인 하찮은 지식이다. 당이 강요하는 거짓말을 모든 사람들이 받아들이고, 모든 기록들이 똑같은 내용을 되풀이한다면, 그 거짓말이 결국 역사에 남게 되고 진실이 될 것이다.

'과거를 지배하는 사람이 미래를 지배한다. 현재를 지배하는 사람이 과거를 지배한다' 라고 당의 슬로건은 떠들어대고 있다. 과거는 본질적으로 변형될 수 없는 성격을 지니고 있으면서도 끊임없이 변질되고 있었다. 현재의 진실은 무엇이건 먼 과거로부터 먼 미래까지 영원히 진실이었다. 당에게 진리란 극히 간단한 것이었다. 필요한 것은 다만 개인의 기억 위에 여지없이 군림해버리는 것 뿐이었다. 그들은 이것을 '현실 통제'라 불렀고, 신어로는 '이중사고'라고 했다.

"편히 쉬어!"

윈스턴은 두 팔을 옆구리에 늘어뜨리고 심호흡을 했다. 그의 정신은 미로와도 같은 이중사고의 세계 속으로 미끄러져 들어갔다. 알면서도 모르는 척하는 것, 진실을 속속들이 깨닫고 있으면서도 조심스럽게 위장된 거짓말을 하는 것, 논리에 대항하기 위해서 논리를 사용하는 것, 도덕을 주장하면서 거부하는 것, 민주주의란 불가능하다고 믿으면서 당이 민주주의의 수호자라고 선전하는 것, 잊어버린 일들을 꼭 필요한 순간에 다시 기억에 떠올리는 것, 그리고 다시 즉시 잊어버리는 것, 특히 과정 자체에 똑같은 과정을 적용시키는 것, 이런 지극히 미묘한 일들은 의식적으로 무의식을 유도한 다음에 다시 자신이 형성시킨 최면 상태의 행위를 의식하지 않게 되는 것이었다. '이중사고'라는 개념도 이중사고의 활용 방법을 따라야만 이해할 수 있는 것이었다.

"차렷, 발가락에 손끝을 갖다 댈 수 있는지 시험해 봅시다! 동무들, 하낫—둘! 하낫—둘! ……"

발뒤꿈치에서 엉덩이까지 칼끝으로 후벼파는 것 같은 통증과 함께 격렬한 기침이 일었다. 명상의 즐거움이 반으로 줄었다. 과거란 단순히 변형된 것이 아니라 실제로 파괴되어버린 것이다. 기억 말고는 아무 기록도 없다면, 가장 명확한 사실조차 증명할 방법이 없다. 빅 브라더 소문을 처음 들은 게 언제더라? 60년대쯤일 거야.

물론 당사黨史에는 빅 브라더가 혁명 초기부터 당의 영도자이며 수호자였다고 기록되어 있다. 게다가 그의 위력은 괴상한 원통형 모자를 쓴 자본주의자들이 번쩍이는 자동차나 양쪽에 유리창이 달린 고급마차를 타고 런던 거리를 질주했던 3, 40년대까지 거슬러 올라가서 어디까지가 사실이고, 어디까지가 거짓인지도 알 도리가 없다.

당이 창당된 시기도 그랬다. 영국사회주의라는 말은 1960년 이전에도 쓰였지만 영사라는 말은 전혀 들어본 적이 없었다. 물론 명백한 거짓말도 있다. 예를 들면 당이 비행기를 발명했다는 주장은 절대로 사실이 아니다. 아주 어렸을 때 비행기를 본 적이 있었으니까. 하지만 증거가 없으니 증명할 수는 없다. 딱 한 번 역사적 사실을 날조한 것을 증명하는 정확한 문서를 입수한 적이 있었다.

"스미스!"

텔레스크린에서 날카로운 목소리가 그를 불렀다.

"6079번 스미스! 그래, 당신! 허리를 더 구부려요! 그렇게 잘할 수 있으면서 노력을 안 하는군요. 더 굽혀요! 좋아요, 동무. 편히 쉬어! 여러분. 나를 보세요."

온몸에서 땀이 줄줄 흘러내렸지만 얼굴에는 아무 표정도 없었다. 지루한 표정 짓지 마! 화난 표정 짓지 마! 눈만 깜박여도 끝장이다. 그는 여교사가 두 팔을 머리 위로 치켜 올렸다가 허리를 굽혀 손가락을 발가락에 갖다 대는 것을 지켜보았다. 우아하진 않아도 깔끔하고 유연했다.

"자, 동무들! 여러분도 이렇게 해보세요. 난 서른아홉에 아이도 넷이나 있어요. 그런데도……"

그녀는 다시 한 번 허리를 굽혔다.

"내 무릎을 보세요. 전혀 굽히지 않았죠? 여러분도 마음만 먹으면 다 할 수 있어요. 마흔다섯 살 이하라면 누구나 발가락에 손을 댈 수 있어요. 우리가 모두 전선에 나가 싸울 특권을 누릴 수는 없지만 적어도 자기 건강은 지킬 줄 알아야 해요. 말라바 전선에 있는 우리 젊은이들을 생각해봐요! 유동요새에 주둔하고 있는 해군들을 생각해봐요! 그들의 고생을 생각해보라구요. 자, 다시! 잘했어요, 동무, 훨씬 나아졌어요."

윈스턴이 몇 년 만에 처음으로 있는 힘을 다해 몸을 굽혀 발가락에 손가락을 대는 것을 보고 그녀가 격려했다.

4

하루 일과를 시작할 때마다 윈스턴은 텔레스크린이 가까이 있는데도 자기도 모르게 한숨을 쉬었다. 그는 구술기록기를 앞으로 끌어당겨 주둥이 부분의 먼지를 닦고 안경을 쓰고 책상 오른쪽에 붙어 있는 전송관에서 떨어져 나온 네 개의 조그만 종이뭉치를 풀어서 철했다.

사무실 벽에는 세 개의 구멍이 있다. 구술기록기 오른쪽에는 기록 문서를 보내는 조그만 전송관, 왼쪽에는 신문을 보내는 좀 더 큰 전송관, 윈스턴이 팔을 뻗치면 닿는 옆 벽에는 쇠창살로 막아놓은 커다란 직사각형의 휴지처리 구멍이 있다. 이 휴지 처리 구멍은 사무실뿐만 아니라 복도에도 좁은 간격으로 널려 있어 건물 전체로 보면 아마 수천, 수만 개는 될 것이다. 무슨 이유에서인지는 몰라도 사람들은 그것을 기억통이라고 불렀다. 서류든 휴지든 사람들은 기계적으로 가까운 기억통 속에 던져 넣었고, 그것들은 뜨거운 바람에 휘말려 건물 어딘가에 깊숙이 숨어 있는 거대한 소각로 속으로 빨려 들어갔다.

윈스턴은 풀어놓은 기다란 종이 네 장을 자세히 살펴보았다. 종이마다 뜻을 알 수 없는 약어로, 전부는 아니지만 대부분 신어로 한두 줄씩 메시지가 적혀 있었다.

《타임스》 84. 3. 17. bb 아프리카 연설 오보 수정.

《타임스》 83. 12. 19. 3개년 계획 83년 사사분기 예보 인쇄 오류 최근 확인.

《타임스》 84. 2. 14. 풍부 초콜릿 인용 오보 수정.

《타임스》 83. 12. 3. bb 일일 명령 극히 불량 무인 언급 재기록 상사에 제출.

은근 만족한 느낌으로 윈스턴은 네 번째 종이를 한쪽으로 밀어놓았다. 복잡하고 책임져야 할 일은 맨 나중에! 두 번째 것은 지루한 숫자표를 대조하느라 시간이 걸리겠지만 어쨌든 나머지 세 가지는 늘 하던 일이었다. 윈스턴은 텔레스크린 뒤에 붙어 있는 번호를 돌려 《타임스》의 해당 호를 요청했다. 몇 분 지나자 전송관에서 해당 호가 미끄러져 나왔다. 그가 하는 일은 논문이나 기사를 변경—공식적인 용어로는 수정—하는 것이었다.

3월 17일자 《타임스》에는, 빅 브라더가 전날 연설에서 남인도 전선은 평온하겠지만, 도전적인 유라시아 군은 곧 북아프리카를 공격할 것이라고 예견했다는 기사가 실려 있는데 실제로는 그렇지 않았다. 유라시아 군 최고 사령부가 남인도를 공격하고 북아프리카는 내버려둔 것이다. 그렇기 때문에 빅 브라더의 빗나간 예측을 실제로 일어난 일에 맞출 필요가 있었다. 12월 19일자 《타임스》에 공식 예보한 1983년 사사분기, 즉 제9차 3개년 계획의 제

6차 분기에 생산될 각종 소비 물자의 생산고가 오늘 신문에 발표된 실제 생산고와 엄청난 오차가 있기 때문에 처음의 숫자를 나중 것과 일치하도록 수정해야 했다. 세 번째 메시지는 아주 간단한 오류여서 바로잡는 데 2분밖에 걸리지 않았다. 2월에 풍요부에서 1984년에는 초콜릿 배급량을 줄이지 않겠다고 약속—공식 표현은 절대 서약—했지만 실제로는 이번 주부터 30그램에서 20그램으로 줄어든다. 그러므로 처음 약속을, 4월쯤 배급량을 줄일 필요가 있다는 식으로 바꾸면 되었다.

윈스턴은 정정한 것을 모두 철해서 전송관 속으로 밀어 넣고 메시지 원본과 자기가 작성한 메모지들을 구겨 기억통 속으로 집어던졌다. 이런 일이 어떤 식으로 처리되는지 자세히는 몰라도 대충은 알고 있었다. 《타임스》 해당 호의 기사를 수정한다. 수정된 기사들을 한데 모은다. 원래 기사와 대조한다. 그 결과를 바탕으로 신문을 다시 인쇄한다. 원래 신문을 모두 폐기하고 정정본을 신문철에 꽂는다. 이런 꾸준한 변형 작업은 신문뿐만 아니라 책, 정기 간행물, 팸플릿, 포스터, 광고지, 영화, 녹음테이프, 만화, 사진 등, 조금이라도 정치적 · 사상적 의미를 띠는 모든 것에 적용되었다. 그렇게 매일 매순간 과거는 현재가 되었고, 당에서 발표한 모든 예측은 정확하게 문서로 증명되었으며, 필요에 맞지 않는 신문 기사나 소식은 깨끗이 삭제되었다. 역사는 필요할 때마다 깨끗이 지우고 다시 쓰는 양피지와 같았고, 일단 그 모든 과정이 완료되고 나면 어떤 경우에도 거기에 허위가 개입되었다는 것을 주장할 수도 증명할 수도 없었다.

윈스턴이 일하는 기록국의 직원들은 대부분 각종 문서와 책, 신문들의 오류를 찾아내고 수정하고 폐기하는 일을 했다. 사무실에는 정치 서열의 변동이나 빅 브라더의 잘못된 예언 때문에 열두 번도 넘게 수정된 《타임스》들이 원래의 날짜대로 신문철에 꽂혀 있었다. 물론 수정 기록은 절대로 없다. 책들 역시 몇 번이나 회수되어 수정되었지만 내용이 변경되었다는 말 한 마디 없이 재발간되었다. 윈스턴이 받아서 처리가 끝나는 대로 즉시 폐기하는 지시 메시지에도 위조에 대한 언급이나 암시는 전혀 없고, 오직 잘못된 표현, 오자, 인쇄 실수, 잘못 인용된 구절 등을 정확성을 기하기 위해 바로잡는 것일 뿐이었다.

하기야 이런 건 위조랄 것도 없어. 거짓말을 거짓말로 바꾸는 건데 뭐! 어차피 현실 세계와는 아무 관련도 없으니 굳이 거짓말이랄 것도 없다고 윈스턴은 생각했다.

예를 들어 풍요부는 사사분기 신발 생산량을 1억 4500만 켤레로 예상했는데, 실제 생산량은 6200만 켤레였다. 그래서 윈스턴은 예상 생산량을 5700만 켤레로 고쳐 썼다. 할당량을 초과 달성했다고 떠들게 하려는 상투적인 수법이었다. 문제는 5700만이든 1억 4500만이든 진실과는 거리가 멀다는 것이다. 어쩌면 신발은 한 켤레도 생산되지 않았다고 말하는 것이 더 진실에 가까울 것이다. 아무튼 신발이 얼마나 생산되었는지 아는 사람은 아무도 없고, 관심을 갖는 사람조차 없다. 매분기마다 천문학적인 숫자의 신발이 생산되지만 오세아니아 인구의 거의 절반은 맨발로 다니는 것이다. 모든 기록은 크든 작든 그런 식이었다. 모든 것이 암흑세계의 그늘로 사라져서 끝내는 그 날이 며칠인지조차 불확실해져버리는 것이었다.

윈스턴은 사무실을 힐끗 둘러보았다. 건너편 책상에서 검은 턱수염에 체구가 작고 야무지게 생긴 틸로슨이 무릎 위에 신문을 접어 올려놓고, 구술기록기에 입을 바짝 대고 열심히 일하고 있었다. 텔레스크린에 뭔가 비밀 이야기를 하는 표정이었다. 문득 그가 얼굴을 쳐들고 안경너머 적의에 찬 눈으로 윈스턴을 날카롭게 쏘아보았다.

창문 하나 없는 기다란 사무실에는 책상이 두 줄로 놓여 있었고, 끊임없이 바스락거리는 서류 소리와 구술기록기에 대고 낮게 중얼거리는 소리가 들렸다. 매일 복도에서 마주치고 2분 증오시간마다 함께 난리를 치면서도 열두 명쯤은 이름조차 몰랐다. 바로 옆 책상의 조그만 갈색 머리 여자는 증발해버린 사람들의 명단을 신문이나 각종 출판물에서 찾아내어 이 세상에 존재하지 않았던 것처럼 감쪽같이 지우는 단조로운 일을 하고 있었다. 2년 전에 그녀의 남편도 갑자기 사라졌으니 어쩌면 그녀에게는 딱 맞는 일일지도 몰랐다.

몇 개의 책상 건너에서는 온순하고 나약하고 몽상적이고 귀에 솜털이 많고 시의 운율을 맞추는 재능이 뛰어난 앰플퍼스가 사상적으로는 불온하지만 몇 가지 이유로 시집에 꼭 수록해야 할 시들을 수정하는 일을 맡고 있었다. 이렇게 개정된 시집을 당에서는 결정판이라고 불렀다.

직원이 약 50명쯤 되는 이 사무실은 엄청나게 복잡한 기록국의 일개 분과에 지나지 않았다. 건물 구석구석에 상상할 수 없을 정도로 많은 부서와 온갖 부류의 직원들이 있었다. 방대한 규모의 인쇄실에는 위조 사진을 만들어 내는 시설 좋은 스튜디오와 수많은 편집자들, 조판 기술자들이 있었다. 텔레스크린 기획과에는 엔지니어와 프로듀서를 비롯한 제작진들, 성대모사에 뛰어난 전속 성우들이 있었다. 수많은 전문가들이 있는가 하면 고작 회수할 책과 정기 간행물 목록을 작성하는 게 전부인 서기들도 있었다. 수정된 문서를 보관하는 커다란 창고도 있었고, 원본을 태워 없애는 소각로도 눈에 띄지 않는 곳에 감추어져 있었다. 그리고 어디에 있는지, 누구인지, 전혀 정체를 알 수 없지만, 모든 일들을 조정하고, 과거의 사건들 중에서 보존할 것과 위조할 것, 완전히 지워 없앨 것들을 분류하여 정책 노선을 결정하는 감독관들도 있었다.

결국 진리부의 일개 부서에 지나지 않는 기록국의 주된 업무는 과거를 재건하는 것이 아니라 오세아니아 국민에게 신문, 영화, 교과서, 텔레스크린 프로그램, 연극,

소설 등, 어린이용 글씨 책에서 신어사전까지 온갖 분야의 정보, 교육, 오락 등을 제공하는 것이었다. 모든 과정을 프롤레타리아 계급인 노동자들에게 맞게 수준을 낮추어 되풀이하기도 했다. 프롤레타리아들만을 위한 문학·음악·연극·오락을 취급하는 부서들도 쇠사슬처럼 연결되어 있었다. 이런 곳에서는 스포츠, 범죄, 점성술 따위의 기사를 싣는 저질 신문, 선정적인 통속 소설, 외설 영화, 만화경 비슷한 기계로 감상적인 유행가를 만들어냈다. 그 밖에도 신어로 포르노과라고 부르는 분과까지 있었는데, 그야말로 저질스런 포르노그래피를 만들어서 소포로 밀봉해 발송했기 때문에 그 일에 종사하는 사람들 말고는 당원들도 볼 수 없었다.

일하고 있는 동안에 세 장의 메시지가 더 왔지만 간단한 일들이어서 2분 증오가 시작되기 전에 모두 처리했다. 이윽고 2분 증오가 끝나자 그는 구술기록기를 한쪽으로 치워놓고 책장에서 신어사전을 꺼낸 다음 안경을 벗어 깨끗하게 닦고 아침에 미뤄두었던 중요한 일을 시작했다. 영사의 강령에 대한 지식을 바탕으로 당이 요구하는 것을 예측해서 위조하는 아주 미묘한 일이었다. 하지만 그는 이런 일에 아주 능숙했다. 그래서 가끔은 완전히 신어로 쓴 《타임스》의 사설을 수정하는 일까지 맡을 때도 있었다. 그는 메시지를 다시 펼쳐보았다. 일에 파묻혀 자신을 잊을 수 있는 것만으로도 그에겐 큰 즐거움이었다.

《타임스》 83. 12. 3. bb 일일 명령 극히 불량 무인 언급 재기록 상사에 제출.

고어(표준 영어)로는 다음과 같은 뜻이었다.

1983년 12월 3일자 《타임스》에 게재된 빅 브라더의 일일 명령은 지극히 불만스러운 것으로, 존재하지도 않은 사람에 대해 언급하고 있다. 그 전문을 완전히 다시 써서 철해두기 전에 초고를 고위 당국에 제출하라.

윈스턴은 기사를 죽 훑어보았다. 빅 브라더의 일일 명령은 유동요새의 해병들에게 담배 등의 위문품을 공급하는 FFCC라는 단체를 치하하는 내용이었다. 고위급 당원인 위더스 동무에 대한 특별한 언급과 함께 그에게 2등 특별 공로 훈장을 수여했다는 내용도 있었다. 그런데 3개월 뒤에 FFCC는 갑자기 해산되었고, 신문도 텔레스크린도 입을 다물고 있었다. 정치범이 재판에 회부되거나 공개되는 일은 거의 없기 때문에 다들 그러려니 했다.

윈스턴은 종이로 코를 가볍게 두드렸다. 건너편 책상에서는 틸로슨이 여전히 구술기록기 위로 잔뜩 몸을 구부리고 있었다. 그는 잠깐 머리를 들고 다시 한 번 안경 너머 적의에 찬 눈으로 노려보았다. 틸로슨도 혹시 나와 같은 일을 하고 있는 게 아닐까? 가능성은 충분했다. 이렇게 미묘한 일을 단 한 사람에게 맡길 리 없으니 아마 10명도 넘는 사람들이 빅 브라더의 연설을 고쳐 제출하면 지도급 내부당원들이 적당한 원고를 몇 개 골라 재편집한 다음에 복잡하고 까다로운 과정을 거쳐 영구 문서로 옮길 것이다. 그렇게 거짓말은 진실이 되는 것이다.

위더스는 왜 숙청되었을까? 부정부패? 무능력해서? 인기가 너무 많아서? 이단적인 성향이 있어서? 어쩌면 우발적으로 일어난 일일지도 모른다. 숙청과 증발이 절대 권력을 유지하는 불가피한 수단이기 때문에 그럴 가능성도 높다. 위더스가 이미 살해당했다는 것을 알려주는 유일한 단서는 '무인 언급'이라는 말이다. 체포된 경우에는 절대로 이런 표현을 쓰지 않는다. 위더스는 지금 이 세상에 존재하지 않고 존재한 적도 없는 사람이다. 윈스턴은 빅 브라더의 연설 내용을 조금 바꾸는 것으로는 충분하지 않다고 판단했다. 아무래도 원래의 주제와는 전혀 상관없는 것을 다루는 편이 좋을 것 같았다.

반역자나 사상범에 대한 비난은 너무 상투적이다. 그렇다고 무작정 전선에서 승리했다거나 제9차 3개년 계획을 초과 달성했다는 식으로 꾸미면 기록 자체가 복잡해질 수 있다. 지금 필요한 것은 간단하고 기발한 발상이다. 문득 최근 전투에서 영웅적인 명성을 떨치고 전사한 오길비 동무가 떠올랐다. 빅 브라더는 가끔 보잘것없는 하급 당원이면서도 값진 삶을 살다 간 동무들의 죽음을 기려야 한다고 역설했다. 윈스턴은 오늘 오길비 동무를 기리기로 했다. 오길비 동무가 실존인물이라고는 절대로 믿지 않지만 몇 줄의 글과 두어 장의 위조 사진만 있으면 그는 얼마든지 실존인물이 될 터였다.

윈스턴은 잠시 생각하다가 구술기록기를 앞으로 끌어당겨 빅 브라더와 비슷한 투로 말하기 시작했다. 약간 군대식이고 현학적이며 질문을 던졌다가 곧바로 대답하는 투라 흉내 내기는 쉬웠다. 예를 들면 이런 식이다.

"동무들, 이 사실에서 어떤 교훈을 얻었는가? 그 교훈은 바로……"

오길비 동무는 세 살 때부터 북과 기관총과 헬리콥터만 갖고 놀았다. 여섯 살에, 당의 특별 배려로 규정보다 1년 빨리 스파이단에 가입했고, 아홉 살에는 단장이 되었다. 열한 살에 사상이 불온한 숙부의 대화를 엿듣고 사상경찰에 고발했고, 열일곱 살에는 청년반성동맹 지방 조직책이 되었다. 열아홉 살에 수류탄을 발명했는데 평화부가 그것을 채택하여 첫 실험에서 단 한 방으로 31명의 유라시아 포로들을 폭사시켰다. 그리고 스물세 살에 그는 중요 문서를 갖고 인도양을 비행 횡단하던 중 적군 제트기에게 추격당하자 기관총을 몸에 매달아 체중을 무겁게 한 다음 모든 중요 문서를 가지고 헬리콥터에서 깊은 바닷물 속으로 뛰어들었다. 빅 브라더는 오길비 동무의 죽음은 부러운 최후라고 말했다. 그리고 오길비 동무의 생애가 더없이 순수하고 성실했다고 덧붙였다. 오길비 동무는 술 담배도 하지 않았고, 하루 한 시간씩 체육관에 나가 운동하는 것 말고는 취미도 없었다. 결혼을 하면 가족을 돌봐야 하기 때문에 하루를 몽땅 당에 헌신할 수 없다는 신념으로 평생 독신으로 지낼 것을 서약했다. 그의 이야기는 언제나 영사의 강령에 대한 것이었고, 삶의 목표는 오직 유라시아 군대의 궤멸과, 스파이, 파업선동자, 사상범, 반역자를 모조리 잡아 없애는 것뿐이었다.

윈스턴은 오길비 동무에게 특별 공로 훈장을 줄까 생각하다가 그만두었다. 절차가 너무 복잡했던 것이다.

그는 다시 건너편에 있는 경쟁자를 힐끗 보았다. 왠지 틸로슨도 지금 자기와 같은 일로 바쁘게 쫓기고 있다는 확신이 들었다. 누구 원고가 채택될까? 윈스턴은 자기 것이 채택될 거라고 확신했다. 한 시간 전만 해도 허구였던 오길비 동무가 당당히 역사적인 인물로 나타난 것이다. 죽은 사람은 창조해낼 수 있어도 산 사람은 그렇게 할 수 없다는 사실이 기묘한 충격으로 다가왔다. 이제까지 존재한 적 없던 오길비 동무가 이제 과거 속에 존재하게 된다. 그리고 이런 날조 행위가 잊히기만 하면 그는 샤를마뉴나 율리우스 카이사르처럼 확실한 증거 위에 존재하게 되는 것이다.

5

지하 깊숙한 곳에 있는 천장 낮은 식당에서는 점심을 먹으러 온 사람들의 줄이 천천히 앞으로 움직이고 있었다. 사람들로 꽉 차 귀가 멍멍한 식당 카운터 창구에서 스튜 냄새와 함께 빅토리 진 냄새가 진동했다. 식당 한쪽 구석 벽에 구멍을 내어 만든 조그만 바에서 한 잔에 10센트씩 술을 팔고 있었던 것이다.

"한참 찾았는데 여기 있었군."

윈스턴은 돌아보았다. 조사국에서 일하는 친구 사임이었다. 아마 친구라는 말은 옳지 않을 것이다. 이제 친구란 없고 동무만 있기 때문이다. 하지만 동무 중에도 더 친한 동무가 있는 법이다. 사임은 신어 전문 언어학자로서 현재 신어사전 제11판의 편집을 맡고 있는 막강한 전문위원이었다. 그는 윈스턴보다 몸집이 작고 머리는 검은색이었다. 툭 튀어나온 커다란 눈은 왠지 슬픈 것도 같고 비웃는 것도 같았는데, 이야기를 나눌 때 그는 그 눈으로 상대방의 얼굴을 빤히 쳐다보곤 했다.

"혹시 면도날 있어?" 그가 물었다.

"아니, 없어! 나도 구해보려고 여기저기 돌아다녔는데 도무지 없던걸."

윈스턴은 왠지 미안해서 얼른 대답했다. 사실은 아직 사용하지 않은 면도날 두 개를 감춰두고 있었던 것이다.

요즘은 보는 사람마다 면도날 타령이다. 당원들만 이용하는 가게에서조차 단추, 털실, 구두끈 같은 생활필수품이 가끔 떨어졌는데, 지금은 면도날이었다. 지난 몇 달 동안 면도날은 구경도 못 할 정도로 귀해져서 몰래 자유시장에 가서 애걸복걸해야 겨우 하나 구할 수 있었다.

"어제 교수형 봤어?" 사임이 물었다.

"난 그때 일하고 있었어. 어차피 영화로 보게 되겠지."

"영화로 보는 거랑은 완전 달라."

사임은 지독한 교조주의자였다. 헬리콥터의 공습이나 사상범 재판, 애정부 지하실에서 행해지는 처형 같은 것을 못마땅해 하는 척하면서도 막상 이야기가 시작되면 신이 나서 떠들어댔다. 그래서 그와 있을 땐 신어 얘기를 하는 것이 최고였다. 윈스턴은 마음속까지 꿰뚫어보는 것 같은 그의 검은 눈을 피해 머리를 살짝 돌렸다.

"굉장한 교수형이었어. 놈들의 발목을 묶지 않았으면 발버둥치는 꼴을 볼 수 있었을 텐데…… 마지막에 시퍼런 혓바닥을 쑥 빼물 땐 정말 속이 다 시원하더라고."

"다음 분!"

쇠창살 밑으로 쟁반을 디밀자, 철제 냄비에 담긴 불그죽죽한 스튜, 빵 한 덩어리, 치즈 한 조각, 우유를 타지 않은 빅토리 커피 한 잔, 사카린 한 알이 담겼다.

"저쪽 텔레스크린 밑에 자리가 있군. 술 한 잔씩 사 가세." 사임이 말했다.

종업원이 손잡이 없는 동그란 찻잔에 술을 따라주었다. 그들은 사람들을 헤치고 철판을 씌운 식탁 위에 쟁반을 내려놓았다. 식탁 한쪽에 어떤 놈이 흘렸는지 스튜 국물이 토해놓은 찌꺼기처럼 들러붙어 있었다. 윈스턴은 술잔을 들고 잠시 숨을 멈췄다가 그 느글느글한 술을 한 입에 꿀꺽 삼켰다. 눈물이 찔끔 났다. 갑작스러운 시장기를 느끼며 그는 스튜를 퍼먹기 시작했다. 희멀건 스튜에는 그것도 고기라고 스펀지 같은 덩어리가 몇 조각 들어 있었다. 윈스턴의 왼쪽 뒤로 조금 떨어진 식탁에서 어떤 남자가 거위처럼 시끄럽게 꽥꽥대고 있었다.

"사전 일은 어때?" 윈스턴은 큰소리로 물었다.

"잘 돼가. 난 형용사를 맡았는데 아주 재미있어."

신어 이야기가 나오자 사임의 얼굴이 금세 밝아졌다. 그는 스튜냄비를 한쪽으로 치우고 섬세한 손에 빵과 치즈를 집어 들고는 고함을 지르지 않아도 말이 들리도록 식탁 위로 몸을 굽혔다.

"제11판이 결정판이야. 지금 마지막 손질을 하고 있는데, 이 일이 끝나면 이제 다른 말은 쓰지 않게 될 거야. 물론 사람들은 신어를 처음부터 다시 배워야 하겠지. 아마 넌 우리의 주된 업무가 새로운 낱말을 만들어내는 거라고 생각하겠지만 천만에! 오히려 우린 매일 수백 개의 낱말을 없애고 있어. 뼈만 남을 때까지 언어를 깎아내고 다듬는 거지. 제11판에는 2050년까지 살아남지 못할 낱말은 한 개도 수록되지 않을 거야."

그는 허겁지겁 빵을 먹으면서 현학적인 말들을 늘어놓았다. 칙칙하고 깡마른 얼굴에 생기가 돌고, 비웃는 느낌이 사라진 두 눈엔 꿈꾸는 듯한 표정이 떠올랐다.

"낱말을 없애는 건 정말 멋진 일이야. 물론 없애야 할 낱말은 동사와 형용사에 많지만, 사실 명사에도 수백 개는 돼. 비슷한 말뿐만 아니라 반대말도 그래. 한 낱말이 단순히 다른 낱말의 반대만 뜻한다면 그런 낱말이 무슨 필요가 있어? 낱말 속에는 이미 반대를 뜻하는 요소가 들어 있어. good(좋은)의 반대말은 ungood으로 충분한데 왜 굳이 철자도 생판 다른 bad(나쁜)가 필요하냐고? 사실 ungood이 다른 어떤 낱말보다 더 정확한 반대 개념이잖아. good을 강조할 때도 마찬가지야. excellent(우수한)나 splendid(훌륭한)같은 낱말이 아무리 많다 한들 무슨 소용이야? 그저 plusgood(더 좋다)이면 충분하고, 혹시 더 강조하고 싶다면 doubleplusgood(더욱 더 좋다)이면 되지, 안 그래? 물론 우린 이미 그런 형태의 말을 사용하고 있지만, 신어사전 결정판에는 good만 남을 거야. 좋다 나쁘다의 개념은 여섯 개의 낱말로 나누어지지만 실제로는 단 한 낱말로 충분하다는 거지. 어때, 근사하지 않아? 아, 물론 이건 모두 B. B.의 아이디어야."

사임은 뒤늦게 빅 브라더 이야기를 덧붙였다. 윈스턴의 얼굴에 맥 빠진 표정이 스쳤다. 순간적인 일이었는데도 사임은 곧바로 알아차렸다.

“윈스턴, 신어의 진가를 인정하지 않는군. 신어로 글을 쓸 때조차 넌 구어를 생각하고 있어. 네가 《타임스》에 발표하는 기사를 가끔 읽었는데 물론 아주 좋아. 하지만 그건 어디까지나 번역에 불과해. 의미가 애매하고 쓸데없는 뜻까지 포함하는 구어에 집착하기 때문이지. 낱말을 파괴하는 아름다움을 몰라서 그래. 전 세계적으로 매년 어휘 수가 줄어드는 언어는 신어뿐이야. 그건 알지?”

그런 것쯤이야 윈스턴도 물론 알고 있었다. 그는 동감이라는 의미로 말 대신 미소를 지었다. 사임은 거무스레한 빵을 다시 한 입 베어 물고 씹으면서 말했다.

“신어의 최종 목표는 사고의 폭을 좁히는 거야, 알아? 그렇게 되면 결국 사상범은 없어질 거야. 사상에 관련된 말 자체가 모두 없어지니까. 모든 개념은 이제 단 한 낱말로 정확하게 표현되고 그 뜻도 엄격하게 한정되어 다른 보조적인 의미 따위는 제거되고 잊힐 거야. 제11판에서 우리는 그런 작업에 주력하고 있어. 낱말 수가 줄어들면 그만큼 사고의 폭도 좁아지게 돼. 지금도 사상범들에게 이유나 변명이 있을 순 없지만 결국 그런 것조차 필요없게 된다는 거야. 신어가 완성될 때 혁명도 완수될 거야. 신어는 영사고, 영사는 곧 신어야.”

그는 만족스러운 표정으로 윈스턴을 쳐다보았다.

"윈스턴, 늦어도 2050년에, 지금 우리가 쓰는 말을 이해할 수 있는 사람이 단 한 명이라도 있을까?"

"글쎄……"

윈스턴은 입을 열다 말고 얼른 다물었다. 프롤레타리아라는 말이 튀어나올 뻔했지만 교조주의에 저촉될까 두려웠던 것이다. 하지만 사임은 귀신같이 알아차렸다.

"프롤레타리아는 인간이 아니야. 2050년까지는, 어쩌면 더 빠를 지도 몰라, 구어는 완전히 사라질 거야. 과거의 문학도 다 없어질거야. 물론 초서, 셰익스피어, 밀턴, 바이런 같은 작가들은 신어 번역판으로 남겠지. 하지만 단순히 신어로만 바뀌는 게 아니라 내용도 바뀌고 의미도 다 바뀔 거야. 심지어 당의 문학, 당의 슬로건도 변할 거야. 자유라는 개념이 없어졌는데 어떻게 '자유는 예속이다' 라는 슬로건을 쓸 수 있겠어? 모든 사상적 풍토도 달라질 거야. 지금 우리가 알고 있는 사상 따윈 존재하지도 않을 테니까. 교조주의란 생각하지 않는 것, 생각할 필요가 없다는 뜻이야. 그러니까 교조주의는 무의식 그 자체가 되는 거야."

머지않아 사임이 증발할 거라는 갑작스런 확신이 들었다. 그는 너무 지적이다. 모든 것을 정확하게 관찰하고 분명하게 말한다. 당은 이런 사람을 좋아하지 않는다. 분명히 그는 어느 날 갑자기 사라질 것이다.

윈스턴은 빵과 치즈를 다 먹고 의자에 약간 비껴 앉아 커피를 마셨다. 왼쪽 뒤에 앉은 남자는 여전히 꽥꽥거리고 있었다. 윈스턴을 등지고 앉은 젊은 여자는 열심히 고개를 끄덕이면서 가끔 젊고 어수룩한 목소리로 외쳤다.

"맞습니다. 저도 그렇게 생각합니다."

윈스턴은 그 남자가 창작국의 요직에 있다는 것 말고는 아는 바가 없었다. 나이는 서른쯤이고 근육질 목과 커다란 입, 좀 변덕스런 인상이었다. 머리를 약간 뒤로 젖히고 삐딱하게 앉아 있었는데 안경이 빛을 반사해서 윈스턴 쪽에서는 눈 대신 두 개의 텅 빈 유리알만 보였다. 그렇게 끊임없이 꽥꽥거리는데 거의 한 마디도 알아들을 수 없다니 윈스턴은 왠지 으스스해졌다. 활자로 인쇄되어 한꺼번에 쏟아져 나오는 것 같은 말의 홍수 속에서 윈스턴은 딱 하나 '골드스타인의 완벽한 제거'라는 말을 건졌다. 이제 그가 무슨 말을 하는지 대충 짐작이 갔다. 턱만 위아래로 빠르게 움직이는 눈 없는 얼굴을 쳐다보다가 윈스턴은 문득 그가 진짜 인간이 아니라 꼭두각시라는 기묘한 느낌에 사로잡혔다. 말을 하는 것은 그의 두뇌가 아니라 목구멍이다. 무수한 낱말들을 쏟아내고 있지만 그건 진정한 의미에서의 말이 아니라 오리가 꽥꽥거리는 것처럼 무의식적인 소음일 뿐이다.

사임은 식탁에 흘린 스튜 국물을 스푼 손잡이로 찍어서 그림을 그리다가 말했다.

"신어에 '오리말' 이란 낱말이 있어. 오리처럼 꽥꽥거린다는 뜻이지. 재미있는 건 이 말이 서로 반대되는 두 가지 뜻을 갖고 있다는 거야. 적에게 사용하면 욕이 되고, 동지에게 사용하면 칭찬이 되는 거지."

틀림없이 사임은 증발될 거라고 윈스턴은 다시 확신했다. 사임에게 단점이 있다면, 절제와 적당한 무관심과 우둔함이 없다는 것이다. 그는 영사의 강령을 신봉하고, 빅브라더를 열광적으로 숭배하며, 승리를 진심으로 기뻐하고 이단자를 철저하게 증오했다. 무엇하나 빠질 게 없는 정통 열성당원이었는데도 그에게는 늘 좋지 않은 평판이 따라다녔다. 하지 않아도 될 말을 하고, 책을 너무 많이 읽으며, 화가와 음악가들이 드나드는 '호두나무 카페' 에 뻔질나게 드나들었다. 호두나무 카페에 드나들지 말라는 법은 없지만, 그곳은 왠지 불길한 장소였다. 당의 지도자들이 추방당하기 전에 모이던 곳이었고, 골드스타인이 십여 년 전에 그곳에 드나들었다는 소문도 있었다. 사임의 운명은 이제 뻔했다. 만약 사임이 윈스턴의 생각을 단 3초 동안만이라도 파악한다면 그는 당장 사상경찰에 고발할 것이다. 아마 다른 사람도 그러겠지만 사임만큼 그러지는 않는다. 아무튼 열성만으로는 충분하지 않다. 교조주의는 무의식이기 때문이다.

"파슨스가 오는군."

사임이 앞쪽을 보며 말했다.

그 목소리에는 '지긋지긋한 바보 자식' 이라는 욕이 숨어 있었다. 통통한 중키에 금발, 개구리 같은 얼굴, 서른다섯 살에 벌써 목덜미와 허리께에 비곗살이 붙었지만, 몸놀림은 소년처럼 팔팔해서 전체적으로 덩치 큰 아이 같은 파슨스가 사람들을 헤치며 걸어오고 있었다. 그는 두 사람에게 유쾌하게 인사하면서 식탁에 앉았다. 지독한 땀냄새가 났다. 불그레한 얼굴에서 구슬 같은 땀방울이 줄줄 흐르고 있었다. 그는 정말 땀을 많이 흘렸다.

사임은 손가락 사이에 볼펜을 끼우고 글씨가 빽빽한 기다란 종이쪽지를 들여다보고 있었다.

"저 사람은 점심시간에도 일을 하는군. 열성이야…… 이봐, 요새 어때? 보나마나 나 같은 사람에겐 골치 아픈 일이나 하고 있겠지. 그런데 기부금을 잊었더군."

파슨스가 윈스턴의 옆구리를 쿡쿡 찌르면서 말했다.

"무슨 기부금?"

윈스턴은 기계적으로 돈이 있는지 주머니를 더듬었다. 월급의 4분의 1가량을 의연금으로 내야 했는데 가짓수가 하도 많아서 일일이 다 기억할 수가 없었다.

"증오주간에 쓸 기부금 말이야. 집집마다 내기로 했잖아. 내가 우리 구역을 맡았는데…… 엄청난 전시 효과를 거두게 될 거야. 분명히 말해두는데, 유서 깊은 빅토리 맨션에서 가장 큰 깃발을 내걸지 못한다면 그건 내 책임이 아니야. 자넨 2달러 낸다고 했지?"

윈스턴이 주머니에서 때 묻고 구겨진 지폐 두 장을 꺼내주자 무식쟁이들이 흔히 그렇듯 파슨스는 조그만 수첩에다 얌전한 글씨로 또박또박 적어 넣었다.

"그건 그렇고 우리 개구쟁이 녀석이 어제 자네한테 고무총을 쐈다면서? 내가 따끔하게 야단쳤어. 그런 짓을 또 하면 고무총을 빼앗아버리겠다고 으름장을 놓았지."

"처형장에 구경 못 가서 심술났더라구."

"그래, 정신은 올바로 박힌 놈이지. 말썽꾸러기지만 말하는 걸 보면 제법 똑똑해! 스파이단과 전쟁 생각밖에 없어. 지난 토요일에 우리 딸애가 버크햄스테드로 행군 나갔을 때 무슨 짓을 한 줄 알아? 다른 계집애 둘하고 2시간이나 수상한 남자를 뒤쫓았대. 숲 속까지 따라 들어갔다가 애머샴에 도착하자마자 경찰에 넘겼대."

"왜 그랬대?"

윈스턴은 자기도 모르게 주춤거리다가 물었다.

"그 자가 낙하산으로 침투한 간첩이라고 생각했대. 중요한 건 이거야. 그 애가 왜 그 자를 수상하게 생각했을까? 신발 때문이었다더군. 그런 신발을 신은 사람을 한 번도 본 적이 없어서 그가 외국인일 거라고 생각했다는 거야. 일곱 살짜리가 너무 똑똑하지 않아?"

"그 사람은 어떻게 됐대?" 윈스턴이 물었다.

"그야 나도 모르지. 이렇게 됐다 해도 놀랄 거 없고."

파슨스는 손으로 총을 만들면서 혀로 총소리를 냈다.

트럼펫 소리가 그들 바로 머리 위에 있는 텔레스크린에서 울려 퍼졌다. 그러나 이번의 트럼펫 소리는 군사적인 승리를 선포하는 것이 아니라 풍요부의 발표를 알리는 것이었다. 열정에 찬 젊은이의 고함 소리가 들렸다.

"동무들! 주목하세요! 영광스런 소식을 전해드리겠습니다. 우리는 생산전선에서 승리를 거두었습니다! 이제 막 완료된 각종 소비재 생산 통계에 따르면 생활수준이 작년보다 무려 20퍼센트나 향상되었다고 합니다. 오늘 아침 오세아니아 전역에서 노동자들이 공장과 사무실을 자발적으로 뛰쳐나와 깃발을 들고 거리를 행진하면서 탁월한 영도력으로 우리에게 새롭고 행복한 삶을 베풀어주신 빅 브라더께 감사한다는 구호를 목이 터져라 외쳤습니다. 목표 달성 통계 수치는……"

'새롭고 행복한 삶' 이라는 말이 몇 번이나 반복되었다. 파슨스는 바보 같은 엄숙성이랄까, 교화된 지루함이랄까, 아무튼 그런 표정으로 귀를 기울이고 있었다. 통계 수치를 이해하지 못하면서도 그는 만족스러운 얼굴로 크고 지저분한 파이프를 꺼냈다. 검게 탄 담배가 반쯤 채워져 있었다. 일주일에 100그램씩 배급되는 담배로 파이프를 가득 채워 피울 수는 없는 노릇이었다. 윈스턴은 빅토리 담배를 반듯하게 들고 피웠다. 남은 담배 네 개비로 내일 배급까지 버텨야 했다. 초콜릿 배급량을 일주일에 20그램으로 올려준 빅 브라더에게 감사하는 집회가 있었다고 했다. 초콜릿 배급량을 일주일에 30그램에서 20그램으로 줄인 것이 바로 어제였는데 겨우 하루 만에 사람들은 그것을 잊어버렸단 말인가? 파슨스는 짐승처럼 우둔해서 그렇다 치고, 왼쪽 뒤 식탁의 눈 없는 남자는 지난주 배급량이 30그램이었다고 말하는 놈이 있다면 당장 끌어내서 증발시켜버리겠다는 열의로 그 사실을 잊었다. 사임 역시 복잡한 이중사고로 그것을 잊었다. 그렇다면 나만 혼자 그 사실을 기억한단 말인가?

터무니없는 통계 수치가 텔레스크린에서 계속 쏟아져 나왔다. 작년에 비해 더 많은 음식, 더 많은 의복, 더 많은 주택, 더 많은 가구, 더 많은 부엌 기구, 더 많은 연료, 더 많은 선박, 더 많은 헬리콥터, 더 많은 책, 더 많은 아기가 생겼다. 질병과 범죄와 정신병만 빼고는 모든 것이 늘어났다. 매년 매순간 사람도 물건도 향상되고 있었다.

윈스턴은 스푼손잡이로 식탁 위에 떨어진 희멀건 국물을 찍어서 줄을 긋기 시작했다. 울화가 치밀었다. 생활이 늘 이랬나? 음식이 늘 이랬나? 낮은 천장, 우글거리는 사람들, 손때 묻은 벽, 게다가 찌그러진 철제 식탁과 의자들은 너무 다닥다닥 붙어서 팔꿈치가 서로 부딪쳤다. 구부러진 스푼, 찌그러진 쟁반, 조잡한 백색 사기그릇들은 늘 미끌거렸고 술과 커피에서는 이상한 냄새가 났다. 쉿내나는 스튜, 악취나는 더러운 옷들…… 사람들의 위장과 피부는 의지와 상관없이 한사코 그런 것들을 거부했다.

인간의 몸이 늙고 시들어가는 것을 그저 자연의 섭리라고만 할 수 있을까? 불안, 불결, 가난에 시달리면서, 끝없는 겨울, 찢어진 양말, 작동하지 않는 엘리베이터, 차가운 물, 거친 비누, 부스러지는 담배, 지독하게 맛없는 음식 때문에 병들어 가는 것을 자연의 섭리라고 할 수 있을까? 더 좋았던 시절을 전혀 기억하지 못하면서도 사람들은 어떻게 현실이 견딜 수 없는 것이라고 느끼는 것일까?

그는 다시 식당 안을 둘러보았다. 거의 모든 사람이 추해 보였다. 푸른 작업복 대신 다른 옷을 입어도 추해 보일 것 같았다. 이런 꼴들을 보지 않았다면 당에서 이상형이라고 말하는 신체 조건을 가진 사람들이 많다고 생각했을 테지. 청년들은 모두 키 큰 근육질이고 처녀들은 모두 명랑한 성격에, 금발, 햇볕에 그을린 건강한 피부, 탐스러운 가슴을 가졌다고 말이야. 하지만 사실은 그렇지 않다. 그가 아는 한, 제1공대 사람들은 거의 작고 거무칙칙하고 영양 부족이었다.

방 저쪽 끝 식탁에서 딱정벌레처럼 생긴 남자가 혼자 앉아 커피를 마시며 날카로운 작은 눈으로 이곳저곳을 수상쩍게 흘끗거리고 있었다. 이런 인간들이 행정부마다 점점 늘어나는 것은 참 이상한 일이었다. 작은 키에 잔뜩 옆으로 퍼져서 짧은 다리로 종종걸음을 치고, 불가사의할 정도로 살찐 얼굴에 박힌 유난히 작은 눈하며, 행정부에서는 이런 타입의 인간들이 출세하는 모양이었다.

풍요부의 발표가 끝나고 음악이 흘러나오기 시작했다. 파슨스가 입에서 머리를 끄덕이며 말했다.

"풍요부에서 올해 굉장한 일을 했군. 아참, 스미스, 면도날 좀 빌려줘."

"나도 지금 면도날 하나로 여섯 달째야."

"아, 그래? 혹시나 해서 물어봤지."

꽥꽥이가 다시 떠들기 시작했다. 왠지 파슨스 부인 얼굴이 떠올랐다. 2년 안에 그 애새끼들이 어머니를 사상경찰에 고발할 것이다. 그러면 파슨스 부인은 증발한다. 사임도, 오브라이언도, 윈스턴 자신도 증발할 것이다. 하지만 파슨스는 무사할 것이다. 저 꽥꽥거리는 눈 없는 놈도, 행정부의 미로 같은 복도를 종종걸음으로 뛰어다니는 조그만 딱정벌레 같은 놈들도, 창작국의 검은 머리 여자도 무사할 것이다. 정확한 기준은 몰라도 윈스턴은 누가 살아남고 누가 증발할지 본능적으로 알 수 있었다.

문득 윈스턴은 섬뜩 놀라 공상에서 깨어났다. 왼쪽 뒤 식탁에 앉은 여자가 몸을 반쯤 돌리고 그를 보고 있었다. 검은 머리 여자였다. 곁눈질로 매섭게 쳐다보던 그녀는 그와 눈이 마주치자 얼른 눈을 돌렸다.

등에서 식은땀이 흘렀다. 불안했다. 왜, 언제부터 쳐다보고 있었지? 나를 뒤쫓는 건가? 그녀가 식당에 나보다 먼저 왔는지 뒤에 왔는지 도무지 기억이 안 나! 아무튼 어제 2분 증오 때 그녀는 바로 내 뒤에 앉아 있었어. 전혀 그럴 필요가 없었는데도 말이지. 내가 얼마나 큰 소리로 외치는지 확인하려고 했던 게 분명해. 그땐 그녀가 사상경찰은 아닐 거라고 확신했지만 어쩌면 풋내기 정보원일지도 몰라. 그렇다면 사상경찰보다 훨씬 더 무서운 존재야. 그녀가 얼마나 오랫동안 날 보고 있었을까? 아마 5분쯤? 그렇다면 표정을 완벽하게 위장하지 못했을 가능성도 있어.

공공장소나 텔레스크린 앞에서 생각에 잠기는 것은 아주 위험한 짓이다. 얼굴에 나타나는 경련, 무의식적인 고뇌의 표정, 혼자 중얼거리는 버릇 같은 아주 사소한 것만으로도 처벌대상이 되기 때문이다. 어떤 경우에든 못마땅한 표정을 짓거나 못 믿겠다는 표정을 지으면 신어로 '안면범죄' 에 해당된다.

여자는 다시 그에게서 등을 돌렸다. 어쩌면 날 쫓아다니는 게 아닐지도 몰라. 이틀 연속으로 가까이 있는 건 그저 우연일 수도 있어. 그는 불 꺼진 담배를 식탁 가장자리에 조심스럽게 놓았다. 궐련 속 알맹이가 빠져 달아나지만 않으면 오늘 일을 마치고 마저 피울 수 있다. 왼쪽 뒤 식탁에 앉은 사람이 풋내기 정보원이라면 사흘 안에 애정부 지하실에 감금될 수도 있으니 담배꽁초 하나라도 헛되이 버릴 수 없었다. 사임은 종이쪽지를 접어 주머니에 넣었다. 파슨스가 파이프 자루를 돌리면서 혼자 낄낄 웃더니 다시 떠들기 시작했다.

"이봐, 언젠가 우리 집 망나니들이 늙은 여자 치마 자락에 불 붙였다는 얘기했던가? 그 년이 감히 빅 브라더의 포스터에 소시지를 싸더라는 거야. 그래서 살그머니 뒤로 돌아가서 치마에 성냥을 그었대. 꼬맹이들이 제법이지? 하는 짓이 얼마나 매운지 몰라. 요즈음 스파이단에서는 그렇게 철저하게 훈련시킨대. 얼마 전에는 딸애가 귀나팔이란 걸 받아왔더군. 열쇠 구멍에 대고 들으면 방 안에서 얘기하는 소리가 두 배나 크게 들린다나. 물론 장난감이지. 하지만 정말 기발하지 않아?"

텔레스크린에서 날카로운 호루라기 소리가 났다. 작업장으로 돌아가라는 신호였다. 세 사람은 벌떡 일어났다. 모든 사람이 엘리베이터를 타려고 몰려가고 있었다. 그 바람에 윈스턴이 피우다 만 궐련 알맹이가 바닥에 쏟아져버렸다.

6

3년 전, 캄캄한 밤, 커다란 기차역 가까운 좁은 골목길이었다. 그녀는 불빛도 없는 가로등 밑의 담벼락에 뚫린 문간에 서 있었다. 가면을 쓴 것처럼 하얗게 분칠한 얼굴, 새빨간 입술이 매력적인 젊은 여자였다. 여성 당원은 절대로 화장을 하지 않는다. 거리엔 아무도, 텔레스크린조차 없었다. 그녀는 2달러를 요구했다. 나는

윈스턴은 펜을 놓고 눈을 감았다. 손가락으로 눈을 꾹꾹 눌렀다. 목청껏 더러운 욕설을 퍼붓고 싶었다. 벽에 머리를 쾅쾅 부딪고 책상을 걷어차고 잉크병을 창에다 냅다 던지고 싶었다. 그 괴로운 기억을 지울 수만 있다면!

가장 무서운 적은 바로 자신의 신경조직이다. 마음속 긴장이 언제 겉으로 드러날지 모르기 때문이다. 몇 주 전에 길에서 마주쳤던 남자가 떠올랐다. 서른다섯에서 마흔 가량의 키 크고 호리호리한 남자는 작은 손가방을 들고 있었는데, 서로 가까와졌을 때 남자의 왼쪽 얼굴이 경련하며 일그러졌다. 스치고 지나갈 때 또 다시 경련이 일어났다. 카메라의 셔터가 찰칵하는 것 같은 무의식적인 경련이었다. 물론 가장 위험한 것은 잠꼬대다. 잠꼬대를

제어할 방법이 없으니. 불쌍한 친구, 당신도 이제 끝장이군. 윈스턴은 그를 지나치며 그렇게 생각했었다.

그는 숨을 깊이 들이마시고 다시 쓰기 시작했다.

나는 그녀를 따라 문을 지나 뒷마당을 가로질러 지하실 부엌으로 내려갔다. 한쪽 벽에 침대가 붙어 있고 탁자 위 램프는 심지가 한껏 낮춰져 있었다. 그녀는

그는 이를 악물었다. 침을 뱉고 싶었다. 문득 아내 캐서린 생각이 났다. 윈스턴은 기혼자였다. 아내가 죽지 않았으니 어쨌든 그는 결혼한 몸이었다. 우글거리는 빈대와 더러운 옷 냄새와 싸구려 향수 냄새가 뒤섞여 답답한 속에서도 그는 설렘을 느꼈다. 여성 당원은 향수를 쓰지 않는다. 오직 프롤레타리아만이 사용하는 향수 냄새가 그를 자극했다. 여자를 안는 것은 2년 만이었다. 물론 창녀와의 관계는 금지되어 있었지만 생사가 걸릴 정도로 위험한 것은 아니었고, 빈민가에는 몸을 파는 여자들이 수두룩했다. 억제할 수 없는 본능의 분출구는 꼭 필요한 것이었기 때문에 사실 당에서는 매춘에 대해 눈을 감았고 암암리에 장려했다. 단, 당원들끼리의 난잡한 성행위는 절대로 용서할 수 없는 큰 죄였다. 그것이 대숙청 때마다 죄인들이 한결같이 자백하는 범죄 가운데 하나라 해도 그런 일이 실제로 일어난다고는 믿기 어려웠다.

남녀 사이에 당에서 통제할 수 없을 정도로 강렬한 사랑이 싹트는 것을 막자는 것이 아니다. 당의 진짜 목적은 성행위에서 얻게 되는 모든 쾌락을 제거하는 것이었다. 결혼을 하든 안 하든 사랑보다 더 큰 죄는 성욕이었다. 당원들 사이의 결혼은 담당 위원회의 승인을 받아야 하는데, 두 남녀가 서로 육체적으로 이끌린 인상만 보여도 그 결혼은 절대로 허가되지 않았다.

결혼의 목적은 오로지 당에 봉사할 아이를 낳는 것이었다. 성교는 관장을 하는 것처럼 역겹고도 시시한 작업이라고 어릴 때부터 간접적인 방식으로 교묘하게 주입했다. 덕분에 완전한 금욕 생활을 위한 청년반성동맹 같은 조직까지 생겼다. 아이는 모두 인공 수정(신어로 '인수')으로 낳고 공공기관에서 키운다. 당의 최종 목표는 성본능을 말살하는 것이지만 그것이 불가능하다면 적어도 그것을 왜곡하거나 더러운 것으로 만들어야 했다. 윈스턴은 당이 왜 그렇게까지 하는지 알지 못했지만 당의 이데올로기에는 딱 맞는 일이라고 생각했다. 어쨌든 당의 노력은 여자들에게 대단한 성공을 거두었다.

캐서린과 헤어진 지 9년? 10년? 아니 11년쯤 됐을 것이다. 그동안 그는 그녀를 거의 생각하지 않았고 자신이 결혼한 사람이라는 사실을 까맣게 잊기도 했다. 그들은 고작 15개월 정도 함께 살았다. 이혼은 허용되지 않았지만 자식이 없을 경우에 별거는 가능했다.

캐서린은 금발에 늘씬하고 우아한 몸매, 윤곽이 또렷하고 독수리처럼 날카로운 얼굴이 무척 고상해 보이는 여자였다. 하지만 윈스턴은 결혼 초부터 그녀가 머리에 든 거라곤 오직 당의 슬로건뿐이고 당이 주는 것이라면 독약이라도 받아먹을 정도로 어리석다는 걸 알게 되었다. 그래서 그는 속으로 그녀를 '인간 녹음기'라고 불렀다. 그래도 성 문제만 없었다면 어떻게든 참았을 것이다.

그녀는 손을 대는 순간 몸이 뻣뻣하게 굳어버려서 나무 인형을 안는 것 같았다. 어쩌다 그녀가 그를 껴안을 때도 왠지 있는 힘을 다해 그를 밀쳐내는 느낌이었다. 아마 그녀의 근육이 딱딱하게 굳어 있어서 그랬을 것이다. 그녀는 눈을 감고 꼼짝 않고 누워서 반항도 협조도 하지 않았다. 마음대로 하라는 식이었다. 그때마다 그는 몹시 당황했고 점점 끔찍해졌다. 육체관계 없이 독신자처럼 지내는 것이 더 나을 것 같았다. 하지만 뜻밖에도 캐서린은 이를 거부했다. 아기를 낳아야 한다는 것이었다. 그래서 1주일에 한 번씩 규칙적으로 성관계를 가졌고, 그날이 되면 그녀는 아침부터 그 일을 예고하기까지 했다. 그녀는 그 일을 두 가지 이름으로 불렀다. '아기 만드는 일' 그리고 '당에 대한 우리의 의무'!(정말로 그녀는 그렇게 말했다) 그리고 그때마다 그는 격렬한 두려움을 느꼈다. 다행히 아이는 생기지 않았고 결국 그녀도 그 일을 포기하는 데 동의했다. 그리고 얼마 뒤에 그들은 헤어졌다.

윈스턴은 소리 없이 한숨을 쉬고 다시 펜을 들었다.

그녀는 침대 위로 몸을 던지더니 곧바로, 정말 추잡하고 거칠게 치마를 올렸다. 나는

그는 빈대가 득실거리는 어둠침침한 불빛 속에서 싸구려 향수 냄새를 맡고 있는 바로 그 순간에조차 당의 최면술에 얼어붙은 캐서린의 하얀 몸을 떠올리며 패배감과 분노로 우두커니 서 있던 자신을 돌아보았다. 왜 항상 이 꼴로 살아야 하지? 왜 내 여자를 갖지 못하고 몇 년에 한 번씩 이따위 더러운 씨름을 해야 하지?

여성 당원들에게 순결은 당에 대한 충성의 상징으로 마음 깊이 새겨져 있었다. 어릴 때부터 시작되는 집요한 개조 작업은 운동, 냉수욕, 학교와 스파이단과 청년동맹에서 주입시키는 온갖 잔소리, 강의, 행군, 노래, 슬로건 등으로 끊임없이 인간의 자연스러운 감정을 파괴했다.

그의 마음은 분명히 안 그런 사람도 있을 거라고 말했지만 그의 이성은 그 말을 믿지 않았다. 그들은 당이 의도한 대로 모두가 난공불락이 되었다. 단 한 번이라도 그 장벽을 무너뜨려보는 것이 어쩌면 그에게는 사랑보다 더 간절했다. 만족을 위한 섹스는 반역이었다. 성욕은 사상죄였다. 그가 혹시 캐서린의 육체를 일깨워서 성적인 만족을 얻을 수 있었다 하더라도 그것은 역시 범죄였다.

나는 램프의 심지를 올렸다. 불빛에서 그녀를 보니

어두워진 뒤라 파라핀 램프의 희미한 불빛도 아주 밝아 보였다. 그는 여자 앞으로 한 발짝 다가섰다. 욕정과 두려움이 동시에 엄습했다. 나가다가 경찰한테 붙잡힐지도 모른다. 하지만 그냥 나갈 수는 없었다. 불빛에서 보니 그녀는 할머니였다. 덕지덕지 분 바른 얼굴이 마분지로 만든 가면처럼 금이 가 있었다. 머리도 희끗희끗했다. 약간 벌어진 입이 시커먼 동굴처럼 보였다. 이가 하나도 없었던 것이다. 그는 오싹 소름이 끼쳤다.

그는 급히 휘갈겨 썼다.

불빛에서 보니 그녀는 적어도 50은 돼 보였다. 그런데도 나는 그 일을 해치웠다.

그는 다시 손가락으로 눈을 꽉 눌렀다. 끝까지 다 썼지만 달라진 것은 없었다. 이 정도로는 아무 효과도 없었다. 더러운 욕설을 목청껏 퍼붓고 싶은 충동이 더 강하게 솟구쳤다.

7

만약 희망이라는 것이 있다면(하고 윈스턴은 썼다)
그것은 프롤레타리아에게만 있다.

희망을 걸 수 있는 것은 오직 프롤레타리아뿐이다. 당은 절대로 내부에서 전복되지 않는다. 당 내부에 적이 있다 해도 그들은 모일 수도 서로 알아볼 수도 없다. 전설 속의 형제단이 존재한다 해도 불가능한 일이다. 하지만 오세아니아 인구의 85퍼센트를 차지하면서도 끝없이 착취당하고 있는 저 벌떼 같은 프롤레타리아가 자신들의 힘을 인식하기만 하면 음모 따위를 꾸밀 필요조차 없다. 그냥 일어나서 파리 떼를 쫓아버리는 말처럼 몸을 흔들기만 하면 된다. 마음만 먹으면 그들은 내일 아침에라도 당장 당을 박살낼 수 있다. 그런 일이 꼭 일어나야 한다.

언젠가 북적대는 거리를 지나다가 수많은 여자들이 내지르는 무서운 함성을 듣고 냅다 달려갔던 일이 떠올랐다. 가슴 깊은 곳에서 터져 나오는 분노와 절망이 뒤섞인 무서운 절규가 종소리처럼 "우—우—우!" 하고 번져 나가고 있었다. 심장이 쾅쾅 뛰었다. 드디어 시작했구나! 반란! 드디어 프롤레타리아가 일어선 거야!

하지만 그가 본 것은 2, 3백 명의 여자들이 침몰하는 배에 탄 승객들처럼 절망적인 얼굴로 가게 앞에서 아우성치는 모습이었다. 가게에서 양은 냄비를 팔고 있었는데 그 엉성하고 보잘것없는 물건조차 구하기 힘들다 보니 용케 구한 여자들은 부딪치고 떠밀면서 군중 속을 빠져나가려고 난리였고, 구하지 못한 여자들은 가게 주위에 들러붙어 친한 사람에게만 판다느니, 물건을 숨겨 놓고 팔지 않는다느니 하며 가게 주인에게 욕설을 퍼부었다. 비위가 상하는 중에도 윈스턴은 불과 몇 백 명의 함성이 갖는 굉장한 힘에 놀랐다. 그런데 왜 그들은 좀 더 중대한 일에 대해서는 저런 함성을 지르지 않을까?

그들이 인식할 때까지는 절대로 반란을 일으키지 못할 것이다. 그리고 반란을 일으키게 될 때까지는 절대로 인식할 수 없을 것이다.

써놓고 보니 당 교과서에 적힌 구절을 그대로 옮겨놓은 것 같은 생각이 들었다. 물론 당은 프롤레타리아를 속박에서 해방시켰다고 주장했다. 혁명 전에 프롤레타리아들은 자본가들에게 무참하게 짓밟히고 혹사당하고 굶주리고 매질 당했다. 여자들도 탄광에 끌려가 강제노동을 했고(사실 여자들은 지금도 탄광에서 강제노동을 하고 있다) 아이들은 여섯 살만 되면 공장으로 팔려갔다.

그런데 지금 당은, 프롤레타리아들은 태어날 때부터 근본적으로 열등한 족속이므로 이중사고의 원리에 따라 몇 가지 간단한 규율을 적용하여 짐승처럼 다루어야 한다고 가르치고 있다. 그들이 일하고 새끼들을 낳는 한 다른 행동은 중요할 게 없다. 아르헨티나 평원에 소를 방목하는 것처럼 내버려두면 되는 것이다.

빈민굴에서 태어나 시궁창 속에서 자라고, 열두 살이 되면 노동을 시작한다. 그리고 잠시 아름답게 꽃피는 시절 성욕에 눈뜨면 스무 살에 결혼하고 서른에 중년을 맞고 대부분 예순에 죽었다. 중노동, 가정과 아이들, 이웃과의 사소한 말다툼, 영화, 축구, 맥주, 도박 같은 것이 그들 삶의 전부였다. 그러니 그들을 통제하는 것은 쉬운 일이었다. 사상경찰 정보원 몇 명이 그들 속에 섞여 활동하면서 헛소문을 퍼뜨리고 위험한 짓을 할 소지가 있는 자들은 점찍어 두었다가 제거해버리면 그만이었다.

그들에게는 당의 이념을 주입시킬 필요도 없다. 프롤레타리아들이 정치의식을 갖는 것 자체가 바람직하지 않기 때문이다. 그들에게는 그저 노동 시간을 늘리거나 배급량을 줄이는 것을 자연스럽게 받아들이게 하는 원시적인 애국심만 있으면 그만이었다. 일반적인 개념이 결여되어 있으면 불만이 있어도 어떻게 표출해야 할지 모르기 때문에 엉뚱한 투정을 부리는 것으로 그치게 마련이다. 그들이 혹시 큰 죄를 저지른다면 그것은 그들이 의식하지 못하는 사이에 일어나는 것이었다. 대부분의 프롤레타리아 가정엔 텔레스크린도 없다. 치안 경찰들도 그들을 거의 간섭하지 않는다. 그래서 런던은 이미 온갖 범죄의 소굴이었다. 도둑, 강도, 매춘, 무허가 약장수, 각종 사기꾼들이 아무리 많아도 프롤레타리아 사회 안에서 일어나는 모든 일은 그들의 관례대로 처리하면 그만이었다. 섹스에 대한 당의 청교도적 요구도 그들에게는 적용되지 않았다. 간통이건 이혼이건 다 허용되었다. 노동자들이 원하기만 하면 종교의 자유까지도 허용되었을 것이다. '노동자와 동물은 자유다' 라는 당의 슬로건에서 보듯 그들은 감시 대상이 전혀 아니었다.

윈스턴은 팔을 아래로 뻗어 정맥류성 궤양 부위를 살살 긁었다. 다시 가렵기 시작한 것이다. 혁명 전의 생활이 실제로 어땠는지 알아낼 길이 없다는 것이 자꾸 마음에 걸렸다. 그는 파슨스 부인에게서 빌린 어린이 역사 교과서를 서랍에서 꺼내 일기장에 베끼기 시작했다.

영광스런 혁명 전의 런던은 오늘날처럼 아름다운 도시는 아니었다. 사람들은 굶주림에 시달리고 맨발로 다니며 한데서 잠을 자는, 어둡고 불결하고 비참한 곳이었다. 당시에는 여러분 또래의 아이들도 무자비한 주인 밑에서 하루 12시간씩 노동을 하면서도 툭하면 채찍으로 맞고 겨우 썩은 빵 부스러기와 물로 연명했다.

하지만 그 지독한 환경 속에서도 엄청나게 크고 아름다운 집들이 몇 채나 있었다. 자본가들은 그 집에서 30여 명이나 되는 하인들을 거느리고 살았다. 그들은 옆 페이지에 실린 그림처럼 하나같이 뚱뚱하고 추하고 사악하게 생겼으며, 프록코트라는 기다란 검정색 코트를 입고, 실크해트라고 하는 연통 모양의 번쩍이는 모자를 썼다. 자본가들은 모든 것을 소유했고, 사람들은 모두 그들의 노예였다. 누구든 복종하지 않으면 감옥에 잡아 가두거나 일자리를 빼앗아 굶어 죽게 했다. 사람들은 자본가에게 말을 할 때 모자를 벗고 허리를 굽히며 '나리' 라고 불러야 했다. 자본가들의 우두머리는 '왕' 이라고 불렸는데

나머지는 뻔했다. 제의를 입은 주교, 모피를 댄 법복을 입은 법관, 죄수의 머리에 씌우는 칼, 발목에 채우는 족쇄, 발로 밟아 돌리는 수레바퀴, 아홉 가닥 채찍, 시장이 베푸는 연회, 교황의 발가락에 입 맞추는 관습, 어린이 교과서에는 다루지 않아도 될 초야권(자본가는 자기 공장에서 일하는 어떤 여자와도 동침할 권리가 있다) 따위가 서술되어 있을 것이다. 어디까지가 참이고 거짓일까? 대부분의 사람들이 혁명 전보다 더 잘 살고 있다는 게 사실일지도 모른다. 그렇지 않다는 증거는 오직 뼛속 깊이 스며있는 무언의 항변, 지금 처해 있는 상황이 견딜 수 없다든가, 옛날은 분명히 지금과 달랐다는 본능적인 느낌뿐이다.

현대 생활의 진정한 특징은 잔인함이나 불안정이 아니라 그 자체의 삭막함, 추악함, 무감각이다.

당이 내세우는 이상은 강철과 콘크리트로 지은 거대한 기계와 가공할 무기의 세계, 모두가 똑같이 생각하고, 똑같은 구호를 외치고, 끊임없이 일하고 싸우고 승리하고 이단자를 처단하는 똑같은 얼굴의 3억 인구가 사는 전사와 광신자의 땅이다. 하지만 현실은 영양실조에 걸린 사람들이 구멍 난 양말을 신고 발을 질질 끌며 돌아다니고, 누더기처럼 이어붙인 19세기식 집에서는 늘 양배추 삶는 냄새와 오물 냄새가 풍기는 더럽고 황폐한 도시일 뿐이다. 런던은 백만 개의 쓰레기통으로 이루어진 광활한 폐허 같다. 그 속에 주름투성이 얼굴에 듬성듬성한 머리칼로 막힌 수채 구멍을 궁상맞게 뚫고 있는 파슨스 부인이 살고 있다. 현대인이 50년 전보다 더 잘 먹고 더 잘 입고 더 좋은 집에서 더 많은 오락을 즐기며 더 오래 살고 더 적게 일하고 더 건강하고 더 행복하고 더 좋은 교육을 받고 있다는 무수한 통계 숫자에 대해서는 증명도 반론도 전혀 없다. 오늘날 성인 노동자의 45퍼센트가 글을 읽고 쓸 수 있지만 혁명 전에는 겨우 15퍼센트였고, 오늘날 유아 사망률은 1000명당 160명이지만, 혁명 전에는 300명이었다. 마치 두 개의 미지수로 이루어진 등식처럼 매사 이런 식이었다. 과거는 지워지고 지워졌다는 사실마저 잊히고 거짓은 진실이 되었다.

지금까지 살면서 딱 한 번 그는 문서 조작에 대한 구체적이고 확실한 증거를 잡은 적이 있었다. 그는 30초 동안 그 증거물을 손에 꼭 쥐고 있었다. 1973년이던가, 아무튼 캐서린과 헤어질 무렵이었다.

이야기는 1960년대 중반, 최초의 혁명 지도자들을 한꺼번에 쓸어버렸던 대숙청 시기로 거슬러 올라간다. 1970년까지 초기 지도자들 가운데 살아남은 사람은 거의 빅 브라더 뿐이었다. 그때 모든 지도자들은 매국노, 반혁명분자로 몰렸다. 골드스타인은 도망쳐 숨어버렸고, 몇몇 사람들도 감쪽같이 사라졌다. 하지만 대다수는 특별 공개재판에서 자신의 죄를 자백한 뒤 처참하게 처형당했다. 마지막까지 살아남은 사람들 가운데 존스, 아론슨, 러더퍼드가 있었다. 이 세 사람이 체포된 것은 1965년이었는데 1, 2년 동안 사라졌다가 어느 날 불쑥 나타나서 적에게 정보를 제공하고(당시에도 적은 유라시아였다), 공금을 횡령하고, 충성스러운 당원들을 살해했으며, 혁명이 일어나기 오래 전부터 빅 브라더의 영도권을 탈취하려는 음모를 꾸몄고, 수천 명의 노동자들을 죽음으로 몰고 간 파업 행위를 조종했다고 자백했다. 그들은 죄를 자백한 다음에 모두 사면되어 이름뿐인 한직이나마 당에 복직했다. 세 사람은 자신들의 잘못에 대한 원인을 분석하고, 앞으로는 절대로 그러지 않겠다는 구차하고 비열하고 장황한 글을《타임스》에 기고했다.

그들이 석방된 지 얼마 안 되었을 때 우연히 윈스턴은 '호두나무 카페' 에서(오후 3시에 왜 카페에 들어갔는지 모르겠다) 그들을 보았다. 구시대의 유물이자 초창기부터 당을 영웅적으로 이끌어온 마지막 거물들에게는 지하투쟁과 내란을 주도한 사람들에게서 느껴지는 매력이 희미하게나마 남아 있었다. 그 무렵에도 역시 갖가지 사실과 날짜가 흐릿했지만 그는 빅 브라더를 알기 여러 해 전부터 그들의 명성을 들어 알고 있었던 것 같은 느낌이 들었다.

그들은 그 카페의 특제품인 정향을 탄 진을 앞에 놓고 묵묵히 앉아 있었다. 특히 한때 과격한 풍자화로 혁명 기간 동안 여론을 선동하는 데 큰 몫을 했던 러더퍼드의 모습이 인상적이었다. 말갈기처럼 뻣뻣한 잿빛 머리, 자루처럼 늘어져 잔뜩 주름진 얼굴, 툭 튀어나온 입술, 사방으로 축 처지고 늘어지고 부풀어 오른 거대한 몸집, 그는 천천히 허물어져 내리고 있는 괴물 같았다.

세 사내는 입을 다문 채 구석 자리에 미동도 없이 앉아 있었다. 주문하지도 않은 진 석 잔을 웨이터가 새로 돌렸다. 그들 옆 탁자 위에 체스판이 놓여 있고 말이 세워져 있는데도 두는 사람은 없었다. 갑자기 한 30초쯤 될까, 텔레스크린에서 뭐라고 설명하기 어려운 음악이 튀어나왔다. 뭔가 깨지는 소리도 같고, 당나귀 울음소리도 같고, 비꼬면서 놀리는 소리 같기도 한, 선정적인 느낌의 곡조였다. 그리고 다시 노래가 흘러나왔다.

울창한 호두나무 아래서
나 그대 팔고 그대 날 팔았지,
저기 그들 누웠고, 여기 우리 누웠네.
우거진 호두나무 아래.

세 사람은 여전히 미동도 없었다. 하지만 윈스턴이 다시 러더퍼드의 몰락한 얼굴을 흘낏 보았을 때, 그의 눈에는 눈물이 가득 고여 있었다. 순간 윈스턴은 알 수 없는 전율을 느꼈다. 그리고 얼마 뒤에 세 사람은 다시 체포되었다. 석방 직후 새로운 음모 사실이 밝혀졌다는 것이었다. 두 번째 공판에서 그들은 새로운 죄에 더해 옛날에 지은 죄까지 다시 자백하는 수모를 겪고 처형당했다. 그들의 운명은 후세를 경고하기 위해 당사에 기록되었다.

그로부터 5년 후인 1973년의 어느 날, 윈스턴은 전송관에서 떨어진 서류 두루마리 속에서 잘못 들어온 게 틀림없는 종이쪽지를 발견했다. 10년 전(기사 뒤에 날짜가 적혀 있었다) 《타임스》에서 오려낸 기사였다. 뉴욕에서 열린 당 행사에 참석한 대표들 사진 속에 존스와 아런슨, 러더퍼드가 있었다. 사진 밑에 이름까지 분명히 있었다. 세 사람이 캐나다의 비밀 비행장에서 시베리아로 날아가 유라시아군 참모들에게 중대한 군사 정보를 팔아넘겼다고 자백한 바로 그 날이었다. 그 날짜가 우연히도 성 요한 축제일(6월 24일)이었기 때문에 윈스턴은 똑똑히 기억하고 있었다.

게다가 그 사건 전모는 수많은 책에 똑같이 기록되어 있다. 그렇다면 결론은 그 자백이 허위라는 것이다.

물론 전혀 놀랄 일도 아니었다. 어차피 윈스턴은 숙청당한 사람들이 실제로 고발당한 범죄를 저질렀다고 믿은 적도 없었다. 중요한 것은 그것이 구체적이고도 분명한 증거물이라는 점이었다. 마치 엉뚱한 지층에서 발굴되어 기존의 지질학설을 뒤집는 화석처럼 말살된 과거를 뒤집을 수 있는 과거의 확실한 조각이었다. 세상에 발표하여 그 중요성을 제대로 알리기만 하면 당을 산산조각으로 박살낼 수도 있을 것이다. 사진이 무엇을 의미하는지 깨달은 순간 그는 종이를 다른 종이 위에 놓고 하던 일을 계속했다. 다행히 텔레스크린에는 뒷면만 보였다.

그는 노트를 무릎 위에 올려놓고 텔레스크린에서 떨어지려고 의자를 뒤로 밀었다. 표정이나 호흡은 얼마든지 꾸며도 심장의 고동은 조절할 수 없기 때문이었다.

한 10분쯤 지나자 그는 책상 위로 바람이 휙 불어서 종이가 발각되지 않을까 초조해져서 사진을 다시 보지도 않고 다른 휴지와 함께 통억통 속으로 던져 버렸다.

10년, 아니 11년 전 일이다. 지금이라면 그 사진을 보관했을 것이다. 그 사진은 손에 들고 있었다는 것만으로도 여전히 중요한 의미를 갖는 것이었다. 하지만 증거 한 조각 나타난다고 당의 지배력이 약화될까? 그 사진이 잿더미 속에서 재생되어 나온다 해도 소용없을 것이다.

과거는 변질되었고 앞으로도 계속 변질될 것이다. 악몽처럼 따라다니며 그를 괴롭히는 것은 왜 이런 사기 행위가 행해지는지 분명하게 이해할 수 없다는 점이었다. 과거를 날조해서 얻는 직접적인 이득은 명백했지만, 그 궁극적인 동기는 도무지 알 수 없었다.

어떻게인지는 안다. 하지만 왜인지는 도무지 모른다.

혹시 내가 정신병자일까? 그는 수없이 자신을 의심했다. 한때는 지구가 태양 주위를 돈다고 믿는 사람이 정신병자 취급을 받았다. 요즘은 과거는 변할 수 없다고 믿는 사람이 정신병자 취급을 받는다. 하지만 그가 정말 두려운 것은 정신병자일까봐가 아니라 그의 믿음이 혹시 잘못된 것일지도 모른다는 것이었다.

역사책 표지에서 최면을 거는 듯한 눈초리가 그를 쏘아보았다. 알 수 없는 힘이 두개골을 뚫고 들어와서 그의 신념을 스스로 부인하도록 위협하고 설득하는 것 같았다. 결국 당은 모든 사람들이 둘 더하기 둘은 다섯이라고 믿게 만들 것이다. 현재의 상황이 필연적으로 그런 논리를 요구하기 때문이다. 정말로 무서운 일은 그들이 다른 견해를 가진 사람을 죽이는 것이 아니라 어쩌면 그들의 견해가 옳을지도 모른다는 생각을 하게 만드는 것이다. 둘 더하기 둘이 넷이 맞는지 어떻게 안단 말인가? 중력이 작용하는지, 과거가 변할 수 없는 것인지 어떻게 안단 말인가? 과거와 외부 세계가 오직 마음속에만 존재하는 것이라면, 그래서 마음 자체가 조절할 수 있는 것이라면, 그럼 어떻게 될 것인가?

그럴 순 없어! 갑자기 그의 마음속에 용기가 솟았다. 갑자기 오브라이언의 얼굴이 떠올랐다. 그가 자기편이라는 확신이 더 깊어졌다. 그는 자기가 오브라이언을 위해서, 아니 오브라이언 앞으로 일기를 쓰고 있다는 생각이 들었다. 그가 절대로 받지 못할 긴 편지 같은 일기를.

당은 눈과 귀로 보고 들은 것을 부인하라고 강요한다. 그것이 바로 당명의 본질이고 핵심이다. 그 거대한 힘이 앞을 가로막고 있다고 생각하자 그는 가슴이 덜컥 내려앉았다. 당의 지성인이라는 자들은 당치도 않은 미묘한 문제를 끌어내어 논쟁으로 몰아넣고는 그를 쉽게 굴복시킬 것이었다. 하지만 내가 옳아! 명백하고 순수하고 진실한 것은 보호받아야 해. 세계는 존재하고 그 법칙은 결코 변하지 않아. 돌은 단단하고, 물은 축축하며, 허공에 내던진 물체는 땅에 떨어진다. 그는 오브라이언에게 말하는 기분으로 글을 썼다.

자유란 둘 더하기 둘은 넷이라고 말할 수 있는 것이다. 자유가 허용된다면 다른 것들은 모두 자연히 따라온다.

8

골목 어디선가 커피 끓이는 냄새가 났다. 빅토리 커피가 아니라 진짜 커피 냄새였다. 윈스턴은 문득 걸음을 멈추고 반쯤 잊어버린 어린 시절로 돌아갔다. 문이 쾅 닫히는 소리와 함께 커피 냄새가 뚝 끊긴 것처럼 사라졌다.

몇 킬로미터나 걸어서 그런지 정맥류성 궤양이 욱신거리기 시작했다. 지난 3주 동안 공회당 저녁 모임에 빠진 것이 이것으로 두 번째였다. 원칙적으로 당원은 여가를 즐길 수 없고, 잘 때 말고는 절대로 혼자 있을 수 없었다. 일하고 식사하고 잠자지 않을 때에는 어떤 식으로든 단체 활동을 해야 했다. 고독한 느낌, 심지어 혼자 산책하는 것도 위험한 짓이었다. 신어로는 이런 것을 개인주의와 기행을 뜻하는 '독생' 이라고 불렀다.

하지만 4월의 향긋한 대기가 퇴근하는 그를 유혹했다. 하늘이 무척 푸르고 따스했다. 공회당에서 넌덜머리나는 게임이나 강연, 술로 있지도 않은 동지애를 발휘할 일을 생각하니 끔찍했다. 그는 버스 정류장에서 충동적으로 발길을 돌려 런던의 미로 같은 거리로 미끄러져 들어갔다. 남쪽에서 동쪽으로, 다시 북쪽으로, 길을 잃었다는 생각조차 없이 그는 낯선 거리를 걸어 다녔다.

'만약 희망이라는 것이 있다면 그것은 프롤레타리아에게만 있다.' 언젠가 일기장에 썼던, 신비롭게 진실하고 명백하게 불합리한 말이 머리에 떠올랐다.

그는 어느새 전에 성 팬크러스 역이 있던 동북 지역의 더럽고 우중충한 빈민가에 와 있었다. 자갈길 양 옆으로 죽 늘어선 조그만 2층집들의 찌부러진 문짝들이 쥐구멍처럼 길을 향해 나 있었고, 자갈길 틈새마다 더러운 물이 고여 있었다. 어두컴컴한 문간의 안팎, 양쪽으로 갈라진 좁은 골목길마다 사람들이 우글거렸다. 입술을 빨갛게 칠한 한창 나이의 계집애들과 그 꽁무니를 좇아다니는 젊은 녀석들, 십년만 지나면 너도 내 꼴 된다는 듯 뒤뚱거리며 걷는 뚱뚱한 아낙네들, 발을 질질 끌며 걷는 늙은이들, 누더기에 맨발로 더러운 물웅덩이에서 놀다가도 어미가 뭐라고 고함을 지를 때마다 뿔뿔이 흩어져 달아나는 아이들. 거리에 면한 유리창의 4분의 1은 깨져 있었다. 몇 사람이 경계심이나 호기심으로 그를 쏘아보았지만 대부분은 아무 관심도 보이지 않았다. 여자 둘이 벽돌처럼 시뻘건 팔뚝을 앞치마에 포개고 문 앞에서 떠들고 있었다.

"아이고, 어련하시겠습니까! 남 흉보기야 쉽지. 하지만 니가 나였대도 그렇게 했을 거야. 너도 언젠간 나랑 똑같은 꼴을 당하게 될 테니 두고 봐라 하고 내가 그년한테 똑 부러지게 말해줬지."

"아이고 잘했네. 속이 다 시원하네."

갑자기 대화가 뚝 끊겼다. 아낙네들은 적의에 찬 눈초리로 지나가는 그를 뜯어보았다. 푸른 제복의 당원이 이런 곳을 나다니는 것은 위험한 일이었다. 경찰이라도 마주치면 여기서 뭘 하고 있는지 꼬치꼬치 캐물을 것이고, 게다가 사상경찰이 알게 되면 심상찮게 여길 것이다.

갑자기 거리가 소란스러워졌다. 사방에서 조심하라는 소리가 들렸다. 사람들이 놀란 토끼처럼 집안으로 뛰어들어갔다. 윈스턴의 바로 앞문에서 젊은 여자가 튀어나와 물웅덩이에서 놀고 있는 꼬마를 낚아채 앞치마로 싸안고는 번개같이 집안으로 돌아갔다. 검은색 양복을 입은 남자가 옆 골목에서 달려 나오며 소리쳤다.

"스티머예요! 금방 터질 거예요! 빨리 엎드려요!"

프롤레타리아들은 무슨 이유에선지 로켓탄을 스티머라고 불렀다. 윈스턴은 재빨리 엎드렸다. 프롤레타리아들의 경고는 거의 정확했다. 로켓탄을 본능적으로 감지하는 것 같았다. 윈스턴은 두 팔로 머리를 감쌌다. 땅이 흔들리는 굉음과 함께 파편들이 소나기처럼 떨어졌다.

그는 계속 걸었다. 집 몇 채가 산산조각 나 있었다. 검은 연기가 치솟고 횟가루 먼지가 구름처럼 피어오르는 가운데 사람들이 벌써 폐허 주위로 몰려와 있었다. 앞쪽에 쌓여 있는 횟가루 더미 속에 손목이 잘려나간 사람의 팔이 박혀 있었다. 피가 흐르는 부분만 빼고 온통 새하얗게 횟가루를 뒤집어써서 마치 석고상 같았다.

윈스턴은 그 팔을 길가 도랑으로 차 버리고, 군중을 피해 오른쪽 골목으로 돌았다. 3, 4분도 채 걸리지 않아서 폭탄이 떨어진 지점을 벗어나자 다시 아무 일도 없었던 것처럼 더럽고 시끄러운 거리가 이어졌다.

20시 가까운 시간이어서 노동자들이 자주 드나드는 술집(그들은 '대폿집' 이라고 불렀다)은 사람들로 꽉 차 있었다. 쉴 새 없이 열렸다 닫혔다 하는 흔들이 문으로 지린내, 톱밥 냄새, 시큼한 맥주 냄새가 풍겼다.

전면이 툭 튀어나온 집 모퉁이에 남자 셋이 바짝 붙어 서서 신문을 읽고 있었다. 꽤 심각한 뉴스인지 잔뜩 긴장한 모습이었다. 그들 곁을 지나쳐 몇 발자국 걸어갔을 때 갑자기 격렬한 말다툼이 시작되었다.

"내 말 못 알아들어? 지난 14개월 동안 7로 끝나는 숫자가 당첨된 적은 한 번도 없었다고!"

"아냐, 있었어!"

"절대로 없었어. 지난 2년 동안 당첨 번호를 내가 다 적어놓았는데, 7로 끝나는 숫자는 없었다구."

"있었어, 7 아니면 4였어. 2월, 그래, 2월 둘째 주야."

"빌어먹을, 2월이라구? 내가 다 적어놨는데……"

매주 어마어마한 상금이 걸려 있는 복권은 수백만 노동자들에게 삶의 이유까지는 아니라도 아주 중요한 기쁨이고 진통제이며 지적인 자극제였다. 겨우 읽고 쓸 줄 아는 사람들조차 복권에 관한 복잡한 계산은 척척 해냈고,

자기 기억이 맞다고 우길 줄도 알았다. 하지만 풍요부에서 관리하는 복권의 당첨금이 허위라는 것은 당원이라면 모두 아는 일이었다. 당첨이 되더라도 실제로 받는 돈은 아주 적었고, 거액의 상금을 탄 사람은 어디까지나 가상의 인물이었다. 오세아니아 각 지방 사이에는 실제적인 통신망이 없기 때문에 이런 조작은 쉬운 일이었다.

'만약 희망이라는 것이 있다면 그것은 프롤레타리아에게만 있다.' 이것은 아주 중요하다. 거리를 지나다니는 사람들을 볼 때 그것은 구체적인 확신이 된다.

내리막길로 접어들었다. 전에 와 본 것 같았고 큰길이 가까울 것 같은 느낌이 들었다. 급하게 꺾인 길을 돌자 계단이 나왔다. 계단 아래 움푹 팬 골목길에서 사람들이 시들어빠진 야채를 팔고 있었다. 윈스턴은 그제야 자신이 어디에 와 있는지 생각났다. 이 골목은 큰길로 이어지고 다음 모퉁이를 돌아 5분쯤 걸어가면 일기장을 산 고물상과 펜대와 잉크를 산 문방구가 나온다.

윈스턴은 계단 위에 잠시 그대로 서 있었다. 작고 허술한 대폿집이 보였다. 창문에 온통 성에가 낀 것처럼 먼지가 잔뜩 끼어 있었다. 새우 수염처럼 앞으로 뻗친 콧수염을 기른 80세가량의 노인이 문을 밀고 술집 안으로 들어갔다. 허리는 굽었지만 아직 근력이 있어 보였다. 혁명이 일어났을 당시에 노인은 중년이었을 것이다. 사라진 자본주의 세계와 현재의 세계를 연결하는 마지막 고리!

당 내부에는 혁명 전의 사상을 가진 사람은 거의 없었다. 구세대는 50년대와 60년대의 대숙청 때 거의 다 제거되었고, 살아남은 사람들은 이미 오래 전에 정신적으로 완전히 굴복한 상태였다. 만약 금세기 초반의 상황을 사실 그대로 설명해줄 수 있는 사람이 있다면 오직 노동자뿐일 것이다. 갑자기 미칠 듯한 충동을 느끼며 윈스턴은 얼른 계단을 내려가서 좁은 길을 건너갔다. 물론 미친 짓이었다. 노동자들과 말을 하거나 그들의 술집에 드나들지 말라는 법은 없었지만, 그런 행동은 비상식적인 일이어서 사람들의 눈을 끌게 마련이었다.

안으로 들어서자 시큼한 맥주 냄새가 얼굴을 때렸다. 왁자지껄하던 실내가 조용해졌다. 사람들의 시선이 일제히 그의 푸른 제복에 쏠렸다. 한쪽 구석에서 한창이던 다트 게임도 30초 동안 중단되었다. 노인은 판매대 앞에서 덩치 큰 매부리코 술집 점원과 다투고 있었다.

"왜? 내가 뭘 잘못했다고 술을 안 판다는 거야? 이 빌어먹을 술집엔 1파인트짜리 술잔이 없다는 거야?"

"도대체 1파인트가 뭐예요?"

"이런 답답한 녀석! 1파인트는 1쿼터의 반이고 4쿼터는 1갤런이잖아. 다음엔 A, B, C부터 가르쳐야겠군."

"아무튼 우린 1리터와 반 리터짜리밖에 안 팔아요."

"난 1파인트짜리 잔으로 마시고 싶어. 내가 젊었을 땐 그놈의 리터라는 건 없었다구."

"할아버지가 젊었을 때라면 우린 모두 나무 꼭대기에서 살았겠네요."

요란하게 웃음이 터지면서 어색한 분위기도 사라졌다. 노인의 얼굴이 벌겋게 달아올랐다. 윈스턴이 노인의 팔을 붙들며 상냥하게 한 잔 사겠다고 말했다.

점원은 카운터 밑의 물통에 헹군 반 리터짜리 두꺼운 유리잔에 흑갈색의 맥주를 재빨리 따랐다. 노동자들의 대폿집에서는 맥주밖에 마실 수 없었다. 다트 게임이 다시 시작되었다. 판매대 앞에 몰려 있던 사람들도 복권 얘기를 하며 떠들기 시작했다. 윈스턴의 존재를 잊은 게 틀림없었다. 윈스턴과 노인은 창 아래 식탁에 앉았다. 위험하다 해도 어쨌든 텔레스크린은 없었다. 윈스턴은 술집에 들어서자마자 그것부터 확인했었다.

"1파인트 잔에 따라주면 얼마나 좋아. 반 리터는 양이 차지 않고, 1리터는 너무 많거든. 술값도 술값이지만 방광이 터질 것 같아서 말이지."

노인은 술잔을 앞으로 끌어당기며 투덜거렸다.

"젊었을 때하곤 세상이 많이 변했지요?"

윈스턴이 넌지시 물었다.

"그땐 맥주 맛이 정말 좋았지. 값도 싸고! 월럽은 1파인트에 4페니였어. 물론 전쟁 전 일이긴 하지만."

"무슨 전쟁이요?" 윈스턴이 물었다.

"전쟁이란 전쟁은 모두 말이야."

노인은 놀랄 만큼 재빨리 맥주잔을 비웠다. 윈스턴은 반 리터짜리 두 잔을 더 사들고 왔다.

"할아버지는 제가 태어나기 전에 벌써 어른이셨을 테니 혁명 전이 어땠는지 기억나실 겁니다. 제 또래 사람들은 그때 일은 전혀 모르거든요. 그땐 진짜 어땠어요? 혹독한 압제와 부정과 가난이 상상할 수 없을 정도로 지독했다면서요? 자본가라는 얼마 안 되는 사람들이 모든 부를 차지하고 30명의 하인을 거느리고 호화로운 저택에서 자동차와 사륜마차를 타고, 실크해트를 쓰고……"

노인의 얼굴이 갑자기 환해졌다.

"실크해트라고! 자네가 그런 얘길 하니 우습군. 나도 어제 바로 그 생각을 했거든. 왜 그런 생각이 떠올랐는지는 모르겠어. 아무튼 실크해트를 본 지가 얼마나 오래 됐는지 몰라. 내가 마지막으로 써본 것도 형수님 장례식 때였거든. 그래, 확실한 날짜는 몰라도 아마 50년 전일 거야. 물론 장례식 때 잠깐 빌려 쓴 거였지."

"실크해트가 중요한 건 아니지요. 중요한 건 자본가들과 그들에게 빌붙어 살던 법률가, 목사 같은 자들 때문에 할아버지 같은 평민들이나 노동자들이 노예처럼 살았다는 거예요. 그들은 사람들을 가축처럼 부리고 아홉 가닥 채찍으로 사람들을 후려치면서 강제노동을 시키고, 하인들을 거느리고 다니면서……"

노인의 얼굴이 다시 환하게 빛났다.

"하인이라구! 정말 오랜만에 들어보는 말이군. 옛날에 난 가끔 일요일 오후에 녀석들의 연설을 들으러 하이드 파크에 갔었지. 이름이 뭐였더라? 아무튼 굉장한 연설가가 있었는데 그 놈이 그러더군. '하인 놈들! 부르주아의 종놈들! 지배 계급의 아첨꾼들!'"

"제가 알고 싶은 것은 그런 게 아닙니다. 그때보다 지금이 더 자유로운지, 더 인간적인 대접을 받고 있는지, 옛날의 부자들, 그 상층계급들은……"

"상원의원들 말이구먼."

"이름이야 어쨌든 할아버지가 그들에게 '나리' 라고 부르면서 모자를 벗어야 했던 게 사실입니까?"

"그랬지. 그들은 사람들이 자기 앞에서 모자 벗는 것을 좋아했어. 존경의 표시였거든. 나도 그따위 짓을 좋아하지 않았지만 종종 그렇게 해야 했었지."

"역사책에는 그들이 하인들을 시켜서 못마땅한 사람들을 길가 시궁창에 처박았다던데, 정말 그랬어요?"

"나도 한 번 처박혔지. 보트 경주를 하던 밤이었어. 그런 밤엔 사람들이 좀 난폭해지잖아. 샤프츠버리 가에서 잘 차려 입은 젊은 녀석과 부딪쳤는데, 앞을 똑바로 보고 걸으라고 욕하기에 니가 이 길을 다 샀냐고 대들었더니 놈이 갑자기 내 어깨를 움켜잡고 왈칵 내동댕이치는 거야. 참나, 하마터면 버스 바퀴 밑으로 굴러들어갈 뻔했다니까……"

"만약 선택할 수 있다면 그 시대에 살고 싶으세요? 아니면 지금 이 시대에 살고 싶으세요?"

"무슨 말을 바라는지 알아. 내가 젊은 시절로 돌아가고 싶다고 말했으면 하겠지. 하지만 나이 들어서 좋은 점도 있거든. 이제 번민 같은 건 하지 않아. 여자하고 그 짓거리 하자고 실랑이 벌일 일도 없지. 난 30년 동안이나 여자 없이 지내고 있어. 이젠 욕정도 일지 않아."

윈스턴은 창틀에 등을 기댔다. 노인이 급히 악취 나는 화장실로 발을 질질 끌며 달려갔다. 윈스턴은 거리로 나왔다. 구시대의 생존자들은 한 시대와 다른 시대를 비교할 능력을 잃어버렸다. 그들이 기억하는 것은 고작 동료와의 싸움, 잃어버린 자전거펌프를 찾아다니던 일 같은 시시콜콜한 것들뿐이었고 정작 중요한 사건은 관심 밖이었다. 큰 것은 못보고 작은 것들만 보는 개미처럼.

그는 문득 걸음을 멈추고 주위를 둘러보았다. 주택들 사이에 조그맣고 우중충한 가게들이 듬성듬성 박혀 있는 좁은 길목, 도금이 벗겨진 금속 공 3개가 머리위에 매달려 있었다. 일기장을 샀던 바로 그 고물상 앞이었다. 공포가 그를 휘돌았다. 다시는 이 근처에 얼씬도 않겠다고 결심했는데…… 21시가 가까운데도 가게 문이 열려 있었다. 길바닥에서 어물거리느니 가게 안으로 들어가는 편이 의심을 덜 받을 것이라는 생각에 그는 재빨리 안으로 들어갔다. 면도날을 사러 왔다고 둘러대면 될 것 같았다.

가게 주인이 벽에 걸린 석유램프에 불을 붙이자 매캐하고 정겨운 냄새가 났다. 허리가 굽은 60세가량의 주인은 자비롭고 온순한 인상으로 머리는 하얗게 세었지만, 눈썹은 아직 짙고 검었다. 안경과 점잖고 부지런한 태도, 구식의 검은 벨벳 재킷, 고상한 말투가 지적인 분위기를 느끼게 했다. 그가 불쑥 말했다.

"손님이 길에 서 있을 때 벌써 알아봤어요. 숙녀용 일기장을 사셨던 분 맞죠? 크림 바른 종이로 된 거요."

비좁은 가게 안은 물건들로 가득 차 있었지만 쓸 만한 것은 하나도 없었다. 사방 벽을 따라 액자들을 잔뜩 쌓아 놓아서 통로도 답답할 정도로 좁았다. 창문 쪽에는 너트와 볼트를 담은 쟁반, 날이 빠진 손칼, 녹슨 시계 같은 잡동사니들이 놓여 있었다. 윈스턴은 구석의 조그만 탁자 위에 놓인 옻칠한 담배 케이스, 마노 브로치 같은 괜찮은 물건들 속에서 램프 불빛에 은은히 빛나는 둥글고 매끄러운 것을 집어 들었다. 한쪽은 둥글고 반대쪽은 밋밋한 반구형의 묵직한 유리 덩어리는 빗방울처럼 투명하고 부드러웠고, 둥그런 쪽 가운데에는 얼핏 장미꽃이나 말미잘처럼 보이는 분홍빛 나선형 물체가 들어 있었다.

"이건 뭐죠?" 윈스턴이 매혹된 표정으로 물었다.

"산호예요. 아마 인도양에서 나왔을 건데, 보통 이렇게 유리 속에 박아두지요. 아마 백 년도 더 됐을 거예요."

"참 아름답군요." 윈스턴이 말했다.

"아름답구말구요. 하지만 요즘은 저런 물건을 아름답다고 말하는 사람이 없지요. 이제 진가를 아는 사람이 나타났으니 4달러만 내세요. 옛날에는 8파운드에 팔릴 물건이에요. 8파운드…… 하지만 다 옛날 얘기지요. 요즘 세상에 누가 골동품에 관심을 갖겠어요?"

윈스턴은 4달러를 지불하고 그 탐나는 물건을 주머니에 넣었다. 아름답기도 하지만 지금과는 전혀 다른 시대에 속한 물건을 소유한다는 묘한 기분이 마음을 끌었다. 주머니에 넣으니 다행히 불룩 튀어나오지는 않았다. 당원이 이런 물건을 갖고 다니는 것은 위험한 일이었다.

4달러를 받고 노인이 어찌나 좋아하던지 아마 3달러나 2달러에도 팔았을 거라는 생각이 들었다.

"위에 방이 하나 또 있는데 한 번 둘러보시죠. 물건이 많지는 않지만 몇 가지 볼 만한 게 있어요."

노인은 다른 램프에 불을 붙여 들고 낡고 가파른 계단을 천천히 올라갔다. 좁은 복도를 지나 방에 들어가니 자갈 깔린 안뜰과 숲처럼 솟아 있는 굴뚝들이 내다보였다. 방은 잘 정돈되어 있었다. 바닥에는 양탄자가 깔려 있었고, 벽에는 그림이 한두 점 걸려 있었으며, 벽난로 앞에는 낡았지만 푹신한 안락의자가 놓여 있었다. 12시로 나누어진 구식 유리 시계가 벽난로 위에서 똑딱거리며 움직이고 있었다. 창문 바로 밑에는 방의 거의 4분의 1을 차지하는 커다란 침대가 매트리스가 깔린 채 놓여 있었다.

"아내가 죽을 때까지 살던 방이에요. 저건 마호가니 침대예요. 빈대가 득실거리긴 해도 정말 귀한 거예요."

노인이 방 전체가 비치도록 램프를 높이 쳐들자 따스하고 희미한 불빛에 감싸여 포근한 느낌이 들었다. 1주일에 몇 달러쯤 주면 이 방을 빌려 살 수도 있겠다는 생각이 문득 뇌리를 스쳤다. 물론 안 될 일이었다. 어쨌든 그 방은 그에게 일종의 향수와도 같은 옛 추억을 일깨워주었다. 벽난로에 불을 피우고 안락의자에 앉아 발은 펜더에, 주전자는 벽난로 안 석쇠에 올려놓고 아무도 지켜보는 사람 없고, 물 끓는 소리와 벽시계 소리만 들리는 이런 방에 혼자 있으면 기분이 어떨지 분명히 알 것 같았다.

"이곳엔 텔레스크린도 없군요."

그는 자기도 모르게 중얼거렸다.

"아, 그런 물건은 가져본 적도 없어요. 너무 비싸고 필요도 없구요. 저쪽 구석에 다리를 접을 수 있는 테이블이 있어요. 아주 괜찮은 거예요. 손을 좀 봐야 하지만요."

윈스턴은 그보다 다른 쪽 구석에 있는 조그만 책장에 마음이 쏠려 있었다. 책장에는 잡동사니들만 가득했다. 다른 구역과 마찬가지로 이 가난한 노동자 구역에서도 책은 모두 몰수되었다. 그래서 오세아니아에서는 1960년 이전에 발간된 책은 전혀 찾아볼 수 없었다. 램프를 들고 다니던 노인이 침대 맞은편 벽난로 한쪽 벽에 걸린 장미나무로 만든 액자 앞에 서서 말했다.

"이것 좀 보세요. 옛날 그림에 흥미가 있으시면……"

윈스턴은 그림을 자세히 들여다보았다. 네모난 창문들과 조그만 탑이 있는 타원형 건물을 새긴 동판화였다. 건물 주위에 쇠울타리가 있고, 한쪽 가장자리에 동상이 서 있었다. 누구인지 기억나지 않았지만 눈에 익었다.

"이 건물을 알아요. 지금은 폐허가 되었지만, 정의궁 바깥쪽 거리 한가운데 있던 건물이에요."

"맞아요. 법원 바깥쪽에 있었는데 오래 전에 폭격을 당했지요. 한때는 성 클레멘트 데인이라는 성당이었어요. '오렌지와 레몬이여, 성 클레멘트의 종이 말하네!' 어렸을 때 부르던 노래예요. 처음하고 끝만 생각나요. '그대 침대를 밝힐 촛불이 오네. 그대 목을 자를 도끼가 오네.' 무도곡이에요. 사람들이 두 줄로 서서 팔을 쳐들고 있으면 차례로 그 밑을 지나가는데, '그대 목을 자를 도끼가 오네' 라는 구절에서 팔을 왈칵 내려서 지나가는 사람을 붙잡는 거에요. 가사는 온통 성당 이름이에요. 런던의 모든 성당들이 그 노래 속에 다 들어 있었으니까요."

윈스턴은 성 클레멘트 성당이 몇 세기 건물인지 궁금했다. 런던에 있는 규모가 크고 훌륭하고 멀쩡한 건물은 무조건 혁명 이후에 지은 건물이었고, 오래 된 낡은 건물은 무조건 중세라는 애매한 시대에 지어진 것이었다. 책에서 올바른 역사를 배울 수 없는 것처럼 건축물에서도 역사를 배울 수 없었다.

"저 건물이 성당이었을 줄은 전혀 몰랐습니다."

"남아 있는 성당들이 꽤 많아요. 다른 용도로 쓰여서 모를 뿐이죠. 아, 노래가 이제 생각났어요! '오렌지와 레몬이여, 성 클레멘트의 종이 말하네, 그대 내게 서 푼의 빚을 졌지, 성 마틴의 종이 말하네……' 다음이 뭐더라?"

"성 마틴 성당은 어디에 있었어요?"

"성 마틴 성당은 지금도 여전히 빅토리 광장에 서 있어요. 입구는 삼각형으로 되어 있고, 앞쪽에는 돌기둥이 줄지어 있고, 높다란 계단이 딸린 건물이에요."

윈스턴은 그곳을 잘 알고 있었다. 로켓탄과 유동요새 모형, 적의 잔인성을 보여주는 밀랍 인형 따위의 갖가지 선전물을 전시하는 박물관이었다.

"흔히들 광야의 성 마틴이라고 불렀어요. 아무리 생각해봐도 그 근처엔 벌판이 없는데 이상하죠?"

윈스턴은 노인의 이름이 가게 간판에 새겨진 위크스가 아니라 채링턴이고 63세의 홀아비로 30년 동안 이 가게에서 살았다는 사실을 알게 되었다. 그는 채링턴 씨의 가게를 나와 계단을 내려가면서 한 달쯤 뒤에 다시 오겠다고 결심했다. 성 클레멘트 데인의 판화를 사고 싶었다. 채링턴 씨의 기억에서 노래의 나머지 구절도 끌어내고 싶었다. 2층 방을 빌린다는 정신 나간 계획 때문에 순간 그는 방심했다. 미리 살피지도 않고 거리로 나선 데다 콧노래를 흥얼거리기까지 했던 것이다.

오렌지와 레몬이여, 성 클레멘트의 종이 말하네,
그대 내게 서 푼의 빚을 졌지,
성……

갑자기 가슴이 철렁하면서 심장이 얼어붙었다. 푸른 제복을 입은 사람이 10미터 앞에서 걸어오고 있었다. 창작국에서 일하는 검은 머리 여자였다. 그녀는 그의 얼굴을 빤히 쳐다보더니 모르는 척 재빨리 걸어가 버렸다.

윈스턴은 오른쪽으로 돌아 길을 잘못 든 줄도 모르고 한참을 걸었다. 아무튼 한 가지 의문은 풀린 셈이다. 그녀가 그를 감시하고 있는 것이 이제 분명해졌다. 그의 뒤를 밟은 것이 아니라면 당원이 사는 구역에서 몇 킬로미터나 떨어진 이런 후미진 뒷골목에 그녀가 있을 이유가 없었다. 그녀가 진짜 사상경찰의 정보원이든 풋내기 스파이든 그녀가 그를 감시한다는 사실 하나로 모든 것은 끝난 것이다. 아마도 그녀는 그가 대폿집으로 들어가는 것도 보았을 것이다.

막다른 골목을 돌아나오면서 윈스턴은 생각했다. 그녀가 지나간 지 겨우 3분밖에 안 됐어. 뛰어가서 이 묵직한 유리로 머리통을 부술까? 하지만 그는 곧바로 단념했다. 폭력을 행사한다는 생각만으로도 울컥하는데다 지금은 지쳐서 달릴 수도 후려갈길 수도 없었다. 게다가 그녀는 젊고 튼튼해서 그를 물리치고도 남을 것이었다.

집에 돌아왔을 때는 이미 22시가 지나 있었다. 23시 30분이면 전기가 끊긴다. 그는 부엌으로 가서 빅토리 진을 한 잔 단숨에 들이켰다. 그런 다음 구석에 박혀 있는 책상 앞에 앉아서 서랍을 열고 일기장을 꺼냈다. 하지만 곧바로 일기장을 펴지는 않았다. 텔레스크린에서 쇳소리를 내며 미친 듯이 국가를 노래하는 여자 목소리가 들렸다. 그는 일기장 표지의 대리석 무늬를 뚫어져라 바라보면서 노래를 듣지 않으려고 애썼지만 소용없는 일이었다.

그들이 체포하러 오는 것은 밤이다. 예외는 절대 없다. 그들에게 체포당하느니 자살하는 게 훨씬 낫다. 그렇게 한 사람들도 분명히 있었다. 행방불명된 사람들 가운데에는 실제로 자살한 사람도 많다. 그렇지만 총기나 효과 좋은 독약을 구할 수 없는 세상에서 자살하려면 지독한 용기가 필요했다.

고통과 공포에 대한 인간의 본능적인 회피, 정말로 특별한 노력이 필요한 순간에 무기력하게 얼어붙어버리는 육체의 배신을 생각하며 그는 몸서리를 쳤다. 그때 만약 재빨리 움직였다면 그 검은 머리 여자를 영원히 침묵하게 했을지도 모른다. 그러나 극단적인 위험에 처한 그의 육체는 행동할 힘을 잃었다. 가장 위험한 순간에 싸워야 할 것은 결코 외부의 적이 아니라 자신의 육체라는 것을 그는 절감했다. 술을 마셨는데도 뱃속의 통증이 생각을 방해했다.

영웅적이든 비극적이든 어차피 겉으로는 다 똑같아. 싸움터에서든 고문실에서든 침몰하는 배 안에서든 인간은 정작 싸워야 할 대상을 늘 잊어버리니까. 육체가 온 우주를 덮을 정도로 부풀어 오르고, 공포로 몸이 마비되거나, 고통으로 비명을 지르는 극단적인 경우가 아니더라도, 인간은 일상 속에서 굶주림, 추위, 불면, 복통, 치통 따위를 상대로 순간순간 끝없이 싸우고 있으니까.

그는 일기장을 폈다. 무엇이든 쓰는 것이 그에겐 중요한 일이었다. 텔레스크린의 여자가 다른 노래를 시작했다. 날카로운 유리조각으로 머리를 찌르는 것 같았다. 윈스턴은 오브라이언을 생각했다. 그를 위해서, 그에게 일기를 쓰고 있지만 엉뚱하게도 사상경찰에게 잡힌 후에 그에게 일어날 일을 생각하기 시작했다. 그 자들이 당장 처형한다면 문제될 게 없다. 처형이야 이미 각오한 일이다. 그러나 죽기 전에(아무도 말하지 않지만 누구나 안다) 자백의 과정이 남아 있다. 뼈가 바스러지고 이가 부러지고 머리털에 피가 엉겨 붙고 바닥을 기면서 죽여 달라고 애걸할 것이다. 종말이 똑같다면 왜 그런 고통을 견뎌야 해? 왜 자기 인생에서 며칠이나 몇 주일을 떼어내 버릴 수 없는 거야? 수색을 피한 사람도, 자백을 면한 사람도 없다. 일단 사상죄라는 누명을 쓰면 지정된 날짜에 사형당하는 것만은 틀림없다. 그렇다면 왜 아무것도 바꾸지 못하는 공포가 미래의 시간 속에 가로놓여 있어야 한단 말인가?

윈스턴은 오브라이언의 얼굴을 좀 더 분명히 떠올렸다. "어둠 없는 곳에서 우린 만나게 될 겁니다." 그 말이 무슨 의미인지 안다. 아니, 알 것 같다. 어둠이 없는 곳은 그저 상상 속의 세계일 것이다. 아무도 보지 못하지만 예지에 의해 신비롭게 참여할 수 있는 그런 세계!

텔레스크린 소리가 성가시게 생각의 흐름을 끊었다. 담배를 입에 물자 터지면서 가루가 반쯤 쏟아졌다. 잘 뱉어지지도 않았다. 오브라이언 대신 빅 브라더의 얼굴이 떠올랐다. 주머니에서 동전을 꺼내 들여다보았다. 위엄 있는 얼굴이 조용히 보호해 줄 것처럼 그를 보고 있었다. 저 검은 콧수염 속에는 어떤 종류의 미소가 숨겨져 있을까? 묵직한 장례식 종소리처럼 슬로건이 떠올랐다.

전쟁은 평화다
자유는 예속이다
무지는 힘이다

제2부

1

오전 업무를 보다가 윈스턴은 화장실에 가려고 사무실을 나왔다. 환하게 불 켜진 기다란 복도 맞은편에서 검은 머리 여자가 걸어오고 있었다. 고물상 앞에서 마주친 이후 나흘만이었다. 그녀의 오른팔에 제복과 같은 색 붕대가 감겨 있었다. 소설 줄거리를 잡는 거대한 만화경이 돌아갈 때 걸린 모양이다. 그런 사고는 창작국에서 흔했다.

둘 사이의 거리가 4미터쯤으로 좁혀졌을 때 그녀가 넘어지면서 날카로운 비명을 질렀다. 다친 팔을 깔고 넘어진 게 분명했다. 윈스턴은 우뚝 섰다. 그녀는 무릎을 딛고 일어서려고 애쓰면서 그를 쏘아보았다.

기묘한 느낌이었다. 눈앞에 그를 제거하려고 하는 적이 쓰러져 있다. 하지만 그녀 역시 고통이 뭔지 아는 인간이다. 본능적으로 그는 팔을 내밀었다.

"많이 다쳤어요?"

"아뇨, 괜찮아요. 팔이…… 좀 지나면 낫겠죠."

"뼈가 부러진 거 아니에요?"

"아니, 괜찮아요. 그냥 잠깐 아팠던 거예요."

그녀가 성한 손을 내밀었다. 윈스턴은 그 손을 잡고 그녀를 부축해 일으켰다. 안색이 한결 나아졌다.

"괜찮아요. 고맙습니다, 동무!"

그녀는 아무 일도 없었던 것처럼 가던 방향으로 멀쩡하게 걸어갔다. 단 30초 만의 일이었다. 얼굴에 감정을 드러내지 않는 습관이 거의 본능처럼 되었는데도 손을 잡았을 때 그녀가 그의 손에 뭔가를 쥐어준 순간에 놀라지 않기는 정말 어려웠다. 작고 납작한 그것을 윈스턴은 화장실 문을 열고 들어서면서 주머니 속에 넣고 손가락 끝으로 만져보았다. 네모나게 접은 종이쪽지였다.

소변을 보는 동안 주머니 속에서 손가락으로 종이쪽지를 폈다. 대변기 쪽으로 들어가서 당장 읽어보고 싶었지만 텔레스크린의 감시가 그보다 더 심한 곳은 없었다.

그는 자리로 돌아가서 종이쪽지를 책상 위의 다른 서류들 속에 놓았다. 안경을 쓰고 구술기록기를 앞으로 잡아당기면서 그는 마음속으로 중얼거렸다. '5분만, 5분이면 돼!' 심장이 마구 뛰었다. 다행히 지금 처리할 일은 기다란 숫자표를 수정하는 단순 작업이었다.

쪽지 내용이 무엇이든 정치적인 의미일 것이다. 그는 두 가지 가능성을 생각했다. 하나는 그녀가 역시 사상경찰의 정보원이라는 것이다, 사상경찰이 그런 식으로 메시지를 전하는 것이 좀 이상했지만. 또 하나는 쪽지를 보낸 것이 사상경찰이 아니라 지하조직이라는 것이다. 형제단이 실제로 존재하고 그녀는 그 비밀 단체의 일원일지도 모른다! 그런 말도 안 되는 생각이 손에 쪽지를 쥔 순간부터 계속 솟구쳤다. 그는 구술기록기에 대고 숫자를 중얼거리면서 목소리가 떨리지 않도록 무척 노력했다.

그는 작업을 끝낸 서류 뭉치를 둘둘 말아 기억통에 던졌다. 콧잔등에 걸린 안경을 올리고 다음 일거리를 앞으로 끌어당겼다. 종이쪽지는 맨 위에 있었다. 그는 쪽지를 보았다. 서툴고 큰 글씨로 이렇게 적혀 있었다.

'당신을 사랑해요.'

어찌나 놀랐는지 그는 파멸을 부를 수도 있는 그 쪽지를 기억통 속에 던지는 것도 잊고, 어떤 쪽지든 지나친 관심을 보이는 것은 위험하다는 걸 뻔히 알면서도 쪽지를 다시 한 번 읽지 않을 수 없었다. 정말로 자기가 본 게 맞는지 확인해야 했다. 나머지 오전 시간이 힘겹게 지나갔다. 텔레스크린에 마음의 동요를 감추기가 어려웠기 때문이다. 뱃속에 불이 붙은 느낌이었다.

무덥고 혼잡하고 시끄러운 식당에서 점심을 먹는 것도 힘들기는 마찬가지였다. 바보 같은 파슨스가 어느새 옆에 앉더니 쉿내 나는 스튜보다 더 지독한 땀 냄새를 풍기며 증오주간 준비 얘기를 늘어놓았던 것이다. 더 짜증나는 일은 식당 안이 어찌나 시끄러운지 파슨스한테 그 얼빠진 얘기를 다시 해달라고 몇 번이나 부탁하게 되는 것이었다. 그녀가 식당 한쪽 끝에 다른 여자 둘과 함께 앉아 있는 것이 보였다. 그녀는 그를 보지 못한 것 같았다. 그는 다시는 그쪽을 바라보지 않았다.

오후에는 좀 나아졌다. 점심시간이 끝나자마자 까다롭고 어려운 일이 내려온 것이다. 지금 의혹을 받고 있는 고급당원을 불신임하기 위해 2년 전의 생산 보고서를 날조하는 작업이었는데, 이런 작업에 아주 능숙한 윈스턴에게도 여러 시간 걸리는 일이었다. 덕분에 그는 그 일을 하는 동안 쪽지 생각을 잊을 수 있었다.

하지만 일을 마치자마자 그녀가 다시 떠올랐다. 혼자 있고 싶다는 격렬한 충동을 느꼈다. 하지만 오늘밤엔 공회당의 야간 집회에 가야 했다. 그는 다시 식당에서 맛없는 저녁을 게걸스럽게 먹어치우고 공회당에 가서 '토론반' 이라는 엄숙한 바보 모임에 참가하고, 탁구를 두 게임 치고, 진을 몇 잔 마시고, '체스로 본 영사' 라는 30분짜리 강의를 들었다. 따분해서 죽을 지경이었지만 그는 처음으로 집회를 빠져나가고 싶은 충동을 느끼지 않았다. '당신을 사랑해요' 라는 그 한 마디 때문에 살고 싶은 욕망이 불타올랐던 것이다. 23시가 넘어서야 그는 마침내 잠자리에 들었다. 그는 마음 놓고 생각에 잠겼다.

해결해야 할 실질적인 문제는, 그녀와 어떻게 접촉해서 밀회를 갖느냐는 것이었다. 함정일 가능성에 대해서는 더 이상 생각하지 않았다. 쪽지를 건넬 때 그녀는 분명히 두려워하고 있었다. 당연히 두려웠을 것이다. 불과 닷새 전에 돌멩이로 그녀의 머리통을 부술 생각을 했지만 지금은 달랐다.

윈스턴은 꿈속에서 보았던 그녀의 벌거벗은 젊은 몸을 떠올렸다. 빨리 반응을 보이지 않으면 그녀가 마음을 닫아버릴지도 모른다는 불안감이 그를 뜨겁게 달구었다. 하지만 그녀와 만나는 것은 외통장군을 받아 놓고 말을 움직이려는 것처럼 너무나도 어려운 일이었다. 어느 쪽으로 몸을 돌려도 텔레스크린이 있었다.

아무튼 오늘 아침에 마주친 것 같은 방식은 반복할 수 없다. 창작국이 어디 있는지도 모르고 안다 해도 찾아갈 구실이 없다. 어디에 사는지 몇 시에 퇴근하는지 안다면 길목에서 기다릴 수도 있겠지만 그것도 안 되고, 편지는 검열 당하니까 안 된다. 생각해보니 주소는커녕 그녀의 이름도 모른다. 결국 가장 안전한 곳은 식당뿐이었다. 그녀가 텔레스크린에서 좀 떨어진 자리에 혼자 앉아 있을 때라면 30초쯤 말을 나눌 수 있을 것이고, 식당 안이 워낙 시끄러우니까 텔레스크린에 말이 잡히지 않을 것이다.

다음날은 작업 개시 호루라기 소리를 듣고 그가 식당을 나설 때에야 그녀가 식당으로 들어섰다. 교대 시간이 바뀌었나보다고 생각했다. 그 다음날에는 점심시간에 맞추어 식당에 왔지만 다른 세 여자와 함께 텔레스크린 바로 밑에 앉았다. 그리고 그 다음 3일 동안은 전혀 나타나지 않았다. 불안하고 초조해서 잔뜩 예민해진 그는 잠을 자는 동안에도 그녀 생각에서 벗어날 수 없었다. 일기장은 들춰보지도 않았다.

그녀에게 무슨 일이 일어났는지 알아볼 실마리조차 없었다. 어쩌면 증발했거나 자살했을지도 모르고, 오세아니아 끝으로 유형갔을지도 모른다. 어쩌면 마음이 변해서 일부러 피하는지도 모른다.

다음날 그녀는 팔의 붕대를 풀고 다시 나타났다. 마음이 놓였다. 그는 한동안 그녀에게서 눈을 떼지 못했다. 그 다음날 식당에 들어섰을 때 그녀는 벽에서 멀찌감치 떨어진 식탁에 혼자 앉아 있었다. 좀 이른 시각이라서 식당은 아직 복잡하지 않았다. 윈스턴 앞에서 어떤 놈이 사카린 정을 주지 않았다고 난리치며 2분이나 잡아먹었다. 윈스턴은 음식을 받자마자 그녀 쪽으로 걸어갔다. 2초만 더 걸어가면 되는데 누군가 불렀다.

"스미스!"

그는 못 들은 척했다. 하지만 부르는 소리는 더 커졌다. 그는 마지못해 돌아섰다. 윌셔라는 멍청한 금발 녀석이 자기 옆에 앉으라고 손짓했다. 오라는 사람 놔두고 혼자 있는 여자한테 가면 의심을 받을 것이다. 그는 반갑게 웃으며 가서 앉았다. 바보 같은 얼굴이 활짝 웃었다. 얼굴 한가운데를 곡괭이로 찍어버리고 싶었다. 몇 분 뒤에는 그녀의 식탁도 사람들로 가득 차 있었다.

어쨌든 그녀는 윈스턴이 자기 쪽으로 오는 것을 보고 눈치를 챘을 것이다. 다음날은 평소보다 일찍 식당에 갔다. 예상대로 그녀는 어제 그 자리에 혼자 앉아 있었다.

그의 바로 앞에는 작고 잽싸고, 납작한 얼굴에 의심 많은 작은 눈을 가진 딱정벌레 남자가 서 있었다. 윈스턴이 음식을 받아들고 돌아섰을 때 그 작은 남자가 그녀의 식탁 쪽으로 가는 것이 보였다. 그의 희망은 다시 무너졌다. 그는 서늘해진 가슴으로 녀석의 뒤를 따라갔다. 그녀와 단둘이 앉지 못하면 소용없는 일이었다. 갑자기 쿵 소리가 나면서 작은 남자가 넘어졌다. 커피와 수프가 바닥에 쏟아졌다. 남자는 벌떡 일어나더니 윈스턴을 분개한 눈으로 노려보았다. 그가 발을 걸었다고 의심하는 것 같았다. 어쨌거나 윈스턴은 5초 후에 그녀의 식탁에 앉아 있었다. 가슴이 두근거렸다.

윈스턴은 그녀를 쳐다보지 않고 곧장 먹기 시작했다. 누가 오기 전에 빨리 말해야 했지만 막상 입이 떨어지지 않았다. 벌써 1주일이 지났다. 그녀의 마음이 변했을지도 몰라. 이런 일은 어차피 현실적으로 있을 수 없는 거야. 만약 귀에 털 많은 시인 앰플퍼스가 앉을 자리를 찾아 기웃거리는 것을 보지 못했다면 그는 끝내 말을 꺼내지 못했을 것이다. 앰플퍼스는 그를 발견하면 곧바로 그의 옆으로 올 것이다. 그렇다면 1분밖에 없다. 윈스턴은 낮은 목소리로 말을 시작했다. 둘 다 얼굴을 쳐들지도 않고 묽은 강낭콩스튜를 떠먹으면서 담담하게 말을 주고받았다.

"몇 시에 끝납니까?"

"18시 반."

"밖에서 만날 수 있을까요?"

"빅토리 광장, 기념탑 근처에서 봐요."

"온통 텔레스크린 천진데요?"

"사람들이 많으니까 괜찮아요."

"신호는?"

"필요 없어요. 제가 사람들 틈에 들어갈 때까지 쳐다보지 말고 약간 거리를 두고 따라오세요."

"몇 시에?"

"19시."

"좋아요."

앰플퍼스는 윈스턴을 보지 못하고 다른 식탁에 앉았다. 그녀는 재빨리 식사를 끝내고 일어섰고 윈스턴은 한동안 그대로 앉아서 담배를 피웠다.

윈스턴은 약속시간보다 일찍 빅토리 광장에 나가 세로로 홈이 팬 거대한 돌기둥의 받침돌 주위를 어슬렁거렸다. 돌기둥 꼭대기에는 제1공대 전투에서 유라시아 비행대(몇 년 전에는 동아시아 비행대였다)를 격파한 남쪽 하늘을 노려보고 있는 빅 브라더의 동상이 서 있었다.

5분이 지났다. 그녀는 나타나지 않았다. 공포가 다시 스멀스멀 기어올랐다. 그녀는 오지 않는다. 마음이 변한 거야! 광장 북쪽으로 천천히 걸어 올라가다가 그는 성 마틴 성당 건물을 알아보고 희미한 기쁨을 느꼈다. 옛날에는 '그대 내게 서푼의 빚을 졌지' 하고 종이 울렸다지! 불안한 마음이 조금 누그러졌다. 그때 기념비 받침돌 앞에서 돌기둥에 나선형으로 붙여놓은 포스터를 보고 있는 그녀 모습이 보였다. 박공 둘레에 텔레스크린이 빈틈없이 설치되어 있었다.

갑자기 소란스런 아우성과 대형 트럭의 엔진 소리가 들렸다. 사람들이 광장을 가로질러 그쪽으로 뛰어갔다. 그녀도 재빨리 기념비의 사자상을 돌아 군중들 속으로 끼어들었다. 윈스턴도 달려갔다. 유라시아 포로 수송차가 지나가는 모양이었다.

어마어마한 사람들이 빽빽하게 광장 남쪽을 메우고 있었다. 보통 때 같으면 이런 난장판에서 바깥쪽으로 밀려났을 윈스턴도 이번만은 사람들을 밀치고 헤집으며 그녀에게 가까이 가려고 기를 썼다. 마침내 둘은 어깨를 맞대고 앞쪽만 뚫어지게 바라보았다.

기다란 트럭 행렬이 기관총으로 무장한 감시병들이 지켜보는 가운데 거리를 천천히 지나가고 있었다. 푸른 색 낡은 제복을 입은 왜소한 황인종들이 트럭 가득 빽빽하게 실려 웅크리고 있었다. 트럭이 흔들릴 때마다 포로들의 족쇄가 철커덩거렸다. 그녀의 어깨와 오른쪽 팔꿈치가 바짝 그의 몸에 닿았다. 따스함이 느껴질 정도로 그녀의 볼이 가까이 다가왔다. 그녀는 식당에서처럼 무표정하게 입술을 거의 움직이지 않고 단조롭게 말하기 시작했다. 시끄러운 사람들 소리 때문에 알아듣기 힘들었다.

"제 말 들려요?"

"네."

"일요일 오후에 나올 수 있어요?"

"네."

"그럼 잘 듣고 기억해 두세요. 패딩턴 역에 가서……"

놀랄 만큼 군대식으로 정확하게 그녀는 길을 일러주었다. 기차로 30분 달린 뒤에 역에서 내린다. 왼쪽으로 꺾인 길을 따라 2킬로미터 가면 빗장을 지르지 않은 커다란 대문이 나온다. 그 문을 지나 들판을 가로질러 풀이 우거진 오솔길에서 덤불숲 사이의 샛길을 지나면 이끼 낀 고목이 쓰러져 있다. 머릿속에 지도가 들어있는 것 같았다.

"기억할 수 있겠어요?" 그녀가 물었다.

"네."

"왼쪽으로 돈 다음에 오른쪽으로 가다가 다시 왼쪽으로 도세요. 그럼 빗장이 걸리지 않은 대문이 나와요."

"네. 몇 시에?"

"15시쯤. 좀 기다려야 할지도 몰라요. 전 다른 길로 갈 거예요. 분명히 다 기억하시죠?"

"네."

"그럼 빨리 가세요."

그건 필요 없는 말이었다. 둘은 군중 속에서 꼼짝도 할 수 없었다. 트럭들이 계속 줄을 지어 지나가고 있었고, 사람들은 여전히 입을 벌리고 서서 구경하고 있었다. 야유

하는 소리가 가끔 들렸지만 그나마 금방 지쳐버렸다. 그냥 단순한 호기심이었다. 유라시아에서 왔건 동아시아에서 왔건 외국인은 보기 드문 구경거리였던 것이다.

둥근 얼굴의 몽고인들 다음으로 유럽인처럼 생긴 포로들이 지나갔다. 하나같이 더럽고 수염이 텁수룩하고 기진맥진한 초췌한 얼굴들이 윈스턴의 얼굴을 쏘아보며 사라졌다. 마지막 트럭에 타고 있던 반백의 노인은 두 손을 묶인 것처럼 가슴에 손목을 포개어 댄 채 꼿꼿이 서 있었다. 헤어질 시간이 가까워졌다. 그녀의 손이 그의 손을 더듬어 갑자기 꽉 잡았다가 놓았다.

10초도 안 되는 짧은 순간이었지만 아주 오랫동안 손을 잡고 있었던 것 같은 느낌이었다. 그는 그녀의 손 세세한 부분까지 느낄 수 있었다. 손가락은 길고 손톱은 뾰족하다. 손바닥은 고된 노동으로 못이 박혀 있지만 손목 아래는 매끄럽다. 눈으로 본 것처럼 그녀의 손이 훤히 보였다. 문득 그녀의 눈이 무슨 색인지 궁금해졌다. 아마 갈색이겠지? 하지만 머리가 검은 사람이 푸른 눈을 가진 경우도 있으니까. 그녀를 쳐다보고 싶었다. 하지만 그건 위험한 짓이었다.

그들은 사람들 틈에서 서로 손을 꼭 잡고 앞쪽만 바라보았다. 늙은 포로의 슬픈 눈이 털투성이 얼굴 속에서 윈스턴을 빤히 쳐다보았다.

2

윈스턴은 햇빛과 그늘이 얼룩덜룩 무늬진 오솔길로 접어들었다. 나뭇가지 사이로 황금빛 햇살이 폭포처럼 쏟아지고, 나무 밑에는 블루벨이 안개처럼 자욱하게 피어 있었다. 부드러운 공기가 입 맞추듯 피부에 닿는 5월 2일의 한낮이었다. 숲 깊은 곳에서 산비둘기가 구구거렸다.

윈스턴은 조금 빨리 도착했다. 런던보다 시골이 더 안전하다고 할 수는 없다. 텔레스크린은 없지만 사람의 목소리를 포착하여 식별하는 마이크로폰이 숨겨져 있을 가능성이 높다. 게다가 남의 눈에 띄지 않고 혼자 여행하는 것도 쉽지 않다. 100킬로미터 이내는 여행증명서 없이 다닐 수 있지만 그래도 철도 역 부근을 순찰하는 경찰 눈에 띄면 당원증의 제시를 요구받고 귀찮은 질문을 받기 마련이다. 아무튼 오늘은 순찰 경관도 보이지 않았고, 역에서 걸어오면서 미행하는 사람이 없다는 것도 확인했다.

마침 여름이고 휴일이라 그런지 기차는 노동자들로 만원이었다. 그가 탄 칸에는 이가 다 빠진 할머니부터 갓난아이에 이르기까지 엄청난 대가족이 타고 있었는데, 그들은 시골에 사는 친척들과 오후를 보낼 겸 시골 암시장에서 버터를 사러 왔다고 거리낌 없이 말했다.

오솔길이 넓어졌다. 조금 더 가자 덤불숲 사이로 소떼가 지나다녀서 생긴 것 같은 샛길이 나왔다. 블루벨이 무성하게 피어 있었다. 그는 무릎을 꿇고 시간도 보낼 겸 블루벨 꽃을 꺾기 시작했다. 그녀에게 꽃다발을 주고 싶었다. 등 뒤에서 마른 나뭇가지 밟는 소리가 들렸다. 그는 바짝 긴장했다. 그녀 아니면 그를 미행한 사람일 것이다. 그는 계속 꽃을 꺾었다. 누군가 그의 어깨에 손을 가볍게 얹었다. 그는 얼굴을 들었다. 그녀였다.

그녀는 고개를 저어 아무 말도 하지 말라고 경고하고 좁은 샛길을 빠른 걸음으로 앞장 서갔다. 윈스턴은 꽃다발을 꼭 쥐고 그녀의 뒤를 따랐다. 처음엔 안도감을 느꼈지만, 엉덩이 곡선이 선명하게 드러나도록 주홍색 띠를 단단히 잡아맨 그녀의 늘씬하고 탄력 있는 몸이 앞서가는 것을 보자 열등감이 무겁게 짓눌렀다. 싱그러운 공기와 푸른 나뭇잎들마저 그의 기를 꺾었다. 역에서 이곳까지 걸어오는 동안에도 5월의 햇살 속에서 그는 실내에만 갇혀 사는 자신이 지저분하고 누렇게 뜬 추물처럼 느껴졌었다. 이렇게 환한 야외에서 그녀는 그를 본 적이 없다.

쓰러진 나무가 나타나자 그녀는 나무를 펄쩍 뛰어넘더니 덤불숲을 헤치고 들어갔다. 뜻밖에도 잔디가 깔린 제법 넓은 언덕을 키 작은 나무들이 에워싸고 있었다.

"다 왔어요." 그녀가 말했다.

그는 몇 걸음 떨어진 곳에서 그녀를 바라보았다.

"샛길에서는 아무 말도 하면 안 돼요. 마이크가 숨겨져 있을지도 모르잖아요. 그 돼지 같은 놈들이 우리 목소리를 알아차리면 안 되니까요. 하지만 여긴 안전해요."

"여긴 안전하다고요?"

그는 바보처럼 그녀의 말을 되풀이했다. 그녀에게 가까이 갈 엄두가 나지 않았다.

"저 나무들을 보세요. 마이크를 숨길 만큼 큰 나무는 없어요. 게다가 난 전에도 여기 와 봤어요."

벌목되었다가 다시 싹이 나서 자란 것 같은 작고 가는 물푸레나무들이 나지막한 울타리를 이루고 있었다.

그녀는 약간 짓궂은 미소를 띠고 꼿꼿이 서 있었다. 블루벨 꽃다발이 폭포처럼 떨어졌다.

"지금까지 당신 눈이 무슨 색인지도 난 몰랐어요."

그는 그녀의 눈을 들여다보았다. 갈색이었다. 까만 속눈썹에 밝은 갈색 눈동자!

"난 서른아홉이고, 떼어낼 수 없는 아내가 있고, 정맥류성 궤양에, 의치가 다섯 개나 있어요."

"그런 건 상관없어요." 그녀가 말했다.

다음 순간 두 사람은 꼭 끌어안았다. 그녀가 그를 향해 얼굴을 들었다. 그는 그녀의 크고 붉은 입술에 키스했다. 그녀를 풀밭에 눕혔다. 그녀는 전혀 저항하지 않았다. 하지만 그는 그냥 안고만 있었다. 모든 것이 꿈만 같고 자랑스러울 뿐 왠지 욕정은 일지 않았다. 그녀의 싱싱하고 아름다운 육체가 움츠러들게 한 것인지, 여자 없이 사는 것에 익숙한 탓인지 몰랐다. 그녀는 일어나서 머리에 붙은 블루벨을 털어내고 그의 허리에 팔을 둘러 기댔다.

"괜찮아요. 서두를 거 없어요. 여기 멋지죠? 단체 행군하다가 길을 잃은 적 있는데, 그때 헤매다가 발견한 곳이에요. 여기선 백 미터 밖에서 나는 발소리도 다 들려요."

"이름이 뭐예요?" 윈스턴이 물었다.

"줄리아. 당신은 윈스턴이죠? 윈스턴 스미스."

"어떻게 알았어요?"

"뭘 알아내는 건 제가 당신보다 나을 걸요. 말해 보세요, 쪽지를 받기 전엔 절 어떻게 생각했어요?"

그는 그녀에게 거짓말하고 싶지 않았다. 가장 고약한 진실로 시작되는 사랑도 있는 법이다.

"증오했어요. 당신을 강간하고 나서 죽여 버리고 싶었고, 2주일 전엔 돌멩이로 당신의 머리를 부숴버리고 싶었죠. 당신이 사상경찰 끄나풀인 줄 알았거든요."

"사상경찰 끄나풀요? 정말?" 그녀는 유쾌하게 웃었다.

"뭐 꼭 그렇다기보다 평소의 당신 태도로 봐서……"

"훌륭한 당원이라고 생각했군요. 말과 행동이 그랬으니까요. 깃발, 행진, 슬로건, 게임, 단체 행군 같은 일에 열성이었죠. 그러니까 꼬투리만 잡히면 당신을 사상범으로 고발해서 처형시킬 거라고 생각했군요?"

"응, 그랬어요. 젊은 여자들이 대부분 그렇잖아요."

"이것 때문에 더 그랬을 거예요."

그녀는 청년반성동맹의 주홍색 띠를 풀어 나뭇가지에 던져버렸다. 그리고 문득 생각난 듯 제복 주머니를 뒤져서 조그만 초콜릿을 꺼내더니 반을 잘라 윈스턴에게 주었다. 검고 윤기 있고 은박지에 싸인 초콜릿이었다. 언젠가 이런 초콜릿을 맛본 적이 있었다. 형상화되지 않은 강렬하고도 고통스런 어떤 추억이 머릿속에 되살아났다.

"어디서 구했어요?" 그가 물었다.

"암시장에서요. 사실 겉으로는 게임 잘하고, 스파이단 분대장이고, 1주일에 3일 밤을 청년반성동맹을 위해 자발적으로 일하는 사람이죠. 그 말도 안 되는 선전물을 붙이면서 온 런던 거리에 몇 시간씩 돌아다니고, 행진 땐 늘 깃발 한쪽 끝을 붙잡고 있죠. 게다가 늘 명랑하고 절대로 꾀를 부리지도 않아요. 군중들과 함께 고함을 지르는 것도 아주 잘 해요. 안전하게 사는 유일한 방법이니까요."

초콜릿이 윈스턴의 혓바닥 위에서 녹았다. 맛이 기막혔다. 여전히 어떤 추억이 의식이 가장자리를 맴돌고 있었다. 그렇게 강렬한데도 마치 곁눈질로 본 사물처럼 도무지 뚜렷한 형체가 잡히지 않았다. 그는 그 추억을 마음속에서 몰아내 버렸다. 하고 싶지만 할 수 없는 어떤 행동에 대한 추억이라는 것을 알았기 때문이다.

"당신은 너무 젊어요. 나보다 10년이나 15년쯤은 젊을 것 같은데 나 같은 남자한테 무슨 매력을 느낀 거지?"

"얼굴에 그놈들한테 저항하고 있다고 써 있어서요."

'그놈들'이란 당원, 특히 내부당원을 가리키겠지. 그들을 노골적으로 비웃고 증오하는 그녀에게 윈스턴은 불안을 느꼈다. 게다가 그녀는 태연하게 상소리를 지껄였다. 당원은 욕을 할 수 없다. 윈스턴은 이제껏 욕을 하거나 큰소리로 비난한 적이 거의 없었다. 하지만 줄리아가 뒷골목 담벼락에 휘갈겨놓은 낙서 같은 상스런 말로 거침없이 당을 욕하는 게 싫지 않았다. 그것은 그녀가 당에 반감을 품고 있다는 증거였으며, 썩은 건초 냄새를 맡고 말이 코를 킁킁거리는 것처럼 자연스럽고 건강한 것이었다. 그들은 햇빛으로 얼룩진 숲을 거닐며 소리죽여 속삭였다. 숲 가장자리에 이르자 줄리아가 그를 멈춰 세웠다.

"들판 쪽으로 가지 마요. 누가 볼지도 모르니까요."

그들은 개암나무 숲 그늘에 섰다. 나뭇잎 사이로 햇살이 얼굴 위에 따갑게 쏟아졌다. 윈스턴은 멀리 들판을 내다보았다. 이상하게도 와 본 적이 있는 것 같았다. 주위를 둘러보면서 그는 충격을 받았다. 분명히 아는 곳이었다. 해묵은 목장, 그곳을 가로질러 난 오솔길, 여기저기 난 두더지 구멍, 건너편의 낡은 생울타리, 느릅나무의 무성한 이파리들이 여인의 머릿결처럼 미풍에 가볍게 살랑거렸다. 근처 어디에 군데군데 푸른 웅덩이가 있는 개울이 있고, 그 속에서 황어 떼가 헤엄치고 있을 것이다.

"이 근처에 개울이 있죠?" 윈스턴이 속삭였다.

"네. 저쪽에, 저쪽 들판 너머에 개울이 있어요. 물고기들도 있어요. 아주 큰 놈들 말예요. 그놈들이 버드나무 아래 물웅덩이에서 꼬리를 흔들며 움직이는 게 보여요."

"황금의 나라군." 그는 중얼거렸다.

"황금의 나라?"

"언젠가 꿈에서 이런 풍경을 봤어요."

"저것 좀 봐요!" 줄리아가 속삭였다.

개똥지빠귀 한 마리가 5미터 앞, 그들 얼굴 높이의 나뭇가지 위에 사뿐히 내려앉았다. 새는 날개를 쫙 폈다가 다시 접고는, 마치 해님에게 절이라도 하듯 머리를 끄덕이더니 우짖기 시작했다. 오후의 정적 속에서 그 소리는 깜짝 놀랄 정도로 크게 들렸다. 윈스턴과 줄리아는 황홀한 기분으로 서로 껴안고 있었다. 새는 절대로 같은 가락을 되풀이하는 일 없이 몇 분이나 계속 노래했다. 가끔 아주 잠깐 노래를 멈추고 날개를 쫙 폈다가 다시 접고, 검은 반점이 있는 앞가슴을 부풀렸다.

누구를 위해서, 무엇을 위해서 새는 노래하는 것일까? 윈스턴은 일종의 경외심을 느끼며 새를 지켜보았다. 아무도 봐주지 않는데 새는 왜 외로운 숲 가장자리에 앉아서 허공 속에 저렇게 아름다운 노래를 쏟아놓는 것일까? 새 소리는 홍수처럼 점점 더 거세졌다. 그는 그녀를 돌려 힘껏 끌어안았다. 그녀의 몸이 그대로 그의 품속에서 녹아버릴 것 같았다. 그들의 입술이 포개졌다. 처음에 했던 딱딱한 키스와는 전혀 다른 입맞춤이었다. 새가 놀랐는지 날개를 퍼덕이며 날아가 버렸다.

"여기선 안 돼요. 은신처로 돌아가요."

마른 나뭇가지를 밟으며 그들은 빈터로 걸어갔다. 어린 나무들로 둘러싸인 평평한 빈터에 이르자 그녀는 몸을 돌려 그를 보았다. 그녀가 미소를 지으며 제복의 지퍼에 손을 댔다. 꿈속에서 본 그대로였다. 그녀는 재빨리 옷을 벗어 바닥에 팽개쳤다. 모든 문명을 무너뜨려버리는 위대한 몸짓이었다. 그녀의 몸이 햇빛 속에서 하얗게 빛났다. 윈스턴은 아련하게 대담한 미소를 띠고 있는 그녀의 주근깨투성이 얼굴을 보다가 무릎을 꿇었다.

"전에도 이렇게 해봤어요?"

"물론이죠. 수백 번, 아니 수십 번쯤."

"당원들하고?"

"그래요, 늘 당원들이죠."

"내부당원들하고?"

"그 돼지 같은 놈들하곤 안 해요. 그것들은 기회만 있으면 하고 싶어 난리죠. 겉보기처럼 점잖은 작자들이 절대로 아니에요."

그의 가슴이 뛰었다. 수십 번이라고? 수백 번, 수천 번이라면 좋겠다. 부패를 암시하는 모든 일에서 그는 강렬한 희망을 느꼈다. 당이 내부에서부터 썩어 문드러져가고 있는지 누가 알아! 불굴의 투지와 자기 부정을 예찬하는 것도 어쩌면 내부의 부패를 감추기 위한 속임수일지도 모른다. 놈들에게 문둥병과 매독을 전염시킬 수 있다면 그는 기꺼이 그렇게 할 것이다! 놈들을 부패시키고 약화시키고 전복시키는 일은 뭐든지! 그는 여자를 끌어당겨 함께 무릎을 꿇고 얼굴을 맞댔다.

"당신에게 남자가 많을수록 난 당신을 더 사랑해요. 무슨 뜻인지 이해해요?"

"네, 이해해요."

"순결도 선도 도덕도 덕성도 난 증오해. 모든 사람이 뼛속까지 썩었으면 좋겠어."

"그럼 내가 당신에게 딱 맞군요. 난 정말 뼛속까지 썩었어요."

"당신은 이거 좋아해요? 꼭 내가 아니라도 상관없을 만큼 그 행위 자체를 좋아하냐구요."

"아주 좋아해요."

정말 듣고 싶던 말이었다. 사랑이 아니라 무차별적인 단순한 욕망, 상대를 가리지 않는 동물적 본능, 이런 것이야말로 당을 박살낼 수 있는 힘이었다.

그는 흩어진 블루벨 꽃 사이에 그녀를 눕혔다. 이번에는 전혀 어렵지 않았다. 이윽고 그들은 기분 좋은 나른함을 느끼면서 서로 떨어졌다. 햇볕은 갈수록 뜨거워지는 것 같았다. 그는 팽개쳐 놓은 제복을 끌어당겨 그녀의 몸을 덮어주었다. 둘은 그대로 곯아떨어져 30분쯤 잤다.

윈스턴이 먼저 깼다. 그는 일어나 앉아 평화롭게 잠들어 있는 주근깨투성이 얼굴을 내려다보았다. 입만 빼고는 예쁜 데가 없었다. 눈 가장자리에 주름살도 한두 줄 있었다. 짧게 자른 검은 머리는 유난히 숱이 많고 부드러웠다. 그녀의 성이 뭔지 어디 사는지도 아직 모른다는 생각이 났다.

깊이 잠든 젊고 싱싱한 그녀를 보면서 가련한 마음과 보호해주고 싶은 감정이 일었다. 하지만 개똥지빠귀가 지저귀는 동안 개암나무 밑에서 느꼈던 욕정은 다시 일지 않았다. 그는 옷을 한옆으로 치우고 그녀의 보드랍고 흰 몸을 자세히 살폈다. 옛날에는 남자가 여자의 몸을 보고 욕정을 느끼는 것이 아주 자연스러웠을 것이다. 하지만 오늘날엔 순수한 사랑이나 순수한 욕정은 어디에도 없다. 포옹은 전투였고, 절정은 승리였다. 그것은 사랑의 행위이기 전에 당에 일격을 가하는 정치적 행동이었다.

3

“여기 한 번 더 와요. 한두 달 건너뛰면 두 번 정도는 괜찮아요.” 줄리아가 말했다.

그녀는 빈틈없고 사무적인 태도로 집으로 돌아가는 길을 꼼꼼히 설명했다. 윈스턴에게 부족한 현실 처리능력을 그녀는 갖고 있었고, 수많은 단체 행군 덕분에 런던 교외의 지리를 구석구석까지 잘 알고 있었다. 그녀는 올 때와 전혀 다른 길을 가르쳐 주었다.

나흘 뒤에 퇴근하고 늘 사람들이 들끓는 시끄러운 빈민가의 공설시장에서 만나기로 했다. 구두끈이나 바느질 실을 찾는 척하면서 상점들을 기웃거리다가 안전하다고 판단되면 코를 풀 테니 그러면 사람들 틈에 껴서 15분 정도 이야기를 나누면서 다음 밀회 장소를 정하고, 그렇지 못하면 그냥 지나치자고 했다.

“난 7시 반까지 청년반성동맹에 가서 두 시간 동안 선전 팸플릿을 나눠줘야 해요. 끔찍하죠? 옷 털어줘요. 머리에 뭐 안 붙었어요? 그럼 잘 가요, 내 사랑!”

그녀는 그의 품에 뛰어들어 격렬하게 키스하고 어린 나무 덤불을 헤치며 조용히 숲 속으로 사라졌다. 아직도 윈스턴은 그녀의 성이 뭔지 어디 사는지 알지 못했다.

하지만 아무렴 어때! 어차피 집에서 만나거나 편지를 쓸 것도 아닌데. 윈스턴은 30분 더 기다렸다가 출발했다.

하지만 숲 속의 빈터에는 다시 가지 못했다. 5월 한 달 동안 딱 한 번, 줄리아가 아는 또 다른 비밀 장소에서 그들은 사랑을 나눴다. 30년 전에 원자폭탄이 떨어져 폐허가 된 시골의 교회 종탑이었는데, 가는 길이 위험해서 그렇지 밀회장소로는 정말 그만이었다. 그때만 빼고는 늘 거리에서 매번 다른 장소에서 길어야 30분 정도 만났다. 사람들이 들끓는 거리로 밀려들어가서 서로의 얼굴을 쳐다보지도 못한 채, 잠깐씩 스쳐가는 등대 불빛처럼 뚝뚝 끊어지는 기묘한 대화를 나누었다. 당원 제복이나 텔레스크린이 가까워지면 말을 끊었다가 몇 분 후에 다시 시작하고, 헤어질 때 끊어진 말을 다음날 다시 만나면 이어가는 식이었다. 줄리아는 이런 식의 대화를 '분할 대화'라고 불렀다. 게다가 그녀는 입술을 움직이지 않고 말하는 놀라운 재능이 있었다. 그들은 거의 매일 밤 만났다.

어느 날 뒷골목을 걸어가고 있을 때였다. 갑자기 굉음이 울리면서 땅이 흔들리고 하늘이 캄캄해졌다. 윈스턴은 타박상을 입고 옆으로 나가떨어졌다. 로켓탄이 가까운 곳에 떨어진 게 분명했다. 입술이 하얗게 질린 줄리아의 얼굴이 보였다. 설마 죽은 걸까! 윈스턴은 얼른 달려가 그녀를 안았다. 그녀의 얼굴이 따스했다. 입술에 하얀 것이 묻어 있었다. 횟가루를 뒤집어썼던 것이다.

약속 장소에서 경찰이 거리를 순찰하거나 헬리콥터가 맴돌고 있을 땐 그냥 지나쳐야 했다. 매일 시간을 내는 것도 어려웠다. 윈스턴은 1주일에 60시간씩 일했는데, 줄리아는 더 길었다. 게다가 줄리아는 밤에도 강의, 데모, 청년반성동맹을 위한 인쇄물 작성, 증오주간 깃발 준비, 저축 운동, 폐품 수집 따위의 활동에 엄청난 시간을 빼앗겼다. 조그만 규칙을 지키면 큰 규칙을 깨뜨릴 수 있다! 그녀는 윈스턴에게도 열성 당원들처럼 시간제 군수품 제조 작업에 자원하라고 권했다. 그래서 윈스턴은 1주일에 한 번씩, 텔레스크린의 음악과 망치질 소리가 요란하게 뒤섞인 어두컴컴한 공장에서 폭탄 뇌관의 부속품 같은 조그만 쇳조각을 나사로 죄는 단조로운 일을 하면서 지루한 네 시간을 견뎌야 했다.

무더운 오후였다. 교회 종탑에 있는 작고 네모난 먼지투성이 방에서는 비둘기 똥 냄새가 났다. 그들은 나뭇가지가 수북이 쌓인 마룻바닥에 앉아 좁은 틈새로 연신 밖을 내다보며 몇 시간 동안 이야기를 나누었다.

줄리아는 스물여섯 살이었고, 30명의 여자들과 합숙소에서 살았다. 짐작대로 그녀는 창작국에서 소설 제작기를 맡고 있었다. 영리하진 않아도 손재주가 좋아서 기계를 잘 다뤘던 것이다. 하지만 독서에는 전혀 관심이 없었고, 혁명 전 시대에 대해 알고 있는 것은 그녀가 여덟 살 때 행방불명 된 할아버지한테 들은 것이 전부였다.

학창시절에는 하키 팀 주장으로 2년 연속 우승했다. 스파이단 분대장이었고, 청년반성동맹에 입단하기 전에는 청년동맹 지부장이었다. 그녀는 노동자들에게 값싼 포르노그래피를 만들어 배포하는 포르노과로 차출되기도 했는데 그것은 그녀의 평판이 아주 좋다는 확실한 증거였다. 그곳에서 일하는 사람들은 자기 부서를 '쓰레기장'이라고 부른다고 했다. 그곳에서 1년 동안 일했는데, 《화끈한 이야기》, 《여학교에서의 하룻밤》 같은 소책자들을 프롤레타리아 계급의 젊은이들이 몰래 사본다고 했다.

"무슨 내용이야?" 윈스턴이 물었다.

"그냥 쓰레기에요. 여섯 가지 줄거리를 가지고 조금씩 바꿔서 만드는 건데 지긋지긋하게 지루해요."

그녀는 16세 때 60 먹은 당원과 첫경험을 했는데 그는 나중에 체포되는 것이 두려워 자살했다. 그 다음부터 그녀는 여러 남자를 만났다. 이유는 단순했다. '인간은 쾌락을 원한다. 그런데 놈들은 그걸 막는다. 그러니까 당의 규칙을 깨뜨려야 한다.' 그녀는 당을 증오했지만 비판은 하지 않았다. 당의 강령 따위에는 아예 관심도 없다는 식이었다. 그녀는 신어를 전혀 사용하지 않았다. 형제단의 존재도 믿지 않았다. 혁명의 시대에 자란 그녀에게 당은 하늘이 절대로 없어질 리 없는 것과 같은 불변의 존재였기 때문에 저항은커녕 그저 토끼가 개를 피하듯이 회피할 뿐이었다. 아마 젊은 세대는 거의 다 그럴 것이었다.

"부인은 어떤 여자였어요?"

"그녀는…… '선사적goodthinkful' 이란 신어 알아? 태어날 때부터 정통이라 나쁜 생각은 품지 못한다는 뜻이야."

"몰라요, 하지만 부인이 어떤 사람인지는 알겠네요."

그는 결혼 생활에 대해 말했다. 손을 대면 캐서린의 몸이 굳어버리던 일, 아내의 팔이 그를 단단히 끌어안을 때조차 있는 힘을 다해 밀어내는 것 같던 느낌……

"그것만 아니었으면 그럭저럭 참고 살았을 거야. 그 여잔 그 짓을 혐오하면서도 그만두려고 하지 않았어. 그녀가 그걸 뭐라고 했는지 알아? 아마 짐작도 못할 걸."

"당에 대한 우리의 임무라고 했겠죠."

"그걸 어떻게 알아?"

"나도 학교 다녔거든요! 16세부터 한 달에 한 번씩 섹스 토론회가 있어요. 청년 운동에도 그런 모임이 있구요. 몇 년 동안 그 말을 주입시키는데 상당히 효과적이에요. 하지만 다 그런진 모르죠. 인간이란 원래 위선자니까."

그녀는 당의 성적 순결에 대한 내적인 의미를 파악하고 있었다. 성의 본능은 당의 통제가 미치지 못하는 그 자체의 세계를 구축하기 때문에 무슨 수를 써서라도 파괴하려 하는 것이다. 게다가 성욕을 박탈당한 히스테리는 고스란히 전투력과 지도자 숭배로 전환된다.

"인간은 사랑의 행위를 하면서 정력을 소모하고 행복감을 느끼죠. 그럼 아무것도 저주할 이유가 없어지는 거예요. 놈들은 사람들이 그런 기분을 느끼는 걸 절대로 못 보죠. 사람들이 항상 정력에 넘쳐 있기를 바라거든요. 시가지를 누비며 행진하고 고함치고 깃발을 흔들어대는 것은 그냥 섹스의 변종이에요. 사람들이 내적으로 만족감을 느낀다면 왜 빅 브라더나 3개년 계획이나 2분 증오 같은 썩어빠진 일에 그처럼 열을 올리겠어요!"

옳은 말이다. 순결과 정치적 교리 사이에는 직접적이고도 밀접한 관계가 있다. 축적된 강력한 본능을 추진력으로 사용하지 않는다면 무슨 수로 당원들의 공포와 증오와 광적인 맹신을 절정에까지 끌어올릴 것인가? 위험한 성본능을 당이 이용하는 것은 어쩌면 당연한 일이다.

문득 캐서린이 떠올랐다. 캐서린이 그렇게 둔하지만 않았다면 그녀는 그의 정치적 견해가 정상이 아니라는 것을 알아채고 당장 사상경찰에 고발했을 것이다. 하지만 그녀가 지금 떠오른 것은 숨 막히는 더위 때문이었다.

11년 전 어느 무더운 여름날 오후, 결혼한지 3, 4개월 됐을 때였다. 그들은 켄트 지방에서 단체 행군을 하다가 뒤처져서 길을 잃고 오래 된 채석장의 절벽 끝에 닿았다. 캐서린은 초조해서 죽을 지경이었다. 행군에서 떨어진 잠깐조차 그녀에게는 어마어마하게 못된 짓처럼 느껴졌던 것이다. 바로 그때 윈스턴은 낭떠러지 틈에 무성하게 자란 좁쌀 풀꽃 덤불 속에서 자홍과 벽돌 두 가지 색을 가진 꽃망울을 발견했다. 그는 캐서린을 불렀다.

"캐서린! 저것 좀 봐. 꽃이 두 가지 색이야."

그녀가 낭떠러지 아래를 굽어볼 때 그는 그녀의 허리를 잡아주었다. 문득 주위에 아무도 없다는 생각이 번개처럼 스쳤다. 사람은커녕 새 소리조차, 나뭇잎 소리조차 없었다. 마이크로폰이 있을 리도 없고 있다 해도 소리밖에 못 듣는다. 가장 무덥고 나른한 오후 시간이었다.

"왜 안 떠밀었어요? 나 같으면 그랬을 텐데."

"그래, 그랬겠지. 나도 지금이라면 그랬을 거야."

"후회돼요?"

"그래, 정말 후회돼."

윈스턴은 줄리아를 바짝 끌어당겨 안았다. 비둘기 똥 냄새 속에서도 그녀의 머리 냄새가 향긋했다. 귀찮은 사람을 낭떠러지 아래로 밀어버린다고 근본적인 문제가 해결되지 않는다는 것을 이해하기에 그녀는 너무 젊다. 아직 그녀는 인생에 기대하는 것이 많을 나이였다.

"그렇게 했어도 사실 달라질 건 아무것도 없어."

"그럼 왜 후회해요?"

"그건 소극적인 것보다 적극적인 것을 바라는 그런 심리야. 우린 지금 이 게임에서 이길 수 없어. 하지만 같은 패배라도 더 나은 패배가 있는 법이야."

그녀의 어깨가 움찔했다. 그가 이런 식으로 얘기할 때마다 그녀는 반대했다. 독립된 개인은 언제나 패배한다는 자연의 섭리를 그녀는 받아들이지 않았다. 언젠가 사상경찰이 그녀를 체포해 처형할 거라고 생각하면서도 자신이 선택한 방식대로 살 수 있는 은밀한 세계를 마음 한 구석으로 믿어보는 것이었다.

"우린 죽은 몸이야."

"우린 안 죽었어요."

"6개월, 1년, 어쩌면 5년쯤 더 살겠지. 노력하면 더 연장할 수도 있을 거야. 나도 죽음이 두려워. 당신은 젊으니까 더 두렵겠지. 하지만 죽든 살든 그게 그거야."

"쓸데없는 소리! 지금 당장 누구랑 자고 싶어요? 나랑 아니면 해골이랑? 살아 있는 건 좋은 거예요. 이건 내 손이고, 이건 내 다리예요. 나는 현실 속에 이렇게 단단하게 살아 있어요!"

그녀는 몸을 돌렸다. 그녀의 탄탄하고 풍만한 젖가슴이 느껴졌다. 그녀의 육체가 그의 몸속에 젊음과 활력을 부어주는 것 같았다.

"그래, 나도 살아있는 게 좋아."

"그럼 죽는 얘긴 그만하고 다음 만날 곳을 정해요. 먼저 갔던 숲 속 빈터에 가도 될 것 같아요. 하지만 다른 길로 가야 해요. 자, 보세요, 제가 약도를 그릴게요."

그녀는 능숙하게 먼지를 모아 반듯하게 손질하더니 비둘기 둥지에서 떼어낸 나뭇가지로 먼지 위에 지도를 그리기 시작했다.

4

윈스턴은 채링턴 씨 가게 위에 있는 작고 초라한 방을 둘러보았다. 창가의 커다란 침대 위에 낡은 담요와 커버를 씌우지 않은 베개가 놓여 있었다. 12시간으로 나뉜 구식 시계가 벽난로 위에서 똑딱거렸다. 한 구석에 놓인 접이식 탁자 위에는 그가 지난번에 샀던 유리 문진이 어스레한 어둠 속에서 부드럽게 빛나고 있었다.

벽난로 받침대에는 채링턴 씨가 마련해 준 낡은 양철 석유난로와 소스팬, 컵 두 개가 놓여 있었다. 윈스턴은 난로에 불을 붙이고 물주전자를 올려놓았다. 빅토리 커피와 사카린 몇 알을 가져온 것이다. 시계 바늘이 7시 20분을 가리키고 있었다. 그녀는 19시 30분에 올 것이다.

예상대로 채링턴 씨는 선뜻 방을 빌려주었다. 정사를 즐길 목적이라고 분명히 밝혔는데도 놀라기는커녕 불쾌한 기색도 없었다. 대신 그는 허공을 바라보며 혼잣말처럼 중얼거렸는데 내용은 대충 이런 것이었다.

사생활은 매우 가치 있는 것이다. 누구나 가끔 혼자 시간을 보낼 곳을 갖고 싶어 하기 마련이다. 그런데 그런 장소를 갖게 되면 절대로 비밀을 지켜야 한다. 그건 상식이고 예의다.

그 집에는 뒤뜰로 해서 골목길로 빠져나가는 문이 하나 더 있었다. 노랫소리가 들려서 윈스턴은 모슬린 커튼 뒤에 숨어 밖을 내다보았다. 6월의 햇빛 가득한 안마당에서 노르만 식 건물 기둥처럼 단단한 적갈색 팔뚝을 가진 아낙네가 허리에 앞치마를 두르고 쿵쿵거리며 아기 기저귀지 싶은 네모난 하얀 천들을 널고 있었다. 입에서 빨래집게를 뗄 때마다 낮고 억센 노래가 흘러 나왔다.

그저 덧없는 환상이었지,
4월의 꽃처럼 사라져버렸네.
표정으로 말로 꿈으로 흔들어놓고
내 마음 훔쳐가 버렸다네!

지난 몇 주 동안 런던을 휩쓸던 노래였다. 음악국에서 노동자를 위해 작시기라는 기계로 만들어낸 비슷비슷한 노래였지만 아낙네는 이런 쓰레기 같은 노래를 멋지게도 불렀다. 윈스턴은 아낙네의 노래 소리와 신발 소리, 거리에서 뛰노는 아이들의 고함 소리, 멀리서 들리는 자동차 소리에 귀를 기울였다. 그런데도 방 안은 이상할 정도로 조용했다. 텔레스크린이 없는 게 얼마나 기쁜지 몰랐다.

어리석은 짓이야! 같은 장소에 계속 드나들면서 붙잡히지 않을 리 없어. 하지만 가까운 곳에 은신처를 갖고 싶은 유혹은 너무나도 컸다. 교회 종탑에서 만난 이후 한동안 만나지 못했다. 아직 한 달도 더 남은 증오주간을 준비하기 위해 작업 시간이 급격하게 불어났던 것이다. 겨우겨우 두 사람이 시간을 맞춰서 숲 속 빈터에 가기로 했는데, 바로 그 전날 저녁에 거리에서 잠깐 만나 군중 속으로 휩쓸려 들어갔을 때 그녀가 속삭였다.

"내일 난 못 가요."

"왜?"

"아, 흔해빠진 이유예요. 이번엔 빨리 시작했어요."

순간적으로 그는 화가 났다. 줄리아가 그의 손가락 끝을 재빨리 꽉 쥐었다. 문득 전에 없던 애정이 깊이 그를 사로잡았다. 우리가 10년 동안 함께 산 부부라면 얼마나 좋을까! 아무 두려움 없이 떳떳하게 시시한 얘기를 나누면서 지금처럼 함께 거리를 걷고 싶었다. 꼭 섹스를 해야 한다는 부담 없이 함께 있을 장소를 갖고 싶었다.

다음날 채링턴 씨의 방을 빌려야겠다는 생각이 문득 떠올랐다. 그가 줄리아에게 말하자 그녀는 의외로 순순히 받아들였다. 그것이 미친 짓이라는 것을 둘 다 잘 알고 있었다. 무덤을 향해 걸어가는 것이나 마찬가지였다. 침대 가장자리에 앉아서 기다리는 동안 그는 애정부의 감방을 생각해보았다. 다가올 공포를 미리 느낀다는 것은 참으로 기묘한 일이었다. 99 다음에 100이 오는 것처럼 공포 다음에는 죽음이 온다. 그 죽음을 피할 수는 없지만 의도적으로 앞당길 수는 있다.

층계를 급히 올라오는 발소리가 들렸다. 줄리아가 연장을 넣는 조잡한 갈색 가방을 들고 방으로 들어왔다.

"내가 뭘 가져왔는지 봐요. 빅토리 커피 따위는 던져버려요. 필요 없으니까."

그녀는 가방을 열고 스패너와 드라이버 같은 연장들 밑에서 깨끗한 종이로 싼 꾸러미 여러 개를 꺼냈다. 첫 번째 꾸러미는 손으로 만질 때마다 쑥쑥 들어갔다.

"혹시 이거 설탕이야?" 윈스턴이 물었다.

"진짜 설탕! 여기 빵도 있어요. 매일 먹는 그 싸구려 빵이 아니라 흰 빵이에요. 잼이랑 우유도 있어요. 그리고…… 봐요! 이거 자랑하고 싶어서 죽을 뻔했어요."

그녀는 천으로 단단히 감싼 꾸러미를 풀었다. 방 안 가득 향기가 퍼졌다. 어린 시절에 맡아본 것 같은 풍성한 냄새였다. 얼마 전에도 그 냄새를 맡았는데, 잠깐 열린 집 안의 통로에서 풍겨 나와 묘하게도 사람들이 복작거리는 거리에서 모든 이의 코끝을 스치고 금세 사라졌었다.

"커피군! 진짜 커피!" 그가 나지막이 말했다.

"내부당원 용 커피예요. 뜯지도 않은 1킬로짜리예요."

"이런 물건을 다 어떻게 구했어?"

"그 돼지 같은 놈들은 없는 게 없어요. 물론 이건 다 웨이터나 하인들이 훔친 거예요. 이건 홍차예요."

윈스턴은 그녀 옆에 쭈그리고 앉아 봉지 한쪽 귀퉁이를 찢었다.

"진짜 홍차군. 블랙베리 이파리가 아니야."

"요즘엔 홍차가 많이 나돌아요. 인도나 뭐 그런 데를 점령했나 봐요. 이제 3분만 침대 저쪽에 가서 내가 부를 때까지 돌아 앉아 있어요. 창으로 바짝 가지는 말구요. "

윈스턴은 모슬린 커튼 사이로 밖을 보았다. 아직도 아낙네는 빨래를 널며 노래를 부르고 있었다.

시간이 모든 걸 해결해 준대.
다 잊을 수 있다고들 말하지.
웃음과 눈물이 해마다 엇갈려
아직도 내 가슴을 쥐어짜는데!

그녀는 유행가란 유행가는 다 아는 모양이었다. 6월의 저녁이 언제까지나 끝나지 않고 빨랫감이 끝없이 이어지기만 한다면, 그녀는 천년이 가도 저렇게 빨래를 널면서 하찮은 유행가를 흥얼대며 만족스럽게 지낼 것 같았다.

"이제 돌아 앉아요." 줄리아가 말했다.

몸을 돌렸을 때 그는 몇 초쯤 그녀를 알아보지 못했다. 그녀가 화장을 한 것이다. 노동자 구역에 있는 가게에서 화장품 세트를 산 게 분명했다. 새빨간 립스틱에 발그레한 볼연지, 눈 밑엔 뭘 발랐는지 한결 환해 보였다. 화장 솜씨가 좋을 리 없었는데도 그녀는 놀라울 정도로 아름다워졌다. 그녀의 짧은 머리와 제복조차 여성스러움을 더 돋보이게 하는 것 같았다. 그녀를 품에 안자 짙은 바이올렛 향기가 났다. 어둠침침한 지하실 부엌과 동굴 같던 여자의 입이 떠올랐다. 그 여자가 사용했던 바로 그 향수였던 것이다. 하지만 그게 무슨 대수랴.

"향수까지!" 그가 조그맣게 외쳤다.

"그래요. 향수도 뿌렸어요. 다음엔 뭘 할 건지 알아요? 진짜 여자 옷을 구해서 이 꼴사나운 옷 대신 입을 거예요. 실크 스타킹과 하이힐도 신구요! 이 방안에서만이라도 난 진짜 여자가 될래요."

그들은 옷을 벗어던지고 커다란 마호가니 침대 속으로 들어갔다. 그녀 앞에서 그가 완전히 벗은 것은 이번이 처음이었다. 정맥류성 궤양 때문에 장딴지 위로 툭 불거져 나온 혈관과 발목을 덮고 있는 얼룩덜룩한 반점, 핏기 없는 빈약한 몸뚱이가 몹시 창피했던 것이다.

널찍하고 푹신한 침대에 그들은 감탄했다.

"빈대가 우글거린들 뭐 어때요." 줄리아가 말했다.

그들은 금방 곯아떨어졌다. 윈스턴이 잠을 깼을 때, 시계는 거의 9시를 가리키고 있었다. 석양의 노란 빛이 침대 발치 쪽을 가로질러 벽난로를 비추고, 난로에서는 물주전자가 끓고 있었다. 서늘한 여름 저녁에 남자와 여자가 알몸으로 욕정껏 섹스를 하고 마음껏 이야기를 나누고 억지로 일어날 필요도 없이 마냥 침대에 누워 바깥 소리에 귀를 기울이는 것이, 옛날에는 가능했을까?

줄리아가 눈을 부비면서 팔꿈치를 짚고 난로를 보았다.

"물이 반으로 졸았겠네요. 얼른 커피 타 줄게요. 우리 한 시간쯤 잤죠? 당신 집은 몇 시에 불이 나가요?"

"23시 반."

"합숙손 23시예요. 아무튼 그 전에 돌아가야 해요. 왜냐하면…… 야, 꺼져. 이 더러운 것아!"

그녀는 갑자기 침대에서 몸을 뒤틀더니 바닥에서 구두 한 짝을 집어 들어 2분 증오시간에 골드스타인을 향해 사전을 내던진 것처럼 구석을 향해 힘껏 내던졌다.

"왜 그래?" 그는 깜짝 놀라서 물었다.

"쥐예요. 벽 틈새로 코를 쑥 내밀잖아요. 아래쪽에 구멍이 있나 봐요. 아무튼 놈도 꽤 놀랐을 거예요."

"이 방에 쥐가 있다구?"

"쥐야 어디든 있죠. 합숙소 부엌에도 있어요. 런던의 어떤 지역은 아예 쥐 세상이래요. 어린애를 물기까지 한대요. 몸집이 굉장히 큰 갈색 쥐들이……"

"그만해!"

"왜요! 얼굴이 창백하네. 어디 아파요?"

"난 세상에서 쥐가 제일 무서워!"

그녀는 그를 꼭 안았다. 하지만 그는 눈을 뜨지 못했다. 가끔 꾸던, 늘 똑같은 악몽을 꾸는 것 같았다. 그는 캄캄한 벽 앞에 서 있고 반대쪽에는 뭔가 눈뜨고 볼 수 없는 무시무시한 것이 있다. 캄캄한 벽 뒤에 무엇이 있는지 사실은 잘 알고 있으면서도 자신을 속이고 있다는 것을 꿈속에서도 그는 자각한다. 만약 그가 뇌 한 조각을 잡아 뜯을 정도로 필사적이기만 하면 그것을 환한 곳으로 끌어낼 수 있었다. 하지만 그는 언제나 그 정체를 밝혀내지 못한 채 잠에서 깨어나곤 했다. 그런데 그것이 왠지 지금 줄리아가 말한 것과 관계가 있는 것만 같았다.

"미안해. 그냥 난 정말 쥐가 싫어."

"걱정 말아요. 그 징그러운 것들이 여긴 얼씬도 못하게 할게요. 떠나기 전에 천으로 구멍을 막아 놓고 다음에 올 때 석회를 가져와서 완전히 구멍을 메워야겠어요."

줄리아가 제복을 입고 커피를 끓였다. 향기가 너무나 강렬해서 창문을 단단히 닫았다. 사카린 대신 설탕을 탄 커피는 비단처럼 부드러웠다. 줄리아는 한 손을 주머니에 찌르고 다른 한 손엔 잼 바른 빵을 들고 책장을 들여다보고, 접이식 탁자를 수리하는 방법을 알려주고, 낡은 안락의자가 진짜 편안한지 털썩 앉아보고, 12시간짜리 시계를 재미있다는 듯이 관찰했다. 그녀는 좀 더 밝은 데서 보려고 유리 문진을 침대로 가져왔다.

"그게 뭐예요?" 줄리아가 물었다.

"특별한 쓰임새가 없는 물건이야. 그래서 난 이게 좋아. 놈들이 미처 바꾸지 못한 역사의 한 조각이랄까. 만약 누가 해독할 수만 있다면 이건 백 년 전의 메시지야."

"저 그림도 백 년쯤 됐을까요?"

맞은편 벽에 걸린 판화를 그녀가 턱으로 가리켰다.

"더 됐을 걸. 한 2백 년쯤? 정확한 건 아무도 몰라. 오늘날엔 연대를 알아내는 것이 불가능해졌으니까."

"여기서 아까 쥐가 코를 내밀었어요."

그녀는 벽 쪽으로 다가가 그림 밑에 있는 널빤지를 발로 차면서 말했다.

"그런데 어디서 본 것 같은데?"

"성당이야. 성 클레멘트 데인이라는."

그는 반쯤 향수에 젖어 노래했다.

"오렌지와 레몬이여, 성 클레멘트의 종이 말하네!"

놀랍게도 줄리아가 뒤를 이어서 노래했다.

"그대 내게 서 푼의 빚을 졌지,

성 마틴의 종이 말하네.

언제 갚을래?

그 옛날 베일리의 종이 말하네.

그 다음엔 뭐더라? 그래도 끝은 알아요. 그대 침대를 밝힐 촛불이 오네. 그대 목을 자를 도끼가 오네."

마치 암호 같았다. '그 옛날 베일리의 종' 다음에 분명히 가사가 한 줄 더 있을 것이다. 어쩌면 채링턴 씨가 기억할 수 있을지도 모른다.

"어디서 들었어?" 윈스턴이 놀라서 물었다.

"어렸을 때 할아버지가 이 노래를 자주 불렀어요. 근데 여덟 살 때 증발했어요. 어느 날 갑자기 사라져버린 거죠. 그런데 레몬이 도대체 뭐예요. 오렌지는 본 적 있는데, 껍질이 두껍고 노랗고 둥근 과일 맞죠?"

"레몬은 50년대엔 아주 흔한 과일이었어. 맛이 어찌나 신지 냄새만 맡아도 침이 고였지."

"저 그림 뒤에 빈대가 득실거릴 거야. 언제 저걸 떼어서 청소해야겠어요. 이제 화장을 지워야지. 아, 귀찮아! 당신 얼굴에 묻은 립스틱은 조금 있다가 지워줄게요."

방 안이 점점 어두워졌다. 그는 밝은 쪽으로 돌아누워 유리 문진을 들여다보았다. 볼수록 신비한 것은 산호 조각이 아니라 유리 자체의 내부였다. 그만한 깊이를 가지고 있으면서도 공기처럼 투명했다. 유리 표면은 마치 둥근 하늘 같았다. 그 안에 완벽한 대기권이 갖춰져 있어서 조그만 세계를 감싸고 있는 것 같았다. 그 자신이 유리 내부에 들어가 있는 것 같았다. 마호가니 침대와 접이식 탁자와 시계와 판화와 그리고 문진 자체까지 그 안에 들어가 있었다. 문진은 그가 들어가 있는 방이고, 산호는 영원히 고정된 자신과 줄리아의 생명이었다.

5

어느 날 아침 사임이 직장에 나오지 않았다. 몇몇 지각없는 사람들이 그의 결근에 대해 이러저러 떠들었다. 하지만 다음날에는 아무도 그에 대해 말하지 않았다. 사흘째 되는 날 윈스턴은 게시판을 보려고 기록국 현관에 갔다. 체스 위원회의 명단은 이름 하나가 빠졌을 뿐 전과 똑같았다. 그것으로 충분했다. 사임은 존재하지 않고 과거에도 존재한 적 없는 인물이 된 것이다.

무더운 날씨가 계속되었다. 청사는 냉방 장치로 정상 온도를 유지했지만, 바깥 거리는 발바닥을 태울 것처럼 뜨거웠고, 출퇴근 시간의 지하철은 악취가 진동했다. 증오주간을 위한 준비 때문에 모든 부처의 직원들은 시간 외 근무를 하고 있었다. 행진, 회합, 군대의 퍼레이드, 강연회, 밀랍 인형 전시회, 영화 상영, 텔레스크린 프로그램 준비는 물론, 진열대, 초상화, 슬로건, 노래, 게다가 유언비어를 퍼뜨리고 사진을 위조하는 작업까지 해야 했다.

줄리아가 속한 창작국에서도 소설 제작을 중단하고, 잔인무도한 내용의 팸플릿 시리즈를 만드느라 정신이 없었다. 윈스턴은 정규 작업 이외에 매일 몇 시간씩이나 《타임스》 철을 뒤져 연설문에 인용할 뉴스 기사들을 변조하거나 윤색했다. 밤늦게 난폭한 노동자들이 떼를 지어 거리로 몰려다닐 때면 도시 전체가 기묘한 열기에 휩싸였다. 그럴 때면 로켓탄이 여느 때보다 더 자주 터졌고 제대로 된 설명 하나 없이 뜬소문만 무성하게 나돌았다.

증오주간 주제가(증오가)가 벌써부터 텔레스크린에서 계속 흘러나왔다. 솔직히 음악이라기보다는 정신없이 두드려대는 북소리나 개가 짖어대는 것 같은 야만적인 리듬이었다. 행군하는 발걸음에 맞춰 수백 명이 한꺼번에 울부짖는 노래 소리는 그야말로 끔찍했다.

노동자들은 그 노래에 도취되어 한밤중까지 거리에서 '그것은 덧없는 환상일 뿐' 이라는 노래와 번갈아가며 불러댔다. 파슨스의 애새끼들도 밤낮없이 빗과 휴지 뭉치를 두드리며 지겹도록 그 노래만 불렀다. 윈스턴도 저녁 늦게까지 정신없이 바빴다. 파슨스가 조직한 자원 봉사대는 증오주간을 위해 깃발을 만들고, 포스터를 그리고, 지붕 위에는 국기 게양대를 설치하고, 거리를 가로질러 환영 현수막의 줄을 매는 등 거리 단장에 여념이 없었다. 4백 미터짜리 휘장을 내건 곳은 빅토리 맨션밖에 없다면서 파슨스는 자랑스럽게 떠들었다. 그는 일을 좋아하는 데다 늘 종달새처럼 명랑했다. 더위와 힘든 노동을 핑계로 저녁이면 반바지와 앞 터진 셔츠로 갈아입고 그는 동에 번쩍 서에 번쩍 지독한 땀 냄새를 풍기며 밀치고 당기고 톱질하고 망치질하고 사람들을 격려했다.

런던 구석구석에 새 포스터가 나붙었다. 3, 4미터나 되는 유라시아의 무표정한 몽고군이 가죽 장화를 신고 기관총을 허리춤에 매달고 무지막지하게 전진해오는 그림에는 아무 설명도 없었고, 어떤 각도에서 보든 기관총의 총부리는 똑바로 보는 사람을 겨냥했다.

대체로 전쟁에 냉담한 프롤레타리아들까지 이 주기적인 애국심의 광기에 휩쓸렸다. 로켓탄이 보통 때보다도 더 많이 떨어졌고, 스테프니 극장에 떨어진 폭탄은 수백 명을 한꺼번에 폐허 속에 묻어버렸다. 수많은 사람들이 몇 시간씩 기다란 열을 지어 장례 행렬에 참례했으며 이런 모임은 늘 규탄 대회로 변하기 마련이었다.

운동장으로 사용하는 황무지에 로켓탄이 떨어져 수십 명의 아이들을 산산조각냈다. 데모는 더욱더 격렬해지고, 골드스타인의 허수아비가 불태워졌으며, 수백 장에 달하는 유라시아 군 포스터가 찢겨져 불꽃 속에 던져지고, 수많은 가게들이 난장판 속에서 약탈당했다. 그런 다음엔 스파이들이 무선 전신으로 로켓탄을 투하할 장소를 지시한다는 유언비어가 나돌고, 외국인 혈통이라고 의심받던 노부부의 집에 누군가 불을 질렀다.

윈스턴과 줄리아는 채링턴 씨 가게 위층 방에 오면 더위를 식히기 위해 창문을 열어놓고 알몸으로 낡은 침대 위에 나란히 누워 있었다. 쥐는 다시 나타나지 않았지만 빈대들이 무섭게 우글거렸다. 하지만 그런 것쯤은 아무래도 좋았다. 더럽든 깨끗하든 그 방은 그들에게 천국이었다. 그들은 방에 도착하면 곧바로 암시장에서 사온 후춧가루를 방 안 구석구석에 뿌리고 옷을 벗어 팽개친 다음 땀을 뻘뻘 흘리면서 섹스를 하고 잠에 곯아떨어졌는데, 깨어나면 빈대들이 엄청나게 덤벼들어 있었다.

6월 한 달 동안 그들은 네 번, 다섯 번, 아니 일곱 번이나 만났다. 윈스턴은 술을 마시던 습관을 버렸다. 살이 올랐고 정맥류성 궤양도 가라앉았으며 발작적인 기침도 멎었다. 이제는 삶이 그렇게 고통스럽지 않았고, 텔레스크린을 향해 욕설을 퍼붓고 싶은 충동도 사라졌다. 집이나 다름없는 안전한 은신처를 갖게 되었으니 가끔이라도 만날 수 있었다. 고작 한두 시간밖에 함께 있지 못해도 그것으로 충분했다. 중요한 것은 고물상 윗방이 계속 존재해야 한다는 사실이었다. 그 방은 하나의 세계였고, 멸종된 동물들이 살아난 과거의 주머니였다. 채링턴 씨 역시 멸종된 동물이라고 윈스턴은 생각했다.

윈스턴은 올 때마다 채링턴 씨와 잠깐씩 이야기를 나누었다. 노인은 거의 문 밖에 나가지 않았고 손님도 거의 없었다. 그는 조그맣고 어둑한 가게와 비좁은 뒤쪽 부엌 사이를 왔다 갔다 하는 유령 같았다. 이야기할 기회가 생길 때마다 그는 무척 기뻐했다. 도자기 병마개, 채색된 담뱃갑 뚜껑, 죽은 어린아이 머리카락을 담아놓은 상자들을 만지작거리며 생전 사라고 권하는 법도 없이 그저 자랑만 했다. 그는 옛날 노래 가사 몇 조각을 더 끄집어냈다. 스물네 마리의 찌르레기와 찌부러진 뿔을 가진 암소 한 마리와 가련하게 죽은 울새 수컷이 나왔다.

윈스턴과 줄리아 둘 다 이런 상태가 오래 지속되지 못하리라는 것을 잘 알고 있었다. 어떤 땐 죽음이 너무나 뚜렷하게 느껴져서 마치 저주받은 영혼이 죽기 직전에 최후의 쾌락 한 조각을 붙들고 늘어지는 것처럼 절망적으로 서로를 힘껏 껴안았다. 그러면서도 가끔은 안전하게 오래 지속될지도 모른다는 환상에 젖기도 했다.

사실 그들은 이 방 안에서는 왠지 안전하다고 믿었다. 이 집에 오기가 어렵지 일단 도착하기만 하면 이 방은 성역이었다. 윈스턴이 문진의 한가운데로 들어가기만 하면 시간이 정지할 거라고 믿는 것과 같았다.

그들은 가끔 탈출을 꿈꾸기도 했다. 캐서린이 죽으면 결혼할 수 있을지도 모른다. 둘이서 동반자살을 할 수도 있다. 둘이 감쪽같이 신분을 바꾸고 노동자들의 말투를 배워 공장에 취직해서 뒷골목에서 숨어 살 수도 있다. 하지만 그 어느 것도 불가능하다는 것은 둘 다 잘 알고 있었다. 실제로 이 세계에서 도망칠 방법은 없었다. 단 한 가지 실현 가능한 자살조차도 결코 쉽지 않았다. 공기가 있는 한 허파가 계속 숨을 쉬는 것처럼 그날에서 다음날로 그 주에서 다음 주로 미래 없는 현실에 매달려 살 수밖에 없었다.

가끔 당에 대항하는 적극적인 반란에 가세하자는 이야기도 했지만 그 첫발을 어떻게 내디뎌야 할지 알 수 없었다. 형제단이 있다 해도 가입할 방법이 없었다. 윈스턴은 오브라이언에 대한 기묘한 유대감을 그녀에게 말했다. 줄리아는 얼굴을 보고 사람을 판단하는 버릇이 있었기 때문에 윈스턴이 단 한번 예사롭지 않게 시선을 마주친 것만으로도 오브라이언을 믿을 만한 사람으로 확신했다.

하지만 줄리아는 거의 모든 사람이 당을 혐오한다고 생각하면서도 보다 광범위하고 조직적인 반대 세력이 존재할 가능성은 믿지 않았다. 2분 증오시간에는 항상 다른 사람들보다 몇 배나 더 큰 소리로 골드스타인에게 저주와 욕설을 퍼부었으면서도 골드스타인이 누구인지, 그가 어떤 정책을 표방하고 있는지에 대해서는 전혀 알지 못했다. 그녀에게 당은 전복될 수 없는 것이었다. 당은 언제까지나 존재할 것이며 언제고 한결같을 것이다.

어떤 면에서는 그녀가 윈스턴보다 훨씬 날카로웠다. 언젠가 그가 우연히 유라시아와의 전쟁 얘기를 꺼냈을 때 그런 전쟁은 실제로 일어나지도 않았다고 말해서 그를 놀라게 하기도 했다. 매일 런던에 투하되는 로켓탄도 오세아니아 정부가 국민들에게 공포 분위기를 조성하기 위해서 그러는 것이라고 했다. 그는 지금까지 그런 생각은 해본 적도 없었다. 2분 증오시간에 웃음을 참기 힘들다는 말에는 거의 부러울 정도였다.

그녀는 진실이든 거짓이든 자신에게 직접 영향을 주지만 않으면 당의 신화를 얼마든지 믿어준다는 식이었다. 비행기를 누가 발명했든 무슨 상관이냐는 것이었다. 더 충격적인 일은 4년 전에 오세아니아가 동아시아와 전쟁 상태에 있었고, 유라시아와는 평화 관계를 맺고 있었다는 사실을 그녀가 조금도 의식하지 못한다는 것이었다. 모든 전쟁을 허위라고 생각한다 해도 적이 바뀌었다는 사실을 의식하지 못한다는 것은 보통일이 아니다.

"우리가 늘 유라시아하고만 전쟁하는 줄 알았는데."

그녀의 막연한 말에 윈스턴은 당혹감을 느꼈다. 비행기 발명이야 오래 전 일이라 해도 전쟁 상대국이 바뀐 것은 바로 4년 전 일 아닌가. 그는 이 문제로 거의 15분이나 말씨름을 한 끝에 결국 그녀가 한때 적국이 유라시아가 아니라 동아시아였다는 것을 희미하게나마 받아들이게 했지만 그녀에게는 여전히 대수롭지 않은 일이었다.

"그래서 그게 무슨 상관이에요? 어차피 전쟁은 끊임없이 일어나고 뉴스는 온통 거짓말투성인데요."

기록국에서 저지르는 뻔뻔스런 날조 행위에 대해서도 말했지만 그녀는 놀라지도 않았다. 거짓이 진실이 된다고 해서 자기 발밑에 무서운 함정이 생긴다고 느끼지 않는 것이다. 존스와 아론슨과 러더퍼드, 그리고 언젠가 잠깐 쥐었던 종이쪽지에 대해서도 얘기해주었지만 줄리아는 요점조차 파악하지 못했다.

“그 사람들이 친구였어요?” 줄리아가 물었다.

“아니, 그들은 내부당원들이야. 혁명 전의 구시대 사람들이라 나이도 많고…… 난 겨우 얼굴만 봤어.”

“그럼 뭐가 문젠데요? 어차피 사람들이 살해당하는 일은 늘 일어나잖아요.”

“이건 살해에 대한 문제가 아니라 부정되고 지워지는 과거에 대한 문제야. 과거가 어디엔가 남아 있다 해도 저기 있는 유리 덩어리처럼 아무 말도 못하는 물체일 뿐이야. 우린 혁명 당시나 혁명 전의 일에 대해선 아무것도 몰라. 모든 기록은 폐기되거나 날조되고, 책이란 책은 다 다시 쓰였고, 그림은 다시 그려지고, 동상과 거리와 건물들에 새 이름이 붙여졌고, 날짜마저 모두 변조됐어. 당이 언제나 옳다는 이 끝없는 현재 말고는 아무것도 없어. 날조 행위를 하고 있는 나조차도 과거가 날조되었다는 사실을 증명할 길이 전혀 없어. 증거라곤 오직 내 기억뿐인데 누가 그걸 믿어주겠냐구? 그렇게 구체적이고 확실한 증거를 몇 분 만에 버리다니, 지금 같으면 보관했을 텐데.”

“나라면 그러지 않을 거예요. 위험을 무릅쓸 각오는 나도 돼 있지만 그런 헌 신문지 조각 때문에 모험을 하지는 않을 거예요. 그걸로 대체 뭘 할 수 있겠어요?”

“별 쓸모는 없겠지. 하지만 확실한 증거물이야. 위험을 무릅쓰고 누구에게든 보여준다면 약간이라도 현시대에 의혹을 품는 사람들이 생길 거야. 여기저기 조그만 저항

세력이 일어나 소규모 집단을 이루고, 차츰 세력이 불어나서 후세에 몇 마디 기록이라도 남기게 되면 다음 세대가 뭔가 해낼 수 있을지도 몰라."

"다음 세대엔 흥미 없어요. 난 우리한테만 관심 있는 걸요."

"당신은 허리 아래쪽만 반역자야."

그의 말이 재치 있다고 느꼈는지 그녀는 환하게 웃으며 그를 얼싸안았다.

그녀는 당의 세부 강령에 대해서는 전혀 관심이 없었다. 영사, 이중사고, 과거 날조, 객관적 사실의 부정, 신어 사용에 관한 이야기를 꺼내기만 하면 왜 그런 일로 고민하냐, 기뻐할 때와 경멸할 때를 알면 충분하지 않냐며 못 들은 척하다가 잠들어버렸다. 사실 그녀는 때와 장소를 가리지 않고 잘 자는 사람이었다.

어떤 면에서 당의 세계관은 그것을 이해할 능력이 없는 사람들에게 가장 잘 주입되었다. 그들은 자기에게 요구되는 일이 얼마나 끔찍한 것인지 알지 못하는데다가 현재 일어나고 있는 공적인 사건에도 관심이 없기 때문에 가장 악랄한 현실 파괴도 서슴없이 받아들일 수 있었다. 무지 덕분에 건강한 정신을 유지한다고 볼 수 있는 그들은 아무거나 먹어도 탈이 없다. 왜냐하면 소화되지 않은 곡식의 낟알이 새의 창자를 거쳐 그대로 나오는 것처럼 뒤엔 아무 찌꺼기도 남지 않기 때문이다.

6

드디어 올 것이 왔다. 기대하던 메시지가 온 것이다. 지금까지 평생 이 일만 기다리며 산 것 같았다.

윈스턴은 청사의 긴 복도를 걸어가고 있었다. 줄리아가 쪽지를 쥐어주던 곳쯤에서 그는 덩치 큰 사람이 뒤따라오는 것을 느꼈다. 말을 걸고 싶다는 듯 그가 잔기침을 했다. 윈스턴은 돌아섰다. 오브라이언이었다.

윈스턴은 도망치고 싶은 충동을 느꼈다. 심장이 몹시 뛰었다. 오브라이언은 천천히 걸어와서 윈스턴의 어깨에 다정하게 손을 얹었다. 두 사람은 나란히 걷기 시작했다.

"당신과 한번 얘기하고 싶었소. 《타임스》에서 신어에 대한 글을 읽었는데 학문적인 관심이 보이더군요."

"아, 저는 그저 풋내기일 뿐입니다. 제 전공도 아니고 신어 구조와 관계된 일을 해본 적도 없습니다."

"아주 훌륭하던 걸요. 나만 그렇게 생각하는 게 아니라 그 분야에 전문가인 당신 친구도, 이름이 뭐더라."

윈스턴의 심장이 다시 두근거렸다. 사임밖에 없다. 하지만 사임은 죽은 사람이고 지워진 인간이다. 오브라이언의 말은 어쩌면 조그만 사상죄를 함께 나누는 것으로 공범이 되자는 신호이고 암시일지도 모른다.

두 사람은 천천히 복도를 걸어갔다. 오브라이언이 걸음을 멈추고 늘 하던 대로 사람의 마음을 편안하게 하는 태도로 콧잔등에 걸친 안경을 고쳐 쓰고 말했다.

"당신이 쓴 기사에서 이미 폐기된 낱말을 두 개나 발견했어요. 물론 그 낱말이 없어진 건 얼마 안 되긴 했어요. 신어사전 제10판 본 적 있습니까?"

"제10판은 아직 발간되지 않은 걸로 알고 있는데요. 기록국에서는 현재 제9판을 사용하고 있습니다."

"제10판은 몇 달 안엔 나오지 못할 겁니다. 하지만 견본을 내가 한 권 갖고 있는데 보고 싶지 않소?"

"꼭 보고 싶습니다." 윈스턴은 그 말이 무엇을 의미하는지를 즉각 알아차리고 대답했다.

"몇 가지는 아주 독창적이고 진보적인 거예요. 특히 동사의 수가 크게 줄었는데 당신도 그걸 보면 아주 흥미를 느낄 거요. 내가 그 사전을 인편으로 보내드릴까? 아, 근데 내가 건망증이 심해서 말이죠… 아무 때나 당신이 내 집에 와서 가져가는 게 낫겠소. 주소를 적어드리지요."

그들은 텔레스크린 앞에 서 있었다. 오브라이언은 주머니를 뒤져 가죽 표지의 조그만 수첩과 황금빛 만년필을 꺼내 텔레스크린에 글씨가 훤히 보이도록 주소를 적어서 찢어주었다.

"저녁에는 대개 집에 있소. 혹시 내가 없더라도 하인이 사전을 내줄 겁니다."

감출 필요 없는 종이였지만 윈스턴은 주소를 외우고 나서 다른 서류들과 함께 기억통 속에 던져버렸다.

기껏 2분 정도 사이에 일어난 일이었다. 그 짧은 사건이 갖는 의미는 단 하나, '나를 만나러 이리로 오라' 는 것이다. 어쩌면 사전 속에 메시지가 숨겨져 있을지도 모른다. 어쨌든 한 가지 일만은 이제 분명해졌다. 그가 상상하던 음모는 존재하고, 그는 드디어 그 음모의 바깥쪽 가장자리에 도달한 것이다.

늦든 빠르든 윈스턴은 오브라이언에게 갈 것이다. 이 일은 몇 년 전부터 시작된 일의 결과일 뿐이다. 첫 번째 단계는 은밀하고 모호한 생각이었고, 두 번째 단계는 일기를 쓰기 시작한 일이었다. 생각을 글로 옮기는 단계에서 이제 글을 행동으로 옮기는 단계로 넘어간 것이다. 마지막 단계는 애정부에서 일어나게 될 것이다. 그는 그것을 받아들였다. 마지막은 언제나 시작에 포함되어 있는 법이다. 하지만 무서웠다. 그것은 죽음을 미리 맛보는 것이고, 삶을 짧게 단축하는 것이었다. 오브라이언과 이야기하는 동안에도 그는 온몸을 꿰뚫는 섬뜩한 전율을 느꼈다. 축축한 무덤 속으로 걸어 들어가는 기분이었다. 하지만 무덤이 자신을 기다리고 있다는 사실을 늘 의식하고 있었기 때문인지 극심한 공포를 느끼지는 않았다.

7

윈스턴은 눈물 가득한 눈으로 잠을 깼다. 줄리아가 몸을 뒤척이며 중얼거렸다.

"왜 그래요?"

"꿈을 꿨어……"

그는 말을 하려다가 입을 꾹 다물었다. 꿈이 너무 혼란스러워서 말로 옮기기 힘들기도 했지만, 잠을 깬 뒤에도 뇌리에서 헤엄치듯 꿈틀거리는 기억 때문이었다.

그는 눈을 감고 돌아누웠다. 그의 평생이 비 온 뒤의 여름 저녁처럼 명료하게 펼쳐진 광활한 꿈이었다. 꿈은 모두 유리 문진 속에서 펼쳐졌다. 유리의 표면은 둥근 하늘이었고, 그 하늘 아래 맑고 부드러운 빛이 끝없이 펼쳐져 있었다. 어머니가 팔을 흔드는 모습이 보였다. 꿈은 그 모습을 중심으로 펼쳐졌다. 유태인 부인이 헬리콥터에서 쏘아대는 총탄에서 어린 아들을 보호하려고 안간힘을 쓰다가 끝내 산산조각이 되어버리던 영화 장면이 보였다.

"나는 지금까지 내가 어머니를 죽였다고 생각했어." 윈스턴이 말했다.

"왜 어머니를 죽였어요?" 줄리아가 잠결에 물었다.

"내가 어머니를 진짜로 죽인 건 아니야."

꿈속에서 본 어머니의 모습이 눈에 선했다. 잠을 깨고 나서 얼마 동안 어머니와 관련된 사소한 사건들이 단편적으로 떠올랐다. 그가 잊으려고 무진 애썼던 기억들이었다. 아마 열 살이나 열두 살 무렵이었다.

아버지는 언젠진 몰라도 훨씬 더 오래 전에 사라졌다. 당시의 소란스럽고 불안했던 분위기가 선명하게 머릿속에 남아 있었다. 주기적인 공습으로 인한 공포, 지하철역으로 피난했던 일, 여기저기 널려 있던 돌더미, 길모퉁이마다 나붙은 의미를 알 수 없는 포고문, 똑같은 색깔의 셔츠를 입은 젊은이들, 빵 가게 앞에 늘어선 사람들, 기관총 소리…… 무엇보다 아픈 기억은 먹을 것이 늘 부족했다는 사실이었다. 그는 또래 아이들과 어울려 다니면서 쓰레기통과 쓰레기더미를 뒤져 양배추 줄기와 감자 껍질을 줍고, 썩은 빵 조각을 주워 썩은 부분을 떼어내고 먹었던 그 기나긴 오후를 생각했다.

아버지가 사라졌을 때 어머니는 크게 놀라거나 격렬하게 슬퍼하지 않았지만 완전히 넋 나간 사람처럼 보였다. 음식을 하고, 빨래하고, 옷을 깁고, 침대를 손질하고, 마루를 쓸고, 벽난로의 먼지를 털고 일상적인 일을 빠짐없이 다 했지만 마치 화가의 지시에 따라 불필요한 동작을 모두 제거해버리고 움직이는 모델 같았다. 그녀의 크고 맵시 있는 몸은 점점 정물이 되어갔다. 그녀는 몇 시간이나 침대 위에 꼼짝 않고 앉아서 병약한 두어 살짜리 누이동생에게 젖을 물리고 있었다. 가끔은 한동안 말없이 윈스턴을 꼭 끌어안고 있기도 했다. 아직 어리고 자기밖에 모르던 윈스턴도 어머니의 그런 태도에서 앞으로 일어날 무서운 사건을 예감하고 있었다.

어둡고 냄새나는 방의 거의 반을 하얀 홑이불 덮인 침대가 차지하고 있었다. 벽난로 펜더 위에는 가스풍로와 음식물을 넣어두는 선반이 있었고, 바깥 층계참에는 공동으로 사용하는 누런 흙으로 만든 수채통이 있었다. 가스풍로 위로 몸을 구부리고 냄비 안의 음식을 젓던 어머니의 우아한 모습이 떠올랐다.

늘 굶주렸던 그 시절에 가장 사무치게 아픈 기억은 식사 때마다 조금이라도 더 먹으려고 사납게 굴었던 일이다. 그는 늘 왜 먹을 게 없냐고, 마침내는 악다구니를 쓰며 더 달라고 대들곤 했다. 성급하게 소리를 지르던 갈라진 목소리까지 생생했다. 어머니는 늘 자기 몫에서 덜어주었지만 아무리 덜어줘도 그는 더 달라고 졸랐다. 어머니는 욕심 부리지 말라고, 어린 누이동생이 아프니까 좀 먹여야 한다고 타일렀지만 막무가내였다. 그는 어머니의 손에서 냄비와 국자를 빼앗고 누이동생의 접시에 담긴 조그만 부스러기까지 빼앗아 먹었다. 어머니와 누이동생이 자기 때문에 굶주린다는 것을 알고 있었지만 어쩔 수 없었다. 뱃속에서 아우성치는 쪼르륵 소리가 모든 것을 정당화시켜 주었다.

몇 달 만에 초콜릿 배급이 나왔을 때였다. 세 사람 몫으로 나온 2온스짜리 초콜릿은 지금도 기억에 생생했다. 초콜릿은 3등분해야 옳았지만 그는 혼자 먹어야 한다고 내부에서 외치는 소리를 들었다. 어머니는 욕심 부리면 안 된다고 나무랐다. 고함치고 울고 달래고 나무라고 잔소리하는 소동 끝에 결국 어머니는 초콜릿의 4분의 3을 잘라 윈스턴에게 주고 나머지는 누이동생에게 주었다. 어린 계집애는 그것을 받아 쥐고 멍하니 보고만 있었다. 윈스턴은 잠깐 동생을 노려보다가 번개처럼 달려들어 초콜릿 조각을 낚아채서 문을 열고 도망쳤다.

"윈스턴, 윈스턴! 돌아와! 동생에게 초콜릿을 돌려줘!"

어머니가 쫓아오며 소리쳤다. 그는 멈춰 섰지만 돌아가지는 않았다. 어머니가 애타는 눈으로 그를 보고 있었다. 그때까지도 그는 무슨 일이 일어날지 몰랐다. 그는 녹아서 끈적거리는 초콜릿을 움켜쥐고 층계를 뛰어 내려갔다. 그리고 다시는 어머니를 보지 못했다. 초콜릿을 몽땅 먹어치우고 나자 조금 부끄러운 생각이 들어 몇 시간을 헤매다가 집으로 돌아갔을 때 어머니와 동생은 이미 사라지고 없었다. 어머니의 외투조차 그대로 있었다. 그는 지금도 어머니가 죽었는지 살았는지 모른다. 아마 강제노동수용소에 보내졌을 것이다. 누이동생은 윈스턴처럼 고아들을 수용하는 교화원으로 보내졌거나 어머니를 따라 강제노동수용소로 갔을 것이다.

그 꿈은 지금도 생생하게 그의 머릿속에 남아 있었다. 특히 그 꿈의 모든 의미가 담겨 있을 것 같은, 뭔가를 감싸고 보호하려는 팔의 움직임이 생생하게 박혀 있었다. 두 달 전에 꾼 꿈이 떠올랐다. 어머니는 어린 딸을 붙잡고 앉아서 매순간 아래로 깊이깊이 가라앉으면서도 점점 컴컴해지는 물속에서 그를 올려다보고 있었다.

그는 어머니가 사라진 일을 줄리아에게 들려주었다. 그녀는 눈도 뜨지 않고 돌아누우며 말했다.

"그땐 당신도 탐욕스런 돼지새끼였군요. 하긴 애들은 다 돼지새끼죠 뭐."

"그래, 하지만 핵심은……"

그녀는 다시 잠든 것 같았다. 윈스턴은 어머니 이야기를 하고 싶었다. 어머니는 비범하거나 지적인 여자는 아니었지만 나름의 가치관이 있었고 그녀의 태도에는 고상하고 순결한 기품이 있었으며 외부에 영향 받지 않는 자신만의 독특한 감성이 있었다. 그녀는 쓸데없는 행동이 꼭 무의미한 건 아니라는 것을 알고 있었고, 누군가를 사랑하면 끝까지 사랑했으며 아무리 가진 게 없어도 사랑만은 줄 수 있다고 믿었다.

초콜릿을 몽땅 빼앗겼을 때 어머니는 아기를 품에 꼭 안았다. 날아오는 총탄 앞에서 아무 소용없는 줄 알면서도 팔로 아들을 감싸는 유대인 여자처럼 어머니에게 그것은 자연스러운 일이었다.

당이 저지른 가장 끔찍한 짓은 단순한 충동이나 감정은 아무 쓸모없는 것이라고 강제로 인식시키는 것으로 물질 세계를 지배하는 인간의 힘을 박탈하는 것이었다. 일단 당에게 덜미를 잡히면, 느끼든 느끼지 못하든, 행동하든 행동하지 않든 말 그대로 아무 차이가 없다. 개인에게 무슨 일이 일어나든 깨끗이 지워져 버리는 것이다.

두 세대 전만 해도 사람들은 역사를 변형시키는 일은 생각조차 하지 않았다. 그들은 개인적인 성실성을 중요하게 생각했다. 그들에게는 개인적인 인간관계가 중요했고, 죽어가는 사람을 위해 눈물 흘리고, 무력한 몸짓 자체에서도 가치를 찾았다. 프롤레타리아들은 아직 이런 상황에 그대로 머물러 있다는 생각이 문득 그의 뇌리를 스쳐갔다. 그들은 당이나 국가나 이념에 충성하지 않고 그들 자신에게 충실했다. 생전 처음으로 그는 프롤레타리아를 경멸하지 않게 되었다. 그리고 그들이야말로 언젠가 세계를 재건할 숨은 힘이라고 생각했다.

프롤레타리아들에게는 여전히 인간성이 남아 있다. 그들의 내부는 완전히 굳지 않았다. 그들은 윈스턴이 다시 배우고자 하는 원시적인 감정을 그대로 지니고 있다. 몇 주일 전에 보도에서 뒹구는 절단된 손을 양배추 줄기나 되는 것처럼 길가 도랑에 차버렸던 일이 떠올랐다.

"프롤레타리아들이야말로 진짜 인간이야. 우린 인간이 아니야."

"왜요?" 줄리아가 잠에서 깨어 물었다.

그는 잠깐 생각하다가 말했다.

"우리가 더 늦기 전에 이곳을 빠져나가서 다시는 서로 만나지 않는 게 최선이라고 생각하지 않아?"

"맞아요. 나도 그런 생각 많이 했어요. 하지만 난 그러지 않을래요."

"우린 운이 좋아. 하지만 이런 일은 오래 갈 수 없어. 당신은 젊고 정상이야. 나 같은 사람과 깨끗이 헤어지면 앞으로 50년은 더 살 거야."

"아니에요. 나도 그런 건 다 생각해봤어요. 난 당신이 하는 대로 따라 할래요. 너무 절망적으로 생각하지 마요. 난 살아남을 자신 있어요."

"앞으로 6개월쯤은 더 이렇게 지낼 수 있겠지. 어쩌면 1년쯤. 하지만 결국 우린 헤어지게 될 거야. 놈들에게 잡히는 순간 모든 것은 끝장이야. 우린 서로를 위해서 아무것도 해줄 수 없어. 내가 자백하든 안 하든 놈들은 당신을 총살할 거야. 우린 서로 죽었는지 살았는지조차 모르게 될 거야. 완전히 무력해지는 거지. 단 한 가지 중요한 일은 우리가 서로 배신하지 말아야 한다는 거야. 그래봤자 달라지는 건 없겠지만."

"자백을 안 할 순 없을 거예요. 고문을 견딜 수 없을 테니까요."

"자백 얘기가 아니야. 자백은 배신이 아니니까. 중요한 건 감정이야. 놈들 때문에 내가 당신을 사랑하지 않게 된다면 그게 진짜 배신인 거야."

그녀는 곰곰이 생각하고 나서 단호하게 말했다.

"놈들이 할 수 없는 게 딱 하나 있어요. 놈들은 당신에게 무엇이든 말하게 할 수 있지만 믿게 할 순 없어요. 마음까지 지배할 순 없으니까요."

"맞아, 마음까지 지배할 순 없어. 인간으로 살아가는 것이 가치 있는 일이라고 확신한다면 비록 그것이 아무런 성과를 이루지 못한다 해도 놈들을 이기는 거야."

윈스턴은 절대로 잠들지 않고 언제나 귀를 곤두세우고 있는 텔레스크린을 생각했다. 그래도 정신만 똑바로 차리고 있으면 놈들을 따돌릴 수 있어. 사람의 생각까지 알아낼 수는 없으니. 물론 놈들에게 잡히면 사정이 달라지겠지만. 사실 애정부 안에서 무슨 일이 일어나는지는 아무도 모른다. 아마 고문, 마취약, 신경 반응을 기록하는 정교한 기계, 수면 방해, 고독과 끝없는 심문으로 녹초가 되도록 괴롭힐 것이다. 하지만 살아남는 게 목적이 아니라 인간으로 죽는 것이 목적이라면 놈들은 그를 변질시킬 수 없다. 놈들이 인간의 행동이나 말이나 생각을 속속들이 파헤친다 해도 인간의 마음속까지 공략할 수는 없다. 인간의 마음은 누구도 어떻게 할 수 없는 신비로움 자체니까.

8

마침내 해냈다!

기다란 방 안에는 부드러운 불빛이 감돌고 텔레스크린에서는 낮고 희미한 소리가 흘러나오고 있었다. 짙푸른 카펫이 벨벳처럼 부드러웠다. 방 저쪽 끝에 오브라이언이 서류 더미를 책상 양쪽에 쌓아놓고 초록색 갓이 달린 램프 불빛 아래 앉아 있는 것이 보였다. 하인이 윈스턴과 줄리아를 방 안으로 안내했는데도 그는 모르는 척했다.

가슴이 방망이질해서 윈스턴은 고작 우리가 여기 왔다는 생각밖에 들지 않았다. 여기에, 게다가 줄리아까지 데리고 오다니, 서로 다른 길로 와서 오브라이언의 문 앞에서 만났다 해도 그건 경솔하고 어리석은 짓이었다.

내부당원들의 거주 지역에, 더구나 내부당원의 집안에 들어오는 것은 있을 수 없는 일이었다. 거대한 저택의 으리으리한 분위기, 호화로운 가구들, 맛있는 음식 냄새와 고급 담배 향, 조용하고 빠른 엘리베이터, 바쁘게 움직이는 하얀 제복의 하인들, 이 모든 것이 두 사람의 기를 죽였다. 오는 동안에도 내내 윈스턴은 당당한 볼일이 있었으면서도 검은 제복의 위병들이 모퉁이에서 불쑥 나타나 신분증을 요구하고 내쫓을까봐 조마조마했었다.

키 작고 검은 머리에 하얀 제복을 입은 하인이 두 말 없이 두 사람을 저택 안으로 안내했다. 중국 사람처럼 생긴 그의 다이아몬드형 얼굴에는 표정이 전혀 없었다. 복도에는 부드러운 카펫이 깔려 있었고, 크림색 벽지와 새하얀 벽은 깨끗했다. 윈스턴은 충격을 받았다. 이제껏 사람들의 손때가 묻지 않은 벽을 본 적이 없었던 것이다.

오브라이언은 손에 든 종이를 들고 열심히 들여다보았다. 콧날만 겨우 보일 정도로 깊이 숙인 얼굴은 위압적이면서도 지적이었다. 그는 20초 정도 꼼짝 않고 앉아 있다가 구술기록기를 앞으로 잡아당겨서 진리부 내에서만 사용하는 혼성 특수용어로 메시지를 낭독했다.

"항목 1 쉼표 5 쉼표 7 완결 판명 항목 6에 포함된 제안은 극히 불합리 사상죄에 가까움 마침표 삭제 기계류 총경비 합산 견적서 입수 전체 건설공사 중단 마침표 이상 메시지 끝."

그는 의자에서 일어나 그들 쪽으로 걸어 왔다. 신어로 이야기할 때의 사무적인 분위기는 가셨지만 방해를 받아 불쾌한 듯한 표정이었다. 당혹감이 온몸을 타고 흘렀다. 바보짓을 한 게 분명했다. 대체 무슨 증거로 오브라이언을 정치적 공모자라고 믿게 된 것일까? 잠깐 번뜩인 눈빛과 단 한 마디의 수상한 말밖엔 없었다. 게다가 이제 와선 사전을 빌리러 왔다는 핑계도 내세울 수 없었다. 줄리아가 나타난 것을 설명할 길이 없었던 것이다.

오브라이언이 텔레스크린 앞에서 멈추더니 벽에 붙은 스위치를 눌렀다. 찰칵 소리와 함께 텔레스크린이 꺼졌다. 줄리아가 깜짝 놀라서 작게 비명을 질렀다. 윈스턴 역시 너무 놀라서 자기도 모르게 외쳤다.

"저걸 끌 수 있군요!"

"그 정도 특권은 갖고 있소." 오브라이언이 말했다.

그는 그들 앞에 묵직하게 버티고 섰다. 표정을 읽을 수가 없었다. 그는 윈스턴이 먼저 입을 열기를 기다리는 것 같았다. 무슨 말을 기대하는 것일까? 아무도 입을 열지 않았다. 방 안은 쥐 죽은 듯 조용했다. 초침이 움직이는 소리가 엄청나게 크게 들렸다. 오브라이언이 콧잔등에 걸친 안경을 매만지며 물었다.

"내가 먼저 말할까요, 아니면 당신이 먼저 말하겠소?"

"제가 먼저 말씀드리겠습니다. 저건 정말 꺼진 겁니까?" 윈스턴이 재빨리 말했다.

"그래요. 완전히 꺼졌어요. 우리뿐이오."

"우리가 여기에 온 것은……"

그는 막상 말하려고 하자 사실은 오브라이언을 찾아온 동기가 분명하지 않다는 것을 깨닫고 순간적으로 말을 멈췄다. 사실 그 자신도 오브라이언한테서 무슨 도움을 기대해야 할지 몰랐기 때문이다. 그는 자신의 목소리가 자신도 없고 힘도 없고 일부러 꾸며대는 것 같다는 걸 의식하면서도 어쨌든 말을 이었다.

"당을 전복시키려는 비밀 조직이 있고, 당신이 거기에 가담하고 있다고 믿기 때문입니다. 우리도 거기에 합류하고 싶습니다. 우리는 당의 역사, 강령을 믿지 않는 사상범이고 간통자입니다. 이런 말까지 하는 것은 우리의 운명을 당신에게 맡길 각오가 되어 있다는 뜻입니다."

문이 열리는 느낌이 들었다. 윈스턴은 말을 멈추고 어깨 너머로 돌아보았다. 체구가 작은 누런 얼굴의 하인이 유리병과 유리잔들을 쟁반에 받쳐 들고 들어왔다.

"마틴은 우리 편이오. 마틴, 둥근 탁자 위에 놔. 의자에 앉아서 편하게 얘기하세. 마틴, 자네도 앞으로 10분 동안은 하인이라는 생각을 하지 말게." 오브라이언이 말했다.

조그만 사내는 스스럼없이 의자에 앉았지만 그저 하인이 주어진 특권을 즐기는 것처럼 보였다. 윈스턴은 곁눈질로 사내를 자세히 뜯어보았다. 평생 한 가지 역할만 해서 잠시라도 그 역할을 벗어나면 위험하다고 느끼는 것 같았다. 오브라이언은 유리잔에 검붉은 액체를 가득 따랐다. 벽이나 광고판에 네온사인으로 형상화한 거대한 병이 위아래로 움직이면서 유리잔에 술을 따르는 광경을 본 기억이 어렴풋이 떠올랐다. 위쪽에서 내려다본 액체는 거의 검은빛이었지만 유리 속에서는 루비 같은 색깔로 빛났다. 그것은 시큼하고 달콤한 냄새를 풍겼다. 줄리아가 호기심을 참지 못하고 잔을 들어올려 코에 대고 냄새를 맡고 있었다.

"포도주예요. 책에서 읽은 적 있죠? 섭섭하게도 외부당원들은 이런 걸 구하기가 어려워요. 건배합시다. 우리의 지도자, 임마누엘 골드스타인을 위해서."

오브라이언이 잔을 들며 말했다.

포도주는 사라져버린 로맨틱한 과거, 마음속으로만 남몰래 되새기는 옛 시대에 속한 것이었다. 무슨 이유에선지 그는 늘 포도주는 검은 산딸기 잼처럼 아주 달고 금방 취할 거라고 생각했었다. 그러나 실제로 한 모금 마셔 보니 완전 실망이었다. 진만 마시던 입은 포도주 맛을 알기 어려웠던 것이다. 그는 잔을 내려놓았다.

"그럼 골드스타인이라는 사람이 실제로 있는 겁니까?"

윈스턴이 물었다.

"있습니다. 게다가 살아 있지요. 어디 있는지는 나도 모르지만."

"그럼 음모와…… 조직도? 사실입니까?"

"사실입니다. '형제단' 이라고 하지요. 하지만 당신이 그 단체에 소속되어 있다 하더라도 그런 조직이 존재한다는 것 이상은 알아내지 못할 거요. 그 얘긴 나중에 다시 합시다."

그는 손목시계를 들여다보았다.

"내부당원이라도 텔레스크린을 반 시간 이상 꺼두는 건 현명한 일이 아니에요. 당신들은 이곳에 함께 오지 말았어야 하는 건데…… 돌아갈 때는 각자 따로 가요."

그는 머리를 숙여 줄리아에게 말했다.

"동지, 당신이 먼저 떠나요. 이제 20분가량 시간이 있소. 내가 먼저 질문을 몇 가지 하겠소. 괜찮죠? 당신은 무슨 일이든 할 준비가 되어 있소?"

"무슨 일이든지 하겠습니다." 윈스턴이 대답했다.

오브라이언은 약간 몸을 돌려 윈스턴을 마주 보았다. 줄리아는 무시했다. 그는 낮고 무감각한 음성으로 질문을 시작했다. 순서가 일정한 교리 문답 같은 것이었다.

"목숨을 바칠 각오가 되어 있습니까?"

"네."

"살인을 저지를 각오도 되어 있습니까?"

"네."

"수백 명의 죄 없는 사람들을 죽음으로 몰고 갈 파업 행위도 할 용의가 있습니까?"

"네."

"외국에 조국을 팔아넘길 수 있습니까?"

"네."

"사기, 위조, 흑색선전, 마약 살포, 매춘, 성병을 만연시키고 동심을 더럽히는 등, 당의 권력을 혼란시키고 약화시키는 행위를 뭐든 서슴지 않고 할 각오가 되어 있소?"

"네."

"아이들의 얼굴에 황산을 뿌리는 것이 우리에게 도움이 된다면…… 그런 일도 할 각오가 되어 있소?"

"네."

"당신의 사회적 신분을 포기하고 나머지 여생을 웨이터나 부두 노동자로 살아갈 각오가 되어 있소?"

"네."

"당신들 두 사람이 다시는 만나지 못해도 괜찮소?"

"안돼요!" 갑자기 줄리아가 소리쳤다.

윈스턴은 잠시 혀가 굳어 소리를 낼 수 없었다. 겨우 말을 하게 되기까지 아주 오랜 시간이 흐른 것만 같았다.

"아니요." 그는 간신히 대답했다.

"나에게 말해주길 잘했소. 우선 모든 걸 알 필요가 있으니까요." 오브라이언이 말했다.

그는 줄리아 쪽으로 몸을 돌리고 덧붙였다.

"윈스턴이 완전히 딴 사람이 된다 해도 이해할 수 있습니까? 우린 그를 새로운 신분으로 만들어야 할지도 모릅니다. 그의 얼굴, 동작, 손, 머리 빛깔, 심지어 목소리까지도 달라질 겁니다. 그리고 당신 자신도 완전히 딴 사람으로 바뀔지 모릅니다. 우리 외과 의사들은 가끔 멀쩡한 사지를 절단하기까지 합니다. 필요하다면요!"

윈스턴은 마틴의 몽고인 같은 얼굴을 훔쳐보지 않을 수 없었다. 수술한 흉터 자국 같은 건 없어 보였다. 새파랗게 질린 줄리아의 얼굴에 주근깨가 한결 돋보였다. 하지만 그녀는 대담하게 오브라이언을 마주보고 있었다. 그녀는 동의하는 것 같은 말을 뭐라고 중얼거렸다.

"좋습니다. 그럼 결정됐습니다."

오브라이언은 탁자 위에 놓인 은제 담배상자를 그들 쪽으로 밀어주고 자기도 한 개비 꺼내 피워 물었다. 그리고 자리에서 일어나 천천히 걷기 시작했다. 오브라이언은 다시 손목시계를 들여다보았다.

"마틴, 이 동지들의 얼굴을 잘 봐두게. 다시 보게 될 테니. 난 또 못 만날지도 모르지만. 자넨 그만 나가보게."

현관문에서 그랬던 것처럼 작은 사내의 까만 눈이 깜박거리면서 그들의 얼굴을 더듬었다. 친밀감이나 관심 같은 것은 조금도 없고 그저 외모를 기억해둔다는 식이었다. 정형 수술을 한 얼굴은 표정을 지을 수 없는 게 아닐까 하는 생각이 문득 들었다. 인사도 없이 마틴은 등 뒤로 살며시 문을 닫고 나가버렸다.

"당신들은 암흑 속에서 싸우게 될 거요. 지령을 받으면 무조건 복종해야 하오. 우리가 살고 있는 사회의 진정한 본질과 그것을 쳐부술 전략을 배우게 될 책을 보내드리겠소. 그 책을 읽고 나면 당신들은 '형제단'의 정식 단원이 되는 거요. 하지만 순간순간의 긴급한 과제 속에서 당신은 목적도 이유도 아무것도 알 수 없소. 형제단의 숫자가 백 명인지 천만 명인지는 나도 몰라요. 당신은 고작 서너 사람과 접촉하겠지만, 그것도 수시로 사라지고 새로운 사람으로 바뀔 겁니다. 당신이 받는 지령은 모두 나한테서 나갈 거요. 연락을 취할 필요가 있을 때는 마틴을 통해요. 당신이 끝내 잡히면 자백을 하게 되겠지. 그건 어쩔 수 없소. 하지만 자기가 한 일 말고는 자백할 게 없을 거요. 그때쯤이면 난 죽었거나, 살아있더라도 전혀 다른 사람이 되어 있을 테니까."

그는 줄곧 이리저리 걸어다녔다. 체구가 거대한데도 몸놀림이 유연했다. 호주머니에 손을 찌르거나 담배를 쥐는 태도는 우아했고, 믿음직하고 풍자적인 이해심 같은 것이 엿보였으며, 광신자에게 흔히 있는 외곬의 단순성 같은 건 보이지 않았다. 살인, 자살, 성병, 사지 절단, 얼굴 성형 같은 얘기조차 가벼운 농담 같았다.

오브라이언에 대한 존경에 가까운 찬탄이 윈스턴의 가슴속에서 솟구쳤다. 오브라이언의 억센 어깨와 못생겼지만 지적인 무뚝뚝한 얼굴이 절대로 패배할 리 없다고 믿게 했다. 그가 대처할 수 없는 전략이나 예견할 수 없는 위험 같은 것은 있을 수 없었다. 줄리아도 감명을 받은 것 같았다. 그녀는 담뱃불이 꺼진 줄도 모르고 열심히 귀를 기울이고 있었다. 오브라이언이 이야기를 계속했다.

"형제단이 존재한다는 소문을 들었을 겁니다. 아마 모반자들이 비밀리에 지하실에 모여 벽에 메시지를 휘갈겨 쓰고, 암호나 특수한 손짓으로 서로를 알아보리라고 상상했겠지요. 하지만 그런 일은 없습니다. 형제단 단원들은 서로 알아볼 방법이 없고, 극소수를 제외하곤 서로의 신분을 알지 못합니다. 골드스타인 자신이 사상경찰에 붙잡힌다 해도 단원 리스트를 넘겨줄 수 없어요. 그런 리스트는 존재하지도 않으니까요. 그래서 형제단은 절대로 소탕될 수 없는 거지요. 그런 일념만으로 조직이 유지되는 겁니다. 동지 의식이나 격려 따위도 없고 단원들끼리 서로 돕지도 못합니다. 기껏해야 감방 속에 몰래 면도날을 넣어줄 수 있을 정도입니다. 아무런 보람도, 희망도 없는 삶을 살아야 합니다. 잠시 동안 일하다가 체포되어 자백하고 죽게 되는 것, 그것만이 당신이 기대할 수 있는 유일한 보람입니다. 어떤 인식할 수 있는 변화가 우리 생전에 일어날 가능성도 없습니다. 우린 죽은 몸이나 마찬가지지요. 우리의 진정한 삶은 미래에만 있습니다. 한 줌 먼지와 몇 조각 뼈다귀로 참여하게 될 그 세계가 미래의 어떤 시점에 있는지는 아무도 모릅니다. 천년 후가 될지도 모르지요. 지금으로선 건전한 정신의 영역을 조금씩 조금씩 넓혀 가는 길밖엔 없습니다. 집단적으로 행동할 수 없으니 개인에서 개인으로, 세대에서 세대로 지식을 전해 나갈 수밖에 달리 방법이 없어요."

그는 걸음을 멈추고 세 번째로 손목시계를 보았다.

"동지, 떠날 시간이 됐군요."

그는 다시 술잔을 채우고 자기 잔을 쳐들었다.

"무엇을 위해 건배할까요? 사상경찰을 혼란시키기 위해서? 빅 브라더의 죽음을 위해서? 인간성을 위해서? 미래를 위해서?" 그가 약간 냉소적인 목소리로 말했다.

“과거를 위해서.” 윈스턴이 말했다.

“과거란 더욱 중요한 것이지요.” 오브라이언이 침통하게 동의했다.

줄리아가 가려고 일어서자 오브라이언이 캐비닛 위 조그만 상자에서 납작하고 하얀 알약을 꺼내 입에 넣으라고 주었다. 엘리베이터 안내원은 눈치가 아주 빠르기 때문에 술냄새를 풍기면 안 된다는 것이었다.

“매듭을 지어야 할 사소한 일들이 몇 가지 있어요. 난 당신이 어떤 종류든 은신처를 갖고 있다고 생각하는데?”

윈스턴은 채링턴 씨 가게 위의 방에 대해 말했다.

“잠시 동안은 거기도 괜찮겠군. 나중에 딴곳을 알아봐 드리겠소. 은신처는 자주 바꾸는 게 좋으니까요. 그 동안에 그 책의 사본도 보내주겠소……”

오브라이언은 ‘그 책’ 이란 낱말을 강조했다.

“골드스타인이 쓴 책이예요. 그 책을 입수하는데 며칠이 걸릴지 모르지만 최대한 빨리 보내주겠소. 사상경찰이 아무리 샅샅이 뒤져 마지막 한 권까지 없애버린다 해도 우린 거의 글자 한 자 틀리지 않게 다시 발간해낼 수 있다오. 평소에 손가방을 들고 다녀요?”

“네, 거의 항상.”

“어떻게 생긴 가방이오?”

“몹시 헐어빠진 검은 가방입니다. 두 개의 끈이 달려 있구요.”

"검은 색에 두 개의 끈이라, 몹시 헐어빠지구……좋아요. 가까운 장래에 당신이 오전 중에 처리할 메시지 가운데 오자가 한 자 있을 거요. 그러면 다시 보내달라고 계속 청구해요. 그리고 다음날엔 손가방을 들지 말고 출근해요. 거리에서 누가 당신 팔꿈치를 건드리며 가방이 떨어졌다고 말할 거요. 그 가방 속에 그 책이 들어 있을 거요. 당신은 그걸 14일 이내에 돌려줘야 합니다. 이제 2분 정도 남았군. 그럼, 만약 다시 만나게 된다면……"

윈스턴은 그를 쳐다보았다. 그리고 "암흑이 없는 그런 곳에서요?" 하고 머뭇거리면서 말했다.

오브라이언은 놀라는 기색도 없이 머리를 끄덕였다. "암흑이 없는 그런 곳에서. 떠나기 전에 뭐 얘기하고 싶은 건 없습니까? 무슨 메시지나 질문이라도?"

윈스턴은 생각해보았다. 일반론 같은 건 이제 물을 필요도 없었다. 뜬금없이 어머니가 마지막 날을 보냈던 캄캄한 침실, 채링턴 씨 가게 윗방, 유리 문진, 장미나무 액자에 넣은 동판화들이 뒤섞여 머릿속에 떠올랐다.

"'오렌지와 레몬이여, 성 클레멘트의 종이 말하네.' 라는 옛 노래를 들어본 적이 있습니까?"

오렌지와 레몬이여, 성 클레멘트의 종이 말하네,
그대 내게 서 푼의 빚을 졌지,
성 마틴의 종이 말하네……

언제 갚을래?
그 옛날 베일리의 종이 말하네.
부자가 되면 갚아주지, 쇼디치의 종이 말하네.

"마지막 구절까지 알고 있군요!" 윈스턴이 외쳤다.

"그래요, 마지막 구절까지 다 알죠. 섭섭하지만 이제 갈 시간이 됐군. 잠깐만, 알약을 먹는 게 좋겠소."

윈스턴이 자리에서 일어서자 오브라이언은 손을 내밀어 그의 손을 억세게 잡았다. 방을 나서기 전에 윈스턴은 뒤돌아보았다. 오브라이언은 이미 모든 일을 지워버린 것 같은 무심한 표정으로 텔레스크린 스위치를 누를 준비를 하고 있었다. 오브라이언의 등 너머로 초록색 갓이 달린 램프와 구술기록기와 종이가 가득 담긴 바구니가 놓여 있는 책상이 보였다. 이것으로 끝! 아마도 30초 이내에 오브라이언은 중단했던 중요한 업무로 되돌아가 있을 것이었다.

9

윈스턴은 피곤해서 죽을 지경이었다. '녹초가 되었다'는 말이 딱 맞았다. 몸이 젤리처럼 흐느적거리고 반쯤 투명해져서 손을 햇빛에 쳐들면 손이 비쳐보일 것만 같았다. 어찌나 심하게 일했는지 신경 조직과 뼈와 피부만 남기고 피가 모두 빠져나간 느낌이었다. 감각 기관도 있는 대로 부풀어서 제복은 어깨를 짓누르고, 발바닥은 얼얼하고 손을 오므렸다 펴기만 해도 관절이 삐그덕거렸다.

5일 동안 90시간 이상이나 일했다. 청사 안의 다른 사람들도 다 그랬다. 아무튼 이제 일이 모두 끝나서 내일 아침까지는 쉴 수 있게 되었다. 여섯 시간은 은신처에서 보내고, 나머지 아홉 시간은 내내 잠을 잘 것이다.

오후의 부드러운 햇살을 받으며 그는 천천히 채링턴 씨 가게로 가는 지저분한 거리를 걸어 올라갔다. 경찰이 나타나지 않을까 두리번거리면서도 왠지 오늘 오후만은 아무도 그를 간섭하지 않을 것 같은 확신이 들었다. 걸음을 옮길 때마다 묵직한 손가방이 무릎에 부딪쳐 다리 전체가 욱신거렸다. 가방 속에는 '그 책'이 들어 있었다. 6일이나 전에 그 책을 받았지만 일이 어찌나 많은지 읽기는커녕 아직 펴보지도 못했다.

증오 주간의 6일째 되는 날이었다. 행진, 연설, 노래, 깃발, 포스터, 영화, 합성, 밀랍 인형, 천둥 같은 북소리와 비명 같은 트럼펫 소리, 행군 소리, 탱크 바퀴 소리, 대규모 편대를 지어 날아가는 비행기 소리, 고막을 울리는 총소리 등이 요란한 가운데 6일을 보내면서 사람들의 흥분은 절정에 이르고, 유라시아에 대한 증오는 광분 상태로 끓어올랐다. 공개처형 될 2천 명의 유라시아 포로들이 나타나기만 하면 갈가리 찢어놓일 기세였다. 하지만 바로 그 순간에 오세아니아는 유라시아와 전쟁하지 않는다는 발표가 있었다. 물론 이유도 해명도 없었다. 그저 적이 유라시아에서 동아시아로 바뀌었을 뿐이다.

그 소식이 전해진 순간에 윈스턴은 런던 중앙 광장에서 열린 대규모 집회에 참가하고 있었다. 밤이었고, 사람들의 하얀 얼굴이 주홍색 깃발에 붉게 물들어 있었다. 어마어마한 인파로 가득 찬 광장에는 스파이단 제복을 입은 1천 명가량의 학생들도 있었다. 주홍색 휘장이 드리워진 연단 위에서 팔이 유난히 길고, 번들거리는 대머리 위에 머리가 몇 가닥 얹혀 있는, 작고 깡마른 남자가 한 손으로는 마이크를 움켜잡고, 뼈만 앙상한 팔 끝에 매달린 엄청나게 큰 다른 한 손으로는 미친 듯이 머리 위 허공을 할퀴며 대량 학살, 추방, 약탈, 강도, 죄수의 고문, 무고한 시민에 대한 폭격, 거짓 선전, 부당한 침략, 조약의 파기 등 끝없는 항목들을 나열하고 있었다.

그의 연설을 듣는 매 순간 군중의 분노가 끓어올라 연설자의 목소리는 사나운 짐승 같은 함성에 묻혀버렸다. 가장 야만적인 함성은 늘 학생들 몫이었다.

연설을 시작한지 20분쯤 지났을 때 어떤 사람이 급히 연단 위로 뛰어올라가 연사의 손에 종이쪽지를 쥐어주었다. 그는 연설을 계속하면서 종이쪽지를 펴서 읽었다. 그의 목소리, 태도, 심지어 이야기의 내용마저 바뀌지 않았는데 갑자기 명칭들이 달라졌다. 한마디 설명도 없었는데 이해하겠다는 표시의 물결이 군중들 속으로 번져갔다. 오세아니아의 적은 동아시아다! 다음 순간 무서운 동요가 일었다. 광장에 장식된 깃발과 포스터는 모두 잘못되었다! 이것은 사보타주다! 골드스타인의 끄나풀들이 암약한 것이다! 소란스런 막간의 촌극이 벌어졌다. 포스터들이 벽에서 뜯겨 나가고 깃발들이 갈가리 찢겨 사람들의 발에 짓밟혔다. 스파이 단원들이 놀라울 만큼 조직적인 행동으로 지붕 위로 기어 올라가서 굴뚝에 매달려 펄럭이는 깃발들의 끈을 잘라버렸다. 그 모든 일을 해치우는데 겨우 2, 3분밖에 걸리지 않았다. 아직까지 마이크의 목을 움켜쥐고 있던 웅변가는 어깨를 곱사등이처럼 앞으로 구부리고, 한쪽의 자유로운 손으로는 허공을 할퀴면서 연설을 계속했다. 잠시 후엔 다시 분노의 잔인한 함성이 군중들로부터 터져나오고 있었다. 증오 행사는 목표물이 바뀐 것 말고는 전과 똑같이 계속되었다.

연설자가 말을 중단하지도 않고 문맥을 단절시키지도 않은 채 문장 중간의 한 줄에서 다른 줄로 자연스럽게 넘어가는 것을 보고 윈스턴이 감탄하고 있는데 난생 처음 보는 어떤 남자가 어깨를 톡톡 두드리며 말했다.

"실례합니다. 손가방이 떨어졌네요."

윈스턴은 무심코 가방을 받아 들었다. 군중대회가 끝난 즉시, 이미 23시에 가까워지고 있었지만 그는 곧장 진리부로 갔다. 부처의 전 직원들도 마찬가지였다. 텔레스크린에서 직장으로 돌아가라는 지시가 있었던 것이다.

오세아니아는 동아시아와 전쟁 상태에 있다. 그리고 오세아니아는 항상 동아시아와 전쟁을 해왔다. 5년간의 정치 문서 대부분이 이제 완전히 쓸모없게 되었다. 온갖 종류의 보고서와 기록문들, 신문, 서적, 광고지, 필름 음반, 사진, 이 모든 것들이 빠른 속도로 개정되어야 했다. 어떤 지시도 없었지만 부처의 우두머리들은 1주일 이내에 유라시아와의 전쟁, 동아시아와의 동맹 관계에 관한 증거물이 남아있지 않도록 해야 한다는 것을 잘 알고 있었다. 게다가 그 처리 과정에서 진짜 명칭을 부를 수 없다는 것은 엄청난 압박이었다. 기록국의 전직원은 하루 24시간 가운데 18시간을 일했다. 지하실에서 매트리스들이 운반되어 올라와 복도 여기저기에 깔렸다. 샌드위치와 빅토리 커피로 짜여진 식사가 매점 직원들이 끌고 다니는 손수레에 실려 날라졌다.

잠깐 졸다가 깨어날 적마다 실린더에서 새로 쏟아진 서류다발들이 책상을 뒤덮고, 구술기를 반쯤 가린 채 마룻바닥에까지 흘러 떨어져 있었다. 그래서 윈스턴은 늘 서류들을 가지런히 정리해서 일할 수 있는 빈자리를 만드는 일부터 시작했다. 가장 힘든 것은 말할 필요도 없이 일 자체가 순전히 기계적이라는 점이었다. 어쩌다 단순히 명칭을 바꾸기만 하면 되는 작업도 있었지만, 어떤 사건에 관한 세부적인 보고서는 상당한 주의와 상상력이 필요했고, 세계의 한 지역에서 다른 지역으로 전쟁을 옮기는 데 필요한 지리적인 지식도 필요했다.

3일째가 되자 눈이 견디기 힘들 정도로 아팠고, 몇 분마다 안경알을 닦지 않으면 앞이 보이지도 않았다. 그것은 마치 거부하면서도 일이 성취되기를 조바심치며 몸이 부서져라 일하는 것과 같았다. 구술기록기에 대고 끝없이 거짓말을 하는 것조차 신경 쓸 겨를이 없었다. 그저 빨리 완벽하게 일이 끝나기만 바랄 뿐이었다.

6일째 되는 날 아침부터 실린더에서 떨어지는 서류의 속도가 둔해졌다. 그리고 30분 만에 하나 더 나오더니 아주 멈추었다. 거의 모든 직원이 동시에 일에서 해방된 것이다. 기록국의 여기저기에서 깊고 은밀한 한숨이 새어 나왔다. 듣도 보도 못한 엄청난 일이 드디어 완성된 것이다. 이제 어느 누구도 서류상으로는 유라시아와 전쟁을 했다는 사실을 증명할 수 없게 되었다.

열두 시에 뜻밖에도 청사 안의 전 직원에게 내일 아침까지 쉬라는 방송이 들렸다. 윈스턴은 '그 책'이 들어 있는 손가방을 일을 하는 동안에는 두 발 사이에 끼워두고 잠을 잘 때는 깔고 잤었다. 그는 집으로 돌아가 면도를 하고 미지근한 물로 목욕을 하면서 꾸벅꾸벅 졸았다.

윈스턴은 채링턴 씨 가게 윗방으로 올라갔다. 몹시 지쳐 있었지만 졸리지는 않았다. 그는 창문을 열어놓고 작은 난로에 물주전자를 올려놓았다. 줄리아가 곧 도착할 것이다. 그는 안락의자에 앉아서 손가방의 끈을 풀었다.

표지에 이름도 제목도 없이 어설프게 제본된 두툼한 검은 책이 들어 있었다. 인쇄 상태도 좋지 않았고, 많은 사람들의 손을 거친 것처럼 책장이 쉽게 뒤집혔으며 페이지 끝 부분이 닳아 있었다. 첫 페이지에 제목이 있었다.

소수독재적 집단주의에 관한 이론과 실제

임마누엘 골드스타인 저

〔윈스턴은 읽기 시작했다.〕

제 1장
무지는 힘이다

유사 이래, 신석기 시대 말기 이후부터, 이 세상의 사람들은 늘 상 · 중 · 하 세 가지 계급으로 나뉘어 있었다. 그들은 다시 여러 갈래로 나뉘고, 각기 다른 이름으로 수없이 많이 태어났으며, 그들 상호간의 태도와 관계도 시대에 따라 달라졌다. 그러나 사회의 본질적인 구조는 결코 변하지 않았다. 엄청난 봉기와 결정적인 혁명이 일어난 후에도 늘 똑같은 유형이 재현되었다. 그것은 팽이가 이리 맞고 저리 맞아도 항상 균형을 찾는 것과 같다.

이들 세 집단의 목표는 완전히 대립된다.

윈스턴은 글을 좀 더 편안하고 느긋한 자세로 음미하기 위해 읽기를 멈췄다. 그는 혼자였다. 텔레스크린도 없고 열쇠 구멍으로 엿을 인간도 없다. 등 뒤를 초조하게 힐끗거리거나 책을 손으로 가릴 필요도 없다. 싱그러운 바람이 볼을 스쳤다. 아이들 고함 소리가 희미하게 들렸다. 방 안은 시계 소리만 날뿐 고요했다. 그는 안락의자에 깊숙이 몸을 파묻고 받침대 위에 발을 얹었다. 축복이 영원하기를! 결국 끝까지 다 읽을 것이고, 낱말 하나하나를 음미할 사람이 흔히 그러하듯, 그는 갑자기 아무데나 펼쳤다. 제 3장이 나왔다. 그는 그 부분을 읽기 시작했다.

제 3장
전쟁은 평화다

세계가 3개의 초대형 국가로 분할될 것은 20세기 중엽 이전부터 예측했던 일이다. 소련이 유럽을, 미국이 영국을 합병함으로써 유라시아와 오세아니아는 이미 존재하고 있었고, 동아시아는 10년간의 전쟁 끝에 간신히 단일국가로 등장하게 되었다. 3강의 국경은 곳에 따라 제멋대로, 또는 전황에 따라 변경되기도 했지만, 일반적으로는 지리적 경계에 따랐다. 유라시아는 포르투갈에서부터 베링 해협까지 유럽과 아시아 대륙의 북부 지역을 전부 차지했다. 오세아니아는 아메리카 대륙과 영국, 오스트레일리아를 포함한 대서양 제도 및 아프리카 대륙 남부를 차지했다. 동아시아는 그 둘보다 작고 서쪽 경계선이 분명치 않았지만 중국과 그 남부에 위치한 나라들, 일본 및 만주, 몽고, 티벳 등의 대부분을 차지했다.

이 세 개의 초대형 국가들은 서로 번갈아 동맹을 맺어가며 지난 25년 동안 끊임없이 전쟁을 했다. 그러나 이제 전쟁은 20세기 초엽처럼 그렇게 절망적인 것도 그만한 파괴력을 지닌 것도 아니고 그저 한정된 목표를 가진 국지전일 뿐이다. 실질적인 전쟁의 이유도 없고 그렇다고 이념의 차이 때문도 아니다. 그런데도 전쟁열은 절대로 약화되지 않고 강간, 약탈, 유아 살육, 전인구의 노예화, 끓는 물에 삶아 죽이거나 산 채로 매장하는 등의 보복 행위가 오히려 당연한 일로서 받아들여지고 있다.

그러나 사실 전쟁은 고도로 훈련된 전문가들이 해서 최대한 사상자의 수를 줄이는 것이 원칙이다. 전투는 일반 사람들이 드문 변방이나 해상의 전략 지점을 방어하는 유동 요새 부근에서 벌어져야 한다. 문명의 중심 지역에서 전쟁은 소비 물자의 결핍이나 가끔 수십 명의 사상자를 내는 로켓탄의 폭발 이외에 다른 의미를 갖지 않아야 한다. 그런데 지금 전쟁의 성격은 완전히 변했다. 더 정확히 말하면 전쟁이 일어나는 중요한 이유의 순서가 바뀐 것이다. 20세기의 세계 대전에서는 대수롭잖았던 것이 이제는 중요한 동기가 되고, 또 그것을 의식적으로 인정하고 행동화하는 것이다.

현대전의 성격을 이해하기 위해서는—몇 년에 한번씩 전쟁 상대국이 바뀐다 해도 전쟁의 양상은 언제나 똑같기 때문에—우선 그것이 결정적일 수 없다는 것을 깨달아야 한다. 3개의 초대국 중 어느 하나도 다른 두 나라의 동맹에 의해 정복될 수는 없다. 우선 세력이 서로 엇비슷하고 자연적 방위 조건이 완벽하기 때문이다. 유라시아는 그 광활한 국토의 면적으로, 오세아니아는 드넓은 태평양과 대서양으로, 동아시아는 어마어마한 인구와 근면성으로 보호 받는다. 둘째, 서로 싸워야 할 실질적인 이유가 없다. 생산과 소비가 균형을 이루어 자립 경제 체제가 확립되어 있으므로 옛날 전쟁의 주요 원인이었던 시장 확보를 위한 경쟁은 종식되었고, 원자재 확보 경쟁 역시 생사를 건 문제가 될 수 없다. 세 국가 모두 광활한 영토에서 필요한 물자를 얼마든지 자국 내에서 조달할 수 있기 때문이다. 전쟁에 경제적인 목적이 있다면 그것은 노동력 확보일 것이다. 영원히 그 어느 초대국의 영토가 될 수 없는 이 세 나라의 경계선 사이에는 탕헤르 · 브라자빌 · 다윈 · 홍콩 등을 연결하는 완충 지대가 형성되어 있는데, 이 지역 안에 세계 인구의 5분의 1이 살고 있다. 이 세 강대국이 전쟁을 하는 것은 인구가 조밀한 이 지역과 북쪽의 빙원지대를 장악하기 위한 것이다. 하지만 어느 한 나라가 이 분쟁 지역을 독차지하는 것은 불가능하다. 국지적으로 끊임없는 쟁탈전을 벌이며, 기습 공격이나 배신으로 한 지역을 잠깐 장악할 뿐이다. 그리고 그것이 수시로 동맹국이 바뀌는 이유이다.

이들 분쟁 지역에는 귀중한 광물이 매장되어 있거나 천연 고무 같은 자원이 생산된다. 하지만 무엇보다도 이들 지역에는 고갈되지 않는 값싼 노동력이 있다. 적도 지역의 아프리카나 중동 지역, 그리고 인도 남부와 인도네시아 군도에는 수천만에 달하는 인력이 있는 것이다. 이곳의 주민들은 끊임없이 정복자의 노예로 전락하여 더 많은 무기 생산, 더 많은 영토 점령, 더 많은 노동력 확보를 위한 도구로 석탄이나 석유처럼 소모되고 있다.

사실 전투는 이들 분쟁 지역의 테두리를 벗어나서는 벌어지지 않는다. 유라시아의 국경은 콩고 분지와 지중해 북부 해안 사이를 오락가락하고 있고, 인도양과 태평양의 섬들은 오세아니아와 동아시아가 번갈아가며 점령하고 있다. 유라시아와 동아시아의 접경 지역인 몽고는 항상 불안한 상태에 있다. 세 열강은 사람이 거주하지도 않고 개척도 되지 않은 양극 지역의 엄청난 영토까지 서로 자기 것이라고 주장하지만 서로 힘의 균형을 이루고 있어서 각국의 중심 지역은 침략을 받는 일이 거의 없다.

게다가 적도 부근에서 착취당하고 있는 인민들의 노동력이 세계 경제에 중요한 몫을 담당하고 있는 것도 아니다. 그들이 생산하는 모든 것은 오직 전쟁 수행에 이용되고 전쟁의 목적은 늘 다음 전쟁에서 유리한 위치에 서려는 데 있기 때문에 그들의 노동력은 전쟁을 지속적으로 가속화할 뿐, 그들이 없어도 세계를 유지하는 구조나 과정이 본질적으로 달라지지는 않는다.

현대전의 기본적인 목적은 국민의 전반적인 생활수준 향상을 위해서가 아니라 기계제품을 소모하는 데 있다. 19세기말 이래 잉여 물자 처리 문제가 중요한 문제로 등장했다. 그러나 식량이 부족한 오늘날에는 인위적인 파괴를 일삼지 않더라도 큰 문제가 되지 않는다. 오늘날 세계는 1914년 이전의 세계보다 훨씬 헐벗고 굶주리고 폐허화되었다. 그 시대 사람들이 예상했던 상상 속의 미래와 비교해보면 더욱 그렇다. 20세기 초반에 내다본 미래 사회는 풍요롭고 한가롭고 질서정연하고 능률적인 것이었다. 유리와 강철, 눈부신 하얀 콘크리트로 건설된 눈부신 세계일거라고 당시의 지식인들은 상상했다.

그들은 과학과 기술이 당연히 놀라운 수준으로 발달할 것이라고 생각했다. 하지만 실제로는 그렇게 되지 않았다. 장기적인 전쟁과 혁명으로 빈곤해진데다, 엄격한 통제 사회에서는 과학과 기술의 토대가 되는 경험론적 사고방식이 불가능하기 때문이다. 전체적으로 볼 때, 오늘날의 세계는 50년 전보다 더 후퇴했다. 물론 전쟁과 통제 등의 특정한 분야에서는 기술이 눈에 띄게 진보했지만 1950년대의 핵전쟁으로 파괴된 것들은 아직도 완전히 복구되지 않았고, 기계화가 안고 있는 위험은 여전하다. 기계가 등장한 순간부터 현명한 사람들은 그것이 단조롭고 고된 노동을 대신하는 것으로 인간의 불행과 불평등이 사라질 것이라고 기대했다. 기계가 본래의 목적에 적절히 사용되었다면 기아, 과로, 불결, 문맹, 질병 등이 몇 세대가 가기 전에 근절되었을지도 모른다. 사실 기계가 그렇게 훌륭하게 사용되지 않았는데도 분배하지 않을 수 없는 부를 낳아 19세기 말과 20세기 초의 50년 동안 일반 국민의 생활 수준이 상당히 향상되긴 했다.

그러나 전반적인 부의 증가가—실제로 어떤 면에서는 그 자체가 파괴 요소인데—계급사회의 파괴를 초래할 위험을 안고 있다. 모든 사람이 적게 일하고 풍족하게 먹고 목욕탕과 냉장고가 있는 집에서 승용차와 비행기를 소유하고 산다면, 가장 뚜렷한 형태의 불평등은 사라질 것이다. 모든 사람이 부를 누린다면 차별은 있을 수 없다.

개인적인 소유와 사치라는 의미에서의 '부'가 공평하게 분배되는 사회에서는 소수의 특권 계층이 혹시 권력을 장악하더라도 장기적인 집권은 불가능하다. 모든 사람이 시간적인 여유와 경제적인 안정을 누리는 사회에서는, 지금까지 먹고 살기 바빠서 사회에 무관심했던 대중이 눈을 뜨게 되고, 소수의 특권층이 존재할 아무 이유가 없다는 것을 깨닫게 될 것이며, 그렇게 되면 당연히 그들을 몰아낼 것이다. 결국 계급 사회는 빈곤과 무지를 전제로 할 때만 가능한 것이다. 20세기 초에 몇몇 사상가들이 바랐던 농경사회로의 복귀는 실질적인 해결책이 아니다. 전 세계적으로 거의 본능처럼 되어버린 기계화 경향과 맞지 않기도 하고, 공업 분야에서 낙후된 국가는 군사적으로도 무력해져서, 직접적이건 간접적이건 공업 선진국의 지배를 받게 되기 때문이다.

물자 생산을 억제해서 대중을 빈곤 속으로 몰아넣는 것 역시 절대로 해결책이 아니다. 이것은 자본주의가 마지막 단계인 1920년대와 1940년대 사이에 채택했던 방법이다. 수많은 나라들이 경제 침체의 늪에 빠지고, 토지는 불모지가 되었으며, 자본재의 생산이 중단되고, 엄청난 인구가 실업자가 되어 정부의 보조금으로 겨우 연명해갔다. 그리고 이 역시 군사력의 약화를 초래했는데, 군사력의 약화는 예상치 못한 결과였기 때문에 그 반대 현상이 불가피하게 일어났다.

중요한 것은 세계의 부를 실질적으로 증가시키지 않으면서 어떻게 공업을 발전시키느냐 하는 것이었다. 결국 재화는 생산되지만 분배되지 않아야 했다. 그리고 그것을 실현할 유일한 방법은 전쟁밖에 없었다.

전쟁의 본질은 인간의 생명을 파괴하는 것이 아니라 인간의 노동력의 산물을 파괴하는 것이다. 전쟁은 민중의 생활을 안락하게 하고, 장기적으로 그들이 지적 수준을 높이는 데 필요한 물자를 파괴하여 허공으로 날려버리거나 깊은 바다 속으로 가라앉혀 버리는 행위이다. 전쟁으로 무기가 다 파괴되지 않더라도 무기 공장은 소비물자를 생산해야 할 노동력을 소모한다. 예를 들면, 유동 요새를 하나 건설하려면 수백 척의 화물선을 건조할 수 있는 노동력이 필요하지만 결국 아무에게도 물질적인 혜택을 주지 않은 채 폐기되고, 그러면 더 막대한 노동력을 동원해서 새 유동 요새를 건설하는 식이다.

원칙적으로 전쟁의 규모는 국민의 최소한의 욕구만 충족시키고 잉여 물자를 완전히 소모하는 범위 내에서 행해진다. 그런 이유로 국민의 욕구는 언제나 과소평가되어 생활필수품이 절대적으로 부족한 상태가 계속된다. 하지만 이런 현상은 오히려 장점으로 간주되고, 심지어 정부의 혜택을 받는 집단조차 빈곤한 상태에 묶어두려 한다. 전반적으로 궁핍한 상태에 있어야만 소수 특권층의 중요성과 집단 간의 차별이 분명해지기 때문이다.

20세기초에 비하면 내부당원들의 생활도 검소하고 힘들어졌다. 하지만 그들은 설비가 잘 된 저택, 좋은 옷, 훌륭한 음식, 질 좋은 술과 담배, 두세 명의 하인, 자동차와 헬리콥터 등 외부당원과는 격이 다른 생활을 하고 있고, 외부당원 역시 프롤레타리아라고 불리는 최하층 국민에 비하면 전혀 다른 세계에 사는 셈이다. 말고기 한 덩이를 갖느냐 못 갖느냐에 따라 빈부가 판가름되고, 전쟁 중이라는 위기 의식을 끊임없이 심어주는 것으로 모든 권력을 소수 특권층에 넘기는 것이 생존을 위해 불가피하다고 생각하는 분위기이다.

뒤에서 설명하겠지만 전쟁은 필요한 파괴를 수행할 뿐만 아니라 심리적인 효과도 노린다. 원칙적으로 단지 남아도는 노동력을 소모하기 위해서라면 교회나 피라미드를 짓거나, 땅굴을 파고 다시 메우거나, 엄청난 양의 물자를 생산했다가 소각해버리면 간단할 것이다. 하지만 이런 식으로는 계급 사회의 경제 기반은 마련해주겠지만, 심리적 기반을 구축하기는 힘들다. 문제는 대중의 사기가 아니라 당 자체의 사기이기 때문이다. 꾸준히 할 일만 있으면 대중은 문제될 게 없다. 하지만 최하급 당원이라도 유능하고 부지런하고 필요한 지성을 갖추어야 하는데, 그러면서도 공포, 증오, 찬탄, 승리의 도취감에 빠지는 무지한 광신자가 되어야 한다. 즉 전쟁 상태에 알맞은 정신 상태를 지녀야 하는 것이다.

실제로 전쟁이 일어나는지 아닌지는 중요하지 않다. 결정적인 승리란 불가능하기 때문에 전황이 좋든 나쁘든 그것도 상관없다. 전쟁 상태가 유지되기만 하면 된다. 당이 당원들에게 요구하는 지성의 분열은 전쟁 분위기 속에서 더 쉽게 달성된다. 전쟁열과 적에 대한 증오는 내부당원일수록 더욱 강하다. 내부당원은 행정가로서 전쟁에 관한 갖가지 보도 속에서 진실과 허위를 가려낼 필요가 있기 때문이다. 하지만 일어나지도 않은 전쟁이나, 본래의 목적과는 전혀 다른 목적을 수행하고 있다는 따위의 지식은 이중사고로 깨끗이 지워버리고 내부당원들은 오세아니아가 전쟁에 이겨 전 세계의 확실한 지배자가 될 것이라는 불가사의한 신념을 갖게 되는 것이다.

내부당원들은 오세아니아의 승리를 신조로 삼고 있다. 보다 많은 영토를 확장해서 압도적인 힘의 우위를 달성하고, 무적의 새 병기를 발명하는 것으로 가능하다고 믿는 것이다. 그리하여 신무기 개발은 끊임없이 이어지는데, 그것은 탐구심 강하고 사변적인 인간 정신이 찾아낼 수 있는 몇 안 되는 출구라고 할 수 있다. 오늘날 오세아니아에는 고전적인 의미의 과학은 없다. 신어에는 '과학'이라는 낱말이 아예 없다. 과거의 경험적 사고방식이 영사의 기본 이념에 위배되기 때문이다. 기술적 진보조차 인간의 자유를 구속하는 특정 분야에서만 이루어지고, 모든 유용한 기술은 정체되어 있거나 퇴보하고 있다. 책은 기계가 쓰고 농지는 말이 경작한다. 하지만 전쟁이나 사찰 분야에서는 과학의 기초가 되는 경험적 사고방식이 적용되거나 허용되고 있다.

당의 두 가지 가장 큰 목적은 세계를 정복하는 것과 독창적인 사고의 기능성을 근절시키는 것이다. 이를 해결하기 위해서는 두 가지 문제가 있다. 한 가지는 다른 사람이 무슨 생각을 하는지 어떻게 알아내느냐 하는 것이고, 다른 하나는 예고없이 순간적으로 수억 명을 어 게 죽이느냐 하는 것이다. 과학적인 연구 과제가 유일하게 남아 있다면 바로 이런 부문일 것이다.

오늘날의 과학자들은 심리학자와 심문자의 역할을 겸하여 표정 · 몸짓 · 목소리 등의 세세한 특질을 파악하여 약물 · 충격 요법 · 최면술 · 고문 등으로 자백하게 하는 효과를 실험하고 있다. 그리고 인간의 생명을 빼앗는 특수한 분야에 관심을 갖고 있는 화학자와 물리학자와 심리학자도 있다. 평화부의 넓은 실험실, 브라질의 원시림지대, 오스트레일리아의 사막, 남극의 빙산에 있는 비밀실험실에서 전문가들이 끈질기게 연구를 계속하고 있다. 미래 전쟁 관련 병참술, 로켓탄의 대형화, 고성능 폭탄, 무적 장갑차 등을 연구하고, 치명적인 독가스, 전 세계의 식물을 몰살시킬 대용량의 가용성 독약, 모든 항독소에 면역력을 갖는 세균 배양 등을 연구하며, 잠수함처럼 땅을 뚫고 다니는 지하 차량, 활주로가 필요 없는 비행기를 연구한다. 심지어 우주 공간에 대형 렌즈를 설치하여 태양 광선으로 지구 중심부를 자극하여 인공적인 지진과 해일을 일으키는 가능성 희박한 연구까지 하고 있다.

그러나 이런 연구는 아직 어느 한 가지도 실현되지 않았고, 어느 나라도 다른 두 나라를 뚜렷이 앞지르지 못하고 있다. 그런데 놀라운 것은 세 열강 모두 현재의 연구 수준으로는 절대로 불가능한 강력한 핵무기를 이미 갖고 있다는 것이다. 당은 늘 원자탄을 자기들이 발명했다고 주장하지만 사실은 1940년 대에 나타나서 이미 대규모로 사용된 것이다. 당시 수백 개의 원자탄이 유라시아, 서부 유럽, 북아메리카의 공업 지대에 투하되었다. 그것은 세계 각국 지도자들의 위기의식을 일깨웠다. 이후 공식적인 협약이 체결되거나 제안되지는 않았지만 원자탄은 더 이상 투하되지 않았다. 그러면서도 세 나라는 결정적인 시기에 대비하여 원자탄을 비축해 두고 있는 것이다.

전쟁 산업은 최근 3, 40년 동안 거의 정체 상태에 빠져 있다. 헬리콥터가 전보다 더 많이 생산되고, 전투기가 대부분 자체추진로켓으로 대체되고, 전함이 좀처럼 침몰시킬 수 없는 유동 요새로 바뀌었지만, 탱크 · 잠수함 · 어뢰 · 기관총 · 소총 · 수류탄 같은 무기는 옛날 그대로이다. 신문과 텔레스크린이 끊임없이 적군 사살을 보도하고 있지만, 몇 주 동안에 수백만 명의 인명을 앗아가는 잔학한 방식의 전투는 이제는 되풀이되지 않고 있다.

세 초대국 가운데 어느 나라도 치명적인 패배의 위험을 안고 있는 기동 작전은 펼치지 않는다. 대규모 작전이 수행되는 것은 동맹국에 대한 기습 공격 때뿐이다. 세 열강의 계획은 전투와 홍정, 그리고 기회를 포착한 배신행위를 한데 엮어 교전 상대국을 완전히 포위하는 반지 모양의 기지를 확보하고, 평화조약으로 시간을 벌면서 원자탄을 적재한 로켓을 모든 전략 기지에 배치한 다음, 한꺼번에 발사하여 보복이 불가능할 정도의 치명적인 타격을 가한다는 것인데, 그러고 나서 나머지 열강과 우호 조약을 맺어 다시 공격을 준비할 시간을 벌면 된다는 것이다. 물론 실천 불가능한 잠꼬대에 지나지 않는다.

더욱이 전투는 적도와 극지 부근의 분쟁 지역 말고는 일어나지 않고 적국의 영토를 침공하는 일도 없다. 이것은 세 열강 간의 국경선이 곳에 따라 임의로 정해진다는 것을 의미한다. 지리적으로 보았을 때 유라시아는 유럽의 일부인 영국을 쉽게 정복할 수 있고, 오세아니아는 라인 강이나 비슬라 강까지 국경선을 쉽게 확장시킬 수 있다. 하지만 그것은 공식화되지는 않았지만 상호 암묵적으로 지키고 있는 문화 보존 원칙을 침해하는 행위이다. 만약 오세아니아가 한때 프랑스와 독일로 알려졌던 지역을 정복한하려, 그 지역 주민을 몰살시키거나 아니면 1억에 가까운 인구를 오세아니아의 이중사고에 익숙해지도록 동화시켜야 한다는 문제에 부딪치게 된다. 이 문제는 세 열강이 한결같이 안고 있는 문제이다. 체제상으로 외국인과의 접촉을 전쟁포로나 노예로 제한하는 것도 바로 이런 이유에서이다. 서로 동맹국 관계에 있을 때조차도 그들은 상대방을 의혹의 눈초리로 바라보았다. 오세아니아의 일반 시민은 외국인과의 접촉은 물론이고 외국어 공부도 금지되어 있다. 외국인도 자기와 똑같은 인간이고, 그들에 대한 소문이 허위라는 사실을 알게 되기 때문이다. 자기가 속해 있던 사회의 벽이 무너지면서 지금까지 사기를 돋워준 공포·증오·독선이 물거품처럼 사라져버리기 때문이다. 때문에 페르시아·이집트·자바·실론 등지의 지배자가 수없이 바뀌더라도 폭탄 말고는 어떤 것도 그곳 경계선을 넘나들어서는 안된다는 철칙을 모든 나라는 명확히 인식하고 있는 것이다.

이런 상황 아래서 아무도 공공연하게 말하지 않지만 암암리에 이해되고 구체화된 사실은 세 열강의 생활 조건이 똑같다는 사실이다. 오세아니아의 지배 철학은 영사이고, 유라시아가 신봉하는 것은 신볼셰비즘이며, 동아시아의 경우는 '죽음 숭배'라는 중국 철학이다. 아마 '자기 말살'이 더 적절할 것이다.

오세아니아 국민은 다른 두 열강의 철학을 절대로 알아서는 안 되고, 그 교의가 도덕과 인간성을 침해하는 야만적이고 난폭한 것이라고 배운다. 하지만 실제로 이들 세 교의는 전혀 다를 것이 없고, 그 철학에 의해 지탱되는 사회 역시 전혀 다를 게 없다. 똑같은 피라미드형 사회 구조, 반 신격화된 지도자 숭배, 끝없는 전쟁을 위한 경제체제가 있을 뿐이다. 사실 세 열강은 상대국을 정복할 필요를 느끼지 않는다. 그래 봐야 아무 이득도 없고, 오히려 세 나라가 대립 상태를 유지하는 것이 세 다발의 옥수숫단이 서로를 떠받쳐주는 것처럼 안정적이다. 세 열강의 지도자들은 자기들이 하고 있는 일에 대해 별로 관심이 없다. 그들은 세계 통일에 자신의 일생을 바치고 있지만, 전쟁이 영속적으로 승패 없이 계속되어야 한다는 것을 알고 있다. 정복될 위험이 없다는 사실 때문에 영사와 다른 두 철학의 특징인 현실부정이 가능해지는 것이다. 전쟁이 계속되는 것으로 전쟁의 성격이 근본적으로 변했다는 사실을 반복해 둘 필요가 바로 여기에 있다.

구시대의 전쟁은 늦든 빠르든 명확한 승리나 패배로 끝났고 인간 사회가 물리적으로 서로 접촉을 유지하는 주된 요소였다. 어느 시대나 지배자들은 자신들의 추종자가 떠받드는 세계에 기만적인 관점을 부여하려고 애쓰기 마련이지만, 군사적 효율성을 손상시킬 수 있는 어떤 환상도 장려할 수 없었다. 패배가 독립의 상실 같은 견딜 수 없는 결과를 초래하는 한, 패배에 대한 대비는 중요한 문제가 아닐 수 없었다. 철학이나 종교나 윤리나 정치학에서는 둘 더하기 둘이 다섯이 될 수 있지만, 총기나 비행기를 고안할 때는 절대로 넷이 되어야 한다.

무능한 국가들은 정복당하기 마련이고, 능률은 환상과 배치된다. 발전하려면 과거로부터 배워야 하고, 그러려면 과거에 일어났던 일을 정확하게 알아야 한다. 물론 신문이나 역사 서적은 늘 미화되고 편견을 갖게 하는 것이었지만, 오늘날과 같은 날조 행위는 불가능한 일이었다. 전쟁은 건전한 정신을 지키는 명확한 방어였고, 지배 계급에게는 가장 중요한 안전장치였다. 전쟁에서 승리하든 패배하든 지배계급은 책임을 져야 했던 것이다. 그러나 전쟁이 문자 그대로 지속되면서 위험 역시 사라졌다. 전쟁이 계속되면 군사적 결단은 필요없다. 기술의 진보는 중단되고, 가장 뚜렷한 사실조차도 부정된다. 과학적인 연구라는 것이 전쟁을 위해서 여전히 수행되고 있지만, 그것은 근본적으로 백일몽일 뿐이고 실패해도 문제될 것이 없다. 군사적인 효능조차 더 이상 필요하지 않다.

오세아니아에서 사상 경찰보다 더 효율적인 것은 없다. 세 개의 초대형 국가들은 결코 정복될 수 없는 각각의 우주 속에서 어떤 사상적인 악용도 안전하게 적용시킬 수 있다. 현실은 일상적인 필요—먹고 마시고, 집과 옷을 구하고, 독약을 거부하키거나 꼭대기 층의 창밖으로 떨어지는 위험을 피하는 따위—를 통해서만 영향력을 행사할 뿐이다. 삶과 죽음, 육체적인 쾌락과 고통 사이에는 여전히 구분이 있지만 그뿐이다. 외부 세계와 과거에서 단절되어 있는 오세아니아의 시민들은 어느 쪽이 위고 어느 쪽이 아래인지 모르는 우주 공간의 거주자와 같다. 이런 상태에서의 지배자는 파라오나 카이사르보다 더 막강한 절대자이다. 그들은 자기의 추종자들이 굶어죽지 않도록 돌봐야 하고, 경쟁국 수준의 군사력을 유지해야 한다. 하지만 일단 최소한의 욕구만 충족되면 그들은 현실을 얼마든지 왜곡할 수 있게 되는 것이다.

과거의 전쟁에 비하면 오늘날의 전쟁은 한낱 사기극일 뿐이다. 서로 상처를 입히지 않도록 뿔의 각도를 조절하여 싸우는 반추동물의 싸움과 같다. 하지만 비현실적이라 해서 반드시 무의미한 것은 아니다. 그것은 잉여 소비재를 소비하고, 계급 사회가 필요로 하는 특수한 정신적 분위기를 조성해준다. 뒤에 다시 설명하겠지만 전쟁은 이제 순전히 국내적인 일이 되고 말았다. 과거엔 모든 나라의 지배 집단이 공통의 이해를 인식하고 파괴력을 제한할지언정 적국과 싸웠으며, 승자는 패자를 약탈했다.

하지만 우리 시대의 지배자들은 서로 전쟁하지 않는다. 오늘날의 전쟁은 지배 집단이 국민을 상대로 벌이는 싸움이며, 전쟁의 목적 또한 영토를 확장하거나 방어하기 위해서가 아니라 사회 체제를 유지하는 데 있다. 결국 '전쟁'이라는 말의 개념이 잘못 쓰이고 있는 것이다. 전쟁이 계속되기 때문에 전쟁이 없다는 표현이 더 정확할지도 모른다. 신석기 시대부터 20세기 초까지 전쟁이 인간에게 미친 억압 대신 전혀 다른 것으로 대치된 것이다.

만약 세 열강이 서로 싸우는 대신 각각의 영토에서 영원히 평화롭게 살자고 동의한다 해도 결과는 마찬가지일 것이다. 왜냐하면 그런 경우에도 각국은 외부적인 위협에서는 영원히 벗어나겠지만, 각국이 안고 있는 내부 문제는 여전히 남아 있기 때문이다. 영원한 평화는 결국 영속적인 전쟁과 똑같다. 대부분의 당원이 희미하게나마 그 뜻을 이해하고 있는 것처럼, 이것이 바로 당이 내걸고 있는 '전쟁은 평화다'라는 슬로건의 참뜻이다.

멀리서 로켓탄의 폭음이 들렸다. 텔레스크린 없는 방에서 금지된 책을 들고 혼자 있다는 행복감이 쉬 가시지 않았다. 나른한 몸, 푹신한 의자, 창문으로 들어와서 뺨을 어루만지는 바람이 편안한 고독에 어우러졌다. 그는 책에 매혹되었고 확신을 얻었다. 어떤 의미에서 그 책의 내용은 전혀 새로울 것이 없었지만, 바로 그런 점 때문에 마음이 놓였다. 만약 그가 산만하게 떠오르는 생각들을 체계적으로 정리할 수만 있었다면 그런 책을 썼을 것이다. 물론 그 책은 훨씬 더 강력하고 체계적이며 대담한 것이었다. 가장 좋은 책은 사람들이 이미 알고 있는 사실을 이야기해 주는 책이라고 윈스턴은 생각했다. 제 1장을 다시 펼치는데 층계를 올라오는 발소리가 들렸다. 그는 의자에서 일어났다. 줄리아는 갈색 연장 가방을 마루에 던지고 그의 품으로 뛰어들었다. 1주일 만이었다.

"그 책을 받았어." 그는 껴안은 팔을 풀면서 말했다.

"아, 그 책? 잘됐군요."

그녀는 커피를 끓이려고 작은 난로 옆에 앉았다.

침대에 들어간 지 반 시간이 지나서야 그들은 책 얘기를 다시 시작했다. 저녁 공기가 서늘해서 이불을 끌어당겨 덮었다. 창 밑에서 귀에 익은 노래 소리와 마당의 돌바닥을 스치는 발자국 소리가 들렸다. 적갈색 팔뚝의 아낙네는 늘 안마당에서 빨래를 너는 모양이었다. 줄리아는 벌써 자려는지 옆으로 돌아누웠다. 그는 마루에 떨어진 책을 집어들고 침대 맡에 기대앉았다.

"형제단의 단원은 모두 이 책을 읽어야 해."

"당신이 읽어줘요. 큰 소리로 읽으면서 설명도 해주구요." 그녀는 눈을 감은 채 말했다.

시계가 6시, 즉 18시를 가리키고 있었다. 아직 서너 시간 여유가 있다. 그는 책을 무릎에 놓고 읽기 시작했다.

제 1장
무지는 힘이다

유사 이래, 신석기 시대 말기 이후부터, 이 세상의 사람들은 늘 상 · 중 · 하 세 가지 계급으로 나뉘어 있었다. 그들은 다시 여러 갈래로 나뉘고, 각기 다른 이름으로 수없이 많이 태어났으며, 그들 상호간의 태도와 관계도 시대에 따라 달라졌다. 그러나 사회의 본질적인 구조는 결코 변하지 않았다. 엄청난 봉기와 결정적인 혁명이 일어난 후에도 늘 똑같은 유형이 재현되었다. 그것은 팽이가 이리 맞고 저리 맞아도 항상 균형을 찾는 것과 같다.

"줄리아, 잠들었어?" 윈스턴이 물었다.

"듣고 있어요. 계속하세요. 재미있네요."

그는 다시 읽기 시작했다.

이들 세 집단의 목표는 완전히 대립된다. 상층계급의 목표는 현재의 상태를 그대로 유지하는 것이다. 중간계급의 목표는 상층계급의 자리를 차지하는 것이다. 하류계급의 목표는(그들이 만약 목표를 가지고 있다면, 왜냐하면 고달픈 일에 짓눌린 하층계급들은 일상생활 이외의 어떤 것도 의식하지 못하기 때문에) 모든 차별을 없애고 평등한 사회를 건설하는 것이다. 그리하여 인류의 역사는 똑같은 형태의 끊임없는 투쟁이다. 상층계급은 늘 안전하게 권력을 잡고 있는 것 같지만 머지않아 그들 자신에 대한 신념이나 효율적인 통치 능력, 혹은 이 두 가지를 다 잃게 되는 시기가 꼭 오게 된다. 그때 중간계급은 상층계급을 전복시킨다. 그들은 자유와 정의를 위한 투쟁이라고 선동하면서 하층계급을 자기 편으로 끌어들이지만 목적을 이루자마자 하층계급을 옛날의 노예 신분으로 내던지고 자기들은 상층계급으로 올라

선다. 그러면 곧 어느 한 계층이나 두 계층 사이에서 분리되어 나온 새로운 중간계급의 투쟁이 다시 시작된다. 이 세 계급 가운데 일시적이라도 자신의 목적을 달성하지 못하는 것은 하층계급 뿐이다. 모든 역사를 통해 물질적인 발전이 없었다면 지나친 과장일 것이다. 쇠퇴기에 접어든 오늘날에도 물질적으로는 몇 세기 전보다 훨씬 풍요하다. 부가 늘고 인간관계가 완화되고 개혁과 혁명이 일어났지만 인간의 평등이라는 면에서는 달라진 것이 없다. 하층계급의 눈으로 볼 때, 역사적 변화라는 것은 그들의 주인이 바뀌었다는 것밖에는 아무 의미가 없다.

19세기 말까지도 이러한 형태의 반복이 뚜렷했다. 그래서 역사를 하나의 순환 과정으로 보고, 불평등은 인간사회 불변의 법칙이라고 주장하는 학자들도 있었다. 물론 이런 이론에는 늘 지지자가 있게 마련이지만 오늘날의 주장에는 뚜렷한 변화가 나타나고 있다.

과거에는 왕과 귀족, 신부와 법률가 같은 상층계급과 이들에게 붙어사는 족속들이 이러한 사상은 지지했고, 다른 계급들은 그저 죽은 뒤 저 세상에서 보상을 받으리라는 위안으로 살았다. 중간계급은 권력을 잡기 위해 투쟁할 때마다 늘 자유와 정의와 인류애라는 슬로건을 내걸었다. 그러나 이 인류애라는 개념은 이제 지금은 지배적인 위치에 있지 않지만 머잖아 지배층에 올라서기를 바라는 사람들에 의해서 공격을 받기 시작했다. 구시대의 중간계급은 평등이란 깃발 아래 혁명을 일으키고, 혁명을 이루고 나서 전제 정권을 수립했는데, 오늘날의 중간계급은 처음부터 전제 정치를 선포한 셈이다.

19세기 초에 나타난 사회주의 이론은 고대의 노예 반란에서 시작된 사상 계열의 마지막 단계로, 구시대의 유토피아 사상에서 깊은 영향을 받은 것이다. 그런데 1900년대 이후에 나타난 온갖 사회주의 이론은 자유와 평등을 확립하겠다는 목적을 노골적으로 포기했다. 20세기 중엽에 등장한 새로운 이념, 즉 오세아니아의 영사, 유라시아의 신볼셰비즘, 동아시아에 있어서의 죽음 숭배 같은 것은 의식적으로 부자유와 불평등을 영속시키자는 것이다. 물론 이런 새로운 움직임은 과거의 이론에서 발전한 것이고 명칭도 당시의 것을 그대로 사용하면서 그 이데올로기에 사탕발림만 한 것이다. 그러나 이 모든 이론의 목적은 진보를 억제하고 어느 시기를 기점으로 역사를 동결시키는 것이다. 되풀이되는 역사의 진동을 영원히 정지시켜버리는 것이다. 대체로 상층계급은 중간계급에 의해 밀려났지만 이제 상층계급은 전략적으로 자리를 영원히 유지하려 하는 것이다.

이 새로운 이념은 19세기 이전에는 존재하지 않았던 역사의식의 축적과 성장에서 비롯된 것이다. 역사적 순환 운동은 이제 이해될 수 있는 것으로 받아들여졌다. 이해될 수 있다는 것은 변경될 수도 있다는 것을 의미한다.

그러나 근본적이고 기초적인 문제는 인간의 평등이 기술적으로 가능해졌다는 사실이다. 사람마다 타고난 재능이 다르기 때문에 개인적인 취향에 따라 전문화되어야 한다는 것은 타당한 사고방식이다. 그렇게 되면 계급의 차별이나 부의 격차에 대한 실질적인 필요성이 사라지게 된다. 구시대에는 계급의 구별이 불가피할 뿐만 아니라 필요한 것이기도 했다. 인간의 불평등은 문명의 소산이었다. 그러나 기계의 발달로 상황은 달라졌다. 서로 다른 직업에 종사하는 사람들이 사회적 · 경제적 격차를 느낄 필요가 없어진 것이다. 그 때문에 권력을 장악하려는 새로운 집단의 관점에서 보면 인간의 평등은 추구해야 할 가치가 아니라 막아야 할 위험 요소였다.

원시시대에는 정의와 평화에 바탕을 둔 사회가 사실상 불가능했기 때문에 평등이란 개념을 인식할 수조차 없었다. 인간이 법으로 구속당하지 않고 힘겨운 중노동도 하지 않으면서 서로 우애 있게 살 수 있는 지상 낙원을 건설하려는 이상은 수천 년 동안 인간의 염원이었다. 그리고 역사의 변혁에 의해서 실질적인 혜택을 받은 집단까지도 이러한 미래상을 갖게 되었다. 프랑스와 영국과 미국의 혁명 후계자들도 인간의 권리, 언론의 자유, 법 앞에서의 평등 같은 이상에 희망을 걸었고, 어느 정도는 실천에 옮겼다. 그러나 20세기의 40년대에 들어와서는 정치사상의 주류가 권위주의로 바뀌었다.

지상 낙원은 실천에 옮겨진 순간 불신을 받게 된 것이다. 새로이 등장한 정치이론은 계급주의 통제 체제로 후퇴했다. 게다가 1930년경의 변칙적인 상황에서 수백 년 동안 폐기되었던 몇 가지 악습(재판 없는 투옥, 전쟁 포로의 노예화, 공개 처형, 자백을 받기 위한 고문, 인질, 무차별 추방 등)이 다시 고개를 들었고, 문화인이고 진보적이라고 자처하는 사람들조차 이런 일을 묵인하고 심지어 옹호했다.

오세아니아와 그 경쟁국들이 나름의 정치 이론으로 무장하고 나타난 것은 세계 도처에서 전쟁과 내란이 일어나고 혁명과 반혁명이 발발한 지 10년 후였다. 이런 이론들은 20세기 초에 출현한 이른바 전체주의라고 일컬어지는 갖가지 체제의 전조를 보여주는 것이었고, 당시의 혼란스러운 상황에서 그와 같은 흐름이 나타나리라는 것, 그리고 어떤 종류의 인간들이 지배하게 될 것인지는 자명한 일이었다. 새로운 소수 특권계층은 관리 · 과학자 · 기술자 · 노동조합 운동가 · 광고 전문가 · 사회학자 · 교사 · 신문 기자 및 직업 정치가들로 구성되었다. 이들은 중류층 봉급생활자와 노동자 계층의 상류급들로서 경제적인 독점과 중앙 집권으로 세계가 황폐해지자 서로 단결하여 세력을 형성한 것이다. 과거의 반대 세력에 비하면 그들은 덜 탐욕스럽고 덜 사치스러웠지만, 권력에 대한 순수한 집념이나 자신의 본분에 대한 의식이 강했고, 적극적으로 반대 세력을 타도했다. 이 마지막 차이점이 중요하다. 오늘날의 전제자와 비교하면 그들은 열의가 적고 비능률적이었다. 과거의 지배 집단들은 대체로 자유사상에 물들어 있는데다 대충 넘어가려는 경향이 있었고, 겉으로 드러나는 행동만을 문제 삼았으며, 국민들의 생각 같은 것에는 관심도 없었다. 중세의 성직자들조차 오늘날의 기준에서 보면 관대한 편이었다. 과거의 어떤 정부도 국민을 계속 감시할 능력이 없었기 때문이다.

오늘날에는 인쇄술의 발달로 국민의 여론을 쉽게 조작할 수 있고, 영화와 라디오 덕분에 훨씬 더 쉬워졌다. 게다가 텔레비전의 발명으로 송수신이 동시에 가능해짐에 따라 인간의 사생활은 마침내 종말을 고했다. 모든 시민들, 특히 요주의 인물들을 하루 24시간 동안 경찰의 감시하에 둘 수 있게 되고, 다른 모든 통신망을 봉쇄하고 정부의 선전만 듣도록 할 수 있게 되었다. 그리하여 국가가 이끄는 대로 국민을 완전히 복종하게 하고 모든 국민의 의사를 획일화시키는 작업이 처음으로 가능해진 것이다.

50년대와 60년대의 혁명기가 끝난 다음에도 사회 체제는 여전히 상·중·하의 세 계급으로 편성되었다. 그러나 새로 형성된 상층계급은 옛 세대와는 달리 관습에 따라 행동하지 않았고, 자신들의 지위를 안전하게 유지하는 방법은 오직 집단주의에 있다는 것을 알고 있었다. 부와 권력은 함께 있어야 지킬 수 있는 것이다. 20세기 중엽에 행해진 사유재산의 폐지는 사실상 전보다 훨씬 더 극소수의 사람들에게 재산을 집중시켰다. 그러나 이번에는 새로운 지배층이 다수의 개인이 아니라 하나의 집단이라는 점이 전과 다르다. 당원은 자질구레한 개인 소지품 말고는 아무것도 소유할 수 없다. 그런데 집단적으로 볼 때 당은 오세아니아의 모든 것을 소유하고 있는 셈이다. 왜냐하면 당은 모든 것을 지배하고, 모든 생산품을 처리하기 때문이다. 혁명 이후 수년 동안 당은 모든 정책 수행을 집단적으로 처리했기 때문에 자본가 계층의 재산을 몰수하는 데 거의 아무런 저항도 받지 않았고, 몰수된 재산은 공유 재산이 되었다. 초기 사회주의 운동 이후 그 용어까지 고스란히 물려받은 영사는 사실상 사회주의자들이 계획한 주요 조항을 수행했고, 그 결과 경제적 불평등을 영속화시켜버렸다.

그러나 계급사회를 정착시키는 데는 큰 어려움이 따랐다. 지배집단이 권좌에서 밀려나는 데는 주로 네 가지 이유가 있다. 외부 세력에 정복당하거나, 민중이 봉기하거나, 불만에 찬 중간계층이 강력한 세력을 형성하거나, 또는 스스로 통치할 자신과 의지를 상실했을 때이다. 이런 것들을 대개 단독으로 나타나는 것이 아니라 어떤 법칙에 의해서 네 가지가 한꺼번에 나타난다. 따라서 이 네 가지 원인을 제거할 수 있는 지배 세력만이 영구히 권력을 장악할 수 있다. 최종적이며 결정적인 원인은 지배계급 자체의 정신 자세에 달려 있는 것이다.

20세기 중엽 이후 첫 번째 위협 요소는 사실상 사라졌다. 세계를 분할한 세 강대국은 서로 정복할 수 없게 되었다. 이론적으로는 점차적인 인구 감소를 통해서 정복할 수 있지만 광범위한 권력을 장악하고 있는 정부는 그런 위험을 쉽게 피할 수 있다. 두 번째 위험 역시 이론적인 것일 뿐이다. 민중은 결코 자발적으로 반란을 일으키지 않는다. 비교할 기준이 없는 한 자신들이 억압당하고 있다는 사실조차 깨닫지 못한다. 구시대에 반복해서 일어났던 경제 위기도 적절한 제도적 장치를 해두었기 때문에 이젠 전혀 중대한 문제가 아니다. 그러나 그와는 다른 똑같은 규모의 혼란이 아무런 정치적 이유 없이 일어날 수 있고 또 일어나고 있다. 무엇보다 민중이 불만을 표출할 방법이 달리 없기 때문이다. 기계 기술의 발달이 가져온 과잉 생산의 문제는 영구적인 전쟁이라는 장치에 의해서 해결되었다(3장을 참조). 전쟁은 또 민중의 사기를 필요한 수준으로 유지하는 역할도 한다. 그러므로 오늘날 통치자의 관점에서 보면 단 하나의 진정한 위험은, 낮은 지위에 있지만 권력을 갈망하는 유능한 사람들로 구성된 새로운 집단의 출현과 지배계급 내에 자유주의와 회의주의가 싹트는 것이다. 결국 문제는 교육이다. 지배집단과 바로 그 밑의 집행을 맡은 보다 광범위한 집단의 의식을 끊임없이 조종하는 문제이다. 민중의 의식은 아주 가벼운 영향만으로도 얼마든지 조종할 수 있다.

이러한 배경을 알게 되면 누구라도 오세아니아 사회의 전반적인 구조를 짐작할 수 있을 것이다. 피라미드 구조의 정점에는 빅 브라더가 있다. 빅 브라더는 전지전능한 권력의 화신이다. 모든 성공, 모든 성취, 모든 승리, 모든 과학적 발명, 모든 지식, 모든 지혜, 모든 행복, 모든 미덕은 그의 지도력과 영감에서 직접 생겨나는 것이다. 누구도 빅 브라더를 직접 본 적이 없다. 포스터에 그려진 얼굴과 텔레스크린에서 흘러나오는 목소리가 전부이다. 그는 결코 죽지 않는다고 확신해도 좋다. 그가 언제 태어났는지는 확실하지 않다. 빅 브라더는 당을 과시하기 위해 설정한 허수아비이다. 그의 역할은 집단보다는 한 개인에게 느끼기 쉬운 사랑 · 공포 · 존경 · 감동을 집중시키는 것이다.

빅 브라더 밑에는 오세아니아 인구의 2퍼센트도 안 되는 6백만 명으로 제한된 내부당원이 있고, 다시 그 밑에는 외부당원이 있다. 내부당원이 국가의 두뇌라면 외부당원은 그 손발이라고 할 수 있다. 그리고 그 밑에는 우리가 입버릇처럼 '프롤레타리아'라고 부르는, 전체 인구의 약 85퍼센트를 차지하는 반벙어리 민중이 있다. 이미 오래 전에 분류한 계급 용어로 말한다면 하층계급이다. 그러나 끊임없이 이 정복자의 손에서 저 정복자의 손으로 넘어가는 적도 지방의 노예 인구는 사회 구성원의 항구적이고 필요한 부분으로 칠 수는 없겠다.

원칙적으로 이들 세 계층의 지위는 세습되지 않는다. 이론적으로는 내부당원의 자녀라 해도 태어날 때부터 내부당원은 아니다. 내부당이든 외부당이든 16세에 시험을 봐서 합격해야 입당할 수 있다. 거기엔 인종 차별도, 지역적 특혜도 없다. 당 고위층에는 유태인, 흑인, 순수 인디언 혈통의 남미인들도 있으며, 지방의 행정관은 항상 그 지방의 주민들 중에서 선출된다. 오세아니아의 어떤 지역에 사는 주민들도 자기네가 멀리 떨어진 수도에서 통치를 받는 식민지 주민이라고 생각하지 않는다. 오세아니아에는 수도가 없다. 명칭뿐인 우두머리도 어디에 사는 누구인지 아무도 모른다. 영어가 주로 쓰이고 신어가 공용어라는 것 말고는 중앙집권적인 요소는 거의 없다.

지배자들은 혈연이 아니라 공통 교리에 의해서 결속된다. 그런데도 사회는 세습제로 보일 만큼 계층이 엄격하게 나뉘어 있다. 서로 다른 계층 간의 이동은 자본주의 체제나 산업 전기 시대에 비하면 아예 없다고 해야 할 정도이다. 내부당원과 외부당원 사이에 약간의 이동이 있기는 하지만, 그것도 당 내부의 무능력자를 제거하고 야심 있는 외부당원을 진급시키는 정도이다. 사실 프롤레타리아는 당에 입당하지 못한다. 그들 가운데 유능한 자들은 불만의 씨가 될 수 있기 때문에 사상 경찰이 제거해 버린다. 그러나 이런 일들은 필연적으로 계속되지도 않고, 그렇다고 해서 원칙상의 문제가 되지도 않는다.

옛날 개념으로 볼 때 당은 계급이 아니고, 권력을 자손에게 물려주는 것을 목적으로 삼지도 않는다. 그래서 당은 고위층에 유능한 인재가 없을 때는 프롤레타리아 계급의 새로운 세대에서 인재를 기용할 준비가 되어 있다. 초기의 위기 시절에는 당이 세습제가 아니라는 사실이 반대 세력을 무마시키는 데 중요한 역할을 했다. 특권 계급을 상대로 투쟁해 온 지난 시대의 사회주의자들은 세습제가 아니라면 오래 갈 수 없다고 생각했다. 그들은 과두 정치의 지속이 물리적인 필요를 요구하지 않는다는 것을 인식하지 못했고, 세습적 귀족 정치는 언제나 단명했지만 가톨릭 같은 선임제 조직은 수백, 수천 년 명맥을 유지했다는 사실을 깨닫지 못했다. 전체주의의 본질은 아버지에게서 아들로 이어지는 세습제가 아니라, 죽은 사람이 산 사람에게 부과한 어떤 세계관이나 생활양식을 끈질기게 지속시켜 나가는 것이다. 당은 그 혈육을 영속시키는 것이 아니라 그 체제 자체를 유지하는 데 관심이 있다. 계급상의 조직 구조가 늘 똑같은 이상 누가 권력을 휘두르냐는 그다지 중요한 문제가 아닌 것이다.

오늘날의 시대를 특정하는 모든 신념 · 습관 · 취미 · 감정 및 정신 자세 등은 당의 신비를 유지하게 하고 현대 사회의 본질을 알지 못하게 하는 것이다. 반란이나 폭동을 위한 사전 운동은 현실적으로 불가능하다. 따라서 프롤레타리아를 두려워할 필요는 전혀 없다. 그냥 내버려두면 그들은 세대에서 세대로, 몇 세기가 지나도록 반란은 커녕 세상이 변하는 것조차 의식하지 못한 채, 일하고 자식을 키우다 죽을 것이다. 다만 산업 기술이 발달하여 그들의 교육 수준이 높아진다면 그때 그들은 위험한 존재가 될 수 있다. 그러나 군사적, 산업적 경쟁이 불필요해졌기 때문에 일반 대중의 교육 수준은 실질적으로 오히려 떨어지고 있다. 그러니 대중이야 무슨 생각을 하든 상관없다. 그러나 당원에겐 아주 사소한 문제라도 조그만 이견을 품는 것조차 허용될 수 없다.

당원은 태어나서 죽을 때까지 사상 경찰의 감시를 받게 된다. 혼자 있을 때라도 혼자라는 것을 확신할 수 없다. 잠을 자든 깨어 있든, 일을 하든 쉬든, 목욕을 하든 침대에 누워 있든 언제나 감시를 받는 것이다. 친구 관계, 여가, 아내와 자식에 대한 태도, 혼자 있을 때의 표정, 잠꼬대, 심지어 버릇까지 주의 깊게 관찰된다. 실제로 저지른 비행뿐만 아니라 사소한 행동이나 습관의 변화, 내적 갈등의 징조를 나타내는 신경 반응까지도 탐지당한다. 그러므로 어떤 일에도 선택의 자유란 있을 수 없다. 그렇다고 법이나 어떤 뚜렷한 규정에 의해 규제를 받는 것은 아니다. 오세아니아에는 법이 없다. 발각되면 틀림없이 사형을 당할 사상이나 행동도 공식적으로는 금지사항이 아니다. 끝없는 숙청, 체포, 고문, 투옥, 그리고 증발 따위도 실제로 저지른 범죄에 대한 처벌이 아니라 장래 어떤 범죄를 저지를 가능성이 있는 사람들을 근절시키는 작업이다. 당원은 올바른 사상 뿐 아니라 올바른 본능도 요구받는다. 수많은 신조, 행동의 강령은 명백하게 설명되지 않는다. 그렇게 되면 영사가 안고 있는 모순이 드러나기 때문이다. 그저 그가 날 때부터 정통적이라면 어떤 상황에서든 무엇이 올바른 신념이고 바람직한 행동인지 저절로 알게 되는 것이다. 그리고 어렸을 때부터 '죄중지(Crimestop)' '흑백(blackwhite)' '이중사고(doublethink)' 등의 신어로 구분되는 치밀한 정신 훈련을 받았기 때문에 어떤 문제든 깊이 생각할 의욕도 능력도 갖지 못한다.

당원은 개인적인 감정을 가질 수 없고, 무조건 열성적이어야 한다. 외국의 적과 국내 반역자에 대한 난폭한 증오심과 승리에 대한 확신을 가져야 하고 당의 권력과 지혜 앞에서는 비굴할 정도로 겸허해야 한다. 헐벗고 불만스런 생활에서 생겨난 적개심은 2분 증오 같은 정책적인 프로그램으로 발산해 버리고, 회의적이거나 반항적인 태도를 자아낼 수 있는 사색은 어릴 때부터 습득한 내적 단련으로 그 싹을 끊어버려야 한다. 어린아이 때부터 시작하는 이 훈련의 첫 단계는 신어로 '죄중지'이다. 위험한 생각이 떠오르려고 하는 순간, 본능적으로 그 생각을 멈추는 것이다. 또 그것은 유추나 논리적 사고 없이 영사에 해로운 것이라면 무조건 무시하고 몸서리를 치면서 혐오감을 품을 수 있는 능력을 의미한다. 간단히 말하면 죄중지는 자기를 보호하는 어리석음이다. 하지만 어리석음이라는 말만으로는 충분하지 않다. 완벽한 의미는 몸을 자유자재로 움직이는 곡예사처럼 자기의 사고를 마음대로 조절하는 것이다. 오세아니아 사회는 근본적으로, 빅 브라더는 전지전능하고 당은 완전무결하다는 신념 위에 서 있다. 그러나 실제로 빅 브라더는 전지전능하지 못하고 당은 완벽하지 못하기 때문에 끊임없는 술책이 필요하게 된 것이다. 이것을 해결하는 것이 '흑백'이다. 무수한 신어와 마찬가지로 이 낱말 또한 두 가지 반대 개념을 갖는다. 반대파에 적용하면 명백한 사실인데도 흑을 백이라고 뻔뻔하게 주장하는 상투적인 수법을 의미한다. 그러나 당원에게 적용할 때는 당이 요구하는 대로 흑을 백이라고 '믿을 수 있는' 능력을 의미하며, 동시에 흑을 백으로 '알고' 전에 믿었던 개념을 잊어버릴 줄 아는 능력을 의미하기도 한다. 이것은 과거에 대한 끊임없는 날조와 이중사고라는 사고 체계에 의해 성립되는 것이다.

과거의 날조는 두 가지 점에서 필요하다. 하나는 보조적인 것으로서 예방적인 것이다. 당원도 노동자처럼 비교할 기준이 없어서 현실을 참고 견딜 수 있는 것이기 때문에 외국과 단절된 것처럼 과거와도 단절돼야 한다는 것이다. 현 세대가 선조들보다 더 유복하고 물질적 혜택의 평균 수준도 계속 향상 되고 있다는 것을 믿을 필요가 있기 때문이다. 그러나 과거를 날조하는 훨씬 더 중요한 이유는 당의 완전무결함을 보장할 필요가 있기 때문이다. 당의 예언이 옳다는 것을 증명하기 위하여 연설과 통계와 각종 기록들을 현실에 맞춰야 한다. 당의 강령이나 정치 노선의 변경 역시 결코 인정할 수 없다. 왜냐하면 생각이나 정책을 바꾼다는 것은 스스로 흔들리고 있다는 것을 입증하기 때문이다. 예컨대 유라시아나 동아시아가 (어느 나라든 상관없다) 현재의 적이라면 옛날부터 지금까지 계속 적이어야 한다. 이리하여 역사는 끊임없이 변형되는 것이다. 진리부가 수행하고 있는 이 과거에 대한 일상적인 날조 행위는, 애정부가 억압과 감시에 의하여 정권을 유지시켜주는 것만큼이나 중요한 일이다.

과거를 변형시키는 것은 영사의 핵심 이념이다. 과거의 사건은 객관적으로 존재하는 것이 아니라 오직 기록과 인간의 기억 속에서만 존재한다. 과거란 바로 그 기록과 기억이 일치된 것을 뜻한다. 당은 모든 기록을 통제하고, 모든 당원의 마음을 지배하기 때문에 과거는 당이 마음대로 조작할 수 있는 것이다. 따라서 과거는 변형될 수도 있지만, 어떤 특수한 경우에는 변형시킬 수 없다. 왜냐하면 어떤 시대에 알맞은 형태로 재창조되면 그것이 진짜 과거일 뿐 다른 과거는 있을 수 없기 때문이다. 1년이 지나는 사이에 같은 사건이 여러 번 수정되는 경우도 있지만 그런 경우는 상관없다. 당은 항상 절대 진리를 갖고 있는데, 그 절대 진리가 현재의 것과 달라질 수 없다는 것은 명백한 일이다. 과거를 지배하는 것은 무엇보다도 기억의 훈련에 달려 있다. 모든 기록 문서를 그때그때의 정당성과 일치시키는 것은 단순히 기계 조작만으로도 가능하다. 그러나 모든 사건이 바람직한 형태로 발생했다고 '기억'해두는 것 또한 필요하다. 사람의 기억을 재조정하거나 기록 문서를 꼭 변경시켜야 할 필요가 있다면, 그 작업이 끝난 직후에 그렇게 변경시켰다는 사실까지도 '잊어야' 한다. 이런 기술은 정신 훈련에 의해서만 습득할 수 있다. 당원이라면 거의 다, 그리고 지적이며 정통성이 강한 사람이라면 누구나 다 그런 기술을 배울 수 있다. 고어로는 이것을 '현실 통제'라고 부르며, 신어로서는 '이중사고'라고 부르는데 거기에는 그 밖의 많은 뜻이 함축되어 있다.

이중사고란 사람들로 하여금 두 가지 상반된 신념을 갖게 하고, 따라서 그 두 가지 신념을 한꺼번에 받아들이는 능력을 의미한다. 당의 인텔리 계층은 자신의 기억을 어떻게 조절해야 하는지 잘 알고 있다. 자기가 현실을 조작하고 있다는 것을 알고 있으면서도 현실이 침해당하지 않는다고 믿는다. 그 과정은 의식적이어야 한다. 그렇지 않으면 정확하게 수행될 수 없다. 그러면서도 동시에 무의식적이어야 한다. 그렇지 않으면 자신이 날조 행위를 한다는 죄의식을 느끼게 될 것이다. 그래서 '이중사고'는 영사에 있어서 필수 불가결한 것이다. 왜냐하면 본질적으로 당의 행위는 정당성에서 조금도 이탈하지 않는다는 확고한 목적의식을 지니면서 아울러 의식적으로 기만을 자행해야 하기 때문이다. 의식적으로 거짓말을 하면서도 그 거짓을 진실이라 믿고, 어떤 사실을 필요에 따라 잊어버렸다가 상황이 뒤집히면 그 사실을 다시 기억속으로 끌어내며, 객관적인 진실을 부정하면서도 그 부정한 진실을 고려하는 것이 반드시 필요하다. 심지어 '이중사고'란 낱말을 사용하는데도 이중사고를 작용시켜야 한다. 왜냐하면 이 말을 사용하면 현실을 제멋대로 조작한 사실을 인정하게 되므로 다시 이중사고를 작용시켜 그런 생각을 지워야 하는 것이다. 이런 식으로 끝없이 진행하다 보면 거짓은 항상 진실의 한 발 앞에서 뛰어가기 마련이다. 이렇듯 당의 역사의 흐름을 막아왔고, 앞으로도 수천 년 동안 이런 짓을 계속 저지를지 모르는데, 그렇게 하려면 '이중사고'의 힘을 빌어야만 가능한 것이다.

구시대의 모든 전제 정치는 그 체제가 너무 경직되었거나 허약했기 때문에 밀려났다. 아니면 어리석거나 오만해서 시대의 변화에 적응하지 못하고 몰락했다. 그것도 아니면 지나치게 관대하거나 비겁해서 권력을 휘둘러야 할 순간에 오히려 양보함으로써 몰락했다. 아무튼 그들은 의식적으로도 몰락했고, 무의식적으로도 몰락했다. 이 두 가지 조건을 동시에 받아들일 수 있는 사고 체계를 확립한 것은 누가 뭐래도 당의 빛나는 업적이다. 다른 지적 기반으로는 당의 통치를 영구화시킬 수 없다. 누구든 지배하려면 현실 감각부터 제거해야 한다. 왜냐하면 지배의 비결은 과거의 잘못에서 배운 것과 자신의 완전무결한 신념을 결합시키는 작업이기 때문이다.

이중사고를 창안해낸 인간들이 그것을 가장 교묘하게 행사하고, 그것이 굉장한 정신적 기만이라는 것을 가장 잘 알고 있다는 것은 분명하다. 오늘날 우리 사회의 당면 문제를 가장 잘 파악하고 있는 사람들일수록 현실 감각이 결여된 인간들이다. 흔히 똑똑한 사람일수록 착각을 많이 하고, 지식이 많을수록 정신은 덜 건전하다. 사회적 지위가 높을수록 전쟁에 대한 열망이 높다는 것이 이를 증명한다. 전쟁에 대해 가장 이성적인 태도를 지닌 사람은 분쟁 지역에 거주하는 피압박 민족이다. 이들에겐 전쟁이란 허리케인처럼 모든 것을 휩쓸어버리는 재앙일 뿐이다. 어느 쪽이 승리하든 그저 통치자가 바뀐다는 것일뿐 그들에겐 상관없는 일이다. 이들보다는 조금 나은 생활을 하는 프롤레타리아는 가끔 전쟁을 의식하고, 가끔은 격렬한 공포와 광적인 증오심으로 흥분하기도 하지만, 혼자 있게 되는 순간 전쟁 따위는 잊어버린다.

진짜 전쟁에 열광하는 것은 당원들, 특히 내부당원들이다. 세계 정복이 불가능하다는 것을 가장 잘 알면서도 세계 정복이라는 신념을 앞세운다. 이처럼 서로 상반되는 개념—무지와 지식, 열광과 냉소—을 결합하는 것이 오세아니아 사회의 가장 뚜렷한 특징이다. 그들의 공식적인 이념을 자세히 들여다보면 모순으로 가득 차 있다. 이렇게 당은 초창기 사회주의 운동이 내세웠던 모든 원칙들을 버리고, 그것을 비난하며 온갖 비리를 자행하는 것이다. 오늘날의 사회주의는 과거 몇 세기 동안 그 유례를 찾아볼 수 없을 만큼 프롤레타리아를 경멸하면서도 그들의 작업복을 당원들의 제복으로 삼았다. 또한 당은 의도적으로 가족 관계를 약화시키고, 이전에 가족끼리 불렀던 사랑의 호칭으로 당의 지도자를 부르게 했다. 그리고 국민을 통치하는 부처의 명칭마저 뻔뻔하게 정반대의 뜻을 지닌 이름으로 부르게 했다. 평화부는 전쟁을 담당하고, 진리부는 허위를 조작하며, 애정부는 온갖 고문을 맡고, 풍요부는 국민의 굶주림을 맡고 있다.

그런데 이러한 모순은 절대로 우연이 아니고, 일반적인 의미의 위선도 아니다. 그것은 계획적인 '이중사고'에 의해 탄생한 것이다. 왜냐하면 권력을 영구적으로 유지하는 것은 이런 상반된 사항을 기술적으로 조화시키는 것으로만 가능하기 때문이다. 다른 방법으로는 구시대의 순환과정에서 탈피할 수 없다. 인간의 평등을 영원히 파괴하려면—상층계급이 영원히 그 자리를 지키려면—인간의 정신을 광적인 상태로 바꿔 놓아야 하는 것이다.

그런데 지금까지 우리가 무시해 온 문제가 하나 있다. 왜 인간의 평등이 이루어지면 안 되느냐 하는 것이다. 그리고 왜 역사를 어느 특정한 시점에 묶어두기 위해 그토록 거창하고 치밀한 노력을 기울이는 것일까?

여기에 핵심적인 비밀이 있다. 지금까지 보아온 바와 같이 당, 특히 내부당의 비밀은 이중사고에 있다. 그러나 근본적인 동기가 더 깊은 곳에 있다. 권력의 장악에서 이중사고, 사상 경찰, 끝없는 전쟁, 그리고 모든 필요한 것들을 만들어낸, 절대로 의심조차 해 본 적 없는 본능이다. 이 동기는 실제로……

갑자기 주위가 너무 조용하다 싶었다. 줄리아는 허리 위로 아무 것도 걸치지 않고 팔을 베개 삼아 옆으로 누워 있었다. 검은 머리카락 한 올이 눈 위로 흘러내렸다.

"줄리아."

대답이 없었다.

"줄리아, 자?"

대답이 없었다. 잠든 게 분명했다. 그는 책을 덮어 조심스럽게 바닥에 내려놓고, 홑이불을 끌어당겨 줄리아와 함께 덮었다.

여전히 근본적인 비밀을 캐내지 못했다. '어떻게'에 대해서는 이해했지만 '왜'에 대해서는 이해하지 못했다. 제 3장처럼 제 1장 역시 그가 다 알고 있는 내용을 체계화한 것일 뿐이었다. 하지만 그 책을 읽고 난 다음에 그는 자신이 미치지 않았다는 사실을 확신하게 되었다.

소수파라고 해서, 나 혼자만 다른 생각을 한다고 해서 미친 것은 아닌 것이다. 진실과 허위가 이렇게 명백한데 진실을 지키기 위해 온 세상과 맞서 싸워야 한다해도 미친 것은 아니다.

석양의 노란 햇살이 창문으로 비스듬히 비쳐들어와 베갯머리를 가로질렀다. 그는 눈을 감았다. 얼굴에 비치는 햇살과 몸에 닿아 있는 줄리아의 매끄러운 살이 강한 자신감을 일깨워주었다. 잠이 쏟아졌다. 그는 안전했고 모든 일을 잘 되어가고 있었다.

"건전한 정신은 통계로 결정되는 게 아니야."

그는 의미심장하게 중얼거렸다. 하고 보니 그 말에 심오한 진리가 담겨 있는 것 같았다. 그는 금방 잠들었다.

10

윈스턴은 벌떡 일어났다. 너무 오래 잔 것 같았다. 하지만 낡은 구식 시계를 보니 겨우 20시 30분이었다. 그는 잠시 더 그대로 누워 졸았다. 귀에 익은 우렁찬 노래가 창 밑 뜰에서 들렸다.

그저 덧없는 환상이었지,
4월의 꽃처럼 사라져버렸네.
표정으로 말로 꿈으로 흔들어놓고
내 마음 훔쳐가 버렸다네!

저 유치한 유행가는 아직도 어딜 가나 들렸다. 증오가보다도 수명이 길었다. 줄리아가 기지개를 켰다.

"배 고파. 커피라도 좀 마셔야겠어요. 앗! 난롯불이 꺼져서 물이 다 식었네. 석유가 떨어졌나 봐요."

"채링턴 영감한테 좀 얻을 수 있을 거야."

"석유가 가득 차 있는 줄 알았는데 아니었군요. 옷을 입어야겠어요. 추워."

윈스턴도 일어나서 옷을 입었다. 지칠 줄 모르는 목소리는 여전히 노래를 계속하고 있었다.

시간이 모든 걸 해결해 준대.
다 잊을 수 있다고들 말하지.
웃음과 눈물이 해마다 엇갈려
아직도 내 가슴을 쥐어짜는데!

윈스턴은 바지 허리띠를 죄면서 창문으로 걸어갔다. 더 이상 해가 들지 않는 안뜰의 자갈들은 물로 씻은 것처럼 젖어 있었고, 굴뚝 사이로 보이는 하늘도 깨끗이 닦아 놓은 것처럼 푸르고 싱싱하고 투명했다. 아낙네가 노래를 끊었다 이었다 하면서 빨래를 널고 있었다. 저 여자는 하루 종일 빨래만 하나? 손주들이 2, 30명은 되는 모양이지? 줄리아가 옆에 와서 섰다. 두 사람은 창 밑 억센 아낙네의 모습을 넋을 잃고 내려다보았다. 굵직한 팔뚝이 빨랫줄을 향해 뻗쳐 올라가고 힘센 암말 같은 엉덩이가 불쑥 튀어나온 아낙네의 독특한 몸짓을 보면서 윈스턴은 그녀가 아름답다고 느꼈다. 애를 낳아 잔뜩 불어난 몸이 고된 일로 뻣뻣해지고 거칠어져서 시든 순무 이파리처럼 쭈그러진 50대 아낙이 아름다워 보일 줄은 상상도 못하던 일이었다. 아무렴, 그런 여자라고 아름답지 말란 법은 없잖아? 강판으로 긁어놓은 것 같은 시뻘건 피부하며, 화강암 덩어리처럼 단단하고 뻣뻣한 몸을 처녀의 몸매에 비교하는 것은 장미 열매와 장미꽃을 비교하는 것 같겠지. 하지만 왜 열매가 꽃보다 못하단 말인가?

"아름답군." 윈스턴이 혼잣말처럼 중얼거렸다.

"엉덩이가 1미터는 되겠어요." 줄리아가 대꾸했다.

"그게 저 여자의 매력이야."

윈스턴은 줄리아의 나긋한 허리를 껴안았다. 그녀의 엉덩이에서 무릎까지 그의 몸에 찰싹 달라붙어 있었다. 그들은 절대로 아기를 갖지 못할 것이다. 굳이 말하지 두 사람은 서로의 마음을 알고 있었다. 저 아낙네는 정신 따위는 갖고 있지 않지만, 튼튼한 팔과 따스한 가슴과 기름진 아랫배를 갖고 있다. 저 여잔 아이를 몇이나 낳았을까? 열댓 명쯤 될지도 몰라. 그녀도 아마 1년쯤은 들장미처럼 활짝 피웠다가 달콤한 과일처럼 부풀어오르고 그 다음엔 계속 딱딱해지고 새빨개지고 거칠어져서 평생 빨래하고 설거지하고 바느질하고 요리하고 쓸고 닦으면서 살았을 것이다. 처음엔 자기 자식을 위해서 그리고 다음엔 손자들을 위해서. 그런 고달픈 삶의 끄트머리에서도 그녀는 여전히 노래하고 있다. 윈스턴은 그녀에게 신비로운 존경심을 느끼며 굴뚝 너머로 끝없이 펼쳐진 맑은 하늘을 바라보았다. 유라시아나 동아시아에서도 저 하늘은 똑같을 거라고 생각하니 기분이 묘했다. 저 하늘 아래 사는 사람들은 다 똑같아. 단지 증오와 허위의 장벽으로 분리되어 있을 뿐! 지금은 사람들이 생각하는 방법을 잊어버렸다 해도 그들의 심장과 배의 근육 속에는 언젠가 세계를 뒤엎을 힘을 축적하고 있는 것이다.

희망이 있다면 그것은 프롤레타리아 속에 있다!

그 책을 다 읽지 않았어도 그것이 골드스타인의 마지막 메시지라는 것을 윈스턴은 알 수 있었다. 미래는 프롤레타리아의 것이다. 그들의 시대가 오면 그 세계는 현재 세계와 확실히 다를까? 그렇다! 왜냐하면 그 세계는 건전한 정신을 갖고 있을 테니까. 언젠가는 반드시 그런 세계가 올 것이다. 그리고 힘은 의식으로 바뀔 것이다. 프롤레타리아는 불멸의 존재이다. 뜰에 있는 저 굳센 아낙네만 봐도 알 수 있다. 결국 그들이 각성할 날이 올 것이다. 천 년이 걸린다 해도 그들은, 당이 나누어 갖거나 말살시킬 수 없는 생명력을 새처럼 몸에서 몸으로 전하며 모든 불평등에 맞서 꿋꿋이 살아남을 것이다.

"우리가 처음 만나던 날 나뭇가지에 앉아서 우리를 향해 노래하던 개똥지빠귀 생각나?" 윈스턴이 물었다.

"기억나요. 하지만 그 새는 우릴 보고 노래한 게 아니에요. 저 혼자 그냥 아무 생각없이 운 거죠."

새들은 노래한다. 프롤레타리아도 노래한다, 그러나 당은 노래하지 않는다. 전 세계에서, 런던과 뉴욕에서, 아프리카와 브라질에서, 국경선 너머 금지된 신비로운 땅에서, 파리와 베를린의 거리에서, 끝없이 펼쳐진 러시아 평원의 시골 마을에서, 중국과 일본의 시장에서 프롤레타리아는 노래한다. 태어나서 죽을 때까지 고된 노동과 출산으로 괴상한 꼴이 되었으면서도 절대로 정복당하지 않는

굳건한 아낙네들의 억센 허리에서 언젠가는 의식을 가진 인종이 태어날 것이다. 나는 죽겠지만 그들이 육체를 간직하고 살아가듯이 내가 정신을 간직하고 살아간다면 나도 그 미래에 참여할 수 있을 것이다. 그리고 둘 더하기 둘은 넷이라는 원칙을 전할 수 있을 것이다.

"우린 죽은 몸이야." 윈스턴이 말했다.

"우린 죽은 몸이에요." 줄리아가 마지못해 따라했다.

"너희들은 죽은 몸이다."

등 뒤에서 금속성 목소리가 들렸다. 두 사람은 용수철처럼 서로 떨어졌다. 윈스턴의 뱃속이 싸늘하게 얼어붙었다. 줄리아의 얼굴이 샛노래져서 뺨에 남아 있는 연지 자국이 피부에서 분리된 것처럼 뚜렷이 보였다.

"너희들은 죽은 몸이다."

금속성 목소리가 다시 들렸다.

"저 그림 뒤에요." 줄리아가 숨 죽여 말했다.

"꼼짝 마! 명령을 내릴 때까지 움직이지 마!"

올 것이 온 것이다. 마침내 시작된 것이다! 그들은 꼼짝 않고 서로의 눈을 들여다보았다. 도망칠까? 하지만 그런 일은 불가능했다. 벽에서 흘러나오는 저 금속성 목소리에 거역한다는 것은 생각조차 할 수 없는 일이었다. 고리가 빠져 달아나는 것처럼 찰칵 하는 소리와 함께 유리 부서지는 소리가 들렸다. 그림이 마룻바닥으로 떨어지면서 그 뒤에 감춰져 있던 텔레스크린이 나타났다.

“방 가운데로 와서 등을 맞대고 서라! 손을 뒤통수에 깍지 껴서 붙여! 서로 몸이 닿지 않도록 해!”

두 사람은 약간 떨어졌다. 줄리아의 몸이 떨리는 것이 느껴졌다. 아니, 어쩌면 그 자신의 몸이 떨리는 것인지도 몰랐다. 그는 이를 악물었다. 하지만 무릎이 떨리는 것은 막을 수가 없었다. 집 안팎에서 저벅거리는 발소리가 들렸다. 안마당에 사람들이 가득 차 있는 것 같았다. 자갈 위로 뭔가 끌려가는 소리가 났다. 아낙네의 노래가 뚝 그쳤다. 빨래통이 굴러가는 시끄러운 소리가 길게 들리고 날카로운 목소리 뒤에 고통스런 비명 소리가 들렸다.

“집이 포위됐어.” 윈스턴이 말했다.

“집은 포위됐다.” 목소리가 말했다.

“우린 이제 작별 인사를 하는 게 좋겠어요.”

줄리아가 이를 악물고 말했다.

“작별 인사를 하는 게 좋을 거다.” 목소리가 말했다.

그리고 이어서 전에 들어본 것 같은, 지금까지와는 전혀 다른 가늘고 교양이 있는 듯한 목소리가 들렸다.

“아무튼 끝은 이렇지. ‘그대 침대를 밝힐 촛불이 오네. 그대 목을 자를 도끼가 오네.’ ”

사다리가 유리창을 뚫고 들어와 창틀 안쪽으로 디밀어졌다. 누군가 창문으로 올라오고 있었다. 계단 쪽에서도 쿵쾅거리는 발소리가 들렸다. 방은 징 박은 장화를 신고 손에 곤봉을 든 건장한 검은 제복의 사내들로 가득 찼다.

윈스턴은 더 이상 몸을 떨지 않았다. 눈동자조차 움직이지 않았다. 꼼짝도 하지 말자. 놈들이 때릴 구실을 주지 말자! 턱이 둥글고 입이 가늘게 째진 권투 선수 같은 사내가 엄지와 검지 사이에 곤봉을 끼고 생각에 잠긴 표정으로 그의 앞에 섰다. 윈스턴은 그의 눈을 똑바로 쳐다보았다. 두 손을 뒤통수에 깍지 끼고 있으니 마치 벌거벗고 있는 것 같았다. 사내는 혀로 입술을 핥더니 그냥 지나갔다. 누군가 탁자 위에 놓인 유리 문진을 집어들어 벽난로의 돌벽에 힘껏 내리쳐 산산조각 냈다.

설탕으로 만든 장미꽃 봉오리 같은 조그만 핑크빛 산호 조각이 매트 위로 굴렀다. 참 작군, 정말 작아! 윈스턴은 생각했다. 뒤에서 쿵쿵 소리가 나더니 누군가가 그의 발목을 힘껏 걷어찼다. 하마터면 그는 중심을 잃고 쓰러질 뻔했다. 사내 하나가 줄리아의 명치를 주먹으로 후려치자 그녀는 접는 자처럼 푹 꺾이며 쓰러졌다. 윈스턴은 감히 고개를 돌리지 못했지만 흙빛이 된 그녀의 얼굴을 곁눈으로 얼핏 보았다. 숨막히는 공포 속에서도 그녀의 극심한 고통이 그대로 전해졌다. 두 사내가 그녀의 무릎과 어깨를 움켜잡고 방 밖으로 들고 나갔다. 윈스턴은 밑으로 축 늘어진 그녀의 얼굴을 힐끗 쳐다보았다. 샛노랗게 일그러진 얼굴로 그녀는 두 눈을 꼭 감고 있었는데, 양쪽 볼엔 연지 자국이 아직 남아 있었다. 그것이 그가 마지막으로 본 그녀의 모습이었다.

그는 죽은 듯이 꼼짝 않고 서 있었다. 아직 아무도 그를 때리지는 않았다. 온갖 생각들이 떠올랐다. 채링턴 씨도 체포되었을까? 아낙네는 어떻게 됐을까? 몹시 오줌이 마려웠다. 벽난로 위의 시계가 9시를 가리키고 있었다. 그런데도 밖은 여전히 밝았다. 혹시 아침 9시인가? 하지만 더 이상 생각해 봐야 소용없는 일이었다.

복도에서 가벼운 발소리가 나더니 채링턴 씨가 들어왔다. 검은 제복을 입은 사내들이 갑자기 순해졌다. 채링턴 씨 얼굴이 어딘가 좀 달라진 것 같았다. 그의 시선이 바닥에 떨어진 유리 문진의 파편에 멈췄다.

"저 조각들을 주워." 채링턴 씨가 날카롭게 말했다.

런던 토박이 사투리가 사라지고 없었다. 윈스턴은 조금 전 들었던 텔레스크린 목소리가 바로 이 목소리였다는 것을 깨달았다. 채링턴 씨는 여전히 낡은 벨벳 재킷을 입고 있었지만 하얗던 머리는 검어졌고 안경 역시 쓰고 있지 않았다. 그는 윈스턴의 한 번 날카롭게 쏘아보고는 두 번 다시 쳐다보지 않았다.

채링턴 씨는 곧게 허리를 펴서 키가 더 커졌고, 검은 눈썹은 숱이 줄어들었고, 주름살은 사라졌으며, 코마저 좀 짧아진 것 같았다. 35세 가량의 빈틈없고 냉혹한 얼굴이었다. 윈스턴은 난생 처음으로 사상 경찰을 자세히 눈여겨 보고 있다는 생각이 들었다.

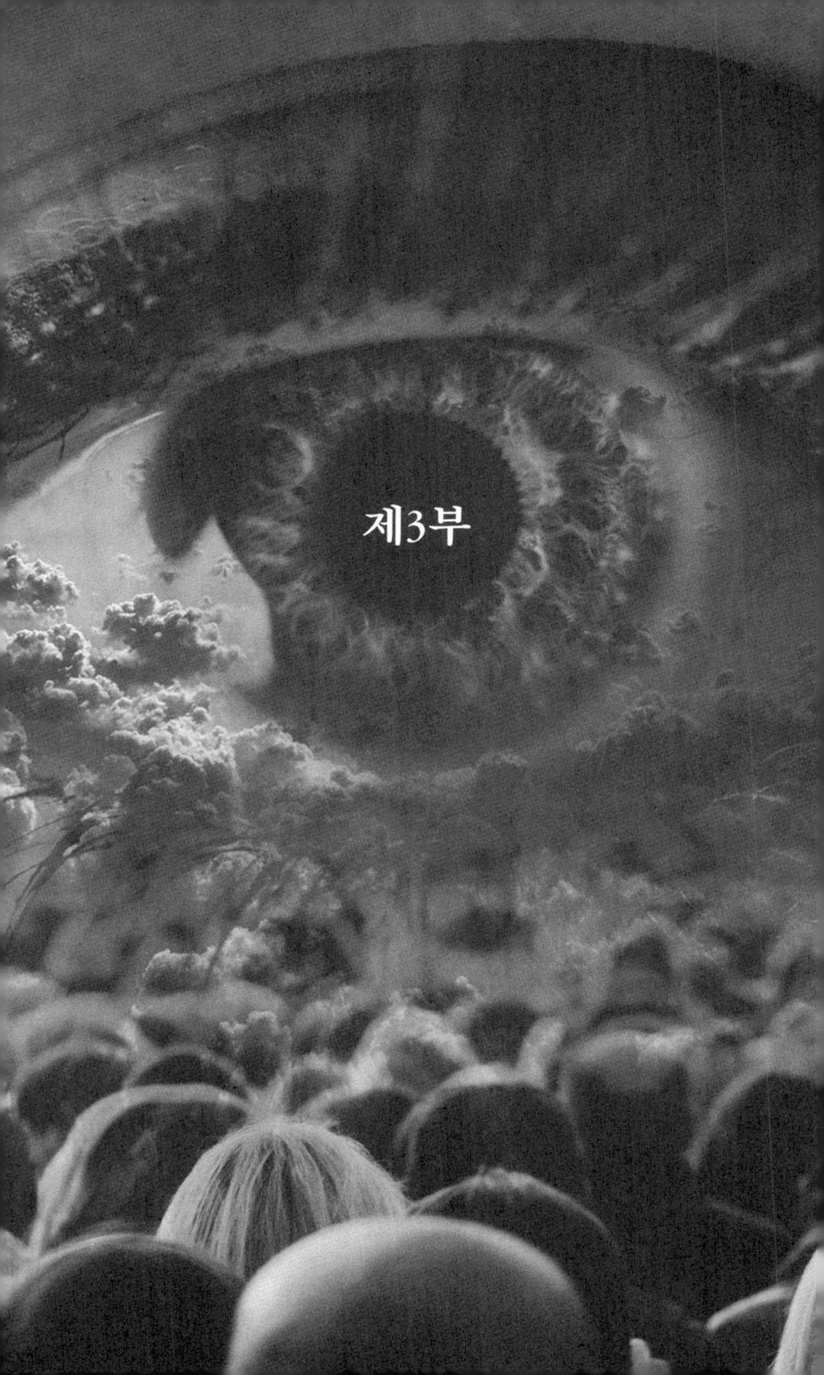

제3부

1

윈스턴은 자신이 어디에 있는지 알 수 없었다. 아마 애정부겠지만 확인할 방법은 전혀 없었다.

천장은 높고 하얀 사기 타일 벽은 번들거리고 창문은 없다. 갓을 씌운 램프에서 차가운 빛이 흘러나오고 통풍구에서는 낮게 윙윙대는 소리가 끊임없이 들린다. 문이 있는 벽만 빼고 나머지 벽에는 겨우 엉덩이를 붙이고 앉을 정도의 긴의자가 죽 붙어 있고, 문 맞은편 끝에 깔개도 없는 변기가 있다. 벽마다 텔레스크린이 달려 있다.

배가 아팠다. 죄수 호송차에 실릴 때부터 계속 배가 아팠다. 밥을 먹은 지 24시간, 아니 어쩌면 36시간쯤 되었을 것이다. 그는 자기가 체포된 때가 아침인지 저녁인지 알 수 없었다. 그것은 아마 영원히 알 수 없을 것이다. 아무튼 체포된 뒤로 음식을 조금도 먹지 못했다.

그는 두 손을 무릎 위에 깍지 끼고 좁아터진 긴의자에 걸터앉아 꼼짝 않고 있었다. 조금만 움직여도 텔레스크린에서 호통 소리가 들렸다. 그러나 먹고 싶은 욕구가 점점 심해졌다. 빵 한 조각만! 다리에 닿는 느낌으로 보아 꽤 큰 빵 조각이 제복 주머니에 있는 것 같았다. 그는 두려움도 잊고 주머니에 손을 넣었다.

"6079 스미스 윈스턴! 주머니에 손 넣지 마!"

텔레스크린에서 호통 소리가 들렸다.

그는 다시 무릎 위에 손을 포개고 가만히 앉았다. 이곳에 오기 전에는 일반 감옥인지 경찰서의 임시 유치장인지 모를 곳에 갇혀 있었다. 아마 몇 시간은 된 것 같지만 시계도 없고 해도 들지 않아서 시간을 짐작할 수 없었다.

감방 모양은 지금의 감방과 비슷했는데, 10명 내지 15명이 북적거렸고 지독한 악취가 났다. 일반 범죄자가 대부분이었지만 정치범도 몇 명 있었다. 그는 더러운 몸뚱이들에 떠밀려 조용히 벽에 기대 앉아 있었다. 공포와 복통 때문에 주위에 관심을 가질 여유가 없었는데도 일반 범죄자의 태도를 보고는 깜짝 놀라지 않을 수 없었다.

당원 범죄자들은 겁에 질려서 구석에 처박혀 있는데 반해, 일반 범죄자들은 거침없이 간수에게 욕지거리를 퍼부었고, 소지품을 압수당할 때는 빼앗기지 않으려고 사납게 덤벼들었으며, 마룻바닥에 음탕한 낙서를 휘갈기는가 하면, 옷 속에 감쪽같이 숨겨둔 음식을 꺼내 먹고, 텔레스크린에서 조용히 하라고 명령하면 오히려 거기에다 대고 악을 썼다. 게다가 어떤 사람은 간수들과 얼마나 친한지 별명을 부르고, 문의 감시 구멍으로 담배를 얻으려고 애썼다. 간수들 역시 일반 범죄자들에겐 너그럽게 대했다. 대부분의 죄수들은 앞으로 가게 될 강제 수용소 얘기를 주로 했다.

강제 수용소에선 줄만 잘 잡으면 아무 문제 없다. 그곳에는 온갖 종류의 뇌물과 특혜, 협박, 동성애, 매춘이 있으며 감자로 빚은 밀주까지 있다. 일반 범죄자 중에서도 강도와 살인범들이 귀족 계급을 형성하고 있고, 온갖 더러운 일은 정치범들이 다 한다. 대충 그런 내용이었다.

온갖 종류의 범죄자들이 끊임없이 들락거렸다. 마약 행상, 좀도둑, 강도, 암거래꾼들, 주정뱅이, 매춘부도 있었다. 몹시 난폭한 알콜중독자도 있었는데 죄수들 여럿이 달려들어 겨우 진정시켰다. 60세쯤 된 거구의 노파가 흰 머리를 산발한 채 커다란 젖가슴을 덜렁이며 네 명의 간수들에게 들려 왔다. 간수들이 발길질을 해대는 노파의 부츠를 벗기고 하필 윈스턴의 무릎에 팽개치는 바람에 윈스턴은 넓적다리 뼈가 으스러지는 줄 알았다. 노파는 벌떡 일어나더니 간수들의 등에 대고 욕을 퍼부었다. 그러고 나서야 노파는 옆 의자로 미끄러져 앉았다.

"미안하우. 일부러 그런 게 아니라 저 놈들이 팽개친 거야. 아이구, 여자를 이렇게 대접하다니!"

노파는 몸을 앞으로 숙이고 바닥에 잔뜩 토했다.

"아유, 이제야 살 것 같네. 토하고 나니까 후련하군."

그녀는 눈을 감고 몸을 뒤로 기대다가 문득 고개를 돌려 윈스턴을 다시 보았다. 노파가 굵직한 팔로 그의 어깨를 끌어당겼다. 윈스턴은 움찔했다. 메스꺼운 술 냄새와 썩은 음식물 냄새가 확 풍겼다.

"이름이 뭐유?" 그녀가 물었다.

"스미스라고 합니다." 그가 대답했다.

"스미스? 어머나 세상에, 나도 스미슨데. 어쩜 내가 당신 엄마일지도 몰라!" 노파가 다정하게 말했다.

정말 그럴지도 모른다고 윈스턴은 생각했다. 나이도 몸집도 비슷했다. 강제 노동 수용소에서 20년을 보내고 나면 사람은 얼마든지 달라질 수 있는 것이다.

그 뒤로는 아무도 그에게 말을 걸지 않았다. 일반 범죄자들은 놀라울 정도로 정치범을 무시했으며, '정범'이라고 불렀다. 정치범들은 다른 사람과 말하는 것을 두려워했고, 자기들끼리는 더했다. 그는 여자 당원 둘이 나란히 붙어 앉아 급히 속삭이는 소리를 엿들었다. 101호실에 관한 얘기였는데, 그게 무슨 뜻인지 그는 이해하지 못했다.

복통이 나았다 심해졌다 했다. 복통이 심할 때는 통증과 음식에 대한 갈망밖에 없었지만 복통이 좀 덜할 때는 무서운 공포가 한꺼번에 몰려왔다. 앞으로 닥칠 일만 생각하면 숨이 당장 끊어질 것처럼 심장이 뛰었다. 곤봉으로 두들겨 맞고 징 박힌 구두로 정강이를 걷어차이면서 마룻바닥을 기며 부러진 이빨 사이로 살려달라고 비명을 지르는 자신의 모습이 눈에 보였다. 줄리아를 걱정할 겨를도 없었다. 그녀에게 생각을 집중할 수가 없었다. 그녀를 진심으로 사랑했지만 이제와선 사랑이고 뭐고 그녀에게 무슨 일이 일어나고 있는지 걱정조차 되지 않았다.

오히려 그는 오브라이언에게 깜박이며 꺼져가는 불꽃 같은 희망을 품었다. 형제단은 서로 도울 수 없다고 말했지만 면도날이 있다. 그가 면도날을 보내줄지도 모른다. 간수들이 감방 안으로 몰려온다 해도 5초면 충분히 뼈 있는 데까지 잘라버릴 수 있을 것이다. 하지만 기회가 온다 해도 면도날을 사용할 수 있을지 자신이 없었다. 틀림없이 어마어마한 고문을 당하게 된다 해도 마지막 10분까지 살려고 발버둥치는 것이 자연스런 본능인 것이다.

그는 감방 벽에 붙어 있는 타일 수를 셌다. 어려운 일이 아닌데도 항상 똑같은 지점에서 수를 잊었다. 여기는 어디일까? 오늘은 며칠일까? 몇 시쯤 됐을까? 때로는 바깥이 환한 대낮일 거라고 생각했다가도 다음 순간에는 칠흑 같은 밤중일 거라고 믿기도 했다. 이곳에서는 절대로 전기가 꺼지는 일이 없다고 그는 직감적으로 느꼈다. 이곳이야말로 어둠이 없는 곳이었다. 이제야 왜 오브라이언이 그런 암시를 했는지 알 것 같았다.

애정부의 건물에는 창문이 없다. 그는 자신이 들어 있는 감방이 건물의 한가운데에 있는지, 아니면 외벽 쪽에 붙어 있는지, 지하 10층이지, 아니면 지상 30층인지 전혀 알 수 없었다. 그는 머릿속으로 이곳저곳을 더듬어 돌아다니며 몸이 느끼는 균형감각으로, 자신이 지금 허공 높이 떠 있는지, 아니면 지하 깊숙이 처박혀 있는지 가늠해보려고 애썼다.

밖에서 발소리가 들렸다. 철문이 쾅 소리를 내며 열렸다. 말쑥한 검정 제복을 입은 젊은 장교가 날렵하게 들어섰다. 윤기 나는 가죽옷이 번쩍이고, 반듯하고 창백한 얼굴은 밀랍으로 만든 가면 같았다. 그가 손짓하자 간수들이 죄수를 밀어넣었다. 시인 앰플포스가 비틀거리며 감방 안으로 들어왔다. 문이 다시 쾅 소리를 내며 닫혔다.

앰플포스는 빠져나갈 문을 찾는 것처럼 두리번거리며 감방 안을 돌아다니다가 아직 윈스턴을 보지 못했는지 윈스턴의 머리 위 1미터쯤 높이의 벽을 뚫어지게 쳐다보고 있었다. 신발도 없이 때 묻은 커다란 발가락이 구멍 난 양말 사이로 비쭉 나와 있었다. 며칠 동안 면도도 못 했는지 수염이 텁수룩하게 자라 덩치만 큰 허약 체질의 그가 신경질적인 몸짓과 어울려 흉악범처럼 보였다.

윈스턴은 무기력한 상태에서도 정신이 들었다. 텔레스크린이 있어도 앰플포스에게 말을 걸어야 했다. 그가 면도날을 가지고 왔을지도 모른다는 생각까지 들었다.

"앰플포스." 그가 불렀다.

텔레스크린은 웬일인지 조용했다. 앰플포스는 멈칫하더니 놀란 표정으로 윈스턴을 보았다.

"아, 스미스! 자네도 역시!" 그가 소리쳤다.

"어쩌다 여기 들어왔어?" 윈스턴이 물었다.

"사실… 죄라야 단 한가지밖에 없잖아?"

그는 윈스턴의 맞은편 의자에 엉거주춤 앉았다.

그는 무언가를 기억해내려는 듯 손을 이마에 대고 관자놀이를 눌렀다. 그리고 맥없이 말을 꺼냈다.

"아무리 생각해도 그것밖에 없어. 그 일일 거야. 우린 키플링의 최종판 시집을 만들고 있었는데, 맨 끝에 있는 '신God'이란 낱말을 그대로 뒀던 거야. 그건 그럴 수밖에 없었어! 각운은 '장대rod'였는데 그 운에 맞는 단어는 열두 개밖에 없잖아. 자네도 알지? 며칠을 두고 머리를 싸매고 고민했는데도 결국 다른 단어를 찾을 수 없었어."

그의 얼굴 표정이 갑자기 행복하게 빛났다. 아무 쓸모도 없는 사실을 발견해 낸 현학자의 지적 즐거움이었다.

"이런 생각 해본 적 있어? 영시의 한계는 바로 영어의 운이 부족하다는 사실에 있다는 거 말이야."

아니다. 그런 생각 따윈 해본 적도 없고 더구나 지금 이 상황에서는 전혀 중요하지도 않다.

"며칠이야? 지금 몇 신지 알아?" 윈스턴이 물었다.

앰플포스가 다시 깜짝 놀란 표정으로 대답했다.

"아, 그런 건 전혀 생각도 못했는데. 내가 체포된 게 이틀 전인지 사흘 전인지도 몰라. 이곳에선 밤이나 낮이나 똑같아. 도무지 시간을 알 수 없다니까."

몇 분 동안이나 조용하던 텔레스크린이 느닷없이 조용히 하라고 호통쳤다. 윈스턴은 두 손을 포개고 조용히 앉았다. 몸집 큰 앰플포스는 비좁은 의자에서 앙상하게 야윈 손을 무릎 위에서 쥐었다 폈다 하며 안절부절 못했다.

텔레스크린이 그에게 가만히 있으라고 짖어댔다. 20분이 지났는지, 한 시간이 지났는지 알 수 없지만 아무튼 시간이 흘렀다. 밖에서 다시 발소리가 들렸다. 윈스턴의 내장이 죄어들었다. 자기 차례일 것만 같았다.

문이 열렸다. 냉혹한 얼굴의 젊은 장교가 다시 들어와 앰플포스를 가리키며 간수들에게 말했다.

"101호실로."

앰플포스는 어리둥절한 얼굴로 간수들 사이에 끼어 비틀비틀 걸어나갔다.

꽤 오랜 시간이 지난 것 같았다. 여전히 배가 아팠다. 둥글게 이어진 홈을 따라 빙글빙글 도는 구슬처럼 그의 마음은 똑같은 궤도를 따라 맴돌고 있었다. 복통, 빵 한 조각, 피와 비명, 오브라이언, 줄리아, 면도날! 창자 속에서 경련이 일어났다. 묵직한 구두 소리가 가까워지고 있었다. 문이 열린 순간 지독한 땀 냄새가 물씬 풍겼다. 카키색 반바지에 운동 셔츠를 입은 파슨스가 들어왔다.

윈스턴이 깜짝 놀라 벌떡 일어났다.

"자네가 어떻게!" 윈스턴이 외쳤다.

파슨스는 윈스턴을 힐끗 쳐다보았다. 관심도 놀라는 기색도 없이 그는 고통스러운 표정으로 감방 안을 수선스럽게 오락가락했다. 무릎을 부들부들 떨고 있는 것이 눈에 보일 정도였다. 마침내 멈춰 선 그는 눈을 크게 뜨고 방 한가운데를 노려보기 시작했다.

"대체 무슨 일이야?" 윈스턴이 물었다.

"사상죄야!"

거의 울먹이는 목소리로 파슨스가 외쳤다. 자기 죄를 인정하지만 도저히 믿을 수 없다는 목소리였다.

"여보게, 날 총살하진 않겠지? 단지 생각만 한 거 갖고 말이야. 난 그들을 믿어. 그들은 내 경력도 잘 알 거고, 내가 어떤 사람인지도 잘 알 거야. 머리는 안 좋아도 나처럼 열성적인 사람도 드물잖아, 안 그래? 5년? 10년? 나 같은 놈은 노동 수용소에서도 꽤 쓸모가 있을 거야. 한 번 탈선했다고 총살하진 않겠지?"

"유죄인가?" 윈스턴이 물었다.

"물론이지! 당이 죄 없는 사람을 체포하겠나?"

파슨스는 텔레스크린을 비굴한 얼굴로 슬쩍 쳐다보면서 소리쳤다. 그가 훈계조로 덧붙였다.

"사상죄는 무서운 거야. 내가 무슨 짓을 했는지 알아? 정말 난 열심히 일했어. 마음속에 그런 못된 생각이 들어온 줄은 까맣게 모르고 말이야. 그런데 내가……"

그는 치료를 받기 위해 의사 앞에서 어쩔 수 없이 치부를 드러내는 사람처럼 목소리를 낮췄다.

"내가 '빅 브라더를 타도하라!' 고 잠꼬대를 했대. 그것도 여러 번. 사실 더 큰 죄를 짓기 전에 잡혀온 게 다행이지 뭐. 법정에서 내가 뭐라고 할 건지 알아? '고맙습니다, 늦기 전에 저를 구해주셔서 감사합니다.' 할 거야."

"누가 고발했어?" 윈스턴이 물었다.

"딸년이 열쇠 구멍으로 엿듣고 다음날 경찰에 고발했어. 일곱 살짜리가 참 똑똑하지? 난 그 애가 자랑스러워. 딸년 하나는 잘 키운 것 같아."

그는 계속 변기 쪽을 보더니 갑자기 바지를 내렸다.

"미안, 도저히 참을 수가 없어."

파슨스는 요란스럽게 대변을 싸놓고 나서야 변기가 고장난 것을 알았다. 지독한 악취가 감방을 점령했다.

파슨스가 다른 방으로 옮겨졌다. 꽤 많은 죄수들이 들어왔다가 나갔다. 여자 죄수 하나는 '101호실'로 가라는 말을 듣자마자 몸을 움츠리며 얼굴이 새파랗게 질렸다. 그가 이곳에 끌려온 것이 아침이었다면 오후쯤 되었을 것이고, 오후였다면 한밤중일 것이다. 감방에는 이제 남녀 합해서 여섯 명의 죄수가 있었다. 모두 꼼짝 않고 앉아 있었다. 윈스턴의 맞은편에는 턱이 없고 앞니가 드러나서 토끼처럼 보이는 몸집 큰 사내가 앉아 있었다. 반점 투성이의 살찐 볼이 아래쪽으로 볼록하게 튀어나와 왠지 음식물을 잔뜩 입 속에 넣고 있는 것처럼 보였다. 그는 겁에 질린 잿빛 눈으로 사람들을 살피다가 눈이 마주치면 얼른 눈을 돌려버리곤 했다.

문이 열리면서 또 한 사람의 죄수가 들어왔다. 윈스턴은 순간 오싹했다. 언뜻 흔히 볼 수 있는 기술자였는데 얼굴이 어찌나 말랐는지 영락없는 해골이었고 보기 흉하게 커다란 두 눈은 살기와 증오로 불타고 있었다.

사내는 윈스턴에게서 약간 떨어진 의자에 앉았다. 윈스턴은 두 번 다시 그를 쳐다보지 않았지만, 그 고통으로 일그러진 해골 같은 얼굴이 눈앞에서 빤히 쳐다보고 있는 것처럼 생생했다. 문득 그는 사내가 굶어 죽어가고 있다는 것을 깨달았다. 감방 안에 있는 모든 사람이 똑같은 생각을 하는지 약간의 동요가 일었다. 턱이 없는 사내가 해골 같은 사내를 몇 번이나 훔쳐보더니 안절부절 못하고 일어나서 주머니에서 거무스레한 빵 한 조각을 꺼내 해골 같은 얼굴의 사내에게 내밀었다.

텔레스크린에서 사나운 고함 소리가 터져나왔다. 턱 없는 사내는 그 자리에서 펄쩍 뛰었고 해골 같은 사내는 그런 선물은 거절한다는 것을 모든 사람에게 보이려는 듯 재빨리 두 손을 등 뒤로 돌렸다.

"2713번 범스테드 J! 빵을 버려!"

턱이 없는 사내는 빵을 마룻바닥에 떨어뜨렸다.

"그 자리에서 문쪽으로 얼굴을 돌리고 움직이지 마!"

턱 없는 사내는 순순히 복종했다. 자루처럼 늘어진 볼이 부르르 떨렸다. 문이 쾅 열렸다. 젊은 장교가 들어와서 한쪽으로 비켜서자 어깨가 떡 벌어진 거구의 간수가 들어왔다. 그는 턱 없는 사내 앞에 서서 장교의 신호에 따라 턱 없는 사내의 입을 무섭게 한 대 후려쳤다. 턱 없는 사내는 마룻바닥 위로 나가떨어졌다. 입과 코에서 검붉은 피가 줄줄 흘렀다. 손과 무릎으로 간신히 일어선 그는 피와 침이 엉겨 붙은 틀니 조각을 뱉었다.

죄수들은 무릎 위에 손을 겹치고 죽은 듯이 앉아 있었다. 턱 없는 사내는 기다시피 자리로 돌아갔다. 얼굴 한 쪽이 시커멓게 멍 들고, 버찌 빛깔로 보기 흉하게 부어오 입은 시커먼 구멍처럼 보였다. 피가 가슴팍으로 뚝뚝 떨어졌다. 그의 잿빛 눈은 여전히 이 사람 저 사람을 흘끔거리며 전보다도 더 죄의식에 차 있었다.

다시 문이 열렸다. 장교가 해골 같은 사내를 가리켰다.

"101호실로!"

숨 넘어가는 소리와 함께 사내는 바닥에 무릎을 꿇고 두 손을 모으며 외쳤다.

"동무! 장교 동무! 제발 저를 그리로 보내지 마세요! 이미 모든 걸 다 말씀드렸잖아요? 말씀만 하세요. 자백하고 조서도 꾸미고 서명도 하겠습니다. 하라는 대로 다 할 테니 제발 101호실로만 보내지 마세요!"

"101호실로!" 장교가 다시 말했다.

창백한 사내의 얼굴은 차마 눈뜨고 볼 수 없을 정도로 새파랗게 질렸다. 거의 짙은 초록색이었다.

"마음대로 해! 몇 주일이나 굶겼으니 제발 날 죽여. 총살하든 목을 매든 25년 형을 때리든 하라고! 내가 불 사람이 더 있나? 마누라? 여섯 살도 안 된 아들 놈? 다 내 앞에서 목을 따도 상관없어. 101호실에만 보내지 마!"

"101호실로!" 장교가 다시 말했다.

"끌고 가야 할 사람은 내가 아니라 바로 저 자예요!" 저 자가 얼굴을 얻어맞고 뭐라고 했는지 내가 다 말하겠소. 나 말고 저 사람을 잡아가요!" 그가 고함쳤다.

간수들이 그를 잡으려고 몸을 굽히자 사내는 몸을 날려 쇠로 된 의자 다리를 움켜잡고 짐승처럼 으르렁거리기 시작했다. 간수들은 20초 정도 떼어내려고 잡아당겼다. 죄수들은 무릎 위에 손을 포개고 앞만 똑바로 쳐다본 채 꼼짝하지 않고 앉아 있었다. 울부짖는 소리가 그쳤다. 사내는 이제 숨쉴 기력조차 없는 것 같았다. 간수가 구둣발로 사내의 손가락을 부러뜨렸다. 외마디 비명과 함께 사내는 비틀비틀 끌려나갔다.

시간이 다시 흘러갔다. 해골 같은 사내가 끌려간 시간이 한밤중이었다면 지금쯤 아침일 것이고, 그때가 아침이었다면 오후가 되었을 것이다. 윈스턴은 혼자 남았다. 여러 시간 동안 혼자 있었다. 좁은 의자에 계속 앉아 있어서 몸이 저렸다. 그는 가끔 자리에서 일어나 걸었다. 턱 없는 사내가 떨어뜨린 빵 조각이 아직 그대로 있었다. 처음엔 그걸 보지 않으려고 애 썼지만, 이제 허기는 갈증으로 바뀌었다. 입 안이 끈끈했다. 윙윙거리는 소리와 변함없는 백열등 빛이 머릿속을 텅 비웠다. 현기증이 났다. 뼛속까지 쑤시는 통증 때문에 일어섰다가도 어지러워서 금방 주저앉았다. 통증이 좀 누그러졌다 싶으면 당장 공포가 되살아났다. 가끔 희미한 기대를 품고 오브라이언과 면도날을 생각했다. 혹시 음식이 들어온다면 그 속에 면도날이 숨겨져 있을 것이다. 아주 가끔 줄리아 생각도 했다. 어쩌면 줄리아는 그보다 훨씬 무서운 고통을 당하고 있을 것이다. 지금 이 순간에도 그녀는 비명을 지르고 있는지 모른다. 줄리아를 구할 수만 있다면 나 자신의 고통이 두 배로 커져도 좋다고 그는 생각했다. 하지만 정말 그럴 수 있을까? 윈스턴은 그것이 단순한 양심적인 결의에 지나지 않을지 모른다고 생각했다. 실제로 그렇게 할 수 있을지 자신이 없었다. 고통과 고통에 대한 예감만이 있는 이런 곳에서 무슨 수로 그녀의 고통까지 짊어질 수 있을까? 아직은 그런 질문에 답할 수 없다.

구두 소리가 다시 가까워졌다다. 문이 열렸다. 오브라이언이 들어왔다.

윈스턴은 깜짝 놀라 일어섰다. 난생 처음으로 텔레스크린의 존재를 잊어버린 것이다.

"당신도 체포됐군요!" 윈스턴이 부르짖었다.

"오래 전에 체포됐지."

오브라이언이 부드럽지만 냉소적인 목소리로 말하면서 옆으로 비켜섰다. 기다란 곤봉을 든 간수가 나타났다.

"윈스턴, 자넨 이런 일이 일어날 것을 이미 알고 있었을 거야. 자신을 속이지 말게. 자넨 항상 이 사실을 알고 있었어." 오브라이언이 말했다.

그렇다! 그는 이런 일이 일어날 것을 언제나 알고 있었다. 하지만 그런 생각을 할 틈이 없었다. 그의 눈은 간수가 들고 있는 몽둥이에 쏠려 있었다. 저 몽둥이가 어디로 떨어질까? 정수리에, 귓바퀴에, 팔에, 팔꿈치에—.

팔꿈치였다! 그는 뼈가 으스러지는 것 같은 충격을 받고 다른 손으로 팔꿈치를 감싼 채 풀썩 주저앉았다. 노란색 별이 눈앞에서 반짝거렸다. 단 한 번 후려갈긴 매질이 이렇게 아플 줄은 상상도 못했다! 그는 눈을 감았다가 떴다. 그를 내려다보고 있는 두 사람의 얼굴이 보였다. 간수가 그의 뒤틀린 얼굴을 비웃고 있었다. 어쨌든 한 가지 의문은 풀린 셈이었다. 고통을 늘릴 수는 없다. 고통 앞에서는 영웅도 없다. 절대로 없다. 그는 왼팔을 붙잡고 마룻바닥에서 몸을 비틀며 오직 그 생각만 했다.

2

윈스턴은 약간 높은 간이 침대에 누워 있었다. 몸을 묶어 놓았는지 움직일 수 없었다. 보통 전등보다 훨씬 더 강한 빛이 얼굴을 비추는 가운데, 오브라이언이 침대 옆에 서서 그를 유심히 내려다보고 있었고, 그의 맞은편에는 흰 가운을 입은 남자가 주사기를 들고 서 있었다.

그는 눈을 뜨고 나서도 금방은 주변을 인식하지 못했다. 깊은 물속 같은 전혀 다른 세계에서 떠오른 느낌이었다. 얼마나 오래 거기에 있었을까? 체포된 그 순간부터 낮과 밤은 의미를 잃었고, 기억도 토막토막 끊어졌다. 잠들어 있을 때의 무의식조차 완전히 끊겼다가 한참 만에야 제정신으로 돌아온 적도 몇 번이나 있었다.그런 상태가 몇 날, 몇 주, 몇 초나 계속 됐는지 알 수 없었다.

팔꿈치를 얻어 맞은 그 순간부터 악몽은 시작되었다. 나중에 알게 된 사실이지만, 그 당시에 일어났던 모든 일들은 거의 모든 죄수들이 겪는 예비 심문이었다. 누구나 자백해야 하는 범죄 행위에는 간첩, 파업 등 여러 가지가 있었다. 하지만 자백은 형식적인 것이었고 진짜는 고문이었다. 얼마나 오래, 얼마나 많이 맞았는지 그는 기억할 수 없었다. 그의 옆에는 늘 검은 제복을 입은 남자들이 대여섯씩 있었다. 주먹질, 몽둥이질, 발길질. 그는 짐승처럼 마룻바닥을 기었다. 안간힘을 쓸 수록 매질은 심해졌다. 늑골, 복부, 팔꿈치, 정강이, 사타구니, 불알, 척추, 사정없었다. 세상에서 가장 잔인하고 사악하며 용서할 수 없는 일은 간수들의 매질이 아니라, 그런 매질에도 정신을 잃지 않고 버티는 것이라는 생각이 들 때조차 있었다.

구타가 시작되기도 전에 살려달라고 빌고, 줄줄 자백할 때도 있었다. 어떤 때는 미리 자백할 내용을 생각지도 않은 채 시작한 적도 있었고, 한 마디 한 마디가 고통으로 헐떡이는 숨결 사이사이에 쥐어짜듯 터져나올 때도 있었으며, 막연히 타협하려고 애쓸 때도 있었다. 때로는 이렇게 다짐하기도 했다. "어차피 자백하겠지만 아직은 아니야. 버틸 때까지 버텨보는 거야. 발길질을 세 번 더 하면, 아니 두 번 더 하면 그들이 듣고 싶어하는 말을 해주자." 때로는 계속 두들겨 맞다가 감방 돌바닥 위에서 감자 자루처럼 쓰러져 버릴 때도 있었다. 그러면 좀 회복될 때까지 몇 시간 동안 내버려두었다가 다시 일으켜 세워 두들기기 시작하는 것이었다. 회복되는 속도가 점점 느려졌다. 몽롱한 혼수상태 속에서 떠오르는 기억들은 하나같이 희미했다. 벽에서 불쑥 튀어나온 선반 같은 송판 침대와 양은 세수 대야, 뜨거운 수프와 빵 그리고 커피, 수염을 밀고 머리를 깎아주던 험상궂은 이발사, 맥을 짚고, 청진기를 대고 두들기고, 눈꺼풀을 뒤집어보고, 부러진 뼈를 찾으려고 거칠게 손가락으로 찔러보던 흰 가운을 걸친 남자, 그는 참 사무적이고 비정한 인상이었지. 팔에 수면제를 주사하던 일도 생각났다.

매질이 뜸해졌다. 심문자는 이제 검은 제복의 무법자들이 아니라 통통하고 민첩하며 번뜩이는 안경을 쓴 당의 지식인들이었다. 그들은 교대로 심문을 했는데 한 번에—확실한 것은 아니지만—내리 열 시간 내지 열두 시간씩 계속했다. 이런 심문자들은 주로 격심한 고통을 주지는 않았지만, 계속적으로 가벼운 고통을 느끼게 했다. 따귀를 철썩 갈기고, 귀를 비틀고, 머리털을 잡아당기고, 한 발로 서 있게 하고, 오줌을 누러 가지 못하게 하고, 눈물로 앞이 안 보일 때까지 얼굴에 강한 빛을 비추기도 했다. 이런 짓을 하는 목적은 창피를 줌으로써 그의 분석력과 판단력을 파괴하는 것이었다. 그들의 진짜 무기는 몇 시간이고 계속되는 무자비한 질문으로 말마다 꼬투리를 잡아 함정에 걸려들게 하고, 그가 하는 말은 뭐든 비꼬고 말마다 거짓말이며 자기기만에 사로잡혀 있다고 윽박질러서, 끝내 울음을 터뜨리게 만들었다. 어떤 때는 한 차례 심문하는 동안에 여섯 번이나 운 적도 있었다. 대부분의 시간을 그들은 욕설을 퍼부었고 빨리 대답하지 않고 멈칫거리면 다시 간수의 손에 넘기겠다고 협박했다. 그러나 어떤 때는 갑자기 언성을 낮추어 동무라고 부르면서 영사와 빅 브라더의 이름을 들먹이며 구슬리기도 했다. 이제라도 죄를 씻고 당에 충성을 바치라는 것이었다. 산산조각으로 찢긴 신경은 이 정도의 호소에도 훌쩍훌쩍 흐느껴 울었다. 결국 이런 진절머리나는 울먹임은 간수의 주먹이나 발길질보다도 더욱 그를 지치게 했다. 그의 입은 그들이 요구하는 것은 뭐든지 털어놓았고, 손은 서명하는 도구가 되었다. 그의 유일한 관심사는 그들이 자백하기를 바라는 사항을 찾아내어 태도가 거칠어지기 전에 재빨리 자백하는 일이었다. 그는 저명한 당원들의 암살, 선동적인 팜플렛의 배포, 공금 횡령, 팔아넘긴 조사 비밀, 갖가지 종류의 파업 행위 등을 자백했다. 그는 이미 1968년 전부터 동아시아 정부에 고용된 간첩이었다고 자백했다. 그는 또 종교를 가진 신앙인이며 자본주의의 신봉자이고 성도착자라는 것까지 자백했다. 뿐만 아니라 아내가 여전히 살아 있다는 사실을 그 자신도 알고 있고, 심문자도 뻔히 알고 있는데도 자기 아내를 살해했다고 고백했다. 또한 수년 동안이나 골드스타인과 개인적인 접촉을 가져왔으며, 그가 지금까지 알고 있는 모든 사람들이 포함되어 잇는 지하 조직의 단원이었다고 고백했다. 이처럼 모든 것을 자백하고 모든 사람들을 연루자로 만들어버리는 것은 쉬운 일이었다. 게다가 어떤 의미에서 그것은 사실이기도 했다. 그가 당의 적대자라는 것은 사실이며, 당의 관심에서 볼 때 사상과 행위 사이에는 차이가 있을 수 없었다.

또 다른 기억도 있었다. 어둠 속에 흩어져 있는 그림처럼 단편적인 기억들이 두서없이 머리에 떠올랐다.

그는 감방에 있었다. 캄캄한 것 같기도 하고 밝은 것 같기도 했다. 보이는 것은 오직 두 개의 눈 뿐이었다. 아주 가까이에서 규칙적으로 찰칵거리는 기계 소리가 났다. 눈은 점점 커지면서 강렬하게 빛났다. 갑자기 그의 침대에서 붕 떠올라 그 눈 속으로 빨려 들어갔다.

그는 눈부신 전등불 밑에서, 무수한 다이얼로 둘러싸인 의자에 묶여 있었다. 흰 가운을 입은 남자가 다이얼을 점검했다. 바깥에서 쿵쾅거리는 발소리가 들렸다. 문이 요란하게 열렸다. 밀랍 같은 얼굴의 장교가 들어왔다.

"101호실로!" 장교가 소리쳤다.

흰 가운을 입은 남자는 돌아보지도 않고 다이얼만 들여다보고 있었다.

그는 눈부신 황금빛으로 가득 찬 1킬로미터쯤 될 것 같은 복도를 데굴데굴 구르면서 깔깔거리고 고래고래 고함치며 죄를 자백했다. 심지어 고문 당하면서도 털어놓지 않았던 일들까지 그는 다 자백했다. 자신이 살아온 내력까지 낱낱이 늘어놓았다. 간수들, 심문자들, 흰 가운을 입은 남자들과 오브라이언, 줄리아, 채링턴 씨도 함께 복도를 구르며 깔깔대고 고함쳤다. 미래 속에 새겨진 어떤 무서운 사건이 일어나지 않고 지나갔다. 더 이상 고통도 없고, 그의 죄는 낱낱이 밝혀져 이해되고 용서받았다.

윈스턴은 문득 오브라이언의 목소리가 들린 것 같아 침대에서 벌떡 일어났다. 심문을 받는 동안 오브라이언을 본 적은 한 번도 없었지만 어쩐지 늘 그가 가까이에 있다는 느낌이 들었다. 모든 것을 지시하는 사람은 오브라이언이었다. 윈스턴에게 간수를 붙이는 것도 그였고, 그들이 윈스턴을 죽이지 못하게 막는 것도 그였다. 윈스턴이 비명을 지르게 하는 것도, 유예기간을 주는 것도, 음식을 주는 것도, 잠을 자게 하는 것도, 그의 팔에 약물을 주사하는 것도, 모두 오브라이언이었다. 질문을 하는 사람도 답변을 유도하는 것도 그였다. 그는 고문자였고, 보호자였고, 심문자였고, 친구였다. 언젠가 윈스턴은 약물에 취해 잠들어 있던 때였는지, 그냥 잠들어 있던 때였는지 아니면 깨어 있던 때였는지 몰라도 그의 귀에 속삭이는 소리를 들었다.

"걱정 말게, 윈스턴. 내가 자네를 보호할 거야. 7년이나 난 자넬 지켜봤네. 이제 때가 온 거야. 내가 자넬 구해서 완벽한 인간으로 만들어주겠네."

그것이 오브라이언의 목소리인지는 알 수 없었지만 7년 전 꿈속에서 "어둠 없는 곳에서 우린 만나게 될 겁니다."라고 속삭였던 바로 그 목소리였다.

심문이 언제 어떻게 끝났는지 기억나지 않았다. 어둠 속에서 한동안 시간이 지난 뒤에야 그는 주변을 인식하기 시작했다. 반듯하게 눕혀진 그의 몸은 꽁꽁 묶여 움직일 수 없었다. 뒤통수까지 뭔가로 꽉 끼워져 있었다. 오브라이언은 비통한 얼굴로 그를 내려다보고 있었다. 밑에서 올려다본 그의 얼굴은 눈 밑의 늘어진 살주머니와 코에서 턱까지 그어진 피곤한 주름살로 지쳐보였다. 생각보다 나이가 많을 것 같았다. 48에서 50쯤? 그의 손 밑에, 꼭대기에 손잡이가 달린 다이얼이 놓여 있었는데, 표면을 따라 숫자들이 빙 돌려 있었다.

"내가 우리가 다시 만난다면 이곳일 거라고 말했을 거야." 오브라이언이 말했다.

"네. 그랬지요." 윈스턴이 대답했다.

오브라이언이 가볍게 손짓하자 아무런 예고도 없이 무시무시한 고통의 파도가 윈스턴의 몸속을 꿰뚫고 흘러갔다. 전혀 생각지도 못한 갑작스러운 고통은 그 이상의 공포를 불러 일으켰다. 상대가 치명상을 입히려는 것인지 공포감만 일으키려는 것인지조차 알 수 없었다. 몸이 뒤틀리고 뼈마디가 조각조각 분해되는 것만 같았다. 극심한 고통 때문에 이마에서 식은땀이 솟았다. 등뼈가 당장이라도 부러질 것처럼 우두득 소리를 냈다. 그는 비명을 지르지 않으려고 코로 숨을 쉬며 이를 악물었다.

"두려워하고 있군. 등뼈가 부러져서 골수액이 뚝뚝 떨어질까봐 말이야. 안 그래?"

윈스턴은 대답하지 않았다. 오브라이언이 다이얼의 손잡이를 잡아당겼다. 고통이 순식간에 사라졌다.

"그건 40이야. 이 다이얼의 숫자는 100까지 올라가지. 얘기하는 동안에도 언제든지 내가 자네에게 고통을 줄 수 있다는 걸 잊지 말게. 거짓말을 하거나 얼버무리거나, 지적 수준을 낮춘다면 자넨 당장 비명을 지르게 될 거야. 내 말 알아듣겠나?"

"네."

오브라이언은 생각에 잠겨 안경을 고쳐 쓰고 몇 걸음 걸었다. 처벌하려는 것보다는 설명하고 설득하려는 의사나 선생이나 성직자 같았다.

"자네 때문에 난 골치가 아파, 윈스턴. 물론 자넨 그만한 가치가 있는 사람이지. 자네가 왜 이렇게 됐는지는 자네도 잘 알 거야. 사실 자넨 몇 년 전부터 그걸 알고 있었어. 정신적으로 혼란에 빠져 있다는 거 말이야. 불완전한 기억 때문에 고통을 당하고 있는 거야. 자넨 실제로 일어난 일들은 기억하지 못하면서 전혀 일어나지도 않은 사건을 기억하고 있다고 우기고 있거든. 뭐, 그런 거야 얼마든지 치료할 수 있어. 문제는 자네가 스스로 치료를 원하지 않는다는 거야. 그래서 그 병을 고치지 못한 거구. 조금만 노력하면 되는데 자넨 지금 이 순간에도 그 병이 무슨 미덕이나 되는 것처럼 집착하고 있어. 예를 들어볼까? 지금 오세아니아는 어느 나라와 전쟁을 하고 있지?"

"내가 체포되었을 때 오세아니아는 동아시아와 전쟁을 하고 있었습니다."

"동아시아라……, 좋아. 그럼 오세아니아는 항상 동아시아하고만 전쟁을 했겠군, 그런가?"

윈스턴은 숨을 들이쉬었다. 그는 입을 다물었다. 다이얼에서 눈을 뗄 수 없었다.

"제발 진실을 말해, 윈스턴. 자네가 기억하는 대로."

"내가 체포되기 1주일 전만 해도 우린 동아시아와 동맹 관계에 있었지요. 4년 동안이나요. 그전에는……"

오브라이언은 손을 들어 그의 말을 막았다.

"다른 예를 들어보지. 몇 년 전에 자넨 정말 심한 망상에 사로잡혀 있었어. 한때 당원이었던 존스, 아론슨, 러더퍼드가 완벽하게 자백하고 반역죄와 파업 행위로 처형되었는데도 자넨 그들이 무죄라고 믿었지. 그 사실을 증명하는 명백한 증거를 봤다고 믿은 거지. 물론 그건 착각할 만한 것이긴 해. 자 바로 이 사진이지?"

직사각형의 신문지 조각이 오브라이언의 손에 들려 있었다. 그는 약 5초 동안 그것을 윈스턴에게 보여주었다. 바로 그 사진이었다. 11년 전에 없애버린, 뉴욕 당회의에서 존스와 아론슨과 러더퍼드가 함께 찍은 사진의 복사판이었다.그는 몸을 뒤틀었다. 다이얼조차 잊고 그는 그 사진을 한 번만이라도 다시 손에 들어보거나, 적어도 한 번만 더 확인하고 싶은 열망에 불탔다.

"그 사진이 정말 있군요!" 윈스턴이 부르짖었다.

"아니야." 오브라이언이 단호하게 잘랐다.

오브라이언은 방을 가로질러 걸어갔다. 맞은편 벽에 기억통이 있었다. 종이쪽지는 불길 속으로 사라질 것이다. 오브라이언이 몸을 돌렸다.

"재일 뿐이야. 흔적조차 찾아볼 수 없는 먼지. 그건 존재하지 않아. 전에도 전혀 존재한 적이 없었어."

"존재해요! 내 기억 속에 존재해요. 난 그걸 기억하고 있고, 당신도 그걸 기억합니다."

"난 기억하지 못해." 오브라이언이 말했다.

윈스턴은 가슴이 철렁했다. 그것이 바로 이중사고였다. 그는 무서운 무력감에 빠졌다. 오브라이언이 거짓말을 하고 있다면 문제 될 것이 없지만, 오브라이언이 그 사진을 정말로 잊어버렸다면 그는 이미 기억을 부정했다는 사실조차 잊어버린 것이며, 잊는다는 행위까지 잊어버린 것이다. 누가 그걸 단순한 속임수라고 할 수 있을까? 어쩌면 진짜로 내 마음속에서 환각이 일어났던 것일 수도 있다. 그는 완전한 패배감을 느꼈다.

오브라이언은 고집은 세도 장래성이 있는 아이 때문에 고심하는 선생 같은 표정으로 그를 내려다보고 있었다.

"과거를 지배하는 데 대한 당의 슬로건이 있지. 그걸 한 번 외워보게."

"과거를 지배하는 자가 미래를 지배한다. 현재를 지배하는 자가 과거를 지배한다. 현재를 지배하는 자가 과거를 지배한다."

오브라이언은 천천히 머리를 끄덕였다.

“과거가 실재한다는 것이 자네의 견해인가, 윈스턴?”

윈스턴은 다시 무력감을 느꼈다. 눈이 저절로 다이얼 쪽으로 돌아갔다. 고통을 당하지 않으려면 ‘네’라고 해야 할지 ‘아니오’라고 해야 할지 알 수가 없었다. 게다가 어느 대답이 진실인지 확신이 서지도 않았다.

“윈스턴, 자넨 형이상학자가 아니야. 지금 이 순간까지 자넨 존재란 말이 무슨 의미인지 생각해본 적도 없겠지. 좀 더 자세히 말해보세. 과거는 구체적으로 공간에 존재하나? 과거가 존재하고 있다는 명확한 객관적 세계가 이 세상 어딘가에 있냔 말이세.”

“없습니다.”

“그렇다면 도대체 과거는 어디에 있지?”

“기록 속에요. 과거는 기록되는 겁니다.”

“기록된다고? 어디에?”

“기억 속입니다. 인간의 기억 속 말입니다.”

“기억 속이라…… 그럼 됐어. 당이 모든 기록과 모든 기억을 지배한다면 우린 과거를 지배하는 셈이 되겠군?”

“하지만 인간의 기억을 어떻게 정지시킬 수 있습니까? 그건 마음대로 할 수 없는 일입니다. 어떻게 기억을 지배합니까? 당신들은 내 기억을 지배하지 못했습니다!”

오브라이언의 태도가 다시 냉혹해졌다. 그는 다이얼에 손을 얹으며 말했다.

"자네도 기억을 지배하지 못했지. 그래서 여기까지 온 거야. 겸손하지도 않은 데다가 자기 수양도 못해서 말이지. 자넨 건전한 정신의 절대 가치인 복종을 거부했어. 정신이상이 되어서라도 소수파가 되려고 한 거야. 윈스턴, 수양이 잘 된 정신만이 현실을 직시할 수 있어. 자넨 현실이 객관적이고 외형적인 존재로서 실재한다고 믿고 있어. 현실의 본질을 자명한 사실로 믿는 거지. 자넨 뭔가를 보았다고 스스로를 속이면서 다른 사람들도 같은 것을 보았을 거라고 간주하지. 분명히 밝혀두지만, 윈스턴, 현실은 외형적인 것이 아니야. 현실이야말로 인간의 마음속에 있는 거야. 하지만 개인의 마음속에서는 쉽게 오류가 일어나고 쉽게 사라져버리지. 오직 당의 마음속에 있을 때만 집단적인 위력을 발휘하고 영원한 것이 되는 거야. 당이 진실이라고 주장하는 건 진실이야. 당의 눈을 통하지 않고 진실을 보는 건 불가능해. 윈스턴, 이것이 자네가 다시 배워야 할 진실이야. 그러자면 자기 파괴, 노력하려는 의지가 필요해. 그리고 먼저 겸허해져야 해."

그는 윈스턴이 자기 말을 충분히 이해할 시간적 여유를 주려는 것처럼 잠시 이야기를 멈췄다.

"자유란 둘 더하기 둘은 넷이라고 말할 수 있는 것이라고 일기장에다 썼던 거 기억하나?"

"네." 윈스턴이 대답했다.

오브라이언은 왼손을 들어 네 손가락을 폈다.

"윈스턴, 손가락이 몇 개지?"

"넷입니다."

"만약 당이 다섯이라고 한다면…… 그땐 몇 개지?"

"넷입……"

대답이 고통으로 끊겼다. 다이얼의 바늘이 55로 올라갔다. 윈스턴의 온몸에서 진땀이 배어나왔다. 폐 속의 공기가 파열할 것만 같았고, 이를 악물고 있는데도 깊은 신음 소리가 새어나왔다. 오브라이언은 여전히 네 손가락을 편 채로 그를 쏘아보고 있었다. 그는 손잡이를 늦추었다. 고통이 약간 누그러졌다.

"손가락이 몇 개지, 윈스턴?"

"넷……"

바늘이 60으로 올라갔다.

"손가락이 몇 개지, 윈스턴?"

"넷! 넷! 뭐라고 말해야 됩니까? 넷입니다!"

바늘이 다시 올라간 게 분명했지만 그는 다이얼 쪽을 보지 않았다. 손가락들이 기둥처럼 눈앞에 서 있었다. 거대하고 흐릿하게 떨렸지만 분명히 넷이었다.

"손가락이 몇 개지, 윈스턴?"

"넷! 멈춰요! 어쩌자는 겁니까? 넷입니다! 넷이요!"

"손가락이 몇 개지, 윈스턴?"

"다섯! 다섯! 다섯!"

"거짓말은 안 돼, 윈스턴, 손가락이 몇 개지?"

"넷! 다섯! 넷! 마음대로 하세요. 제발 그만!"

갑자기 그는 오브라이언의 팔에 어깨를 안긴 채 앉아 있었다. 몇 초 동안 의식을 잃었던 모양이다. 끈이 느슨해졌다. 추웠다. 몸이 떨리고 이가 덜덜 부딪치며 눈물이 줄줄 흘렀다. 그는 어린아이처럼 오브라이언에게 매달려 있었다. 그 묵직한 팔 안은 이상할 정도로 포근했다. 오브라이언이 보호자인 것 같았다. 고통은 외부의 다른 곳에서 오는 것이고, 그 고통에서 그를 구해줄 사람은 오브라이언이라는 생각마저 들었다.

"윈스턴, 자넨 참 더디게 배우는군."

오브라이언이 상냥하게 말했다.

"저더러 어쩌라는 겁니까? 눈에 그렇게 보이는 걸요? 둘 더하기 둘은 넷이지요."

"윈스턴, 가끔은 다섯일 수도 있고 셋일 수도 있어. 때론 동시에 셋, 넷, 다섯이 될 수도 있구. 자넨 더 열심히 노력해야겠군. 완전한 사람이 되는 건 쉽지 않아."

그는 윈스턴을 침대에 다시 눕혔다. 끈이 다시 꽉 조여졌다. 고통은 가라앉고 경련도 멈추었지만, 기운이 없고 추웠다. 오브라이언이 고개를 끄덕이자 그 동안 꼼짝 않고 서 있던 흰 가운의 사내가 윈스턴의 눈을 자세히 들여다보더니 맥박을 재고, 가슴에 귀를 댄 채 여기저기 톡톡 두드렸다. 그리고 오브라이언에게 머리를 끄덕였다.

"다시." 오브라이언이 말했다.

엄청난 고통이 윈스턴의 몸을 꿰뚫었다. 바늘이 70이나 75까지 올라간 게 분명했다. 눈을 감았다. 손가락은 아직도 거기에 있고, 여전히 네 개라는 걸 알고 있었다. 지금 중요한 것은 경련이 끝날 때까지 어떻게든 살아남는 것이었다. 그는 자신이 비명을 지르고 있는지 어떤지도 몰랐다. 고통이 다시 누그러졌다. 그는 눈을 떴다.

"손가락이 몇 개지, 윈스턴?"

"넷, 네 개 같습니다. 할 수만 있다면 다섯 개로 보고 싶습니다. 다섯 개로 보려고 애쓰고 있어요."

"다섯 개로 보인다고 말하고 싶은 건가, 아니면 정말 다섯 개로 보고 싶은 건가?"

"정말 다섯 개로 보고 싶습니다."

"다시." 오브라이언이 말했다.

아마 바늘이 80이나 90일 것이다. 윈스턴은 왜 이런 고통을 받고 있는지 드문드문 기억할 뿐이었다. 꼭 감은 눈꺼풀 속에서 수많은 손가락들이 가물거리며 이리저리 춤을 추듯 나타났다가 사라졌다. 그는 손가락을 세어보려고 애썼다. 왜 그래야 하는지는 알 수 없었다. 하지만 그는 손가락을 셀 수 없었다. 넷과 다섯이 계속 엇갈리고 있었기 때문이다. 고통이 사라졌다. 그는 눈을 떴다. 여전히 흔들리는 나무들 같은 무수한 손가락들이 서로 다른 방향으로 이리저리 흘러다니면서 엇갈리고 또 엇갈렸다. 그는 다시 눈을 감았다.

"윈스턴, 손가락이 몇 개지?"

"몰라요, 모릅니다. 차라리 죽여요. 넷인지 다섯인지 여섯인지 정말 모르겠어요."

"좋아, 좀 나아졌군." 오브라이언이 말했다.

윈스턴의 팔에 주사 바늘이 꽂혔다. 감미롭고 편안한 온기가 순식간에 온몸으로 퍼졌다. 고통은 벌써 반쯤 누그러졌다. 그는 눈을 뜨고 감사하는 마음으로 오브라이언을 올려다보았다. 주름지고 추하지만 묵직하고 지적인 그의 얼굴을 보자 마음이 가라앉았다. 움직일 수만 있다면 다정하게 손을 뻗어 그의 팔에 얹고 싶었다. 지금 이 순간처럼 그를 사랑한 적이 없었다. 고통을 멈춰 주었기 때문이 아니라 그가 친구든 적이든 상관없다는 옛 감정이 되살아났기 때문이었다. 오브라이언이야말로 대화를 나눌 만한 사람이었다. 아무래도 인간에게는 사랑보다 이해가 더 필요한 모양이다. 오브라이언은 그를 거의 미칠 때까지 고문하고 사형장으로 보낼 것이다. 그래도 상관없다. 어떤 의미에서 두 사람은 우정보다도 더 깊은 사이라고 할 수 있다. 실제로 말을 터놓고 나눌 수는 없다해도, 그들은 어디서든 서로 만나 이야기를 나눌 수 있는 사람들이다. 오브라이언도 마음속으로는 그와 똑같은 생각을 하고 있다는 듯한 표정으로 그를 내려다보고 있었다. 그가 편안하고 친밀한 목소리로 물었다.

"윈스턴, 자네가 지금 어디에 있는 줄 아나?"

"모릅니다. 아마 애정부겠지요."

"이곳에 온 지 얼마나 됐는지는 아나?"

"모릅니다. 며칠, 몇 주일, 아니, 몇 달 된 것 같아요."

"왜 우리가 사람들을 이리 끌고 오는지 생각해 봤나?"

"자백을 받으려고요."

"아니야, 그런 건 이유가 안돼. 다시 생각해봐."

"벌을 주려구요."

"아니야!"

오브라이언은 고함을 질렀다. 갑자기 얼굴이 딱딱하게 굳으면서 냉혹하고 무자비해졌다.

"아니야! 자백이나 처벌 따위 때문이 아니야. 우리가 자넬 왜 이리로 끌고 왔는지 말해 줄까? 치료하기 위해서야. 제정신이 들게 하려고 말이야! 윈스턴, 여기 들어온 사람 치고 치료가 안 된 자는 없어. 알아? 우린 자네가 저지른 어리석은 짓에는 관심 없어. 당이 관심을 갖는 건 사상이야. 우린 단순히 적을 쳐부수는 게 아니라, 그들을 개조하는 거라구. 내 말이 무슨 뜻인지 알겠나?"

그는 윈스턴에게 몸을 굽혔다. 가까이서 보니 얼굴이 엄청나게 크고 소름 끼치게 추했다. 게다가 그 얼굴은 흥분과 광적인 열정으로 가득 차 있었다. 윈스턴은 다시 가슴이 철렁했다. 침대 속으로 깊이 숨어버리고 싶었다. 오브라이언이 변덕스럽게 다이얼을 마구 돌릴 것 같았다. 하지만 오브라이언은 침착하게 다시 말하기 시작했다.

“우선 알아두어야 할 건 여기선 순교 따위가 통하지 않는다는 거야. 과거의 종교 박해에 관한 글을 읽은 적이 있겠지? 중세에는 종교재판이 있었어. 하지만 그건 실패작이야. 이단을 뿌리 뽑기 위해 창설했지만 결과적으로는 이단을 영구화시켰지. 이교도를 하나 화형시킬 때마다 수천 명의 이교도들이 들고 일어났지. 왜 그랬을까? 그건 종교재판이 죄인의 회개를 받아내지 못한 채 공개적으로 처형했기 때문이야. 사실은 회개를 하지 않았기 때문에 죽인 거였지만. 사람들은 자신의 신념을 지키며 죽어갔어. 그래서 모든 영광은 희생자에게 돌아가고, 그들을 불태워 죽인 종교재판에는 비난이 퍼부어지게 된 거지. 20세기에 들어와서 전체주의자들이 나타났어. 독일의 나치들과 소련의 공산주의자들 말이야. 소련은 종교재판 때보다 더 잔인하게 이단자들을 처형했어. 그들은 과거의 실패에서 순교자를 만들어서는 안 된다는 교훈을 배운 거야. 그래서 희생자를 공개재판에 넘기기 전에 신중하게 희생자의 권위를 쳐부수는 작전을 썼지. 고문과 감금으로 희생자가 파렴치할 정도로 굽실거리는 비참한 존재가 될 때까지 철저하게 짓밟은 거야. 하라는 대로 자백하게 하고, 자기들끼리 서로 욕하고 고발하고 배신하게 하고, 살려달라고 빌게 만들었지. 그런데 똑같은 일이 다시 발생한 거야. 죽은 자들은 여전히 순교자가 된 거야. 왜 그랬을까? 첫째, 그들의 자백이 강요에 의한 것이었고 진실이 아니었기 때문이야. 우린 그런 종류의 실수를 범하지 않아. 여기서 자백한 건 모두 진실이야. 우리가 진실로 만들어버리니까. 그리고 무엇보다도 우린 죽은 자들이 다시 일어나서 우리에게 대드는 것을 절대로 용납하지 않아. 윈스턴, 후손들이 자넬 정당화시켜 줄 거라고 믿나? 천만에! 후손들은 자네 얘길 듣지도 못할 거야. 자넨 역사의 흐름에서 깨끗이 지워지니까. 공기처럼 하늘로 사라지는 거지. 이름도 지워지고, 살아 남은 사람들의 기억속에도 자넨 없어. 이 세상에 존재한 적도 없는 거지."

그렇다면 굳이 날 고문할 필요가 뭐가 있지? 윈스턴은 씁쓸하게 생각했다. 오브라이언은 윈스턴이 그런 생각을 입 밖에 내어 말하기라도 한 것처럼 걸음을 멈췄다. 그의 추한 얼굴이 눈이 가늘게 뜨고 가까이 다가왔다.

"그렇게 완전히 소멸시켜버릴 거라면 어차피 자네가 무슨 말을 하든 무슨 짓을 하든 아무 의미가 없을 텐데 왜 굳이 이렇게 고문하고 심문하느라 애쓰냐고?"

"그렇습니다." 윈스턴이 대답했다.

오브라이언은 가볍게 미소를 지었다.

"윈스턴, 자넨 그림에 난 흠집이야. 지워 없애야 할 얼룩이지. 방금 내가 우리는 과거의 박해자들과는 다르다고 말했잖아. 우린 소극적인 복종이나 비굴한 항복으로는 만족 못해. 자유 의지에 의한 복종이고 항복이어야만 하지. 우린 이단자들이 저항하는 동안엔 절대로 처형하지 않아. 그의 정신 속에 깃든 모든 악과 망상을 불태우고, 그를 개조해서 새로운 인간으로 만들지. 죽이기 전에 진심으로 우리 편이 되게 하는 거야. 아무리 은밀하고 사소하고 무기력하다 해도 잘못된 사상이 이 세상에 존재하는 것을 우린 참을 수 없어. 죽는 그 순간까지 어떠한 탈선도 용납할 수 없어. 옛날엔 이단자가 여전히 이단자인 채로 화형장으로 걸어가면서 자신이 이단자라는 사실을 희열에 넘쳐 선언했지. 러시아에서도 사형장으로 걸어가는 이단자들의 머릿속에는 반항 의식이 고스란히 들어 있었어. 하지만 우린 그 머리를 날려버리기 전에 머릿속을 깨끗이 비우지. 옛날 전제군주의 명령은 '너희는 이렇게 하면 안 된다' 였고, 전체주의자의 명령은 '너희는 이렇게 해야 한다' 였지만, 우리의 명령은 '너희는 이렇다' 야. 여기 온 사람치고 끝까지 우리에게 대항한 사람은 없어. 모두 완전히 세뇌 되게 마련이지. 자네가 한때 무죄라고 믿었던 존스, 아론슨, 러더퍼드도 끝내는 우리에게 굴복했어. 나도 직접 그들을 심문했지. 그들은 점점 기가 꺾이더니 울고불고 굽실거리더군. 진심으로 참회하자 그들은 완전히 빈껍데기가 되었어. 남은 거라곤 자신들이 저지른 죄에 대한 참회와 빅 브라더에 대한 사랑 뿐이었지. 그들이 빅 브라더를 얼마나 사랑하게 되었는지 알면 자네도 감동할 거야. 그들은 마음이 깨끗한 동안에 죽을 수 있게 해달라고 애원했다네."

꿈 꾸는 것처럼 말하는 그의 얼굴에는 여전히 광적인 열정이 남아 있었다. 그의 말은 사실이라고 윈스턴은 생각했다. 그는 위선자가 아니다. 그는 자기가 한 말을 완전히 믿고 있다. 윈스턴은 지적 열등감을 느꼈다. 묵직하고 우아하게 시야에 들어왔다 나갔다 하는 오브라이언을 보면서 윈스턴은 그가 모든 면에서 자신보다 훨씬 위대한 존재라고 생각했다. 내가 이제껏 알고 있었거나 앞으로 알게 될 모든 사상을 오브라이언은 이미 오래 전에 터득하고 극복했다. 그의 정신은 내 정신을 완벽하게 넘어섰다. 그런데 어떻게 오브라이언이 미쳤다고 한단 말인가? 오히려 미친 사람은 나 자신일 것이다. 오브라이언은 걸음을 멈추고 윈스턴을 내려다보았다. 그의 목소리가 다시 단호해졌다.

"자네가 완전히 항복한다 해도 살 수 있을 거라곤 기대하지 말게, 윈스턴. 죄를 지은 자를 살려준 적은 한 번도 없었으니까. 설령 살려준다 해도 자넨 우리에게서 절대로 도망칠 수 없어. 지금 이곳에서 일어나는 일이 영원히 계속될 거야. 그 점을 미리 알아 두게. 우린 자넬 절대로 회복할 수 없도록 부술 거야. 그러면 천 년을 산다 해도 자넨 다시는 감정을 느낄 수 없어. 사랑, 우정, 기쁨, 즐거움, 호기심, 용기, 심지어 충성심조차 갖지 못하게 될 거야. 그야말로 빈껍데기가 되는 거지. 그렇게 텅 비게 만든 다음에 우리와 똑같은 것을 채워 넣을 거야."

그는 흰 가운의 사내에게 손짓했다. 머리 뒤로 묵직한 기계장치가 들어왔다. 오브라이언이 침대 옆에 앉았다. 그의 얼굴이 윈스턴의 얼굴과 같은 높이에 있었다.

"3000."

오브라이언이 윈스턴의 머리맡에 있는 흰 가운의 사내에게 말했다.

약간 축축하고 부드러운 헝겊이 양쪽 광대뼈에 닿았다. 덜컥 겁이 났다. 통증이 밀려왔다. 전혀 다른 종류의 고통이었다. 오브라이언은 거의 다정한 느낌이 들 정도로 윈스턴의 손을 잡고 상냥하게 말했다.

"상처를 입진 않을 거야. 내 눈을 똑바로 쳐다보게."

그 말이 떨어지기가 무섭게 아찔한 폭발이 일어났다. 소리가 났는지 안 났는지는 모르겠지만 순간적으로 번쩍 불이 빛나면서 눈앞이 캄캄해졌다. 윈스턴은 상처는 입지 않았지만 기진맥진했다. 호되게 얻어맞고 뻗어버린 것 같은 기묘한 느낌이었다. 무시무시하고 얼떨떨한 일격이 아무 통증도 없이 그를 납작하게 쓰러뜨린 것이다. 머릿속에서 무슨 일이 일어난 것 같았다. 눈에 초점이 돌아왔다. 그는 자기가 누구이고 어디에 와 있는지 기억할 수 있었고, 지금 그를 들여다보고 있는 얼굴이 누구인지 알아볼 수 있었다. 하지만 정말 이상하게도 머릿속에서 뭔가 빠져나가큼직한 공간이 생긴 것처럼 텅 빈 느낌이 들었다.

"오래 걸리진 않을 거야. 내 눈을 보게. 오세아니아는 어느 나라와 전쟁을 하고 있지?"

윈스턴은 생각했다. 오세아니아가 무엇인지도 알고 내가 오세아니아 시민인 것도 알겠다. 유라시아와 동아시아도 기억난다. 그런데 전쟁이라고? 무슨 전쟁?

"생각이 안 납니다."

"오세아니아는 동아시아와 전쟁 중이야. 생각나나?"

"아, 네."

"오세아니아는 언제나 동아시아와 전쟁 중이야. 자네가 태어났을 때부터, 당이 창설된 뒤부터, 역사가 시작된 이래 줄곧 똑같은 형태로 말이야. 기억나나?"

"네."

"자넨 11년 전에 반역죄로 처형된 세 사람에 대한 전설을 꾸며냈어. 그들의 무죄를 증명하는 신문지 조각을 봤다고 착각한 탓이지. 그런데 사실 그런 신문지 조각은 원래 없었어. 자네 스스로 꾸미고 나중에는 그게 있었다고 믿게 된 거야. 그걸 꾸며냈던 때를 기억하지? 안 그래?"

"네."

"내가 아까 손가락을 펴 보였을 때 자넨 다섯 개의 손가락을 보았어. 그런가?"

"네."

오브라이언은 왼손을 쳐들고 엄지손가락은 구부려 감추었다.

"손가락이 몇 개인가? 다섯 개가 맞나?"

"네."

분명히 다섯 개의 손가락이 보였다. 이상하다는 생각은 들지 않았다. 그리고 모든 것이 정상으로 돌아왔다. 해묵은 공포와 증오와 당혹감이 다시금 아우성치기 시작했다. 오브라이언의 새로운 가르침이 텅 빈 곳을 채워 절대적인 진리가 되고, 둘 더하기 둘이 셋도 되고 다섯도 된다는 분명한 확신이 선 것은 아마 30초쯤 될 것이다. 하지만 그 확신은 오브라이언이 손을 내리기도 전에 사라져버렸다. 하지만 비록 그런 순간이 다시 오지 않더라도 사람들이 아주 인상적인 체험을 시간이 지나도 생생하게 기억하는 것처럼 그는 그 순간을 기억할 것이었다.

"이제 그런 것이 가능하다는 것을 알겠나?"

"네."

오브라이언은 만족한 얼굴로 일어섰다. 윈스턴은 왼쪽에서 흰 가운의 사내가 주사기에 약을 넣는 것을 보았다. 오브라이언이 미소를 지으며 코에 걸린 안경을 올렸다.

"내가 자네를 이해하고, 대화를 나눌 수 있는 사람이기 때문에 친구든 적이든 상관없다고 일기장에 썼던 거 기억하나? 맞아. 난 자네와 얘기하는 게 즐거워. 그리고 무엇보다 자네의 정신에 공감해. 자네가 제정신이 아니라는 것만 빼면 자네의 정신은 나와 비슷하다고 할 수 있네. 이제 심문을 끝내기 전에 질문이 있으면 해보게."

"아무거나 물어봐도 괜찮습니까?"

"괜찮아. 저건 꺼버렸어. 첫 번째 질문이 뭔가?"

"줄리아는 어떻게 됐습니까?"

"윈스턴, 그녀는 곧바로 자넬 배신했네. 그렇게 빨리 전향하는 사람은 처음이야. 다시 만난다 해도 얼른 알아보지 못할걸. 그녀의 반항심, 속임수, 어리석음, 더러운 정신, 그 모든 것이 깨끗이 불살라졌어. 교과서적인 모범이라고 할 만큼 완전히 전향했지."

"빅 브라더는 존재합니까?"

"물론 존재하지. 당이 존재하는 것처럼 말이야. 빅 브라더는 당의 화신이야."

"내가 존재하는 것과 똑같은 방식으로 존재합니까?"

"자넨 존재하지 않아." 오브라이언이 말했다.

다시 한번 무력감이 온몸을 휘돌았다. '너는 존재하지 않는다'라는 말이 논리적으로 가능한 말인가? 그것은 궤변이며 말장난일 뿐이다. 하지만 그렇다고 한들 무슨 소용인가? 어차피 오브라이언은 대답이 불가능한 미친 논리로 나를 꼼짝 못하게 할 것이다.

"난 내가 존재한다고 생각합니다. 난 나 자신을 자각합니다. 난 태어났고, 또 죽을 것입니다. 나는 두 팔과 두 다리도 갖고 있습니다. 나는 공간 속의 한 부분을 차지하고 있습니다. 어떤 것도 내가 차지한 자리를 동시에 차지할 수 없습니다. 그런 의미로 빅 브라더는 존재합니까?"

"그런 건 중요하지 않아. 하여튼 그 분은 존재해."

"빅 브라더는 영원히 죽지 않습니까?"

"물론이지. 어떻게 그가 죽을 수 있나? 다음 질문."

"형제단은 존재합니까?"

"윈스턴, 자넨 영원히 그 사실을 알 수 없을 거야. 우리가 자넬 자유롭게 풀어줘서 90세까지 산다 해도 여전히 그 질문은 풀리지 않는 수수께끼로 남을 거야."

윈스턴은 입을 다물었다. 심장 고동이 빨라졌다. 그는 맨 먼저 떠오른 질문을 아직 못하고 있었다. 혀가 그 질문을 거부하는 것 같았다. 오브라이언이 재미있다는 표정을 지었다. 안경조차 냉소적으로 번뜩였다. 자기가 뭘 물어볼 것인지 그가 이미 알고 있다는 생각이 문득 들었다. 그러자 저절로 말이 튀어나왔다.

"101호실은 뭘 하는 곳입니까?"

오브라이언은 무표정하게 지겹다는 듯이 대꾸했다.

"101호실에서 무슨 일이 일어나는지 이미 알잖아. 모든 사람들이 다 알고 있는 그대로야."

오브라이언은 흰 가운의 사내에게 손가락을 들어 보였다. 심문은 끝났다. 주사 바늘이 윈스턴의 팔에 꽂혔다. 그는 깊은 잠 속으로 가라앉았다.

3

"회복의 3단계는 학습, 이해, 수용이야. 자넨 이제 두 번째 단계로 들어갔어." 오브라이언이 말했다.

늘 그랬던 것처럼 윈스턴은 침대에 반듯이 누워 있었다. 요즘 들어 끈은 좀 느슨해졌다. 무릎을 조금 움직일 수 있었고, 머리를 돌릴 수도 있었으며, 팔도 팔꿈치 있는 데까지 들어올릴 수 있었다. 다이얼에 대한 공포 역시 차츰 줄어들었다. 다이얼의 고통을 피하는 요령을 깨우친 것이다. 그가 어리석은 짓을 하면 오브라이언은 가차 없이 다이얼의 손잡이를 잡아당겼지만, 가끔은 다이얼을 한 번도 사용하지 않고 심문을 마칠 때도 있었다. 심문이 도대체 몇 번이나 있었는지 알 수 없었다. 전체 심문 과정은 꽤 오래, 아마 몇 주쯤 걸리는 것 같았다. 심문 사이의 간격은 며칠, 어떤 때는 고작 한두 시간일 때도 있었다.

"자네가 전에 묻기도 했지만, 왜 애정부가 자넬 괴롭히는 데 이렇게 많은 시간을 허비하는지 궁금할 거야. 석방되고 나서도 똑같은 문제로 늘 어리둥절하겠지. 자넨 자네가 살고 있는 사회의 역학 관계는 알지만 그 밑에 깔려 있는 동기는 파악하지 못하고 있어. '어떻게인지는 안다. 하지만 왜인지는 도무지 모른다'라고 일기장에다 썼던 것 기억하지? 자네가 자신의 정신을 의심한 것은 '왜'에 대해서 생각할 때였어. 골드스타인의 책을 읽어보니 어떻던가? 자네가 몰랐던 사실이 하나라도 있던가?"

"당신도 그 책을 읽었군요?" 윈스턴이 반문했다.

"내가 그 책을 썼어. 정확히 말하면 집필에 참여한 거지. 어떤 책도 개인적으로는 집필하지 못하니까."

"그 책에 쓰여 있는 건 사실인가요?"

"해설은 대체로 옳아. 하지만 거기에 열거된 계획은 엉터리야. 비밀리에 지식을 축적하고 인간을 점진적으로 계몽해서 궁극적으로 프롤레타리아가 봉기하여 당을 전복시킨다는 내용 말이야. 자네도 그게 무슨 뜻인지 알겠지만 그건 완전히 궤변이야. 프롤레타리아는 수천 년이 지나도 절대로 반란을 일으키지 못해. 그 이유야 자네도 잘 알 테니 설명할 필요도 없겠지. 만약 격렬한 폭동을 기대했다면 그런 망상은 이쯤에서 접어두게. 당을 전복시킬 방법은 없어. 당의 지배는 영원한 거야. 그 원칙을 생각의 출발점으로 삼게."

그는 침대로 다가오면서 "영원히!"라고 덧붙였다. 윈스턴은 아무 말도 하지 않았다.

"그럼 '어떻게'와 '왜'라는 문제로 돌아가 보세. 자넨 당이 '어떻게' 권력을 유지하고 있는지 잘 알고 있어. 그렇다면 '왜' 우리가 권력에 집착하는지 말해보게. 그 동기가 뭘까? 왜 우린 권력을 필요로 하는 거지?"

한참 동안 윈스턴은 입을 열지 않았다. 피곤했다. 광적인 열정이 오브라이언의 얼굴에 되살아났다. 그는 오브라이언이 무슨 말을 할지 훤히 알고 있었다. 당은 그 자체를 위해서가 아니라 대다수 민중의 이익을 위해서 권력을 추구하고 있다. 인간은 나약하고 비겁한 동물이라 자유를 감당할 수도 진실을 볼 수도 없으며 결국엔 그들보다 더욱 강한 자들에게 지배당하고 조직적으로 기만당하게 되어 있기 때문이다. 인류는 자유와 행복 가운데 어느 하나를 선택해야 하는데, 대부분은 행복 쪽을 선택한다. 당은 약자의 영원한 수호자이고, 다른 사람들의 행복을 위해 자신의 행복을 희생하고 선을 구현하기 위해 악을 행하는 헌신적인 집단이다.

무서운 일은 오브라이언의 말을 그대로 믿어야 한다는 것이었다. 오브라이언은 모든 것을 다 알고 있다. 세상이 어떻게 돌아가는지, 인간들이 얼마나 더럽게 살고 있는지, 세계의 진정한 본질이 무엇인지, 당이 어떤 거짓말과 야만적인 행위로 민중을 구속하는지 그는 나보다 수천 배나 더 잘 알고 있다. 내가 아무리 속속들이 파헤치고 하나하나 그 의미를 헤아린들 무슨 소용이랴. 모든 것은 궁극적인 목적에 의해서 정당화되는 법이다. 나보다 훨씬 더 지적 수준이 높은 광신자를 무슨 수로 상대할 수 있을까? 게다가 그 광신자는 내 생각을 귀 기울여 듣고 나서 곧바로 자신의 광신만을 고집하는데!

"당은 우리의 이익을 위해서 우리를 지배합니다. 인류가 스스로를 지배할 줄 모르기 때문입니다. 그래서……"

윈스턴은 순간적으로 깜짝 놀라 비명을 지를 뻔했다. 오브라이언이 다이얼 손잡이를 35로 올린 것이다.

"바보 같은 소리! 윈스턴, 자넨 그보다 더 잘 알잖아."

그는 손잡이를 원 위치로 돌려놓고 말을 이었다.

"내 질문에 대답하는 방식을 가르쳐주지. 당은 순전히 그 자체의 이익을 위해서 권력을 추구해. 우린 다른 사람의 행복 따위엔 관심도 없어. 필요한 건 오직 권력, 순수한 권력 뿐이야. 순수한 권력이 뭔지는 자네도 곧 알게 될 거야. 우린 우리 자신이 뭘 하고 있는지 잘 알고 있다는 점에서 과거의 전제정치와 근본적으로 달라. 과거의 인간들은 모두 비겁한 위선자들이었어. 독일의 나치들과 러시아의 공산주의자들은 수법적으로 우리와 꽤 비슷했지만 그들 자신의 동기를 인정할 용기가 없었어. 인간이 자유와 평등을 누리는 천국이 도래할 때까지만 마지못해 권력을 장악하는 척했고, 자신들도 그렇게 믿었어. 하지만 우린 그들과 달라. 권력을 장악하면 포기할 수 없는 법이지. 권력은 수단이 아니라 목적이야. 어느 누구든 혁명을 막기 위해 독재 체제를 확립하진 않아. 독재 체제를 구축하기 위해 혁명을 일으키는 거지. 박해의 목적은 박해야. 고문의 목적은 고문이고. 권력의 목적은 권력이지. 무슨 말인지 알겠나?"

오브라이언의 얼굴에 피곤한 기색이 도는 것을 보고 윈스턴은 다시 한 번 놀랐다. 강인하고 짐승처럼 잔인하면서도 지성과 열정이 엿보이던 얼굴이, 눈 밑이 시커멓고 광대뼈 아래로 피부가 축 늘어져 있었다. 오브라이언은 윈스턴 쪽으로 몸을 굽히고 지친 얼굴을 내밀었다.

"내가 늙고 지쳤다고 생각하고 있군. 권력이고 뭐고 육체가 시들어가는 건 어쩔 수 없다고 생각하겠지. 윈스턴, 개인은 그저 세포 하나에 지나지 않는다는 걸 아나? 세포의 소멸은 조직체의 활력을 의미하는 거야. 손톱을 잘랐다고 사람이 죽나? 그건 아니잖아?"

그는 침대에서 몸을 돌리고 주머니에 한 손을 찌르고는 다시 서성거리기 시작했다.

"우린 권력을 믿는 성직자야. 신은 권력이야. 자네 생각엔 권력이 그저 한 마디 말에 지나지 않겠지만 이제 권력이 무엇을 의미하는지 다시 생각해 보게. 첫째, 권력은 집단적인 것이야. 개인은 개인성을 포기해야만 권력을 갖게 되지. '자유는 예속이다'라는 당의 슬로건을 뒤집어서 생각해 본 적 있나? '예속은 자유'라고 말이야. 홀로 있는 인간, 즉 자유로운 인간은 늘 패배하지. 모든 인간은 죽어야 할 운명이고, 죽음은 가장 큰 패배니까. 하지만 인간이 완전히 복종할 수 있고, 개인을 벗어나서 당에 합류할 수 있다면, 그래서 그가 당 자체일 수 있다면 그는 바로 전지전능이며 불멸인 셈이지. 둘째, 권력은 인간 위에 군림하는 거야. 육체 뿐만 아니라 특히 정신 위에 군림해야 하지. 물질을 지배하는 권력은, 자넨 그걸 외적 현실이라고 부르겠지만, 그런 건 중요하지 않아. 사물에 대한 우리의 지배는 이미 절대적이니까."

잠시 윈스턴은 다이얼을 잊었다. 그는 일어나 앉으려고 몸부림치면서 고함쳤다.

"물질을 어떻게 지배합니까? 날씨나 중력의 법칙을 지배할 수 있습니까? 질병과 고통과 죽음을……"

오브라이언은 손을 들어 그의 말을 중단시켰다.

"정신을 지배하면 물질도 지배할 수 있어. 실재는 머릿속에 들어 있는 거야. 자네도 좀 있으면 알게 될 거야. 우리가 할 수 없는 건 아무것도 없어. 갑자기 모습을 감추거나 공중을 날아다닐 수도 있어. 마음만 먹으면 마룻바닥 위에서 비눗방울처럼 떠오를 수도 있어. 당이 원하지 않으니까 안 할 뿐이지. 자연법칙에 대한 19세기적 사고방식을 버려야 해. 자연법칙은 우리가 창조하는 거야."

"그렇게는 안 될 걸요! 당은 이 지구의 지배자도 아니잖아요? 유라시아와 동아시아는 어떻게 하구요? 아직 그들조차 정복하지 못했잖아요?"

"그런 건 중요하지 않아. 우린 적당한 시기에 그들을 정복할 거야. 그들을 정복하지 못한다 하더라도 뭐가 달라진단 말인가? 우리는 그들을 당장 멸망시킬 수도 있어. 오세아니아가 곧 세계야."

"하지만 세계 자체도 따지고 보면 한낱 먼지에 불과합니다. 그리고 인간이란 것도 무기력한……미물이구요. 인간이 존재한 게 고작 얼마나 됩니까? 몇백만 년 동안 지구에는 인간이 살지도 않았습니다."

"그건 궤변이야. 지구는 우리와 나이가 똑같아. 인간보다 더 늙지 않았어. 어떻게 나이를 더 먹을 수 있겠나? 인간의 의식을 통하지 않고는 아무 것도 존재하지 않아."

"멸종된 동물의 뼈가 화석으로 남아 있잖아요. 매머드나 마스토돈이나 거대한 파충류들이 인류가 출현하기 훨씬 전부터 지구상에 살았습니다."

"윈스턴, 그런 뼈를 직접 본 적 있나? 물론 없겠지. 그건 19세기의 생물학자들이 꾸며낸 거야. 인간 이전엔 아무것도 없었어. 만약 인류가 멸종된다면 역시 지구상엔 아무것도 없게 되는 거지. 인간을 떠나서는 아무것도 존재할 수 없으니까."

"하지만 거대한 우주가 지구 밖에 있습니다. 지구에서 몇백만 광년이나 떨어진 별도 있습니다. 우주는 영원히 인간의 한계 밖에 존재할 겁니다."

"별이 대체 뭔가? 그냥 불덩어리야. 거기에 가는 것도 그걸 없애버리는 것도 우리 마음이야. 지구가 바로 우주의 중심이야. 태양도 별도 지구의 주위를 돌고 있잖아."

윈스턴은 다시 신경질적으로 몸을 움직였다. 오브라이언은 마치 반박을 당한 것처럼 다시 말을 이었다.

"물론 어떤 목적을 위해서는 진실이 아닐 때도 있지. 바다를 항해하거나, 일식을 예보할 때는 지구가 태양의 주위를 돌고 별들이 수억만 킬로미터 떨어져 있다고 생각하는 게 편리하니까. 그렇지만 그게 뭐 어떻다고? 천문학의 이원론적 구조를 만들어 내는 게 무슨 큰일이겠냐고? 별들은 필요에 따라서 얼마든지 가까울 수도 있고, 멀 수도 있어. 우리 수학자들이 그런 일을 못 할 것 같아? 자넨 혹시 이중사고를 잊어버렸나?"

윈스턴은 몸을 움츠렸다. 그가 무슨 말을 하든 오브라이언은 몽둥이로 후려치는 것처럼 재빨리 그 말을 부숴버렸다. 하지만 그래도 윈스턴은 자신이 옳다는 것을 알고 있었다. 인간의 마음을 넘어서면 아무것도 존재하지 않는다는 신념이 허위라는 것을 증명하는 방법론이 벌써 오래 전에 나왔었는데, 이름이 뭐더라?

윈스턴을 내려다보면서 오브라이언은 입가에 야릇한 미소를 지었다.

"윈스턴, 형이상학은 자네가 내세울 만한 강점이 될 수 없다고 내가 전에 말했지? 자네가 지금 생각해 내려고 애쓰는 말은 '유아론'이야. 하지만 이건 유아론이 아니야. 뭐, 자네 방식대로라면 집단적 유아론이라고 할 수 있겠지만 그건 전혀 다른 거야. 사실은 정반대지. 아무튼 여담은 이 정도로 해두세."

그는 말투를 바꾸어 말을 이었다.

"진정한 권력, 우리가 밤낮없이 추구하는 권력은 물질에 대한 권력이 아니라 인간에 대한 권력이야."

그는 말을 멈추고 장래가 기대되는 학생에게 질문하는 선생 같은 표정을 지었다.

"윈스턴, 한 인간이 다른 사람에게 권력을 행사하려면 어떻게 해야 할까?"

윈스턴은 곰곰이 생각하고 나서 대답했다.

"고통을 주는 것으로써 가능합니다."

"맞았어. 고통을 줌으로써 가능하지. 복종만으론 충분하지 않아. 고통을 주지 않고 어떻게 상대가 권력자의 의지에 순종하는지 확인할 수 있겠는가? 권력은 견딜 수 없는 고통과 굴욕 속에 있는 거야. 인간의 마음을 갈기갈기 찢어서 지배자가 원하는 대로 다시 뜯어 맞추는 거지. 우리가 어떤 종류의 세계를 창조하고 있는지 이제 좀 보이나? 옛날의 혁신주의자들이 상상한 어리석은 쾌락주의의 유토피아와는 정확히 정반대의 것이야. 공포와 반역과 고문의 세계, 유린하고 유린 당하는 세계, 갈수록 정교한 수법으로 '더욱더' 잔인해지는 세계야. 우리 세계에서의 진보란 더욱 더 고통 쪽으로 전진하는 진보인 거지. 옛 사람들은 그들의 문명이 사랑과 정의 위에 세워진 것이라고 선언했지만 우리의 문명은 증오 위에 세워져 있어. 우리 세계에서는 공포, 분노, 도취, 자기 비하 이외의 감정이란 없어. 우린 모든 것을 파괴할 거야. 우린 이미 혁명 전의 사고방식과 습관을 무너뜨렸어. 부모와 자식, 남자와 남자, 남자와 여자 사이의 연계도 끊어버렸지. 이제 어느 누구도 아내나 자식이나 친구를 믿지 못하게 된 거야. 그리고 미래의 세계에서는 아내든 친구든 아예 존재하지 않을 거구. 암탉한테서 계란을 빼앗듯 엄마는 아기를 낳자마자 빼앗길 거고 성본능도 근절될 거야. 출산은 배급 카드의 갱신처럼 정기적으로 이루어질 거야. 오르가즘이란 쾌감은 없애야 하지. 우리 신경학자들이 현재 연구하고 있는 게 바로 그거라네. 당에 대한 충성심과 빅브라더에 대한 사랑 말고는 감정 따윈 필요 없어. 예술 · 문학 · 과학도 없어질 거야. 우리 자신이 전지전능하게 된 마당에 과학이 무슨 필요가 있겠나. 아름답고 추하다는 구별도, 호기심도, 직업에 대한 관념도, 경쟁의 쾌감도 모두 파괴될 거야. 하지만 이 점만은 명심하게, 윈스턴, 권력의 도취감만은 끊임없이 증대해가고, 끊임없이 예민해질 거라는 사실 말일세. 매순간 우린 승리의 전율, 무기력해진 적을 유린하는 데서 오는 감동을 느끼게 될 거야. 미래의 모습을 보고 싶다면 영원히 인간의 얼굴을 짓밟고 있는 장화를 상상하게나."

그는 윈스턴이 무슨 말을 하기를 기다리는 것처럼 입을 다물었다. 윈스턴은 다시 기를 쓰고 침대 속으로 움츠러들었다. 심장이 얼어붙을 것 같아서 그는 아무 말도 할 수가 없었다. 오브라이언은 다시 말을 이었다.

"내 말이 영원한 진실이라는 것을 기억해 두게. 사회의 적인 이단자는 늘 생겨나겠지. 늘 패배 당하고 거듭 모욕 받기 위해서 말이야. 자네가 체포된 이래 경험한 갖가지 수모는, 앞으로도 계속될 거고 더욱 심해질 거야. 간첩 행위, 배신, 체포, 고문, 처형, 증발은 절대로 중단되지 않아. 승리의 세계인 동시에 폭력의 세계가 될 거야. 당이 강력해질수록 관대함은 줄어들고, 반대자가 약화될수록 독재체제는 더욱 단단히 굳혀질 거야 골드스타인과 그의 이단자들은 영원히 살아남겠지. 매일, 매순간 패배 당하고, 조롱 당하고, 얼굴이 침이 뱉어지면서 그들은 살아남을 거야. 내가 자네 같은 사람을 상대로 7년 동안 연출해 온 이 드라마는 세대가 바뀌면서 더욱 미묘한 형태로 계속 되풀이될 걸세. 이곳은 늘 고통의 비명을 지르며 자비를 간청하고, 파괴 당하고 모욕 당하는 이단자들로 채워질 거야. 자신의 의지로 우리의 발밑을 기어다니면서 완전히 회개를 해야만 그들은 구원을 받을 수 있게 돼. 윈스턴, 이것이 우리가 준비하고 있는 세계야. 승리 다음에 승리가 이어지고 개선 다음에 개선이 이어지는 그런 세계지. 철면피한 권력에 의한 끝없는 압박, 압박, 압박만이 있는 세계! 자넨 이제야 이 세계가 어떤 것인지 비로소 깨닫기 시작한 것 같군. 어차피 결국엔 이해하는 정도를 넘어서 훨씬 더 깊이 알게 되겠지. 자넨 곧 이 현실을 받아들이고 환영하고, 그 일부분이 될 거야."

윈스턴은 정신을 가다듬고 간신히 입을 열었다.

"그럴 수는 없어요!"

"무슨 뜻이지, 윈스턴?"

"당신이 방금 말한 그런 세계는 절대로 있을 수 없어요. 그것은 한낱 꿈이에요. 불가능한 일입니다."

"왜?"

"공포와 증오와 잔인성 위에 문명을 건설한다 한들 그런 세계에서는 어느 누구도 견디지 못할 테니까요."

"왜 못 견디지?"

"생명력이 없으니까요. 그런 문명은 저절로 붕괴할 거예요. 자멸할 거란 말입니다."

"자넨 증오가 사랑보다 훨씬 더 인간을 피로하게 한다는 고정관념에 사로잡혀 있어. 왜 그렇지? 설령 자네 말이 맞다 해도 뭐가 달라지는데? 우리가 더 빨리 늙어서 30세에 벌써 노쇠한들 무슨 문제냔 말일세. 개인의 죽음 따윈 진정한 죽음이 아니라는 사실을 이해 못하겠어? 당은 불멸의 존재라고."

여느 때처럼 그의 목소리는 윈스턴을 무력하게 만들었다. 고집을 부리기도 반박하기도 두려웠다. 오브라이언이 언제 다이얼을 돌릴지 몰랐기 때문이다. 그런데도 윈스턴은 침묵할 수 없었다. 힘도 없고 논증 거리도 없었지만 그는 오브라이언이 이야기한 것에 대한 막연한 공포감에 쫓겨 다시 반박했다.

"모르겠어요. 솔직히 관심도 없고 더 생각하고 싶지도 않아요. 하지만 아무튼 당신들은 실패할 겁니다. 뭔가가 당신들을 꺾을 겁니다. 삶이 당신들을 패배시킬 겁니다."

"윈스턴, 우린 삶을 완벽하게 지배하고 있어. 자넨 우리가 저지르는 일에 분노하여 대항하게 될 인간성이라는 것이 존재한다고 아직도 믿는 모양이군. 하지만 그 인간성도 우리가 창조해 내는 거야. 인간이란 무한한 순응성을 가지고 있어. 혹시 프롤레타리아나 노예들이 봉기하여 우릴 전복시킬 거라는 낡은 생각을 하는 건가? 그런 생각은 지워버려. 그들은 짐승이야. 인간성이란 바로 당이지. 다른 건 아무 것도 아니야."

"상관없어요. 결국 그들이 당신들을 뒤집어엎을 테니까요. 그들이 당신들이 어떤 사람들인지 알게 되기만 하면 그들이 당신들을 갈가리 찢어버리고 말 겁니다."

"그런 일이 일어날 거라는 증거라도 있나? 아니면 꼭 그렇게 되어야 할 이유라도 있나?"

"없습니다. 하지만 그렇게 믿습니다. 당신들이 실패할 거라는 사실을 그냥 알아요. 우주에는 뭔가, 어떤 정신, 어떤 원칙 같은 것이 분명히 있어요."

"신을 믿나, 윈스턴?"

"믿지 않습니다."

"그렇다면 우리를 패배시킬 거라는 그 원칙은 뭔가?"

"나도 모릅니다. 아마 인간의 정신이라는 거겠지요."

"그렇다면 자넨 자신을 인간이라고 생각하나?"

"물론입니다."

"윈스턴, 자네가 인간이라면 자넨 최후의 인간이야. 자네 종족은 멸종했어. 우리가 바로 인간의 후예야. 자넨 달랑 혼자 남은 거야. 알겠나? 자넨 역사 밖에 있고 존재하지 않는 인간이야. 자네는 자네 자신이 우리보다 도덕적으로 우월하다고 생각하는 건가?"

그의 태도가 거칠게 돌변했다.

"그렇습니다. 내가 더 우월하다고 생각합니다."

오브라이언은 아무 말도 하지 않았다. 갑자기 두 개의 목소리가 들렸다. 윈스턴이 형제단에 가입하던 날 밤에 녹음한 것이었다. 윈스턴은 거짓말하고, 도둑질하고, 서류를 날조하고, 살인하고, 마약과 매춘을 권장하고, 성병을 퍼뜨리고, 아이들의 얼굴에 황산을 뿌리겠다고 서약하는 자기 목소리를 들었다. 오브라이언은 이런 시위 따위는 필요없다는 듯 답답한 표정을 짓더니 스위치를 돌려 소리를 껐다.

"일어나." 오브라이언이 말했다.

끈이 저절로 느슨해졌다. 윈스턴은 마룻바닥으로 휘청거리며 내려와 섰다.

"자넨 마지막 인간이야. 인간 정신의 파수꾼이지. 이제부터 자네의 진짜 모습을 보여주지. 옷을 벗어."

오브라이언이 명령했다.

윈스턴은 허리띠를 풀었다. 지퍼는 오래 전에 망가져 있었다. 제복을 벗자 지저분하고 누르끼한 넝마 조각이 몸에 붙어 있었다. 찢어진 내복 조각들이었다. 넝마 조각들을 마저 벗어버리고 그는 방 끝에 있는 삼면경을 보았다. 그는 거울 쪽으로 다가가다가 흠칫 멈춰 섰다. 비명이 저절로 튀어나왔다.

"더 바짝 가. 거울 중간에 서서 옆모습도 봐."

오브라이언이 소리쳤다.

그는 너무 놀라서 다시 걸음을 멈췄다. 때어 절어 잿빛이 된 해골 같은 것이 그의 앞으로 걸어오고 있었다. 어찌나 소름끼치던지 그는 그것이 자기 모습이라는 사실조차 한동안 깨닫지 못했다. 그는 멈칫거리며 거울 앞으로 바짝 다가섰다. 허리가 굽은 탓인지 짐승 같은 얼굴이 불쑥 튀어나왔다. 희멀건 이마에서 정수리까지 훤히 벗겨진 대머리, 갈고리처럼 휘어진 코와 찌그러진 광대뼈 위에서 두 눈이 사납게 쏘아보고 있었다. 절망에 빠진 죄수의 몰골 그대로였다. 상처 난 두 볼은 누더기처럼 기워져 있었고, 입은 안쪽으로 쏙 들어가 있었다. 분명히 자기 얼굴이었다. 하지만 생각보다 훨씬 더 심하게 변해 있었다. 그의 얼굴에서 느껴지는 감정과 마음이 느끼는 감정은 서로 다른 것이었다. 그의 머리는 군데군데 벗겨져 있었다. 처음에는 머리가 하얗게 센 줄 알았는데 머리가 빠진 것이었다. 손과 얼굴만 빼고는 몸 전체가 잿빛이었다. 때로 덮인 피부 여기저기에 붉은 상처가 있었고, 발목 근처의 정맥류성 궤양은 곪아터져서 걸레 조각처럼 너덜거렸다. 그러나 진정 놀라운 일은 극도로 쇠약해진 몸뚱이였다. 몸통은 갈빗대가 다 드러나 해골 같았고 다리는 졸아들어 무릎이 허벅지보다 더 두꺼울 지경이었다. 윈스턴은 오브라이언이 왜 옆모습을 보라고 했는지 깨달았다. 등뼈의 굴곡이 놀라울 정도였던 것이다. 앙상한 어깨가 앞으로 굽어서 가슴이 움푹 팼고, 말라비틀어진 목은 머리 무게를 지탱하지 못하고 금방이라도 푹 꺾일 것만 같았다. 고질병에 시달리는 60 노인 같았다.

"자넨 내부당원인 내 얼굴이 늙고 지쳐빠졌다고 생각했겠지. 이제 자네 얼굴은 어떤가?"

그는 윈스턴의 어깨를 움켜잡아 거울에 비친 모습을 정면에서 바라볼 수 있도록 빙 돌렸다.

"자네 꼴을 보게! 온몸을 덮고 있는 더러운 때를 봐. 발가락 사이에 낀 때를 봐. 다리에 번져 있는 구역질나는 종기를 봐. 몸에서 염소 냄새가 난다는 걸 알고는 있나? 알아도 모르는 척하겠지. 앙상한 몸을 좀 봐. 어때, 보고 있나? 엄지손가락과 둘째 손가락을 팔뚝에 두르면 서로 맞닿겠군. 난 당근을 부러뜨리듯 자네 목을 부러뜨릴 수 있어. 자네가 우리 손에 체포된 후에 체중이 25킬로그램이나 줄어든 걸 알아? 머리털은 한줌씩 빠지고, 자, 봐!"

그는 윈스턴의 머리를 한줌 뽑아서 내팽개쳤다.

"입을 벌려. 아홉, 열, 열하나, 이빨이 열한 개 남았군. 우리한테 붙들려 왔을 때 이가 몇 개 있었지? 남아 있는 몇 개의 이마저 빠지려고 흔들거리고 있어, 이걸 봐!"

그는 억센 엄지손가락과 둘째 손가락으로 윈스턴의 남아있는 앞니 한 개를 움켜잡았다. 격렬한 통증이 윈스턴의 턱으로 전해졌다. 오브라이언은 이를 뿌리째 비틀어 뽑아 쓰레기 구멍에 집어던져 버렸다.

"자넨 완전히 썩어가고 있어. 산산조각으로 무너져 내리고 있어. 자넨 뭐지? 썩은 고기 자루야. 자, 몸을 돌려서 거울을 다시 들여다봐. 자네 앞에 서 있는 저 흉측한 것이 보이지? 저게 최후의 인간이야. 자네가 만약 인간이라면 저게 바로 인간성이라는 걸세. 다시 옷을 입어."

윈스턴은 서툰 동작으로 천천히 옷을 입기 시작했다. 지금까지 자신이 얼마나 야위고 허약해졌는지 생각해 본 적도 없었다. 여기 들어온 지 무척 오래 되었다는 생각이 들었다. 끔찍한 누더기를 몸에 걸치는 동안, 자신의 황폐된 육신에 대한 회한이 사무쳤다. 그는 자신이 무슨 짓을 하는지조차 의식하지 못하고, 침대 옆에 놓인 조그만 의자에 털썩 주저앉아 흐느끼기 시작했다. 추하고 불결하며 더러운 내의에 싸인 한 무더기의 뼈에 지나지 않는 육신으로, 눈부신 백열전등 밑에서 흐느끼고 있는 자신을 의식했다. 하지만 울음은 쉽게 그쳐지지 않았다. 오브라이언이 그의 어깨에 손을 얹고 다정하게 말했다.

"이 일은 오래 가지 않아. 자네가 하려고만 들면 언제든지 이 고통에서 탈출할 수 있어. 모든 게 자네 자신한테 달려있는 거야."

"당신이 나를 이 꼴로 만들었잖아요. 당신은 나를 철저하게 망가뜨렸습니다."

윈스턴은 울먹이며 소리쳤다.

"아니야, 윈스턴. 자넨 스스로 파멸을 자초한 거야. 당에 맞서서 일어서려 했을 때 이미 이런 사태를 받아들인 거야. 이 일은 그 첫 번째 행위 속에 다 담겨 있었어. 자네가 예상하지 못했던 일이 일어난 게 아니야."

그는 잠시 말을 중단했다가 다시 계속했다.

"우린 자넬 부숴놓았어, 윈스턴. 우리가 자넬 쓰러뜨렸단 말이야. 자네의 몰골이 어떤지 봤으니 알겠지. 이젠 자만심 따위는 남아 있지 않겠지. 자넨 발길에 걷어채이고, 채찍질 당하고, 온갖 수모를 겪고, 고통으로 비명을 지르고, 자신이 흘린 피와 토해낸 오물 속에서 뒹굴며 마룻바닥을 기어다녔지. 자넨 또 징징 울며 자비를 구하고, 모든 사람과 모든 것을 배신했어. 자네가 자존심을 지켰다고 말할 만한 것이 단 한 가지라도 있나?"

윈스턴은 울음을 그쳤다. 하지만 눈에서는 여전히 눈물이 줄줄 흐르고 있었다. 그는 오브라이언을 보았다.

"난 줄리아를 배신하지 않았습니다."

윈스턴이 단호하게 말했다.

오브라이언은 깊은 생각에 잠긴 표정으로 그를 내려다 보았다.

"맞아. 그건 분명한 사실이야. 자넨 줄리아를 배신하지 않았어."

그 무엇으로도 막을 수 없을 것 같은 존경심이 윈스턴의 가슴 가득 솟구쳤다. 이 얼마나 지적인 사람인가! 오브라이언은 내가 한 모든 말을 빠짐없이 다 이해했다. 내가 줄리아를 배신하지 않았다고 곧바로 대답할 사람이 누가 또 있을까! 그들이 내 마음속에서 짜내지 못한 것은 아무 것도 없다. 나는 그녀의 습관, 그녀의 성격, 그녀의 과거 뿐만 아니라 내가 그녀에게 한 말, 그녀가 나에게 한 말, 암시장에서 구한 식품, 간통, 당을 배신하기 위해 꾸민 막연한 음모, 우리가 만났을 때 있었던 가장 하찮은 일까지도 낱낱이 다 털어놓았다. 그런데도 내가 그녀를 배신하지 않았다고 하는 것은 내가 여전히 그녀를 사랑하고 있기 때문이다. 그런데 오브라이언은 설명할 필요도 없이 내가 말한 의미를 정확하게 알아차린 것이다.

"날 언제 총살할 건지 말해 주세요."

"아마 오래 걸릴지도 몰라. 자넨 좀 힘든 경우라서 말이야. 하지만 희망을 버리진 말게. 자네도 곧 완치될 거야. 우린 그때 자넬 총살할 거야."

4

윈스턴은 한결 상태가 나아졌다. 하루가 다르게 살이 찌고 힘이 붙었다.

하얀 불빛과 윙윙거리는 소리는 여전했지만 전과는 비교할 수 없을 만큼 편안한 감방에는, 베개와 매트리스가 있는 판자 침대와 앉아 쉴 의자도 있었다. 가끔 목욕도 하고, 양은 대야에서 세수도 자주 했으며 심지어 따뜻한 물을 제공 받을 때도 있었다. 그들은 새 내의와 깨끗한 겉옷을 주었고, 정맥류성 궤양 자리에 연고를 바르고 붕대를 감아 주었으며 남은 이를 뽑고 틀니를 끼워주었다.

몇 주일, 어쩌면 몇 달이 지났을 것이다. 규칙적으로 음식이 제공되기 때문에 관심만 기울이면 시간이 얼마나 흘렀는지 잴 수도 있었다. 아마 하루에 세 번씩 음식이 나오는 것 같았다. 가끔은 밥을 먹으면서도 낮인지 밤인지 어리둥절할 때도 있었다. 세 번에 한 번 꼴로 고기가 나올 정도로 훌륭한 식사였다. 어느 날 담배 한 갑이 나왔다. 물론 성냥은 없었다. 늘 음식을 갖다주면서도 말 한 마디 없던 간수가 불을 붙여주었다. 처음 한 모금을 빨았을 때 속이 메스꺼웠지만 꾹 참고 피웠다. 식후마다 반 대씩 피웠기 때문에 꽤 오랫동안 담배를 피울 수 있었다.

귀퉁이에 도막 연필이 달려 있는 하얀 석판을 받았지만 처음엔 그것을 전혀 사용하지 않았다. 깨어 있을 때에도 온몸이 마비된 것처럼 무감각한 상태였기 때문에 밥을 먹고 나면 다음 식사가 나올 때까지 거의 꼼짝 않고 누워서 잠을 자거나, 깨어 있더라도 눈뜨는 것조차 힘들어서 멍하니 생각에 잠겨 있었다. 그는 이제 강렬한 전등 불빛을 받으면서 잠자는 데 익숙해졌다. 그렇게 강한 불빛 속에서는 몽상이 더 일관성 있게 연결된다는 것 말고는 불이 있건 없건 이젠 별 차이가 없었다.

수많은 꿈을 꾸었다. 늘 행복한 꿈이었다. 황금의 나라, 아니면 거대하고 찬란하고 따뜻한 유적지 같은 곳에서 그는 어머니와 줄리아, 그리고 오브라이언과 함께 아무 하는 일 없이 앉아서 태평스럽게 이야기를 나누었다. 깨어있을 때도 생각하는 것은 거의 꿈에서 본 광경이 고작이었다. 고통스런 자극이 사라지고 나자 지적인 힘도 함께 상실되어 사라진 것 같았다. 지루하지도 않았다. 대화를 나누거나 오락을 즐기고 싶은 생각도 들지 않았다. 그저 혼자 있으면서 구타나 심문을 당하지 않고 배불리 먹고 깨끗한 곳에 있는 것으로 완전히 만족했다.

잠자는 시간이 점점 줄어들었지만 그는 그냥 가만히 누워 있고만 싶었다. 가끔 그는 손가락으로 몸을 여기저기 만져보며 근육이 붙고 피부가 탄탄해지는 것이 꿈이 아닌지 확인했다. 눈에 보일 정도로 살이 오르고 있었다.

넓적다리는 이제 무릎보다 굵어졌다. 처음에는 별로 마음이 내키지 않았지만 그는 규칙적으로 운동을 하기 시작했다. 얼마 후에는 감방 안에서 걸음 수로 계산하여 3킬로미터 정도를 걸을 수 있었고, 구부러진 어깨도 똑바로 펴지고 있었다. 그는 좀 더 힘든 운동을 시도해보았다. 하지만 그는 뛸 수 없었다. 어깨 높이까지 의자를 들어올릴 수도 없었고, 한 발로 서면 금방 쓰러졌다. 뒤꿈치로 버티고 쪼그려 앉으면 넓적다리와 장딴지에 심한 통증을 느꼈다. 팔굽혀펴기도 시도해 해보았지만 1센티미터도 몸을 들어올릴 수 없었다. 하지만 며칠이 지나자 음식을 몇 끼 더 먹은 덕분인지 팔굽혀펴기를 내리 여섯 번이나 할 수 있게 되었다. 그는 자신감을 느꼈다. 얼굴도 정상으로 돌아가고 있다는 확신이 생겼다. 하지만 가끔 벗겨진 머리를 손으로 만질 때면 꿰매어 맞춘 것 같은 일그러진 얼굴이 생각났다.

그의 마음도 점점 적극적으로 변해 갔다. 그는 판자 침대에 벽에 등을 기대고 앉아 무릎 위에 석판을 올려놓았다. 자신을 재교육하는 일을 시작한 것이다.

그는 무조건 항복했다. 그렇게 하기로 작정했다. 사실은 이미 오래 전부터 그는 항복할 마음의 준비가 되어 있었다. 애정부에 붙잡혀 들어온 순간부터, 아니 텔레스크린에서 흘러나오는 금속성의 지시에 따라 줄리아와 함께 무기력하게 서 있던 그 순간부터 그는 당의 권력에 맞서 대항하는 것은 부질없고 경박한 짓이라는 것을 깨닫고 있었다. 7년 동안이나 사상 경찰이 확대경으로 풍뎅이를 관찰하듯 자기를 감시하고 있었다는 것을 알게 된 지금은 더 말할 것도 없었다. 그동안 그가 한 행동이나 말을 그들은 다 알고 있었고, 그의 머릿속에 떠오른 일련의 생각들조차 그들은 놓치지 않고 추리해 냈다. 그의 일기장 표지에 두었던 하얀 먼지 한 점조차 용의주도하게 그대로 놓아두었다. 그들은 녹음테이프를 틀어주고 사진까지 보여주었다. 줄리아와 그를 찍은 사진도 몇 장 있었다. 그렇다! 이토록 치밀한 당에 맞서 싸운다는 것은 가소로운 일이다. 게다가 당은 옳다. 불멸의 집단적 두뇌가 어떻게 잘못을 저지를 수 있겠는가? 어떤 외적 기준으로 그들의 판단을 점검할 수 있겠는가? 건전한 정신이란 통계이다. 중요한 것은 그들이 생각하는 대로 똑같이 생각하는 법을 배우는 것이다. 오직 그것뿐이다!

손가락 사이에서 연필이 투박하고 거북하게 느껴졌다. 그는 머리에 떠오른 생각들을 서툴게 쓰기 시작했다.

자유는 예속이다.

그는 쉬지 않고 그 밑에 또 썼다.

둘 더하기 둘은 다섯이다.

그는 멈칫했다. 마치 무엇인가로부터 마음이 부끄러워 도망치려는 것 같아서 생각을 모을 수가 없었다. 무엇을 써야 할지 생각이 나지 않았다. 그는 의식적으로 하나하나 따져 보고 나서 다음과 같이 썼다. 하지만 그것은 저절로 떠오른 것은 아니었다.

신은 권력이다.

그는 모든 것을 받아들였다.

과거는 바꿀 수 있다. 그러면서도 과거는 절대로 바뀐 적이 없다. 오세아니아는 동아시아와 전쟁하고 있다. 오세아니아는 언제나 동아시아와 전쟁을 하고 있었다. 존스, 아론슨, 러더퍼드는 처벌받아 마땅한 죄를 저질렀다. 나는 그들의 범죄를 반증하는 사진을 본 적이 없다. 그런 사진은 세상에 없다. 그냥 내가 꾸며낸 것이다.

그는 이것과 정반대의 사실을 기억하고 있었지만, 그것은 어디까지나 잘못된 기억이며 자기기만이 만들어낸 산물이었다. 이 모든 것이 얼마나 쉬운가! 단지 항복하기만 하면 저절로 다 해결된다. 그것은 물살을 거슬러 올라가려고 발버둥치면서도 계속 뒤로 밀리다가, 돌연 방향을 바꾸어 물결에 맞서는 대신 물살을 따라 헤엄치는 것과 같았다. 결국 그 자신의 태도 말고는 아무것도 변한 게 없었다. 예정된 일은 어떤 경우에도 일어나기 마련이었다. 그는 자신이 왜 반항했는지 알 수 없었다. 모든 것이 이렇게 쉬운데! 다만……!

모든 것이 진실일 수 있다. 자연법칙이란 것이 엉터리일 뿐이다. 중력의 법칙 또한 엉터리다. 원하기만 하면 비눗방울처럼 마룻바닥 위에서 둥둥 떠오를 수도 있다고 오브라이언은 말했었다. 윈스턴은 그 말의 의미를 추론해 보았다. 그가 마룻바닥 위에서 떠오를 수 있다면 윈스턴 자신도 원하기만 하면 그렇게 할 수 있는 것이다. 하지만 갑자기 난파선의 잔해가 수면 위로 불쑥 떠오르는 것처럼 '그런 일은 실제로 일어나지 않아. 상상일 뿐이야. 헛된 망상에 지나지 않는 거야' 라는 생각이 마음속에 떠올랐다. 윈스턴은 당장 그 생각을 지웠다. 잘못된 생각이었기 때문이다. 이 세상 어딘가에 '진짜 사건'이 일어나고 있는 '진짜 세계'가 있을 것이라는 전제가 깔린 생각이었기 때문이다. 어떻게 그런 세계가 있을 수 있어? 인간의 의식을 거치지 않고 어떻게 사물에 대한 지식을 얻을 수 있어? 모든 일은 마음속에서 생기는 거야. 마음속에서 일어나는 일은 모두 진짜로 일어나는 거야.

윈스턴은 그런 잘못을 처리하는 데 별다른 어려움을 느끼지 않았고, 그런 망상에 더 이상 빠져들 위험성도 느끼지 않았다. 위험한 생각이 떠오를 때마다 무조건 마음은 공백 상태가 되어야 했다. 그리고 그것은 자동적이고 본능적이어야 했다. 이것을 신어로 '죄중지'라고 한다.

그는 '죄중지' 훈련을 시작했다. '당은 지구가 평평하다고 한다' '당은 얼음이 물보다 무겁다고 한다' 같은 몇 가지 명제를 제시하고, 이를 반대하는 논증이나 견해는 듣지도 생각하지도 않도록 자신을 훈련했다. 하지만 그 일은 쉽지 않았다. 상당한 추리력과 즉흥적인 융통성이 필요했다. 예를 들어 '둘 더하기 둘은 다섯'이라는 진술은 그의 지능으로는 도저히 이해할 수 없는 산술적 문제가 되었다. 가장 교묘한 논리를 이용하여 가장 형편없는 논리적 과오도 이해하지 못하는 능력이 필요했다. 어리석음이 지성 만큼이나 필요하면서도, 그 우매함은 지성 이상으로 얻기 어려운 것이었다.

마음 한구석에는 언제 총살 될까 하는 궁금증이 늘 남아 있었다. "모든 것은 자네에게 달려 있네."라고 오브라이언은 말했었다. 하지만 그에게는 죽음을 의식적으로 앞당길 능력이 없었다. 10분 후일지 10년 후일지 모른다. 몇 년을 독방에 가두어둘 지도 모르고 노동 수용소로 보낼지도 모르고 가끔 그랬던 것처럼 잠시 풀어줄지도 모른다. 그리고 체포에서 심문에 이르기까지 겪은 드라마 같은 모든 과정이 총살당하기 전에 다시 한 번 재연될지도 모른다. 한 가지 분명한 일은 죽음이 절대로 예상된 순간에 닥치지 않는다는 것이었다. 공식적으로 발표되지도 않았고, 누구에게 직접 들은 적도 없지만 모두 알고 있는 것처럼 그들은 감방 사이의 복도를 걸어가게 하고, 뒤에서 아무런 경고도 없이 머리를 쏘아 죽일 것이다.

어느 날—'어느 날'이란 적당하지 않을지 모른다. 어쩌면 한밤중일지도 모르니까—그는 기묘하고도 행복한 환상에 빠져들었다. 그는 총알이 날아올 것을 기대하면서 복도를 걷고 있었다. 다음에 무슨 일이 일어날지 그는 알고 있었다. 모든 것이 해결되고 안정되고 화해될 것이다. 의혹도 고통도 두려움도 없었다. 몸이 건강하고 튼튼하다는 것이 기뻐서 그는 햇빛 속을 걷는 것처럼 즐겁고 편안하게 걸었다. 그곳은 이미 애정부의 좁고 하얀 복도가 아니었다. 폭이 1킬로미터나 되는, 햇빛이 밝게 내리쬐는 널찍한 길을 마약에 취한 것처럼 걸어가고 있었다. 황금의 나라였다. 토끼들이 뛰노는 해묵은 풀밭을 가로지른 오솔길을 따라 걸었다. 짧게 깎은 푹신한 잔디의 촉감이 발밑으로 느껴졌고, 얼굴엔 부드러운 햇살이 쏟아지고 있었다. 들판 가장자리에 이르자 느릅나무들이 바람에 가볍게 하늘거렸다. 버들가지가 늘어진 건너편 개울에서는 황어떼가 헤엄치고 있었다.

갑자기 그는 무시무시한 공포를 느끼며 벌떡 일어났다. 등줄기에 식은땀이 흘렀다. 자기가 커다랗게 외치는 소리를 들었던 것이다.

"줄리아! 줄리아! 줄리아!"

한동안 윈스턴은 그녀가 눈앞에 있는 것 같은 환각에 사로잡혔다. 단순히 그와 함께 있는 것이 아니라 그녀가 그의 살갗을 뚫고 그의 내부에 들어와 있는 것 같았다. 순간 그는 둘이 자유롭게 지내던 때보다 더 열렬한 사랑을 느꼈다. 그녀도 어딘가에 살아남아서 그의 도움을 기다리고 있을 거라는 생각이 들었다.

그는 다시 침대에 반듯이 누워서 마음을 진정시키려고 애썼다. 대체 무슨 짓이람! 일순간의 나약함 때문에 이 굴욕적인 노예 생활을 얼마나 더 연장하려고?

금방이라도 문 밖에서 구둣발 소리가 들릴 것만 같았다. 이런 돌발적인 감정의 노출을 처벌하지 않고 그냥 내버려둘 리 없었다. 그들과의 약속을 깨뜨린 것이다. 그는 당에 복종했지만 여전히 당을 증오했다. 순종하는 체하면서 이단적인 생각을 품고 있었다. 진심으로 항복했지만 마음 가장 깊은 곳은 여전히 침범당하지 않았다. 잘못이라는 것을 알면서도 스스로 잘못된 상태에 놓이려고 애썼다. 그들은 그 사실을 알게 될 것이다. 오브라이언도 알게 될 것이다. 방금 지른 어리석은 외마디 소리로 그 모든 것을 자백한 셈이 된 것이다.

처음부터 다시 시작해야 할지 모른다. 그러자면 몇 년이 더 걸릴지 모른다. 그는 자신이 어떻게 변했는지 손으로 얼굴을 만져보았다. 양볼에 깊은 주름이 생기고, 광대뼈는 툭 튀어나왔으며, 코는 납작해져 있었다. 거울에 비친 모습을 본 이후에 틀니를 끼워 넣었다. 자기 얼굴이 어떻게 생겼는지도 모르면서 표정을 통제하는 것은 쉬운 일이 아닐뿐더러 충분하지도 않다. 처음으로 그는 비밀을 지키기 위해서는 자기 자신에게도 그것을 숨겨야 한다는 것을 깨달았다. 자신에게 비밀이 있다는 것은 늘 의식해야 하지만, 필요할 때까지는 어떤 형태로든 절대로 의식하면 안 된다. 지금부터라도 오직 올바르게 생각하고 올바르게 느끼고 올바르게 꿈꾸지 않으면 안된다. 그리고 증오심은 자기 몸의 일부이면서도 자기 몸의 나머지 부분과는 아무 관계도 없는 것처럼 보자기에 꽁꽁 싸서 깊숙이 감춰두어야만 한다.

언젠가 그들은 그를 총살할 것이다. 언제가 될 지는 알 수 없지만 총살되기 몇 초 전에는 직감적으로 알 수 있을 것이다. 10초! 그 안에 그의 내면세계는 완전히 뒤집힐 것이다. 한마디 말도, 멈칫거림도, 주름살 하나 흐트러뜨리지 않고 있다가 갑자기 가면을 벗고 그의 증오심은 거창한 소리를 내며 타오르는 불꽃으로 그를 가득 채울 것이다. 하지만 그들은 이미 방아쇠를 당긴 뒤다. 그를 세뇌시키기 전에 그의 머리통을 박살내버리게 되는 것이다. 결국 그의 이단적인 사상은 영원히 그들 손이 미치지 못하는 곳에서 처벌받지도 않고 참회를 강요당하지도 않을 것이다. 그들 자신의 완벽성엔 하나의 구멍이 뚫리는 것이다. 그들을 증오하면서 죽는 것, 그것만이 자유이다.

그는 눈을 감았다. 그것은 정신 훈련보다 더 어려웠다. 그것은 자신을 퇴화시키고 절단하는 문제였다. 그는 가장 더러운 오물 속에 자신을 내동이치지 않으면 안되었다. 이 세상에서 가장 무섭고 역겨운 것은 뭘까? 그는 빅 브라더라고 생각했다. 그 어마어마한 얼굴과(언제나 포스터만으로 보아왔기 때문에 1미터도 넘을 것 같았다) 무성한 검은 콧수염과 사람을 노려보는 눈초리가 떠올랐다. 빅 브라더에 대한 그의 진정한 느낌은 무엇일까?

통로에서 묵직한 발소리가 들렸다. 철문이 요란하게 열리더니 오브라이언이 감방 안으로 들어오고, 밀랍인형 같은 장교와 검은 제복의 간수들이 따라 들어왔다.

"일어나서 이리 와." 오브라이언이 명령했다.

윈스턴은 그 앞에 섰다. 오브라이언은 억센 손으로 윈스턴의 어깨를 잡아당겨 얼굴을 가까이서 들여다보았다.

"날 속일 생각은 하지 마. 그건 어리석은 짓이야. 자, 똑바로 서서 내 얼굴을 쳐다봐."

그는 잠시 후에 부드러운 목소리로 말을 계속했다.

"윈스턴, 자넨 정신적으로 개선되고 있었어. 지적으로도 잘못된 점은 거의 없었어. 자네가 발전하지 못한 것은 오직 감정적인 문제뿐이야. 말해 봐, 윈스턴, 절대로 거짓말 하지 말고. 거짓말을 하면 내가 귀신같이 알아낸다는 건 알고 있겠지? 말해 봐. 빅 브라더에 대한 자네의 진정한 감정은 뭔가?"

“난 그를 증오합니다.”

“그를 증오한다고? 좋아. 마지막 단계에 들어설 때가 되었군. 윈스턴, 자넨 빅 브라더를 사랑해야만 해. 단지 그에게 복종하는 것만으론 충분하지 않아. 그를 적극적으로 사랑해야 해.”

그는 윈스턴을 간수들 쪽으로 밀면서 외쳤다.

“101호실로!”

5

감방이 바뀔 때마다 그는 자신이 이 창살 없는 건물의 어디쯤에 있는지 어렴풋이 짐작했다. 아마도 기압이 조금씩 달랐기 때문일 것이다. 간수들이 그를 구타하던 감방은 지하에 있었고, 오브라이언에게 심문을 받았던 방은 지붕 가까이 높은 곳에 있었다. 지금 갇힌 방은 땅 속 아주 깊이 수십 미터쯤 내려간 곳 같았다.

그 방은 지금까지 그가 갇혀 있던 감방들보다 훨씬 더 컸다. 하지만 그는 주위를 돌아볼 수 없었다. 알 수 있는 것이라곤 고작 앞에 놓인 두 개의 조그만 테이블에 녹색 테이블보가 씌워져 있다는 것 뿐이었다. 테이블 하나는 그에게서 1, 2미터쯤 떨어져 있었고, 다른 하나는 멀리 문 가까이에 있었다. 의자에 똑바로 옴짝달싹 못하게 단단히 묶인 데다가 머리마저 조그만 받침대 같은 것이 뒤에서 꽉 죄고 있었기 때문이었다.

얼마가 지나자 오브라이언이 들어왔다.

"언젠가 101호실이 어떤 곳이냐고 물었지? 그때 난 자네가 이미 알고 있을 거라고 대답했지. 누구나 다 알고 있다고 말야. 101호실에서 일어나는 일은 이 세상에서 일어날 수 있는 최악의 일이야."

문이 다시 열렸다. 간수 하나가 철사줄로 엮은 상자인지 바구니인지를 들고 들어와서 멀리 떨어진 테이블 위에 놓았다. 오브라이언이 가로막고 서 있었기 때문에 윈스턴은 그것이 무엇인지 볼 수가 없었다.

오브라이언이 다시 입을 열었다.

"이 세상에서 무엇이 가장 끔찍한지는 사람마다 다르지. 생매장을 시키거나, 불에 태워 죽이거나, 물에 빠뜨려 죽이거나, 말뚝에 꿰어 죽이거나, 끔찍한 처형 방법이 50가지는 될 거야. 물론 아주 시시한 방법도 있지."

그는 한옆으로 비켜섰다. 윈스턴은 테이블 위에 놓인 물건을 자세히 보았다. 그것은 들고 다닐 수 있도록 꼭대기에 손잡이가 달린 직사각형 철사 우리였다. 그 우리 앞쪽엔 펜싱 마스크 같은 것이 붙어 있었고 옆면은 볼록 튀어나와 있었다. 3, 4미터쯤 떨어져 있었지만 그는 우리가 두 칸으로 나뉘어져 있고 그 안에 동물이 들어 있다는 것을 알았다. 쥐였다.

"자네는 세상에서 가장 끔찍한 게 아마 쥐지?"

윈스턴은 그 우리를 처음 본 순간 뭐라고 설명할 수 없는 공포와 전율을 느꼈었다. 거기에 쥐란 말을 듣고 앞에 붙어 있는 마스크처럼 생긴 것이 뭔지 깨닫자 마자 그의 내장이 물처럼 녹아버리는 것 같았다.

"안 돼요. 그럴 순 없어요! 안돼요, 제발!"

그는 찢어지는 목소리로 미친 듯 고함을 질렀다.

"꿈속에 자주 나타났던 공포의 순간을 기억하고 있겠지? 앞엔 시커먼 담벽이 가로막혀 있고 그 너머에서 으르렁거리는 소리가 들렸지. 담벽 너머엔 뭔가 무시무시한 것이 있었어. 자넨 그게 뭔지 알고 있었지만 감히 말할 수 없었어. 그게 뭐였나? 바로 쥐들이었지."

"오브라이언! 이럴 필요까진 없다는 걸 아시잖아요. 도대체 제가 어떻게 하면 좋겠습니까?"

윈스턴은 목소리를 가라앉히려고 애쓰면서 말했다.

오브라이언은 곧바로 대답하지 않았다. 그는 언제나처럼 학교 선생 같은 태도로 윈스턴의 등 뒤에 있는 청중들에게 연설하는 것처럼 주의 깊게 먼 곳을 바라보았다.

"고통만으론 충분하지 않아. 인간이란 죽는 순간까지 고통에 맞서 버티는 경우가 종종 있거든. 하지만 누구에게나 절대로 견딜 수 없는 것, 생각조차 하기 싫은 것이 있게 마련이지. 그건 용기나 비겁함과는 아무 관계가 없는 거야. 절벽에서 떨어질 때 밧줄을 움켜쥔다고 그게 비겁한가? 깊은 물속에서 간신히 떠올랐을 때 크게 숨을 들이쉰다고 그게 비겁한가? 아니지. 그건 본능이야. 어쩔 수 없는 거지. 자네에게는 쥐가 바로 그런 거야. 아무리 기를 써도 배겨낼 수 없는 압력인 거지. 그러면 자넨 자네한테 필요한 행동을 할 수 있게 될 거야."

"그게 뭔데요? 대체 그게 뭡니까? 뭔지도 모르면서 어떻게 할 수 있습니까?"

오브라이언은 우리를 가까운 테이블로 들고 와서 조심스럽게 내려놓았다. 피에 굶주린 울음소리가 들렸다. 그는 절망적인 고독감을 느꼈다. 아무도 없는 거대한 평원에서, 햇볕이 무섭게 내리쬐는 사막 한가운데에서, 머나먼 곳에서 들려오는 소리를 듣고 있는 것 같았다. 하지만 우리는 2미터도 안 되는 거리에 있었다. 어마어마하게 큰 쥐들이었다. 나이가 든 탓인지 주둥이가 무디고 사납게 보였으며 털도 잿빛에서 갈색으로 바뀌어가고 있었다.

"쥐란 놈은 설치류면서도 육식성이지. 아마 자네도 빈민가에서 일어난 일을 들었을 테지. 거기선 어린애를 5분도 혼자 못 둔다더군. 쥐떼들이 공격을 해서 말이야. 삽시간에 뼈까지 벗겨먹는다나. 병자나 죽어가는 사람도 공격한대. 무력한 인간을 귀신 같이 알아낸다는 거지."

우리에서 찍찍거리며 요란하게 우는 소리가 들렸다. 윈스턴에겐 그 소리가 아주 멀리서 들리는 것 같았다. 쥐들이 칸막이를 사이에 두고 서로 잡아먹으려고 소란을 피우고 있었다. 절망적인 한숨이 새어나왔다. 그 소리조차 자기가 아닌 다른 사람이 내는 소리 같았다.

오브라이언은 우리를 들어올려 안에 뭔가를 밀어넣었다. 날카로운 찰칵 소리가 났다. 윈스턴은 의자에서 일어나려고 미친 듯이 몸부림쳤다. 필사의 절망적인 몸부림이었다. 오브라이언은 우리를 더 가까이 가져왔다. 윈스턴의 얼굴에서 1미터도 안 되는 거리였다.

"첫 번째 빗장은 풀렸어. 우선 이 우리의 구조에 대해서 설명해줘야겠군. 마스크는 자네 머리에 딱 맞게 되어 있어. 그러니까 빠져나갈 틈이라곤 없지. 다른 빗장을 풀면 우리의 문이 완전히 열리게 되어 있어. 그러면 이 굶주린 짐승들이 총알처럼 튀어나올 거야. 공중으로 뛰어오르는 쥐를 본 적 있나? 곧바로 얼굴을 향해 뛰어올라서 물어뜯을 거야. 눈을 먼저 뜯어먹을지 뺨에 구멍을 뚫고 들어가 혓바닥을 먼저 먹어치울지는 모르겠지만."

쥐 우리가 가까이, 더 바짝 다가왔다. 윈스턴은 머리 위에서 울려오는 듯한 날카로운 울음소리를 들었다. 그는 죽을 힘을 다해 공포와 맞서 싸웠다. 생각하자. 마지막 반 초까지 생각하는 것만이 유일한 희망이었다. 갑자기 더럽고 지저분한 짐승 냄새가 콧속으로 확 풍겼다. 격렬한 구역질이 일었다. 눈앞이 캄캄해졌다. 그는 정신을 잃고 짐승처럼 비명을 지르며 울부짖었다. 오직 한 가지 생각밖에 없었다. 쥐와 나 사이에 다른 인간, 다른 사람의 몸뚱이를 갖다 놓아야만 한다.

마스크가 다른 것은 아예 보이지도 않을 만큼 점점 크게 확대되었다. 철사 문이 그의 얼굴에서 두 뼘 정도 떨어져 있었다. 쥐 한 마리가 위아래로 뛰었다. 수채 구멍에서 나옴직한 또 다른 늙고 불결한 쥐는 똑바로 서서 분홍빛 앞발을 철사줄에 걸치고 허공을 향해 코를 쫑긋거리며 사납게 냄새를 맡고 있었다. 윈스턴은 쥐의 턱수염과 누런 이빨을 보았다. 다시금 어두운 공포 속에서 그는 볼 수도 생각할 수도 없을 만큼 한없이 무력해졌다.

"이건 제정시대의 중국에서 널리 행해진 형벌이야."

오브라이언이 전과 같이 암시적으로 말했다.

마스크가 얼굴 쪽으로 다가오고 철사줄이 뺨에 닿았다. 그때 구원, 아니 희망, 아니 너무 늦었다. 어쨌든 이 세상에서 그의 벌을 대신해 줄 오직 '한 사람'이 떠올랐다. 쥐와 자신 사이에 밀어넣을 몸뚱이는 '단 하나'밖에 없었다. 그는 미친 듯이 고함을 질렀다.

"줄리아한테 해요! 줄리아한테! 나 말고 줄리아한테요! 그 여자한테 무슨 짓을 하든 상관없어요. 얼굴을 갈기갈기 찢든, 살에서 뼈를 발라내든 상관없어요. 나 말고 줄리아한테 해요! 난 안 돼요!"

그는 쥐한테서 떨어지려고 있는 힘을 다해 몸을 뒤로 밀었다. 의자에 단단히 묶인 채로, 마룻바닥을 뚫고, 건물 벽을 뚫고, 지구 밖으로, 바다 건너로, 대기 밖으로, 우주로, 별들 사이의 심연으로 한없이 쥐를 피해 도망치고, 도망쳤다. 몇 광년이나 멀리 도망쳤는데도 오브라이언은 그 옆에 서 있었다. 아직도 볼엔 차가운 철사줄의 감촉이 느껴졌다. 그를 둘러싼 암흑을 뚫고 찰칵 하는 금속성 소리가 들렸다. 우리의 문이 열리는 소리가 아니라 닫히는 소리였다.

6

'호두나무 카페'는 거의 텅 비어 있었다. 창문을 통해 노란 햇살이 비스듬히 들어와 뽀얗게 먼지 앉은 탁자를 비추고 있었다. 15시였다. 양철통을 두드리는 것 같은 음악이 텔레스크린에서 흘러나왔다.

윈스턴은 언제나처럼 구석 자리에 앉아서 빈잔을 들여다보고 있었다. 가끔씩 그는 맞은편 벽에서 자기를 쏘아보고 있는 커다란 얼굴을 힐끗 쳐다보았다. 얼굴 밑에는 '빅 브라더가 당신을 주시하고 있다'라고 적혀 있었다. 웨이터가 주문하지도 않은 빅토리 진을 빈잔에 채우고, 코르크에 대롱이 박힌 다른 병을 흔들어 몇 방울 떨어뜨렸다. 이 카페의 특제품인 정향을 탄 사카린이었다.

윈스턴은 텔레스크린 소리에 귀를 기울였다. 지금은 음악이 나오고 있지만 곧 평화부의 특별 방송이 있을지 몰랐다. 아프리카 전선에서 전해 오는 뉴스는 극히 불안했다. 그는 온종일 그 일을 걱정하고 있었다. 유라시아 군대는(오세아니아는 유라시아와 전쟁 중이고, 오세아니아는 항상 유라시아와 전쟁 중이었다) 무서운 속도로 진격해 오고 있었다. 정오의 발표에서는 명확한 지역을 언급하지 않았지만, 콩고 입구 쪽은 이미 전투 지역으로 바뀐 것 같았다. 브라자빌과 레오폴드빌은 위험한 상태였다. 그것이 무엇을 의미하는지를 확인하기 위해 지도를 들여다볼 필요조차 없었다. 그것은 단순히 중앙아프리카의 상실에만 국한된 문제가 아니었다. 전쟁이 일어난 후 처음으로 오세아니아 영토가 위협을 받고 있는 것이다.

공포라기 보다는 흥분이라고 할만한 격렬한 감정이 그의 가슴속에서 불꽃처럼 피어올랐다가 스러졌다. 그는 전쟁에 관한 생각을 멈췄다. 요즘엔 어떤 생각도 몇 분 이상 지속할 수가 없었다. 그는 잔을 들어 한 입에 털어넣었다. 언제나처럼 몸이 부르르 떨렸고, 가벼운 헛구역질까지 났다. 술맛은 끔찍했다. 정향과 사카린에서 치가 떨리도록 역겨운 기름 냄새가 났다. 무엇보다도 고약한 것은 진의 독특한 냄새였다. 그 냄새는 밤낮을 가리지 않고 그의 몸에 붙어 다녔으며, 기묘하게도 말로 표현할 수 없는 어떤 냄새와 뒤엉켜 그의 마음속에 달라붙어 있었다.

윈스턴은 그것이 무엇인지 알아보려고 하지 않았다. 그것은 반쯤 잊어버린 그 무엇이었으며, 그의 얼굴에 달라붙어 콧구멍 속에서 맴도는 냄새였다. 취기가 오르자 자줏빛 입술 사이로 트림이 올라왔다. 그들이 풀어 준 이후로 그는 점점 살이 쪘고 안색도 돌아왔다. 아니, 옛날보다 안색이 훨씬 좋아졌다. 얼굴도 통통해지고, 코와 광대뼈께의 피부와 벗겨진 머리는 짙은 분홍빛을 띠었다. 부탁도 하지 않았는데 웨이터가 체스판과 이번 달《타임스》의 체스 문제가 실려 있는 페이지를 접어서 가지고 왔다. 웨이터는 윈스턴의 잔이 비어있는 것을 보고는 다시 진 병을 가져와서 술을 채웠다. 주문할 필요가 전혀 없었다. 그들은 윈스턴의 습관을 잘 알고 있었기 때문이다. 언제나 그를 위해 체스판은 대기하고 있었으며, 구석 자리는 항상 그의 몫으로 남겨두었다. 사람들로 만원을 이루었을 때에도 그 자리만은 비워두었으며, 아무도 그 옆에 앉지 않았다. 그는 자기가 마신 술잔 수를 헤아릴 필요도 없었다. 규칙적으로 내미는 계산서는 늘 제값보다 싸게 청구하는 인상을 주었다. 술값을 더 받아도 상관없는 일이었다. 그는 요즘 돈에 궁색하지 않았다. 한직이긴 해도 직장이 있었고, 전보다 훨씬 더 많은 급료를 받았다.

텔레스크린의 음악 대신 사람 목소리가 흘러나왔다. 윈스턴은 고개를 들고 귀를 기울였다. 하지만 전황 발표가 아니라 풍요부에서 발표하는 간단한 공보였다. 제 10차 3개년 계획의 4분기 구두끈 생산량이 할당량보다 98퍼센트나 초과 달성되었다는 내용이었다.

그는 체스 문제를 자세히 들여다본 다음 말들을 움직였다. 한 쌍의 말을 움직여 끝을 맺는 까다로운 문제였다. '백을 두 번 움직여 장군을 부를 것' 윈스턴은 빅 브라더의 초상화를 쳐다보았다. 백이 항상 장군을 부른다는 것이 신비하게 느껴졌다. 언제나 예외없이 그랬다. 체스 문제가 생긴 이래 흑이 이긴 적은 한 번도 없었다. 그것은 선이 영원히 변함없이 악을 이긴다는 것을 상징하는 것이 아닐까? 조용하고 위엄 있는 거대한 얼굴이 그를 뚫어지게 바라보고 있었다. 백이 언제나 장군을 부른다.

텔레스크린의 목소리가 멎더니 훨씬 더 심각한 다른 사람의 목소리가 이어졌다.

"15시 30분에 중대 발표가 있습니다. 15시 30분! 매우 중대한 뉴스입니다. 놓치지 마세요. 15시 30분입니다!"

다시 음악이 흘러나왔다.

윈스턴은 가슴이 두근거렸다. 전황에 관한 발표일 것이다. 직감적으로 그는 좋지 않은 뉴스일 것이라고 생각했다. 아프리카에서 결정적인 참패를 당했을 거라는 생각이 마음속을 오락가락해서 온종일 약간 들뜬 상태였다. 유라시아 군대가 철통같은 방어선을 뚫고 개미떼처럼 아프리카 대륙을 향해 물밀 듯이 내려가는 광경이 눈에 보이는 것 같았다. 왜 측면 공격을 해서 그들을 다른 쪽으로 몰아붙이지 못할까? 서아프리카 연안의 윤곽이 그의 마음속에 생생하게 떠올랐다. 그는 백말을 집어 판을 가로질러서 옮겨놓았다. 거기가 적당하다고 그는 생각했다. 흑의 대군이 남쪽으로 밀려가는 동안, 또다른 군단이 기묘하게 집결하더니 갑자기 후방을 공격하여 육지와 바다의 연락망을 끊어버렸다. 그는 자신이 의식적으로 바라기만 하면 다른 군대가 또 나타날 것이라고 느꼈다. 하지만 재빨리 행동해야 했다. 만약 그들이 아프리카 전역을 장악하게 되고 희망봉에 비행장과 잠수함 기지를 구축한다면 오세아니아는 두 동강이 나고 말 것이다. 그것은 패배, 몰락, 세계의 재분할, 당의 파괴를 의미하는 것이다! 그는 숨을 깊이 들이마셨다. 몹시 착잡한 기분이었다. 아니, 정확히 말해서 그것은 착잡하다기보다는 차곡차곡 감정이 쌓여 있어서 어느 감정이 가장 밑바닥에 깔려 있는지 알 수 없는 기분이었다.

경련이 일었다. 윈스턴은 백말을 제자리에 갖다 놓았지만, 한참 동안 체스 문제에 집중할 수 없었다. 그의 생각은 다시 어수선해졌다. 거의 무의식적으로 그는 먼지 쌓인 탁자 위에다 손가락으로 이렇게 썼다.

2 + 2 = 5

"당신의 마음속까지 지배할 수는 없어요."라고 그녀는 말했다. 그러나 그들은 그의 마음속까지 뚫어버렸다. "이곳에서 일어난 일은 앞으로도 영원히 계속될 거야."라고 오브라이언은 말했다. 옳은 말이었다. 거기에는 절대로 돌이킬 수 없는 일들과 행위들이 있었다. 그리고 그로 인해 그의 가슴속에서 뭔가가 살해 당하고 불살라지고 마비되었다.

그는 그녀를 만났고 서로 말도 했다. 위험할 것은 아무것도 없었다. 그는 본능적으로 그들이 자기에 대해 관심이 없다는 것을 알고 있었다. 서로 원하기만 했다면 다시 만나기로 약속할 수도 있었을 것이다. 그들이 만난 것은 정말 우연이었다. 3월의 몹시 쌀쌀한 어느 날 공원에서였다. 땅은 돌덩이처럼 딱딱하게 굳어있었고 풀은 모두 말라 죽었으며, 꽃술이 떨어져 나간 크로커스 몇 송이 말고는 아직 싹도 돋지 않았다. 손까지 꽁꽁 얼어붙을 정도로 추웠기 때문에 거의 울 지경이 되어 급히 길을 가다가 10미터도 안되는 거리에서 그녀를 본 것이다. 너무나 추하게 변해 있었지만 그는 당장 그녀를 알아보았다. 그는 몹시 충격을 받았다. 그들은 서로 아는 척도 하지 않고 지나쳤다. 하지만 그는 별로 내키지 않았으면서도 몸을 돌려 그녀를 따라가지 않을 수 없었다. 아무 위험도 없고 누구 하나 그들에게 관심을 갖지 않으리라는 것을 잘 알고 있었다. 그녀는 아무 말도 하지 않았다. 그녀는 처음에는 그를 피하려는 것처럼 빠른 걸음으로 풀밭을 가로질러 갔지만 다시 생각을 바꾸었는지, 어쩔 수 없다고 생각했는지 걸음을 늦추었다. 이윽고 그들은 이파리 하나 없는 초라한 관목 숲으로 들어섰다. 바람을 막을 수도 몸을 감출 수도 없는 곳이었다. 그들은 걸음을 멈추고 나란히 섰다. 지독하게 추운 날씨였다. 바람이 윙윙거리며 나뭇가지 사이를 빠져나가 듬성듬성 꽃이 핀 지저분한 몰골의 크로커스를 흔들었다. 윈스턴은 그녀의 허리에 팔을 둘렀다.

텔레스크린은 없어도 마이크로폰은 분명히 숨겨져 있을 것이다. 게다가 사방이 훤히 트여 어디서도 그들을 볼 수 있었다. 하지만 상관없었다. 아무것도 두렵지 않았다. 원하기만 한다면 땅바닥에 누워서 그 짓도 할 수 있었다. 그런 생각을 하는 순간 갑자기 그의 몸이 공포로 얼어붙었다. 그가 아무리 끌어안아도 그녀가 반응하지 않는 것이었다. 그는 그제야 그녀의 마음이 변했다는 것을 알아차렸다. 누렇게 뜬 얼굴은 몹시 창백했고, 이마와 관자놀이를 가로질러 기다란 상처 자국이 나 있었다. 허리는 놀라울 정도로 굵고 뻣뻣했다. 언젠가 로켓탄이 폭발한 직후에 폐허의 돌더미 속에서 시체를 끌어내는 일을 도왔는데, 돌덩이처럼 무겁고 딱딱해서 다루기 힘들었던 일이 생각났다. 그런데 지금 줄리아의 몸에서 그는 그런 느낌을 받았다. 그녀의 살결 또한 전과 딴판일 것이었다.

윈스턴은 그녀에게 키스도 말도 하지 않았다. 공원 문을 빠져나와 돌아오는 길에 그녀는 처음으로 그를 빤히 쳐다보았다. 경멸과 혐오감이 가득 차 있었다. 그는 그 혐오감이 순전히 지난 일 때문인지, 아니면 그의 부풀어 오른 얼굴과 찬바람 때문에 흘러내린 눈물 때문인지 알 수가 없었다. 그들은 철제 의자에 약간 거리를 두고 앉았다. 그녀는 뭉툭한 구두를 몇 센티미터쯤 움직이더니 마른 나뭇가지를 밟아 부러뜨렸다. 발이 전보다 더 크고 넓적해진 것 같았다.

"난 당신을 배신했어요." 그녀가 당돌하게 말했다.

"나도 당신을 배신했어." 그가 대꾸했다.

"그들이 도저히 참을 수 없고 생각만으로도 끔찍한 어떤 것으로 위협했겠죠. 그래서 당신은 "나한테 이러지 말고 딴 사람한테 하세요. 이러이러한 사람에게요."라고 소리쳤겠죠. 하지만 나중에 고문을 중단시키려고 그런 것뿐이라고 아무리 변명을 한들 뻔한 거짓말 아닌가요? 물론 그런 일이 닥치면 누구라도 그렇게 할 수밖에 없겠죠. 어쩔 수 없을 거예요. 달리 방법이 없으면 고통이 다른 사람에게 옮겨지길 바라게 되죠. 다른 사람이 어떻게 되든 자기 생각만 하게 되는 거예요."

"그래 자기 생각만 하게 되지."

그는 그녀의 말을 따라 했다.

"그런 일이 생긴 다음엔 그 사람에 대한 감정이 더 이상 전과 같을 수 없어요."

"그래, 전과 같을 순 없지."

더 이상 할 말이 없었다. 바람이 얇은 제복을 뚫고 파고 들었다. 갑자기 그렇게 앉아 있는 것이 거북해졌다. 게다가 너무 추워서 견딜 수가 없었다. 그녀는 지하철을 타야 한다면서 어물어물 말하더니 일어나서 가버렸다.

"우린 다시 만나게 되겠지." 그가 말했다.

"그러겠죠." 그녀가 대답했다.

그는 반걸음쯤 뒤에서 머뭇거리며 그녀를 따라갔다.

두 사람 다 다시는 입을 열지 않았다. 그녀는 드러내놓고 그를 떨쳐버리려고는 하지 않았지만 그와 함께 나란히 걷지 않으려고 걸음을 빨리했다. 지하철역까지 그녀를 바래다 줄 생각이었지만 추위에 덜덜 떨면서 따라가는 것이 갑자기 싱겁고 참을 수 없는 일처럼 느껴졌다. 줄리아를 따라가겠다는 생각보다는 '호두나무 카페'로 돌아가고 싶은 충동이 강하게 그를 사로잡혔다. '호두나무 카페'가 이때만큼 매력적으로 느껴진 적이 없을 지경이었다. 구석 자리, 신문, 체스판, ,술잔이 생생하게 눈앞에 떠오를 만큼 그리웠다. 무엇보다도 그곳은 따뜻했다.

다음 순간, 절대로 우연이 아닌 것처럼 몇 사람이 그들 사이에 끼어들었다. 그녀는 점점 그에게서 멀어져 갔다. 그는 얼마 동안 그녀를 따라잡으려고 애쓰다가 걸음을 늦추고 반대쪽으로 꺾어들었다. 50미터쯤 걸어가다가 그는 뒤돌아보았다. 거리는 그다지 붐비는 편이 아니었는데도 그녀의 모습은 찾을 수 없었다. 급하게 걸어가는 열두어 명의 사람들 가운데 끼어 있을 것 같았지만 그녀의 비대하고 뻣뻣해진 몸을 더 이상 뒤에서는 그녀를 알아볼 수 없었다.

"그런 일이 닥치면 누구라도 그렇게 할 수밖에 없겠죠."라고 그녀는 말했다. 정말 그랬다. 말만 그렇게 한 것이 아니라 그때 그는 진심으로 그렇게 되기를 바랐었다. 자기의 고통이 그녀에게로 옮겨가기를 바랐던 것이다.

텔레스크린 음악이 바뀌었다. 뭔가 깨지는 소리도 같고, 당나귀 울음소리도 같고, 비꼬면서 놀리는 소리 같기도 한 선정적인 가락이 대신 흘러나왔다. 그러고 나서—어쩌면 실제로 그런 일이 일어난 게 아니라, 음악이 비슷해서 그런 기억이 떠올랐는지 모르지만—노래가 들렸다.

울창한 호두나무 아래서
나 그대 팔고 그대 날 팔았지,

눈물이 났다. 웨이터가 진 병을 들고 와 잔을 채웠다.

그는 술잔을 들고 냄새를 맡았다. 그 술을 마실수록 더욱 끔찍해졌다. 하지만 술이라도 마시지 않고는 견딜 수가 없었다. 술은 그에게 생명이고 죽음이며 부활이었다. 매일 밤 그를 혼수 상태에 빠뜨려 잠들게 하는 것도 술이었고, 매일 아침 그를 일어나게 하는 것도 술이었다. 그는 거의 열한 시가 되어서야 달라붙은 눈꺼풀과 타는 듯한 입과 부러져 나갈 것 같은 척추의 통증을 느끼며 잠을 깼다. 그나마 간밤에 침대 곁에 놔둔 술병과 술잔 없이는 자리에서 도저히 몸을 일으키지 못했다. 그는 대낮에도 술병을 들고 벌건 얼굴로 텔레스크린에 귀를 기울였다. 그리고 15시부터 영업이 끝나는 시간까지 '호두나무 카페'에 못박힌 듯 앉아 있었다. 어느 누구도 더 이상 그에게 관심을 보이지 않았고, 호루라기를 불어 그의 잠을 깨우지도 않았으며, 텔레스크린에서 그에게 호통 치는 일도 없었다. 1주일에 두 번쯤 먼지가 내려앉은 진리부 사무실에 나가서 일이라고 할 수도 없는 하찮은 서류를 주물럭거리다가 왔다. 신어 사전 제 11판 편찬 중에 제기된 하찮은 문제점들을 다루는 수많은 위원회들 가운데서 파생된 수많은 분과위원회, 그 가운데의 어느 소분과에서 일하도록 임명받았던 것이다.

그들은 이른바 '중간보고서'라고 일컫는 서류를 작성하는 일에 종사했는데, 윈스턴은 보고하는 내용이 무엇인지 명확하게 알지 못했다. 그것은 마침표를 괄호 안에 넣느냐, 괄호 바깥에 찍느냐 하는 문제와 관계된 일이었다. 소분과에는 그 말고도 네 사람이 더 있었는데 함께 모였다가도 실제로 할 일이 없어서 곧바로 헤어지는 날도 있었다. 그렇지만 때론 열심히 일에 매달리는 날도 있었다. 그런 날에는 의사록을 작성하고, 결코 끝맺을 수 있을 것 같지 않은 비망록을 입안하는 등 거창하게 소란을 떨기도 했다. 쟁점이라고 생각되는 것에 대한 토의가 의외로 복잡하고 까다로워져서 결정 사항을 놓고 미묘한 입씨름을 벌이고, 엄청나게 엇갈린 주장을 하고, 싸우고, 심지어 고위 당국에 고소하겠다고 협박까지 하다가, 갑자기 다들 맥이 빠져서 수탉이 울면 자취를 감추어버리는 유령처럼 테이블 주위에 둘러앉아 퀭한 눈으로 서로의 얼굴을 쳐다보는 것이었다.

텔레스크린이 조용해졌다. 윈스턴은 다시 고개를 쳐들었다. 발표인가? 아니었다. 그냥 음악이 바뀐 것이다. 아프리카 지도가 다시 떠올랐다. 군대의 움직임에 관한 도표였다. 검은 화살표가 수직으로 남쪽을 향해 뻗쳐 있고, 흰 화살표의 꼬리를 가로질렀다. 그는 확인하듯 초상화 속의 침착한 얼굴을 쳐다보았다. 두 번째의 화살은 있을 수 없는 일이라고 생각할 수 있을까?

모처럼의 흥미가 다시 시들해졌다. 그는 진을 한 모금 마시고 나서 백말을 집어 시험삼아 움직여보였다. 장군! 그러나 그것은 좋은 수가 아니었다. 왜냐하면……

문득 추억이 떠올랐다. 촛불을 켜놓은 방에는 하얀 시트를 깐 커다란 침대가 놓여 있었다. 그때 그는 아홉 살이나 열 살쯤이었는데 주사위 통을 흔들면서 마룻바닥에 앉아 깔깔대고 있었다. 어머니도 마주 앉아 웃고 있었다.

어머니가 행방불명되기 한 달쯤 전이었다. 뱃속에서 아우성치는 굶주림도 잠시 잊고 어머니에 대한 애정이 잠시나마 되살아났던 화기애애한 순간이었다.

그는 그날을 또렷이 기억했다. 비가 억수같이 퍼부어 창틀로 빗물이 줄줄이 흘러내리고 있었는데도 방안이 너무 어두워서 알아채지 못하고 있었다. 어둡고 답답한 침실에 갇혀 있던 두 아이는 지루해서 견딜 수 없었다. 윈스턴은 먹을 것을 내놓으라고 징징대면서 방을 빙빙 돌며 손에 잡히는 대로 내팽개치고 벽을 발길로 걷어찼다.

이웃집 사람이 화를 내며 조용히 하라고 벽을 꽝꽝 쳤다. 어린 누이동생까지 계속 낑낑대며 보채고 있었다. 어머니가 말했다.

“윈스턴, 가만히 좀 있어. 장난감을 사줄게. 아주 멋진 걸로 말이야. 네 맘에 쏙 들 거야.”

어머니는 그렇게 말하고 빗속을 뚫고 나가 아직 문이 열려 있는 조그만 가게에서 ‘뱀과 사다리’라는 놀이 기구가 들어있는 마분지 상자를 사 들고 돌아왔다. 그는 지금도 비에 젖은 마분지 상자의 축축한 냄새를 기억할 수 있었다. 그것은 정말 조잡하고 형편없는 장난감이었다. 놀이판은 금이 갔고, 조잡하게 깎은 조그만 나무 주사위는 제대로 서지도 못했다. 윈스턴은 부루퉁해서 바라보았다. 어머니가 촛불을 켰다. 그들은 놀이를 하려고 마루에 앉았다. 그는 곧 신바람이 나서 고함을 지르며 깔깔대고 웃었다. 조그만 말이 희망에 차서 사다리를 기어오르다가 뱀한테로 주르르 미끄러져 떨어지면 놀이는 원점에서 다시 시작하게 되는 것이었다. 그들은 여덟 판을 놀았는데 네 판씩 이겼다. 꼬마 누이동생은 너무 어려서 놀이를 이해하지 못했기 때문에 베개에 기대어 앉혀두었는데 다른 사람이 웃으면 같이 따라 웃었다. 오후 내내 그들은 그 옛날처럼 행복했다.

윈스턴은 마음속에 떠오른 장면들을 얼른 지워버렸다. 그것은 떠올리지 말아야 할 잘못된 추억이었다. 그는 이련 잘못된 기억 때문에 가끔 시달렸다. 물론 그 추억의 정체를 파악하고 있는 한 문제될 것은 없었다. 어떤 일은 일어나고 어떤 일은 일어나지 않은 걸로 해야 할지 잘 알고 있었다. 그는 체스판에서 다시 백말을 집어들다가 바늘에 찔린 것처럼 깜짝 놀라 말을 떨어뜨렸다.

날카로운 트럼펫 소리가 허공을 갈랐다. 전황을 알리는 특보였다! 승리였다! 뉴스 전에 트럼펫이 울리면 그것은 곧 승리를 의미했다. 전율 같은 것이 카페 안을 휘돌았다. 웨이터들조차 깜짝 놀라 귀를 곤두세웠다.

트럼펫 소리에 이어 엄청난 함성이 울렸다. 텔레스크린에서 뉴스가 흘러나오고 있었지만 밖에서 터져나오는 환호성에 묻혀버렸다. 승리에 대한 소식이 마법처럼 거리를 휩쓸었다. 윈스턴은 텔레스크린 소리를 겨우 겨우 알아들을 수 있었다. 예상했던 대로였다. 거대한 함대가 비밀리에 집결해서 적의 후방에 기습적인 공격을 감행하여 흰 화살표가 검은 화살표의 꼬리를 꿰뚫은 것이다. 승전 보고가 소음을 뚫고 단편적으로 들렸다.

"대규모 기동 작전…… 완전한 합동 작전…… 철저한 패주…… 50만 명의 포로…… 완전한 사기 저하…… 아프리카 전역 장악…… 막바지에 이른 전쟁…… 승리…… 인류 역사상 가장 위대한 승리…… 승리, 승리, 승리!"

탁자 밑에서 윈스턴의 다리가 후들후들 떨렸다. 그는 자리에 그대로 앉아 있었지만 마음속으로는 바깥의 군중들과 함께 숨가쁘게 내달리면서 귀가 멍멍해지도록 환성을 질렀다. 그는 다시 빅 브라더의 얼굴을 쳐다보았다. 세계에 군림하는 거인! 유라시아의 떼거지들이 아무리 덤벼도 끄덕 없는 바위 같은 존재! 10분 전만 해도—그렇다, 고작 10분 전이었다—그는 전선에서 날아오는 뉴스가 승리일까, 패배일까 마음 졸이고 있었다. 아, 그런데 패망한 것은 유라시아 군대가 아닌가! 애정부에 잡혀 간 이후로 참 많이도 변했지만, 최종적이고 절대적으로 필요한 회복의 변화가 지금 이 순간처럼 그에게 극명하게 일어난 적은 없었다.

텔레스크린에서는 여전히 포로와 전리품과 학살에 관한 이야기를 장황하게 떠들어대고 있었다. 바깥의 함성은 조금 가라앉았다. 웨이터들도 다시 자기 일로 돌아갔다. 웨이터가 술병을 들고 다가왔다. 하지만 윈스턴은 술잔이 채워지는 것도 모른 채 행복한 꿈에 젖어 앉아 있었다. 그는 마음속으로 더 이상 달리지도 않았고, 기쁨의 환성도 지르지 않았다. 그의 영혼은 눈처럼 새하얗게 깨끗해졌다. 그는 애정부로 돌아가 모든 것을 용서받았다. 피고석에 앉아 모든 것을 고백하고, 그가 아는 모든 사람을 공범으로 끌어들였다. 그는 눈부신 햇빛 속을 걸어가는 듯한 기분으로 하얀 타일이 깔린 복도를 걸어갔다. 총을 든 간수가 뒤에서 나타났다. 오랜 동안 그토록 기다렸던 총탄이 그의 머리에 박혔다.

윈스턴은 빅 브라더의 거대한 얼굴을 똑바로 쳐다보았다. 저 검은 콧수염 밑에 어떤 종류의 미소가 숨어 있는지 알아내는 데 40년이나 걸린 것이다. 아, 잔인하고 불필요한 오해여! 아, 저 사랑 가득한 품 안을 뛰쳐나와 스스로 고집부리며 택한 유형이라니! 진 냄새 나는 눈물이 양 볼을 타고 흘러내렸다. 하지만 이젠 모든 것이 잘 되었다. 투쟁은 끝났다. 그는 스스로를 극복하고 승리한 것이다. 윈스턴은 빅 브라더를 사랑했다.

부록

신어의 원리

신어는 오세아니아의 공용어로 영사, 즉 영국 사회주의의 이념적 필요에 의해 고안된 것이다. 1984년까지만 해도 신어를 유일한 의사소통의 수단으로 사용한 사람은 아무도 없다. 《타임스》의 논설은 주로 신어로 쓰여졌지만 어디까지나 전문가들만이 이해할 수 있는 어려운 것이었다. 2050년쯤 가면 비로소 신어가 구어(이른바 표준 영어)와 대체될 것으로 예상된다. 그 동안 신어는 사용 범위가 계속 확대되어 당원들은 일상생활에서도 신어의 어휘와 문법상의 구조를 활용하게 될 것이다. 1984년에 사용된 어휘, 즉 신어 사전 제9판과 제10판에 수록된 불필요한 낱말과 고어체들은 나중에 삭제될 것이다. 여기서 언급하는 것은 신어 사전 제11판에 수록된 최종적이고 완전한 어휘이다.

신어의 목적은 영사 신봉자들에게 적합한 세계관과 사고방식에 대한 표현 수단을 제공하고 영사 이외의 다른 사상을 완전히 제거하는 데 있다. 신어가 일단 채택되어 모든 분야에서 사용하게 되고 옛말이 잊혀지면 이단적 사상, 영사의 이념에 어긋나는 사상은 사상이 언어에 의

존하는 한 생각조차 할 수 없게 될 것이다. 신어의 어휘는, 당원이 표현하고자 하는 모든 의미를 정확하게, 그리고 매우 섬세하게 표현할 수 있도록 구성되어 있으며, 반면에 다른 의미나 혹은 간접적으로, 우회적으로 말할 수가 있는 가능성을 배제한다. 이 작업은 새 단어를 발명해냄으로써 부분적으로 이루어지기도 했지만, 주로 바람직하지 못한 단어를 제거해버리고 이단적인 의미를 지닌 단어와 2차적인 의미를 지닌 단어를 삭제함으로써 가능해진 것이다. 예를 들면 신어에는 아직 '자유로운(free)'이란 낱말이 남아있다. 그러나 그 낱말은 다만, '이 개는 이가 없다(This dog is free from lice.)'라든가, '이 들판에는 잡초가 없다(This field is free from weeds.)'라는 말로만 사용되고 '정치적으로 자유로운(Politically free)'라든가 '지적으로 자유로운(intellectually free)'이라는 식의 옛날 의미로는 사용될 수 없다. 왜냐하면 정치적 자유라든가 지적 자유는 이미 그 개념조차 존재하지 않기 때문에 그런 용어 자체가 있을 필요가 없어진 것이다. 뿐만 아니라 분명히 이단적인 뜻을 지닌 낱말을 삭제하는 것 말고도 어휘 수를 줄이는 그 자체가 목적이 될 수도 있기 때문에, 꼭 필요하지 않은 낱말은 하나도 남겨놓지 않았다. 신어는 사고의 범위를 넓히기 위해 고안된 것이 아니라 '줄이기' 위해 고안된 것이다. 단어의 선택을 최소한도로 줄이는 것이 이 목적에 간접적인 도움을 주기 때문이다.

신어는 지금 우리가 사용하는 영어에 근거를 두고 있지만 대부분의 신어로 된 문장은 오늘날 영어로 말하는 사람들이 이해하기 어렵다. 새로 만든 낱말을 전혀 사용하지 않아도 마찬가지다. 신어의 낱말은 A 어군, B 어군(합성어라고도 한다), C 어군의 셋으로 분류된다. 각 어군을 따로따로 설명하는 편이 간편하겠지만 그 언어의 문법적 특수성은 A 어군에서 다루겠다. 왜냐하면 똑같은 규칙이 세 어군 모두에 해당되기 때문이다.

A 어군

A 어군은 먹고 마시고 일하고 옷을 입고 층계를 오르내리고 차를 타고 정원을 가꾸고 음식을 만들고 하는 등의 일상생활에 필요한 낱말들로 구성되어 있다. 이미 우리가 사용하는 '때리다' '달리다' '개' '나무' '설탕' '집' '들판' 따위의 어휘들이 포함되어 있는데, 오늘날의 영어 단어와 비교하면 그 수가 아주 적고, 그 의미도 엄격하게 제한되어 있다. 모호하거나 암시적인 뜻은 완전히 제거된 것이다. 이 어군의 낱말들은 단 하나의 명백한 개념만을 나타내는 단음이 될 것이다. A 어군의 낱말을 문학적 목적이나 정치적 및 철학적 토론을 하는 데 사용하는 것은 전혀 불가능하다. 그것은 주로 구체적인 대상이나 실제 나타나는 행동을 뜻하는, 간단하고 목적이 뚜렷한 사고를 표현하는 데만 사용된다.

신어에는 두 가지 뚜렷한 문법적 특징이 있다. 첫째, 서로 다른 품사끼리 거의 완전히 전용할 수 있다. 신어에서는 어떤 단어라도(원칙적으로 '만약' 이라든가 '언제' 같은 추상어에까지 적용된다) 동사 · 명사 · 형용사 · 부사로 사용될 수 있다. 어근이 같을 때에는 동사형과 명사형 사이에 아무 변화가 없으며, 이 규칙을 적용하면 많은 고어체가 파괴된다. 예를 들면 '사고(thought)'란 단어는 사라지고 '생각하다(think)'가 명사와 동사의 역할을 겸한다. 어원학적 원칙의 문제는 발생하지 않는다. 어떤 경우에는 원래 명사인 단어가 원래의 기능만을 유지하고, 또 어떤 경우에는 동사로 쓰인다. 비슷한 뜻을 가진 명사와 동사가 어원적으로는 전혀 관련이 없어도 그 중의 한 낱말은 흔히 삭제된다. 예를 들면 '자르다(cut)'란 낱말은 명동사인 '칼(knife)'로 충분히 그 뜻을 나타낼 수 있다. 형용사는 명동사에 어미, '…다운(−ful)'을 붙여 만들고, 부사는 '…롭게(−wise)'를 붙여 만든다. 이렇게 해서, 예를 들면 '속도다운(speedful)'은 빠른(rapid)에, '속도롭게(speedwise)'는 빨리(quickly)라는 말에 해당된다. 오늘날 사용되는 '좋은(good)' · '강한(strong)' · '큰(big)' · '검은(black)' · '부드러운(soft)' 같은 형용사는 그대로 남지만 전체적인 숫자는 크게 줄어든다. 명동사에 '다운(−ful)'만 붙이면 어떤 형용사라도 만들 수 있기 때문에 형용사가 별로 필요없어진 것이다. 부사 역시 '롭게(−wise)'를 어미에 붙인 몇몇 단어를 제외하곤 남아있는 것이 하나도 없다. 한결같이 부사는 '–wise'로 끝난다. 예를 들어 '잘(well)'이란 낱말은 '잘롭게(goodwise)'로 대치될 수 있는 것이다.

신어에선 어떤 단어든 이 원칙이 적용되는데, 접두어 '언(un)'을 붙여 부정하고, 접두어 '더(plus)'를 붙여 의미를 강조하며, '더욱더(doubleplus)'를 붙여 한층 더 그 의미를 강조한다. 예를 들면, '안 추운(uncold)'은 '따뜻한(warm)'을 의미하고, 반면에 '더욱 추운(pluscold)'과 '더욱더 추운(doublecold)'은 각각 '매우 추운'과 '최고로 추운(superlatively cold)'을 뜻한다.

또 어떤 단어라도 '앞(ante-)' '뒤(post-)' '위(up-)' '아래(down-)' 따위의 전치사적 접두어를 붙여서 의미를 수정한다. 이런 식으로 어휘를 대폭적으로 줄여버린다. 예를 들어 '좋은(good)'만 있으면 '나쁜(bad)'은 필요없다. 왜냐하면 '안 좋은(ungood)'으로 얼마든지 더욱 훌륭하게 뜻을 전할 수 있기 때문이다. 문제는 서로 반대되는 뜻을 가진 한 쌍의 낱말 중에서 어느 쪽을 삭제할 것인지 결정하는 일이다. 예를 들면 '어두운(dark)'을 '안 밝은(unlight)'으로 할 것인지, '밝은(light)'을 '안 어두운(undark)'으로 할 것인지 하는 문제이다.

신어의 두 번째 두드러진 문법적 특징은 규칙적이라는 것이다. 다음에 언급할 몇 가지 예외만 빼고는 모든 어미 변화는 똑같은 규칙을 따른다. 이리하여 모든 동사는 과거형과 과거분사형이 똑같이 '—ed'로 끝난다. steal의 과거형은 stealed이고, think의 과거형은 thinked이다. 그러므로 swam, gave, brought, spoke, taken 따위의 형태는 폐지되는 것이다. 모든 복수형은 형편에 따라 —s나 —es를 붙여서 만든다. 그러므로 man과 ox와 life의 복수형은 mans, oxes, lifes가 된다. 형용사의 비교형도 한결같이 —er, —est(good, gooder, goodest)를 붙이므로 불규칙형인 more, most의 형태는 삭제된다.

불규칙 어미 변화가 여전히 통용되는 몇 가지 말은 대명사 · 관계사 · 지시 형용사 · 조동사뿐이다. 이 모든 품사들은 이전 용법을 그대로 따르고 있으나, whom은 불필요한 것으로 폐기되었고 shall, should 등의 시제도 사라졌으며, will, whould가 모든 경우에 통용된다.

그러나 말을 신속하게 하고 쉽게 하기 위하여 단어 형성에 어느 한도까지는 불규칙적인 용법을 허용하게 되었다. 발음하기 어렵거나 잘못 들리기 쉬운 낱말은, 단순히 그렇다는 사실만으로 좋지 않은 단어로 취급되었다. 그래서 때때로 발음의 편의를 위해서 특별한 철자가 삽입되거나 고어체가 그대로 사용되었다. 그러나 이러한 것은 주로 B 어군과 관련이 있으므로 거기서 언급하겠다. 발음은 쉬워야 한다는 원칙이 '왜' 그렇게 중요한지는 이 글 뒷부분에서 설명하겠다.

B 어군

B 어군은 정치적 목적을 위해 신중하게 고안된 단어들로 정치적 암시를 가짐으로써 그 말을 사용하는 사람에게 바람직한 정신적 자세를 갖게 하는 것이다. 영사의 이념을 충분히 이해하지 못하고는 이 낱말들을 정확하게 사용할 수 없다. 경우에 따라 이 낱말들이 고어나 A 어군에 속하는 낱말로 번역될 수도 있지만, 이런 경우에는 대개 문장이 길어지고 반드시 원문의 의미를 잃게 된다. B 어군은 일종의 속기문자로 전체 사고 영역을 몇 음절로 압축하면서도 더 정확하고 강력한 의미를 갖는다.

B 어군은 모두 둘 이상의 단어나 단어의 부분들이 결합하여 쉽게 발음할 수 있는 합성어이다. 이들 합성어는 일반 규칙에 따라 언제나 명동사로 변한다. 예를 들면, '선심(goodthink)'이라는 낱말은 어색하게도 '정통(orthodoxy)'이란 뜻을 나타내고, 이것을 동사로 쓰면 '정통적인 방법으로 생각한다'라는 의미이다. 명동사는 goodthink, 과거와 과거 분사는 goodthinked, 현재 분사는 goodthinking, 형용사는 goodthinkful, 부사는 goodthinkwise, 동사적 명사는 goodthinker이다.

B 어군은 어원학적 구성이 아니다. 이 낱말들은 어떤 품사로도 전용될 수 있고, 문장에서 어떤 위치에 놓아도 상관없으며, 어원을 변화시키지 않고 발음을 쉽게 할 수 있다면 일부를 삭제해도 상관없다. 예를 들면

'crimethink(thoughtcrime : 사상죄)'에서는 think가 나중에 오지만, 'thinkpol(사상 경찰)'에서는 앞으로 나오고, 동시에 '경찰(police)'이란 낱말의 둘째 음절은 삭제했다.

B 어군에서는 좋은 발음을 유지하는 것이 중요하기 때문에 불규칙형을 많이 사용한다. 예를 들면 '진부 : Minitrue' '화부 : Minipax' '애부 : Miniluv' 같은 단어들은 원래 Minitruthful, Minipeaceful, Minilovely지만 단지 —trueful, —paxful, —loveful이라고 발음하기가 어려워서 그렇게 된 것이다. 그러나 원칙적으로는 B 어군의 모든 낱말은 일반 규칙과 똑같이 어형 변화를 한다.

B 어군에는 의미가 굉장히 미묘해서 언어를 전체적으로 알지 못하면 이해하기 어려운 낱말들이 꽤 있다. 예를 들어《타임스》사설에 나온 "Oldthinkers unbellyfeel Ingsoc"란 전형적인 문장을 보자. 이것을 고어로 짧게 번역하면, "혁명 전에 사상이 형성된 사람은 영국 사회주의의 원리를 감정적으로 충분히 이해하지 못한다"이다. 그러나 이것은 적절한 번역이 아니다. 우선 위에 인용한 신어 문장의 뜻을 충분히 이해하려면 Ingsoc이 무엇을 의미하는지 분명히 알아야 한다. 영사에 완전히 뿌리박은 사람만이, 오늘날엔 상상조차 할 수 없는, 맹목적이고 열성적인 수용을 의미하는 bellyfeel이나, 사악하고 퇴폐적인 사고방식의 전형 같은 oldthink 같은 낱말이 나타내는 위력을 충분히 이해할 수 있을 것이다.

oldthink 같은 종류의 신어 낱말의 특수한 기능은 의미를 나타내기보다는 그 의미를 파괴하는 데 있다. 비록 낱말 수는 적지만, 대신 그 낱말들은 의미를 확대해서 많은 수의 낱말이 지닌 의미를 내포하게 된다. 그러면 그 포괄적인 낱말 하나에 내포된 각각의 낱말들은 본래 의미를 잃고 잊히게 된다. 신어 사전의 편집인이 직면한 가장 어려운 일은 새로운 낱말들을 만들어내는 것이 아니라, 그 낱말이 지니는 뜻을 확정하는 것, 즉 새 낱말이 나타남으로써 없애야 할 낱말의 범위를 확정하는 것이다.

이미 '자유로운(free)'이라는 낱말에서 본 것처럼 이단적인 뜻을 파생시키는 낱말들을 편의상 그대로 남겨두는 경우에도 바람직하지 못한 의미는 그 낱말에서 삭제하는 것이다. 정직·정의·도덕·국제주의·민주주의·과학·종교 등등의 수많은 낱말들이 사라졌다. 몇몇 포괄적 단어로 대체된 것이다. 대체되었다는 삭제되었다는 뜻이다. 예를 들어 자유와 평등의 개념에 속하는 모든 낱말은 '사상죄'란 단 한 마디 속에 포함되었고, 객관성과 합리주의의 개념에 속하는 모든 낱말들을 '구사고(oldthink)'란 한 마디에 포함되었다.

정확성을 강조하는 것은 위험한 짓이다. 당원에게는 외부 사정에 어둡기 때문에 자기들 나라 말고는 전 세계의 모든 사람들이 '거짓된 신'을 숭배한다고 믿어버린 고대 헤브루 인들과 같은 사고방식이 요구된다. 헤브루 인들은 이런 거짓 신들이 바알, 오시리스, 몰록, 아스타로스 따위로 불린다는 것을 알 필요가 없었다. 아니, 그 신들에 대해 모를수록 자기네 정통성을 위해서 더욱 유익했다. 그들은 여호와만 알고 여호와의 계명들만 알고 있었기 때문에 다른 이름이나 다른 속성을 가진 신들은 모두 거짓 신이라고 믿을 수 있었다. 그와 마찬가지로 당원은 옳다고 정해진 행동만 알고 극히 모호하고 개괄적인 용어들에 대해서는 무엇이 그것에 어긋나는 행동인지만 알면 된다. 예를 들면 당원의 성생활은 '성죄(sexcrime : 성적 부도덕성)'와 '선성(goodsex : 정절)'이란 두 개의 신어로만 규정된다. '성죄'는 모든 성적 비행을 의미한다. 사통 · 간음 · 동성연애 · 성도착 뿐만 아니라 성교 자체를 위해 성교하는 것까지 의미한다. 한결같이 욕되고 원칙적으로 사형감인 그 죄들을 일일이 열거할 필요는 없을 것 같다.

과학과 기술 용어로 구성된 C 어군에서는 성적 탈선에 전문적 명칭이 필요할지 모르지만, 일반 시민에게는 그런 게 필요없다. 그들은 선성(goodsex)이 의미하는 바를 알고 있다. 이를테면 부부간의 성교는 오직 아이를 낳는 것을 목적으로 하고, 여자 쪽에 육체적인 쾌감을 허용하지 않는다. 그밖의 모든 것은 성죄(sexcrime)이다. 신어에서는 어떤 사상이 이단적이라는 것을 지각할 수 있지만 그 이상을 추구하기란 거의 불가능하다. 그 한계를 넘어서는 적절한 낱말이 존재하지 않기 때문이다.

B 어군에는 이념적으로 중립적인 낱말은 없고 대부분 완곡어법을 쓴다. 예를 들면 '쾌락 수용소(joycamp : 강제 노동자 수용소)'나 '화부(Minipax : 평화부, 즉 전쟁부)'와 같은 낱말은 실제와 정반대의 뜻을 나타낸다. 반대로 오세아니아 사회의 본질적인 성격을 적나라하게 경멸적으로 이해하게 하는 낱말도 있다. 예를 들면 '무산자 사육(prolefeed)'이다. 이 말은 당이 대중들에게 제공하는 너절한 오락과 가짜 뉴스를 의미한다. 또한 당에 적용하면 '선'이 되고, 적에 적용하면 '악'의 뜻이 되는 상반된 성격을 지닌 낱말들도 있다. 이 밖에도 겉보기엔 단순한 약어 같은 단어들이지만, 그 정치적 색채를 의미로부터가 아니라 구조로부터 유도해 내는 단어들이 굉장히 많다.

정치적 의미를 가졌거나 가진 것처럼 보이는 모든 단어는 B 어군에 속한다. 모든 조직, 인체, 강령, 지방, 제도, 공공 건물의 명칭은 한결같이 친근하게 느낄 수 있는 형태로 압축한 것이다. 즉, 본래의 어원을 잃지 않으면서 최소한의 음절로 발음하기 쉽게 만든 것이다. 예를 들면 윈스턴 스미스가 근무하던 진리부 안의 기록국은 '기국(Recdep)'으로, 창작국은 '창국(Ficdep)'으로, 텔레스크린 프로그램국은 '텔국(Teledep)'이라 부른다. 이것은 시간을 절약하기 위해서가 아니다.

20세기 초반의 수십 년 동안에도 이런 합성 약어가 정치 용어의 특징을 이루고 있었다. 그리고 그런 경향은 전체주의 국가나 전체주의 단체에서 가장 뚜렷이 나타난다. 예를 들면, '나치' '게슈타포' '코민테른(국제 공산당)' '인프레코르(International press corres-pondence : 코민테른 기관지)' '아지트프로프(Agita-tion propaganda : 선동 활동)'와 같은 낱말이 있다. 처음에는 이런 말들이 본능적으로 사용되었지만 신어에서는 의식적인 목적으로 사용되었다. 이런 식으로 명칭을 약어화하면, 그 원명에서 연상되기 마련인 여러 가지 다른 의미가 제거됨으로써 그 뜻이 국한되고 교묘히 변형된다. 예를 들어 '국제 공산당'이란 말은 전 세계 인류에게 붉은 깃발, 바리케이드, 칼 마르크스, 그리고 파리 혁명 정부 등의 복합된 연상 작용을 일으키게 한다. 하지만 '코민테른'이란 낱말은 빈틈없이 짜여진 조직과 명백하게 정의된 강령체만을 연상시킨다. 그것은 의자나 탁자처럼 쉽게 인식할 수 있고, 한정된 목적만 암시한다. '국제 공산당'은 일시적으로라도 다른 생각을 품게 하지만 '코민테른'은 거의 아무 생각없이 받아들일 수 있는 것이다. 그와 마찬가지로 '진부'가 진리부란 단어보다 연상 작용이 덜 되고 다루기가 훨씬 쉽다. 바로 그런 이유 때문에 기회가 생길 때마다 단어를 생략하는 버릇이 생겼을 뿐만 아니라, 모든 단어를 쉽게 발음할 수 있도록 필요 이상의 주의를 쏟게 된 것이다.

신어에서는 의미의 정확성 다음으로 중요한 것이 쉬운 발음이다. 필요하다면 문법 따위는 언제나 희생되고, 마땅히 그래야 한다고 생각한다. 왜냐하면 정치적 목적을 위해서는 빨리 말할 수 있고 연상작용을 최소화하면서도 정확한 의미를 지닌 짧은 낱말이 요구되기 때문이다.

B 어군은 그 단어들이 거의 한결같이 비슷하다는 사실에서 그 위력을 갖는다. 이러한 말들은 대부분이―goodthink, Minipax, Prolefeed, sexcrime, joycamp, Ingsoc, bellyfeel, thinkpol 등 수 없이 많은 단어들―둘 내지 세 개의 음절로 이루어진 단어로서, 첫 음절과 끝 음절에 똑같이 악센트가 주어진다. 이런 단어는 단음과 단조성으로 재빨리 말할 수 있고 이것이 바로 그들이 노리는 점이다. 특히 이념적으로 중립적이 아닌 주제에 관한 연설을 할 때 의식과는 관계없이 빨리 하자는 데 목적이 있는 것이다. 물론 일상생활에서는 말하기 전에 생각해볼 필요가 가끔 있지만, 정치적이나 윤리적 판단을 내려야 할 경우에 당원은, 기관총이 총탄을 마구 쏘아대듯 자동적으로 정확한 견해를 퍼부어댈 수 있어야 한다. 당은 당원을 그렇게 훈련하고, 그 언어는 거의 완전무결한 도구를 제공한다. 그리고 영사의 정신에 일치하는 거친 소리와 고의적인 추악성을 띤 낱말이 이를 한층 강화한다.

선택할 수 있는 낱말의 수효가 극히 제한되어 있는 것도 그런 이유이다. 우리의 언어와 비교하면 신어의 어휘는 아주 적은 데다가 여전히 수를 줄이기 위한 새로운 방법이 끊임없이 연구되고 있다.

사실 신어는 단어 수가 해마다 줄어간다는 점에서 다른 모든 언어들과 다르다. 선택의 범위가 줄어들수록 사고의 유혹도 줄어들기 때문이다. 궁극적으로 차원이 높은 뇌중추를 전혀 사용하지 않고 목구멍으로만 똑똑히 말을 할 수 있기를 바라는 것이다. 이런 의도는 '오리처럼 꽥꽥거린다'란 뜻인 '오리말(duckspeak)'이란 신어에서 확실하게 드러난다. B 어군의 다른 단어들처럼 '오리말'도 그 의미가 모호하다. 꽥꽥거린다는 견해가 전통적인 것이라면 이것은 바로 찬사를 의미하기 때문에《타임스》가 당의 연사에게 '더욱 훌륭한 오리말을 하는 자'라고 한다면 열렬하고 호의적인 찬사를 보내는 것이 된다.

C 어군

C 어군은 A, B 어군의 보조적인 것으로서 과학 · 기술 용어로 구성되어 있다. 이 말들은 오늘날 사용하는 과학 용어와 비슷하고 같은 어근에서 파생된 것이지만 그 의미가 더욱 엄격하게 정의되고, 불필요한 의미는 모두 주의 깊게 삭제된 것이다.

이 어군도 다른 두 어군의 낱말과 똑같은 문법적 규칙을 따른다. 일상생활이나 정치적 연설에서는 거의 쓰이지 않고 과학자나 기술자들은 전문분야의 목록에서 필요한 낱말을 찾아볼 수 있다. 그러나 자기 분야가 아닌 다른 분야의 목록에 나오는 낱말은 거의 알지 못한다. 모든 목록에 공통되는 단어들이 아주 적게나마 있지만, 과학의 기능과 정신적 습성 또는 사고 방식을 함께 나타낼 수 있는 낱말은 전혀 없다. 사실 '과학'이란 낱말도 없다. 그 말의 의미는 '영사'란 낱말로 충분히 대체되어 있다.

이제 신어에서는 비전통적 견해를 표현하는 일이, 아주 낮은 수준 이외에는 거의 불가능하다는 것을 알 수 있을 것이다. '빅 브라더는 안 좋다(Big brother is ungood).'라는 식의 매우 거친 이단적 말이나 모독적인 말을 하는 것은 가능하지만 그 이상의 논쟁에 필요한 낱말이 없기 때문에 이런 말은 정통주의자에게 너무나 허황된 소리로 들리고 마는 것이다.

영사에 적의를 품는 생각은 오직 말로 표현할 수 없는 희미한 형태로만 가능하며, 모든 이단적 집단들은 명백하게 정의되지 않고 한꺼번에 통틀어 똑같이 취급하는 아주 광범위한 명칭으로 불린다. 낱말을 구어로 억지로 번역해야만 신어를 비정통적 목적으로 사용할 수 있는 것이다. 예를 들면 '모든 인간은 평등하다(All mans are equal).'라는 말은 신어로도 가능하지만 그것은 어디까지나 구어 문장의 '모든 사람은 빨강 머리다(All men are red-haried).'와 같은 의미, 즉, 모든 인간은 신장과 체중과 체력이 똑같다는 뜻이 된다. 문법적 오류를 전혀 포함하지 않으면서도 명백한 허위를 표현하는 것이다.

이제 정치적 평등의 개념이란 더 이상 존재하지 않게 되었다. 따라서 '동등하다(equal)'란 단어의 2차적 의미는 사라져버린 것이다. 1984년에는 고어가 여전히 의사소통의 정상적 수단으로 사용되었으므로 신어 단어를 사용하면서도 그 본래의 뜻을 기억하게 될 위험이 이론적으로 남아있었다. 하지만 '이중사고'에 정통한 사람이라면 누구나 이런 위험을 어려움없이 피할 수 있다. 결국 두 세대가 지나기 전에 그런 실수를 저지를 가능성은 배제될 것이다. 그러므로 신어를 유일한 언어로 해서 자란 사람은, 가령 체스에 대해 전혀 모르는 사람이 'queen(여왕)'이나 'rook(성장)'에 깃들어있는 2차적인 의미를 모르는 것처럼 '동등한'이란 낱말에 '정치적으로 자유로운'이란 뜻이 들어 있다는 사실을 모를 것이고, '자유로운'이란 낱말에 '지적으로 자유로운(intellectually free)'이란 뜻이 내포되어 있다는 사실도 모를 것이다. 이름붙일 수 없는 것은 상상할 수도 없기 때문에, 자기도 모르게 저지를 수 있는 죄와 함정은 그만큼 줄어드는 것이다. 그리고 시간이 지날수록 신어의 특징은 더욱 뚜렷해지고 낱말 수는 점점 줄어들어 의미가 한층 더 엄격해질 것이다. 그러면 그 말을 잘못 사용할 기회도 점점 줄어들 것이다.

고어가 완전히 폐지되면 과거와의 유대도 완전히 단절될 것이다. 역사가 다시 기록되었다 해도 과거의 문학 작품을 완전히 걸러내지는 못했기 때문에 아직은 여기저기

산재해 있어서 고어에 대한 지식이 남아 있다면 그런 작품들을 읽을 가능성이 있다. 하지만 미래에는 그런 작품들이 남아 있다 하더라도 전혀 읽을 수도 번역할 수도 없게 되는 것이다. 고어의 문장을 신어로 번역하려면, 기술적 과정이나 아주 단순한 이상적 행동이나 정통적인(신어로는 'goodthinkful' 의 경향을 띤) 내용을 제외하곤 불가능할 것이다. 이것은 사실상, 대략 1980년 이전에 씌어진 책은 어떤 것도 완전히 번역될 수 없다는 뜻이기도 하다. 혁명 이전의 문학은 단지 이념적 번역—언어뿐만 아니라 의미마저 다 변질된 것—으로만 제시될 수 있다. 그러면 미국 독립선언문의 유명한 대목을 예로 들어보자.

우리는 다음의 사실을 자명한 진리로 주장한다. 모든 인간은 평등하게 태어났고, 창조주로부터 남에게 양도할 수 없는 권리를 부여받았으며, 이 가운데에는 생명과 자유와 행복을 추구할 권리가 포함되어 있다. 이 권리를 보장하기 위해 정부를 수립하며, 정부의 권력은 국민의 동의에서 나온다. 어떠한 형태의 정부든 이러한 목적을 파괴하면, 언제든지 그 정부를 즉시 바꾸거나 폐지하여 새로운 정부를 수립하는 것이 국민의 권리이다. ……

이 글의 본래의 뜻을 유지하면서 신어로 번역하는 것은 불가능하다. '사상죄'라는 단 한마디로 번역하는 것이 가장 정확한 번역이다. 그렇게 되면 제퍼슨의 말은 절대 정부에 대한 찬사로 바뀌게 될 것이다.

사실 과거의 많은 문학 작품들이 이런 식으로 이미 번역됐다. 체면상 어떤 역사적 인물에 대한 기억을 보존하는 것이 바람직할 때조차도, 그들의 업적을 영사의 철학적 노선과 일치시켜야 했던 것이다.

셰익스피어, 밀턴, 스위프트, 바이런, 디킨스 등등 수많은 작가들의 작품이 그런 식으로 번역되고 있다. 이 일이 완성되면 그들의 원저작들은 아직 남아있는 과거의 모든 문학 작품들과 더불어 폐기될 것이다. 하지만 이런 작업은 워낙 어려운 일이기 때문에 속도가 더딜 수밖에 없고, 아마 12세기의 10년대나 20년대 전에 매듭짓지는 못할 것이다. 또한 이용 가치가 있는 수많은 저서들—없어서는 안될 기술 계통의 입문서 따위—도 역시 그와 똑같은 방법으로 처리되어야 한다. 신어의 최종적 채택이 2050년까지 늦추어 결정된 것은, 주로 이 번역 작업을 할 시간을 벌기 위한 것이다.